台灣大學外文系副教授陳維玲專文導讀

查泰萊夫人的情人

D.H. 勞倫斯

Lady Chatterley's Lover

高寶書版集團

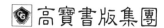

閱讀經典　011

查泰萊夫人的情人

Lady Chatterley' Lover

作　　者：D. H. 勞倫斯（D. H.　Lawrence）
譯　　者：歐佩媛
總 編 輯：林秀禎
編　　輯：陳姿穎
出 版 者：英屬維京群島商高寶國際有限公司台灣分公司
Global Group Holdings,Ltd.
地　　址：台北市內湖區洲子街88號3樓
網　　址：gobooks.com.tw
E - mail：readers@gobooks.com.tw（讀者服務部）
pr@gobooks.com.tw（公關諮詢部）
電　　話：(02)27992788
電　　傳：出版部 (02)27990909　行銷部 27993088
郵政劃撥：19394552
戶　　名：英屬維京群島商高寶國際有限公司台灣分公司
初版日期：2006年10月
發　　行：高寶書版集團發行 / Printed in Taiwan

國家圖書館出版品預行編目資料

查泰萊夫人的情人/D. H. 勞倫斯(D. H. Lawrence)著
旐初版 . 旐台北市 ：高寶國際 , 2006 [民95]
面 ；公分 . 旐（閱讀經典；11）

譯自：Lady Chatterley摋 Lover

ISBN 986-185-006-6（平裝）

873. 57　　　　95020115

閱讀經典的理由

小時候，我們每個人都愛聽故事，也愛看故事書，並從中得到了寧靜與喜悅，發現了自己的小天地。但現代人多半忙於公事案牘、碌碌於魚米柴薪，沒有空閒更沒有精力靜下心來閱讀，從而與這項最單純的快樂越離越遠。若想要重新體會這分感動，又苦於好書太多，而時間太少，那麼，閱讀經典文學該是最有效率的方式了。

要知道，經典之所以被稱爲經典，在於它們的內容經過悠悠歲月與千百讀者的試煉後，其地位依然屹立不搖，其價值歷久不墜，因此值得人們一看再看，並隨著時代的變革賦予新的意義。

閱讀經典系列將各國經典文學重新迻譯，文字雅潔流暢，是最適合時下青年學子閱讀的經典文本。而入選閱讀經典系列的每本書，無一不是深刻雋永，無一不是文壇大家嘔心瀝血之作。盼望熱愛文學的讀者知音們，能夠盡情徜徉在每本書的奇妙世界之中。

〈導讀〉

回歸情慾，回歸自然

陳維玲

《查泰萊夫人的情人》的作者，是二十世紀英國最獨特和最有爭議的作家之一勞倫斯（David Herbert Lawrence，1885-1930）。他同時是詩人、小說家及散文家。一九一三年出版《兒子與情人》一書，奠定了勞倫斯在文壇上的地位。他的作品對家庭、婚姻和性進行了深入探索，對20世紀的小說寫作產生了廣泛影響。勞倫斯作品提倡人性自由發展，反對工業文明對自然的破壞。因此在他的幾部作品中，常見到主角對工業文明的不屑和對中產階級虛矯造作作風的鄙視。勞倫斯曾在國內外漂泊十多年。這本經典名著《查泰萊夫人的情人》，即是勞倫斯於一九二八年旅居義大利時發表的，是他最後一部長篇小說。這部小說於一九二八年在佛羅倫薩獨立印刷，直到一九六〇年才在英國印刷發行。勞倫斯曾考慮將這本書改名為「Tenderness」，並曾將原本的手稿大幅修改潤飾過。這本書曾發行過三種不同的版本。

本書故事發生在英格蘭中部。主要描述康斯坦絲（Constance）嫁給了貴族地主克里夫·查泰萊（Clifford Chatterley）為妻。克里夫在第一次世界大戰中負傷，下半身癱瘓而導致終生陽痿。查泰萊夫人，一個丈夫無法行人道的貴族女人，盡責地扮演薇碧山莊的女主人角色，然而這一切無法遏制她內心中狂野的性衝動，躁動不安的情緒在心中悄然滋長，康斯坦絲越來越消瘦。在這期間，她邂逅了克里夫的作家朋友，愛爾蘭青年麥克里斯，康斯坦絲從他身上獲得肉體上的歡愉。很快，兩人的關係轉淡，康斯坦絲又開始過著死氣沈沈的日子。

不久之後，克里夫雇傭了附近礦工出身、因婚姻不幸福曾去印度當過幾年兵的梅勒斯（Oliver Mellors）做莊園的守林人，這個梅勒斯就是後來的查泰萊夫人的情人。性生活無法滿足的挫折感使康妮（康斯坦絲的暱稱）被體格壯碩的梅勒斯吸引，重新燃起她的愛情之火及對生活的渴望。他們在林間小屋、樹木間、大雨中做愛，盡情享受原始的、充滿激情的性生活。勞倫斯通過細膩的心理描寫與性行為過程的描繪，將他們性愛的快樂與美麗掀起一波又一波的高潮。康妮覺得另一個自我在體內復活了，下定決心要和克里夫離婚。在故事的最後兩人開始同居，並各自向他們原先的配偶提出離婚訴訟，以求兩人能合法的生活在一起。

本書內容對於人性肉體的需求、野性的放縱及社會階層意識，有著細膩的描寫。在當時可是極度挑戰英國階級及世俗的尺度。因此，勞倫斯這部經典名著自一九二八年七月在佛羅倫薩問世起，即受到英國文學界及衛道人士猛烈的抨擊，指稱其內容淫穢不堪，有違善良風俗，被保守派人士視之為洪水猛獸，禁之唯恐不及。英國當局更以「有傷風化」的罪名予以查封，直到一九五八年才得以解禁。《查特萊夫人的情人》雖然命運多舛，但終以其嚴肅的寓意、社會批判的主題，真切透闢的寫實手法和細膩深刻的心理描寫成為名著，並對現當代英國乃至西方文學產生了重大影響。

時代的進步抹煞了人類真實的本能，外界虛偽、假道學的教條規範，束縛了人類古老的天性與感情，勞倫斯選擇如此「有傷風化」的中心主題與情節，為的或許就是期待眾人能正視人類的性愛具有至高無上的價值。勞倫斯宣揚性愛無罪，並認為這是人類情慾的本能，壓抑它才是真正的罪惡。在勞倫斯的視界中，西方文明早已使人與自我產生異化，人的精神早已脫離了他所依附的生命本體—肉體，使得人如同被閹割了的生物一般，為非人的精神目的而生活著。肉體、情慾、激情這些人自身的物質生命對人來說竟成了黑暗的自我。因此，拯救人類社會的沈淪的根本途徑在於人性的反璞歸真，在於性的完滿實現，而《查泰萊夫人的情人》正是體現勞倫斯的思想。

小說中女主角康妮從小接受自由教育，對性愛的看法前衛。她認為性愛是生活的、生命的、戀愛的一部份，追求性愛快樂是理所當然之事。然而她並不是為性愛而性愛的淫蕩女子，她認為靈與肉同樣重要，而心靈交流是先於肉體關係的。林語堂道出了小說真正要傳達的性愛觀念。他認為《查泰萊夫人的情人》不同於金瓶梅的以淫為淫。金瓶梅描寫性交只當性交，勞倫斯描寫性交卻是將人的心靈全然解剖；勞倫斯將靈與肉復合為一。勞倫斯可說是返俗高僧。對勞倫斯而言，性交是含蓄著一種主義的。

也許這個世界上沒有其他作家能像勞倫斯那樣，以宗教般的熱忱讚美人間性愛，以細膩微妙的筆觸描繪兩性關係中那種欲仙欲死的境界，而那伴隨著熾烈的性愛體驗的，是對歷史、政治、宗教、經濟等社會問題的嚴肅思考。故事大肆宣揚的是性愛結合的美妙，和原始身體的碰撞情感，對當時英國上流社會了無生氣的生活方式給予唾棄，並用喪失了性功能來比喻當時英國貴族社會的空疏、守舊、無為而又假冒高尚，使人不得不對這特權階級發生厭惡之情。

本書出版的十年內，一直居於色情與文學的熱門討論話題。今天我們以現代人的眼光來審視查泰萊夫人，色情意味已蕩然無存。」查泰萊夫人的情人」另人聯想起其他幾部，一些讀者所熟知，關於情色及慾望，女主角無法按捺情慾擦槍走火的西方小說，如福樓拜的《包法利夫人》、納博可夫的《羅麗泰》。《浪蕩女回憶錄》則是大家比較陌生的，但在英國曾引起一陣騷動。情慾於我們如同母親般的存在，回歸情慾亦是回歸自然，勞倫斯在《查泰萊夫人的情人》中迫切地暗喻著。女人對愛情、對情慾的看法，並非男人或第三者能理解的。《查泰萊夫人的情人》寫出了女人面對性與愛、肉體與心靈的種種掙扎，隨著作者，我們不得不去思考這個必然面臨的問題。查泰萊夫人的體會，或許能夠激起世間女性的些許共鳴？

1

我們的時代根本是個悲慘的時代，所以我們拒絕用悲慘的態度來面對它。大動亂過去了，我們置身廢墟中，著手搭建小小的新屋子，懷著小小的新希望。這實在很辛苦，眼前沒有康莊大道，但我們仍需迂迴前進，爬過重重的障礙。不管塌了幾重天，我們還是得活下去。

這大概就是康斯坦絲．查泰萊的人生態度。戰爭搞垮了她的安樂窩，她也弄明白人得活下去，也得學聰明。

一九一七年克里夫．查泰萊休假返鄉的那個月，她嫁了他，度了一個月的蜜月，接著他又回到法蘭德斯的戰場去，六個月後，卻支離破碎地被軍艦送了回來。

他老婆康斯坦絲當時二十三歲，他二十九歲。

他的生命力強得驚人：人沒死，支離破碎的身子似乎又長全了，在醫生手裡足足治療了兩年，然後醫生說他好了，能夠重新生活了——就差身子矮了半截，腰部以下永遠癱瘓了。

當時是一九二〇年。克里夫和康斯坦絲一起回到他的祖宅，薇碧山莊。父親過世，克里夫繼承了男爵的位子，康斯坦絲成為查泰萊爵士夫人。他們在蕭條的查泰萊老宅裡，靠著一份不太足夠的收入持家，開始過起夫妻生活。克里夫有個姊姊，但已離家，哥哥則死在戰場上，此外再無近親。克里夫成了終身殘廢，自知膝下永遠無子了。他回到中部煙霧迷離的老家，盡力維持查泰萊家的聲望不墜。

他倒也不喪氣。他坐輪椅可以來去自如，還有一架裝了小馬達的有篷輪椅，讓他可以輕馳慢行兜過花園到大林園裡去；這林園美而淒迷，他是得意在心，不過卻裝作不當一回事。

吃了這麼多苦頭，他多少失掉了忍耐的能力。怪的是，他照舊機靈、快活，幾乎可以說是精神奕奕；他滿面紅光，淺藍眸子炯炯有神，一副肩膀又寬又壯，那雙手掌更是有力。他講究穿著，打著邦德街買回來的帥氣領帶，可是在他臉上依然可看出殘障者那種小心警覺，又有些微空虛的表情。

他在戰時幾乎送了命，所以格外珍惜殘生。從那對殷亮的眼神看來，顯然他對自己的大難不死很感到自傲，只可惜受創太重，壞了身子，七情六欲也掉了一部分。他在某一方面已了無知覺。

他的妻子康斯坦絲是個臉龐紅潤，看似鄉村姑娘的女子，一頭棕色秀髮，身段結實，動作輕緩，精力出奇地旺盛；一雙好奇的大眼睛，聲音輕柔溫和，像是剛從鄉下老家出來似的。其實完全不然。她父親就是那位名氣一度很響亮的皇家藝術學院院士——李德老爵士，她母親在前拉斐爾畫派興盛的時代是個高尚的費邊社份子。康斯坦絲和姊姊希爾黛從小在藝術家和高尚的社會主義者的雙重薰陶下成長，所受的教養可謂不凡。父母把她們帶到巴黎、羅馬和佛羅倫斯去呼吸藝術氣息，又轉往海牙和柏林參加社會主義者大會；與會發言的人士說的都是文明的語言，沒有人感覺羞愧尷尬。

所以姊妹倆從小就泰然自若地生活在藝術與政治的氛圍中。她們既有國際觀，又具草根性。她們對藝術秉持著微觀又不失宏觀的熱愛，這也吻合純粹的社會主義理想。

兩人都在十五歲被送到德勒斯登去留學，主要是學音樂。她們在那裡過了一段好時光，和同學們打成一片，和男生辯論哲學、藝術和社會學的問題，表現得和男人一樣好，甚至更出色，因為她們是女人。她們跟帶吉他的健朗小夥子到森林漫步，一路弦歌不斷，大唱旅行歌，而且自由自在。自由自在！就是這個了不起的字眼！同這群精力充沛、歌喉嘹亮的年輕人在這廣闊無拘的世界，這清晨的大森林裡為所欲為，尤其還能暢所欲言——你來我往的高談闊論才是最要緊的，愛情倒在其次，不過小小的是附屬品。

希爾黛和康斯坦絲姊妹倆都在十八歲嚐了禁果滋味，因為和她們自由自在地在樹下露營，聊得熱絡、唱得熱情的小夥子，自然巴望與她們有進一步關係。姊妹倆也猶豫過那麼一下子，可是大家都在談論那檔事，而且據說那麼重要，男孩子又是這樣地低聲下氣、一團火熱，女孩子為什麼不能像女王般，慷慨大方地把自己當成禮物施捨呢？

因此她們獻了身，把自己給了和她們聊得最深入，辯得最熱烈的男生。高談闊論才是大事，一上了床，有了關係，就又退回到原始行為，教人有點掃興。到這地步，女的就會比較不愛男的，甚至有點討厭他，好像這男的侵犯了她的隱私和她內心的自由。因為身為女人，一生的尊嚴和意義，全看她得到的那份絕對、完美、純粹、至高無上的自由，否則女人活著還有什麼其它意義？還不是為了要甩掉這些老掉牙又不乾不淨的男女關係和牽絆。

而且不管風花雪月說得多動聽，性這件事都是最老套、最齷齪的一件事。作詩加以歌頌讚美的大都是男人；女人一向知道有比這更美好、更崇高的事。如今姊妹倆了解得更透徹了：對一個女人來說，那種美好純粹的自由比性愛不知好多少倍。只不過可惜男人在這方面落後女人太多了。他們像狗一樣，咬住了性就不放。

可是女人必須讓步。男人的胃口一來，就會變得很孩子氣；他想要，女人就得讓步，給他想要的，否則他會像小孩子似的抓狂發脾氣，把本來好好的關係搞砸了。不過女人在身體上屈從男人，不見得也要出讓她內在自由的真我——關於這點，大談性事的詩人墨客似乎都沒有仔細想過。一個女人可以在身體上接受一個男人，但不一定會把自我也一起給他，更不一定就此受他的控制。她反而可以利用性來操縱他，因為做愛時，她只要先克制一下，不讓自己達到那緊要關頭，任由他發洩個夠，之後再繼續和他交合，自己來達到高潮，這時男人就只是她的工具而已。

當戰爭爆發時，兩姊妹急忙趕回家時，兩人都已有過歡愛的經驗了。兩姊妹不會愛上哪個男孩，除非和他真的談得很投契；也就是說，她們最熱衷的，是和男生你一言、我一句地熱切談心。跟真正聰明絕頂的男孩子熱切對談好幾個小時，一天又一天地聊下去，就這樣持續好幾個月……那種興奮多美妙、多深刻、令人難以置信！可惜她們都是事後才體會到。彷彿神許諾會有天堂一般，祂說：「汝等將擁有可與之暢談之男子。」當然並沒有神真的這麼說過。但在兩姊妹連「諾言」二字都還掂不清有多重之前，這許諾卻已實現了。

在經過這番興高采烈、情投意合的討論之後，似乎也就不能不試試魚水之歡；那就試吧！它標示了一個章節的告終，這行為本身也令人興奮激動——像一股奇特的震顫在體內，最後是一陣不由自主的痙攣；又像是文章的最後一個字，令人血液沸騰；更像是一串星標，擺在段落最後，代表結束，或是主題的轉折。

一九一三年兩個女孩放暑假回家，希爾黛二十歲，康斯坦絲十八歲，父親一眼便看出她們已經有了性經驗。

某句法語是這麼說的：「愛情曾打那兒經過。」不過父親自己也是過來人，一切就順其自然了。她們的媽媽神經衰弱，病得只剩幾個月的命了。她只要女兒過得「自由自在」，能夠「實現自我」。她自己從來沒能有個自由身，那沒她的份。天知道她怎麼會有這種想法？她有自己的收入，也有自己的作風。她怪罪到老公頭上，但其實是她自己甩不掉頭腦或靈魂裡舊有的男尊女卑觀念，根本和李德爵士沒關係。他放手讓他那神經兮兮、怒氣沖沖的老婆理她自己的家，他則逍遙自在過他的生活。

所以姊妹倆很「自由」，又回到德勒斯登，回到音樂、大學和男孩子那兒去。她們各愛各的少年郎，少年郎也絞盡了腦汁，全心全意地愛她們。男孩子心裡想的、嘴上說的、手裡寫的，一切漂亮詩篇，全為了這對姊妹。康斯坦絲的情郎學音樂，希爾黛的學技術，兩人全心只為給姊妹倆帶來心靈與精神生活的刺激，但在其他某些方面他們卻吃了點閉門羹，雖然他們並不知道。

很明顯地，愛情——肉體的愛情，也同樣在他們身上經過了。說來有趣，一旦有過這種經驗，男女在體態上就會產生微妙卻明顯的變化：女人變得容光煥發，身段圓潤，年少時的身體稜角變得柔和了；表情不是有些焦急不安，就是得意洋洋的。男人則會變得更沉穩，更內斂，連肩膀和屁股的線條都變得柔和些，不再那麼陽剛了。

兩姊妹在體內經歷性愛的震顫之時，幾乎要臣服在那奇異的男性威力之下。不過她們很快就清醒過來，只把性快感當成一種感官的反應，依然保持著自由之身。男人則因為感激女人給他們性經驗，把靈魂都獻給了她，但事後卻感到得不償失，好像掉了一塊錢只找回五毛。康妮的男人可能會有點氣惱，希爾黛的男人則會變得有些嘲諷。反正男人就是這副德性！忘恩負義、貪得無厭。妳不和他們要好，他們會恨妳；妳和他們要好了，他們又會找些莫名其妙的原因來恨妳，或是根本毫無道理地恨妳。總之他們就像小孩子般任性胡鬧，就算女人對他們再好，給他們再多，他們都不會滿足。

後來開戰了，五月時曾回國奔母喪的希爾黛和康妮再度匆忙回國。一九一四年的耶誕節前夕，兩個人的德國情郎都死了。姊妹倆捨不得情郎，為此大哭一場，但心裡面其實已經忘掉了他們。他們已不復存在。

姊妹倆住在父親位於坎辛頓的家裡，但那房子其實是屬於母親的。她們和劍橋一批青年混得很熟，這批人一派瀟灑自由，身穿法蘭絨長褲和領口敞開的法蘭絨襯衫，情緒上抱著無政府主義，但仍維持良好的教養，說起話來嘟嘟囔囔地，舉止又特別講究。可是希爾黛卻突然嫁給一個大她十歲的男人，他是這批劍橋人當中的一個頭兒，還滿有錢的，在政府單位佔了一個世襲的肥缺，自己還寫些哲學文章。夫妻倆住在西敏區的一間小房子，加入政府那幫人所謂「入流」的社交圈子。圈內那些人也算不上是什麼頂尖人物，不過他們都是，或者自以為是這個國家真正的知識權威：他們知道自己在講些什麼，或者說得好像很懂的樣子。

康斯坦絲找了一份清閒的戰時工作，結交了一些穿著法蘭絨長褲，在戰爭期間仍不改諷刺口吻的頑固份子。她的「好友」是個二十二歲，名叫克里夫・查泰萊的年輕人。他本來在德國的波恩學煤礦採掘技術，因為戰爭才趕回國的。以前他也曾經在劍橋讀過兩年書，如今則在一個時髦的軍團裡當了中尉。穿上軍裝來諷刺一切，更稱頭了。

克里夫・查泰萊的階層比康斯坦絲高：康斯坦絲是家境富裕的知識份子，他卻是堂堂的貴族；不見得多有權勢，但畢竟還是貴族。他父親是男爵，母親是子爵之女。

克里夫儘管出身比康斯坦絲高，見過的世面比她多，可是從某個方面來說，他卻比她來得小家子氣，比她膽小。在他那狹隘的「大世界」，也就是鄉紳的圈子裡，他怡然自在，可是一踏入那個由成千上萬的中、下階層和外國人組成的龐大世界，他就會緊張不安。如果真要說穿的話，他就是有點怕這些中下階層的人，還有和他不同階層的外國人。他雖然有特權的保護，卻還是覺得自己脆弱無助，一點辦法也沒有。這很奇怪，卻是我們時代常見的現象。

因而，像康斯坦絲這種女孩特有的一種不亢不卑的個性，便把他迷倒了。在外面那個混亂的世界中，她比他還要能夠從容自處。

不過他也是個叛逆份子，甚至反叛自己那個階層。「反叛」這個字眼也許太過強烈，他只是隨著年輕人普遍的反抗潮流，慣於反對任何陳規或權威罷了。做父親的都很荒謬，他自己那個固執的爸爸更是荒謬到家；所有的政府都很荒謬，我們自己那個辦事拖泥帶水的政府尤其如此；軍隊也很荒謬，那批老而無用的將領們都是笑柄，尤其是那個紅臉的基欽納最是可笑；連這場戰爭都打得荒謬，雖然死了不少人。

事實上，這世界上沒有一件事不荒謬，只是輕重程度不一。凡牽涉到權威的，軍隊也好，政府也好，大學也好，多少都有幾分荒謬可笑。統治階級在那裡裝模作樣，操弄政治，同樣也是荒謬事！克里夫的父親最離譜，砍掉自己林場的樹，把自己煤礦場裡的工人大把大把地往戰場裡送，自己則安安穩穩地待在後方愛國。不過他為國家奉獻的錢倒是比他賺來的還要多。

離開老家到倫敦做護理工作的查泰萊家小姐，對父親斷然的愛國熱忱保持沉默，但不無詼諧。爵位和家產的繼承人——長子赫伯，則公開嘲笑父親的行為，雖然砍下來送到戰壕去當支柱的樹，都是他的樹。只有克里夫笑得侷促不安。每件事都很荒謬可笑，一點不假。可是萬一事情是落在自己頭上，萬一自己也同樣一副荒謬相呢？克里夫曉得是有一些不同層次的人，比如康妮（康斯坦絲的暱稱），他們對某些事情真的很執著。至少他們真的抱持著某些信念。

他們把英國大兵、徵兵威脅、食糖短缺和小孩子沒太妃糖可吃這些問題都看得很嚴重。當然，當局在處理這些問題時，根本錯得離譜，但克里夫就是沒辦法像康妮他們那樣，真心為這些事情感到義憤填膺。在他看來，當局是原本就一塌胡塗，並不是後來的太妃糖或英國大兵這些問題害的。

當局也感覺可笑，而且行事確實也荒謬，有一陣子簡直像發瘋的帽子商人在開茶會，全亂了套。直到前線戰情惡化，勞埃．喬治上台才挽救了大局。情況發展地太過分，甚至連「荒謬」二字都不能加以形容，使得一向嘻笑怒罵的年輕人也閉嘴了。

一九一六年，赫伯．查泰萊喪生，克里夫成了查泰萊家的繼承人——連這個也使他害怕。身為查泰萊家子嗣，薇碧山莊未來的主人，地位之重，他了然於心，自己永遠擺脫不掉這個責任。他有自知之明，曉得在芸芸眾生的眼中看來，他的情形同樣荒謬可笑。他如今是繼承人，薇碧山莊成了他的責任，這還不荒謬嗎？雖然也很神氣，可是，到底還是很荒謬，是不是？

查泰萊老爵士可一點也不覺得有什麼荒謬可笑的。他臉色慘白，坐立不安，越來越封閉，一心要拯救國家，保住自己的地位，管他在位者是勞埃．喬治還是其他什麼人。他和英國，和現實的英國隔絕開了，對時局完全使不上力，竟然認為伯頓利這種人上台也可以。老爵士效忠英國和勞埃．喬治，就跟他的祖宗效忠英國和聖喬治是一樣的，他從來不知道兩者有什麼不同。所以他砍樹來支持勞埃．喬治和英國，或者說是支持英國和勞埃．喬治，都一樣。

他要兒子克里夫娶妻好傳宗接代。克里夫覺得老爸是個無可救藥的老骨董，可是他自己除了拿那種已經沒太大把握的態度來嘲弄一切，特別是嘲弄他自己的處境之外，他也沒有出息到哪裡去。他雖不甘不願，但還是鄭重其事地繼承了爵位和莊園。

戰爭初期的狂熱消失了……死絕了。太多死傷和慘劇，人需要支持和撫慰，需要在安全的港灣停泊下來。男人需要有個老婆。

克里夫和哥哥姊姊三人雖然認識不少人，卻一向閉居在薇碧山莊裡，奇怪地過著與外界隔絕的生活。隔絕感強化了手足之情，雖然他們有爵位有土地——或許也正因為有爵位有土地——他們老覺得自己地位不保，無依無靠。

他們生活在中部工業區，卻和這個地區不相往來。受了他們那個孤僻自守、頑固成性的父親影響，他們和同階層的人也不來往。儘管他們對老爸不以為然，卻還是很在乎他。

手足三人說過要永遠生活在一起，但如今赫伯卻死了，父親又催克里夫結婚。其實父親也沒有太囉嗦，只是悶不吭聲地堅持著，克里夫很難不從命。

但姊姊愛瑪卻說不行！她比克里夫大十歲，覺得克里夫結婚簡直像中途開溜，背棄了三人的約定。

然而克里夫還是娶了康妮，度了一個月的蜜月。那是在局勢惡劣的一九一七年，兩人像同站在沉船上那樣緊密相依。他結婚時還是個處男，對夫妻之間的性生活不怎麼重視，不過小倆口很恩愛——這種超越了性愛、超越了男性「滿足」的恩愛，讓康妮很歡喜。似乎大部分男性都只求自己滿足，但好歹克里夫不是這樣。是的，他們夫妻間的恩愛要來得更深刻、更親密；性不過是小事一件，是附屬品，是種可笑、過時、粗鄙的生物行為，不一定非有不可。不過康妮倒真想有個孩子，即使只是為了鞏固自己的地位，對抗大姑愛瑪。

可是一九一八年初，克里夫卻支離破碎地被軍艦送回來，孩子也沒有。查泰萊老爵士含恨而終。

2

康妮和克里夫在一九二〇年秋天回到薇碧山莊。愛瑪因為對弟弟的背叛行為依然耿耿於懷，便離家到倫敦找了間小公寓住。

薇碧山莊是一棟長而低矮的老宅，用棕石砌成，興建於十八世紀中期，後來不斷加蓋，變成一處雜亂無章又不太出色的地方。它座落在山崗上，四周一片蒼鬱的老橡樹林，但是，唉——不遠處泰窩村的煙囪也在眼前，冒著片片蒸氣和黑煙。村舍零星散布在遠方潮濕而迷濛的山丘上，從莊園大門口開始，綿延約一哩長，醜得無可救藥，令人厭惡。一排排又小又髒的破爛磚房，屋頂是黑石瓦。房子稜角尖銳，有種頑強卻單調的荒涼感。

康妮本來就看慣了坎辛頓、蘇格蘭或薩塞克斯高低起伏的景觀，那就是她所知的英國。她帶著年輕人的堅忍，對中部煤鐵礦區那種沒靈性的醜樣看了一眼，便不再理會了：那可怕的樣子令人難以置信，也不該去想。然而，她在薇碧山莊冷清清的房間裡卻聽見煤篩子唰唰響、起重機噗噗響、卡車隆隆響，還有運煤火車頭那低啞的汽笛聲。泰窩村的礦坑口在燃燒，已經燒了好多年，要弄熄它可得花掉大把鈔票，所以只得讓它燒下去。要是風朝薇碧山莊吹（而且經常是如此），整座宅子就都是硫磺臭味。即便是無風的日子，空氣中也總有一股地底冒出來的怪味道，硫磺啦、鐵啦、煤啦，或是什麼酸東西。煤灰連連落在聖誕玫瑰上，嚇死人，活像天降黑毒似的。

唉！就是這樣，人間事都是命中註定的。可怕歸可怕，但也抗拒不了，命運之神照樣為所欲為。入夜，壓得低低的烏雲燒映上一塊塊紅斑，扭曲、伸縮，像痛死人的燒傷。冒出紅光的是礦場的鎔爐。剛開始康妮嚇壞了，感覺像住在地獄裡，後來也就習慣了。而且這裡每天早上都下雨。

克里夫說他喜歡薇碧山莊勝過倫敦。這鄉下有種自己的頑強的意志，這裡的人性子也蠻強。康妮心想：他們沒見識沒腦筋，除了蠻強還有什麼?這裡的人和這地方一樣，邋遢、難看、乏味，人和地方同樣不友善。放工後他們成群結隊地晃蕩回家，嘴裡咕噥著方言，釘鞋踩得喀喀響，教人害怕，又教人有點摸不透他們。

村子裡沒有舉行儀式歡迎少莊主回家，沒有熱鬧活動，沒派代表來致意，連朵花都沒有送。夫妻倆只是坐了輛溼答答的車子駛上潮溼的車道，穿過兩邊陰森的林蔭，上了山坡，渾身溼透的灰羊在那兒吃草，然後他們才到達深棕色巨宅聳立的大門前，管家夫婦在那兒踱來踱去，結結巴巴地準備說幾句場面話。

薇碧山莊和泰窩村之間一向沒有來往，完全沒有。沒人會碰碰帽沿行個禮或屈膝請安；工人光瞪著眼看人，生意人則朝康妮揮帽子像碰上熟人，對克里夫就只有笨拙地點點頭，如此而已。跨不過的鴻溝，兩邊暗地裡彼此厭惡。村民這種雖然微弱但持續流露出的厭惡，起初令康妮十分難受，後來她也磨硬了，這反而成了一種振奮生活的調劑。不是她和克里夫不得人心，他們只是和勞工階層不同族類。在特倫河以南的地區，人與人之間也許沒有什麼跨不過的鴻溝和難以言喻的隔閡，但在中、北部工業區，隔閡的問題確實存在，人與人無法溝通。你走你的，我走我的！抹煞了人類本愛交流的通性。

不過，村人與克里夫、康妮兩方倒是有點一致，就是兩邊都想：「你少煩我！」

這裡的牧師是個好人，年約六十，很有責任感，卻被村民那種沒有明說，但「你少煩我」的態度，弄得毫無地位。礦工的老婆幾乎全是衛理教派的信徒，礦工們則什麼也不信。雖然光是那身教士服，就足以讓人忘了他跟所有人一樣，也是個人。不，對這裡的村民來說，阿西比牧師不是普通人，有點像是一臺會傳道、會祈禱的機器。

查泰萊夫人又怎樣？咱們也不比妳差！——村民這種蠻強的本性，最初讓康妮大感莫名其妙。她開頭和礦工的老婆們搭話，可是她們怪異又令人狐疑地假意逢迎，聽得出話中帶刺——不得了！查泰萊夫人和我說話，這會兒我成了大人物！不過她可別以為我有哪點不如她！——這種怪異的冒犯態度實在讓人受不了，又惹人厭惡，又無可救藥。

克里夫不理村民，她也有樣學樣，不瞧他們一眼地走過去。他們瞪著她看，彷彿她是具會走路的蠟像。克里夫非得跟村民打交道不可的時候，便端出一副尊貴、傲慢的架子。這年頭對人客氣不得。事實上，凡是不屬於他那階層的人，他一律嗤之以鼻，維持高高在上的身份，絲毫不假辭色。人們對他是既不喜歡，也不討厭：他和礦場、薇碧山莊一樣，只是環境的一部分。

克里夫如今成了殘廢，變得極度內向敏感，除了貼身僕人，他誰都不想見，因為他必須坐在輪椅或電動椅上見客。雖然他的衣著還是和以前一樣講究，出自高價的裁縫師之手，一樣打著上好的邦德街領帶。從上面看下來，他也還是和從前一樣英俊瀟灑。他本來就不是時下那種女性化的青年，他氣色紅潤，肩膀很壯，倒有幾分粗獷味，可是說起話來優柔寡斷，眼神大膽卻又有懼色，充滿自信卻又猶豫不定，在在暴露了他的性格。他經常出現粗魯傲慢的態度，然後一下子又對人低聲下氣，謙遜得幾乎有些畏畏縮縮了。

康妮和他廝守在一起，保持著一點距離，有種現代人的作風。半身癱瘓對他造成莫大打擊，他內心受創太重，再也逍遙不起來了。他是個殘缺之身；康妮為了這一點，一直痴心地守著他。

但她不能不察覺到他和外人實在太隔離了。照理說，礦工是他的手下，他卻把他們看做是物，是礦坑的一部分，是粗陋的東西，而不是和他相同，有血有肉的人類。他有點懼怕他們，如今成了廢人，更受不了他們看待他的目光。他們怪異、粗魯的生活，在他看來就像刺蝟一般難以理解。

他冷眼旁觀這些人，但態度卻像是從顯微鏡往下看，或舉起望遠鏡往上看——他不要任何接觸。除了按傳統和薇碧山莊的人接觸，或基於親情和愛瑪有連繫，此外任何東西都碰觸不了他。康妮就覺得她這個做老婆的也無法真的觸及到他；或許是他根本沒有可讓人觸及的東西，或者他根本就否定人與人之間的接觸吧。

然而，克里夫對康妮還是依賴到底，一刻也少不了她。他雖然個子又高又壯，卻很無助。他可以自己推動輪椅四處去，又有一部裝了馬達的電動輪椅，可以開往園林裡蹓躂，可是只要一落了單，他就不知所措了。他需要康妮在身邊，以確定自己的存在。

雖然如此，他還是有著雄心壯志。他開始寫起小說來了，寫的都是他周遭的人事物。他下筆靈巧，卻帶著尖酸味，但不知怎麼卻表達不出一點意義。他的觀察獨到不凡，卻和現實沒有接觸，沒有真正的聯繫，好像整個故事是無中生有似的。不過反正今日的社會就如同一座人工打燈光的大舞台，他筆下那些故事倒顯得出奇地真實，相當符合現代人的心理。

克里夫對於自己的作品在意得近乎病態。他要人人都叫好，說它是最好的，好到不能再好了。那些小說刊在最新潮的雜誌上，評價毀譽參半，這很平常。不料克里夫一見到惡評，就像有千刀萬剮在折磨他。他似乎把整個生命都寄託在小說上了。

康妮也盡全力幫忙他。剛開始她很興奮。他什麼都跟她討論，單調、堅持、滔滔不絕地講，她得用全部身心的力量來回應。她整個靈魂、肉體和性慾好像都被挑動起來，移入了他那些故事裡，這使她興奮、沈醉。

但他們的現實生活卻乏善可陳。康妮理當監督家務，但這裡的管家已經服侍過老查泰萊爵士多年了；還有那個一板一眼，乾巴巴的老太婆……幾乎不能稱之為女僕，甚至很難說她是個女的……她伺候三餐也有四十多年了；連下人都已經老態龍鍾。遭透了！像這樣一個地方，你能拿它怎麼辦？只好由它去了。偌大的宅邸，數不清的房間沒人住，但一切還是照中部人家的老規矩來，維持著機械化的整潔和秩序。克里夫硬找了個新廚娘進來；這女人經驗老道，曾在倫敦為他燒過飯。除此之外，整個薇碧山莊彷彿在無政府狀態下由機械操控著，一切井井有條，乾乾淨淨、分秒不差，而且也絕對規規矩矩。但在康妮看來，這宅子雖然有條有理，仍舊是無政府狀態，欠缺感情的溫暖來組織它，使它有生氣。薇碧山莊和一條廢棄的街道一般荒涼。

除了由它去，她又能怎樣……？康妮於是放手不管了。查泰萊小姐偶爾回來一趟，發現一切如故，她那張貴族人物的尖臉兒就會露出勝利之色。她永遠不會原諒康妮把她拱走，害她不能和弟弟相守下去。應該是她，愛瑪，和他一起出書，一起發表小說；應該是他們，查泰萊姊弟，推出令世人耳目一新的傑作——《查泰萊作品集》，思想、內容都獨樹一格，超越前例：一本查泰萊姊弟的文集，一本完全屬於私家的產物。

康妮的父親匆匆來訪薇碧山莊那回，私下對女兒說：克里夫寫的東西雖然俏皮，可是沒有內涵，不會流傳下去的……康妮望著她這個一生意氣風發的父親，她那雙依然好奇的藍色大眼睛便朦朧了。他說沒有內涵是什麼意思？既然書評家都讚好，克里夫幾乎成了名人，甚至賺了錢……她父親怎麼還說克里夫的東西沒內涵？該有什麼內涵呢？

因為康妮也是照著年輕人的那套標準：流行的就是最好的，而流行時時刻刻在變，下一個流行也不一定和上一個有什麼關聯。

她住在薇碧山莊的第二年冬天，父親又說話了：「康妮，我希望妳不要讓情況把妳弄成一個半處女。」

「半處女？」她含糊答道，「怎麼？有什麼關係？」

「妳要是不在乎，那就沒關係！」父親趕緊道。他和克里夫單獨相處時，又對女婿說同樣的話：「我恐怕康妮不大適合做半處女。」

「半處女！」克里夫弄懂了意思，叫道。

他想了想，氣紅了臉，覺得受到侮辱。

「對她怎麼個不適合？」他僵硬地問。

「她越來越瘦……都見到骨頭了。她不是這一型的，她不是像小沙丁魚一樣瘦巴巴的女孩，她應該是活蹦亂跳的蘇格蘭鱒魚。」

「就差沒有那一身斑點！」克里夫氣道。

後來他想和康妮談談這件半處女的事……就是她如守活寡的情況……卻開不了口。他和她一方面太親密，一方面又太疏離。在精神上，兩人全然一致；但肉體上，彼此卻互不存在。兩人都沒辦法提到這要命的一點：他們這麼親，卻完全沒有接觸。

康妮也猜到她父親說了什麼，被克里夫擱在心上了。不過她知道他才不在乎她是半處女還是妓女，只要他眼不見就心不煩。任何不聞不見的事，就等於不存在。

如今康妮和克里夫已在薇碧山莊住了近兩年，過著以克里夫和他的寫作為中心的，不怎麼踏實的生活。兩人對這份寫作事業保持著興趣，在創作的苦悶中你來我往地討論，感覺好像真有什麼事正在發生，彷彿在一片虛無中真有什麼似的。

到目前為止，這就是生活：活在虛無之中，其它的一切都不存在，僕婢、山莊都在……可是卻都像幽靈似的，並不存在現實中。康妮到莊園和相連的樹林裡遊走，很喜歡那種孤獨和神祕。腳踢起秋天的枯葉，手摘下春天的報春花，但這一切都是夢，或者說是現實裡的幻象。橡樹葉是鏡中飄舞的橡樹葉，她自己是別人在書中讀到的一個人物，採來的報春花是影子，是回憶，或只是字辭。她沒有實體的感覺……什麼都觸摸不到，接觸不了！只有和克里夫一起過的日子，無盡地編織著故事的網，心裡隱約記得父親說它們沒有內涵、不會流傳下去的話。為什麼小說一定要有內涵？何必一定要流傳？日子夠苦了，能看起來像個樣子就夠了。

克里夫把一堆其實只算泛泛之交的朋友都請到山莊來，有寫文章的、有寫評論的，形形色色，能吹捧他小說的一批人。他們被邀到薇碧山莊作客，都感到受寵若驚，當然就對他吹捧不已。康妮心知肚明，然而有何不可？這也是鏡花水月的幻象之一，有什麼大不了的？

她以女主人的身份款待這些人——大都是男人。她不時也款待克里夫那些貴族親戚。她是個生得嬌柔、紅潤，有點鄉下氣的女郎，淡淡的雀斑，大大的藍眼，捲曲的棕髮，聲調悅耳，腰枝結實曼妙，大家都覺得她是老式的、很「女人」的那種女人。她不是「小沙丁魚似的」，平胸扁屁股地像男孩子。她太嬌柔了，不是很精明活潑的那種女人。

所以男人們，特別是年紀已長的男人，都對她很奉承。可是她曉得只要她稍露風情，克里夫就不知要難受到什麼程度，於是她對人便不苟言笑。她沈靜、淡漠，沒有也不想和他們有瓜葛。克里夫因此很得意。

他的親戚對她相當和氣。但她知道那種「和氣」表示欠缺敬畏；而這些人，你如果不唬唬他們，教他們有點畏懼，他們就不會尊重你。不過同樣地，她跟他們也沒有接觸。就讓他們對她和和氣氣，不把她放在眼裡吧！她讓他們覺得沒有防備她的必要，反正她和他們也沒有真正的接觸。

日子就這麼過著。不論發生了什麼事，也好像什麼都沒發生，因為她是那麼有技巧地避免與人接觸。她和克里夫活在他們的信念和他的小說裡。她招待親朋好友……屋子裡總是有客人。光陰在時鐘的擺盪中過去，過了七點半，很快八點半又過了。

3

但是康妮發覺自己越來越心神不寧。她不和人接觸，那股不安的感覺就瘋狂的纏上她。她不要抽搐，它偏讓她四肢抽搐。她想好好躺著不要抖動，它偏讓她渾身抖動。它在她體內，子宮裡，或是哪個部位作亂，弄得她覺得需要跳下水去冷靜一下。她像瘋了似的心神不寧，一顆心老是沒來由地猛跳，人越來越瘦。

僅僅是心神不寧，就搞得她生活都亂了。她會突然丟下克里夫，奔過園林，躺到蕨叢裡，心中只有一個念頭——離開屋子，離開所有人。樹林是她的避難所，她藏身的地方。

但也不是真正的避難所，因為她跟它毫無關聯。這裡只是個供她逃避其他一切的場所。至於森林之靈……如果真有這種荒誕的玩意兒，她也從沒有接觸過。

她隱約知道自己要崩潰了。她和活生生的世界斷了聯繫，終日面對的只有克里夫和他的小說，那些沒有存在感、沒有內涵的東西……除了空虛之外，還是空虛！理性上她只是隱約知道，但感覺上卻像用頭撞石一樣清楚。

她父親再度勸她：「康妮，妳怎麼不去找個情人？這對妳有很大的好處。」

那年冬天，麥克里斯到山莊作了幾天客。他是個愛爾蘭青年，在美國寫劇本賺了大錢。倫敦上流社會本來非常喜愛他，因為他專寫上流社會的故事。後來上流社會的人發現他們在一個都柏林街頭混混的筆下被諷刺得一無是處，就對他反感了。麥克里斯的名字成了最下流、最被輕視的字眼。他們還發現他反英國——對該階層的人來說，這一點比幹了最卑劣的罪行還要不得。他被罵得體無完膚，劇本也給一股腦兒地扔進垃圾桶去。

不過，麥克里斯住的是梅費爾區的高級公寓，走在邦德街也是一派紳士模樣。你可不能怪這兒的大裁縫為低三下四的主顧服務，因為顧客可是付了錢的。

克里夫把麥克里斯請到薇碧山莊時，這個才三十歲的作家正是失意的時候，克里夫卻毫無遲疑地請了他。麥克里斯一出言，大概有幾百萬的人會注意到；他如今和上流社會的人交惡，人在異地，失去靠山，對克里夫此時的邀請一定很感激，這一來，在美國那邊他無疑會說克里夫的好話。名氣！一個人不管是哪塊料，只要時機對了，被人捧起來，尤其在美國那地方，一定會大出風頭。克里夫正在往上爬，對行銷的直覺也確實出色。後來，麥克里斯在一個劇本裡把他寫得好高潔，克里夫果然成了大家心目中的英雄。直到事後反應過來，才曉得自己被取笑了一頓。

康妮有點搞不懂克里夫一味想出名的盲目性子。他要在那個他既不瞭解，又感到害怕的花花世界裡出名，讓人知道他是個作家，一個一流的現代作家。康妮從她那事業成功、老當益壯、說話直率的父親那裡曉得，藝術家們的確都會自我宣傳，賣力地展現個人才華。但她父親走的是既有的管道，也是所有皇家藝術學院院士的管道：賣畫。克里夫卻發明各式各樣的新手法，找了各式各樣的人物到家裡來，而且還能夠不貶低自己的身份。不過他為了快速為自己建立名氣，不管什麼破銅爛鐵，只要方便，都拿來派上用場。

麥克里斯乘坐一部精巧的車子準時到達，除了司機，還帶來一個男僕。他一身邦德街的行頭！可是一見到他，望族出身的克里夫便倒抽了一口氣：這個人和他外表想給人的印象好像不完全……不太……好吧，其實根本是完全不符！光是這第一印象，就足以讓克里夫掉頭而去。不過他依然對麥克里斯彬彬有禮，拜倒在此人驚人的成功之下。成功，人稱是婊子也是女神，她的氣勢繞著半自卑半自傲的麥克里斯，盛氣凌人地保護著他，一來便把克里夫完全鎮懾住了，因為他也想把自己出賣給這名為成功的妓女兼女神，只要她肯要。

儘管麥克里斯一身打扮都出自倫敦最好的裁縫、帽商、理髮師和鞋匠之手，但他顯然不是真正的英國人：他那扁平、蒼白的臉孔不對勁，他的舉止、態度不對勁，連他一肚子牢騷的樣子都不對勁。此人滿肚子牢騷，任何一位正牌的英國紳士都可以一眼看穿；真正的英國紳士絕不會表現得這麼露骨。可憐的麥克里斯著實吃了苦頭，到現在還有點喪家之犬的模樣。他憑著本能、憑著臉皮厚，用他的劇本闖進了戲劇界，還揚眉吐氣。本以為苦日子已經過去了，天呀，還沒有……永遠也不會過去，因為在某方面來說，是他自找苦吃。他不是出身英國上流社會，偏偏要往上流社會鑽。那幫人多麼高興找各種方法來整他！他多麼恨他們！

怎麼說，這個都柏林的小雜種還是帶著男僕，乘著精巧的車子來了。

他有些地方讓康妮滿喜歡的。他不擺架子，對自己沒有不實際的幻想。他有條有理、簡潔切實地敘述克里夫想知道的一切，絲毫不囉嗦。他很清楚別人是為了利用他才請他來的，於是也就像個精明得幾乎淡漠的生意人，或者一個做生意的老江湖，不動聲色，任人發問，自己則不流露任何多餘的情緒。

「錢！」他說：「賺錢是人天生的一種直覺，一種本性，本來是強求不得的。可是一旦你的機運到了，你就會賺大錢，一直賺，賺翻了天！」

「可是總要有個開始。」克里夫說。

「那當然！你必須先進圈子。如果一直在圈外耗著，那就沒輒。你非闖進去不可！一闖進去，開始發展，都由不得你叫停。」

「除了寫劇本，你還有別的法子賺錢嗎？」克里夫問。

「大概沒有了！我也許是個好作家，也許是個爛作家，但是寫劇本是我唯一的出路，這是毫無疑問的。」

「而且你自認是寫通俗劇的作家？」康妮問。

「妳說對了！」他猛地轉向她說：「我寫的劇本沒什麼內涵，只要一扯上『通俗』，就不會有內涵。我那些劇本並不是因為有內涵才流行的。它們受到歡迎，其實跟天氣一樣……沒什麼道理，就是那樣子……一時的風行罷了。」

他那對不太靈活的凸眼轉向康妮，眼底有種看透一切的神情，她不禁顫抖。他看起來好老好老……像是歷經了層層的幻滅。而那幻滅經過數個世代的累積在他身上，使他老得像千萬年的古地層；可是他又像個孩子般脆弱可憐。這是個被排斥的人，但他有貧賤小子那種狗急跳牆的膽量。「至少你這些年的表現很了不起。」克里夫若有所思地說。

「我已經三十歲了……三十了！」麥克里斯突然道，還怪笑了一聲，笑裡有得意，也有空虛和苦澀。

「你是一個人嗎？」康妮問。

「妳是指什麼？我一個人住嗎？我有僕人，是個希臘佬，他自己說的。滿沒用的，不過我還是留著他。我以後會結婚的，可不是，我一定要結婚。」

「說得好像你要割扁桃腺似的。」康妮咯咯笑。「結婚對你是件難事嗎？」

他佩服地看著她，「不瞞妳說，夫人，是有點難。我發現……原諒我這麼說，我不能娶英國女人，連愛爾蘭女人都不成。」

「娶個美國女人試試。」克里夫說。

「哦，美國女人！」他乾笑一聲，「也不成，我已經問過我僕人，看他有沒有辦法幫我找個土耳其妞，或是其他……接近東方血統的！」

康妮對這個事業如日中天，然而性情古怪又憂鬱的男人，完全摸不著腦。聽說他光是在美國一地的收入就有五萬美金。有時候他看起來很英俊：側著臉或低下頭時，光線又正好照在他臉上，他那凸凸的雙眼、那彎曲的濃眉、那抿得緊緊的嘴，有一種如同象牙雕刻的黑人面具那種肅穆、恆久的美。那美感僅僅一剎那，但透出一種「定靜」之態，一種超越時間的定靜。這種「定」正是佛陀所追求的；有時黑人會不經意流露出這樣的神態，那是存在他們種族中一種極古老的、聽天由命的特質。我們動不動就起來反抗，而那種族卻聽天由命了千百年，像鼠群在黑流裡掙扎著游過河去。康妮突然覺得他很可憐，這突如其來的感情含著憐憫，又有一點厭惡，近乎是愛了。這個外來者！這個外來者！他們罵他粗魯不文！克里夫看起來不知要比他粗魯、霸道多少倍！愚蠢多少倍！

麥克里斯立刻曉得，他已經吸引住她了。他用一雙圓圓的，有點凸的淡褐色眼睛，漠然地打量她，看她對他有幾分好感。對英國人來說，他永遠是外來者，即使愛情也改變不了這一點。不過有時還是有女人會愛上他的……其中包括英國女人。

他很清楚他和克里夫合不來：他們是兩隻不同種的狗，本來一碰上就會齜牙咧嘴、相互咆哮，但卻不得已必須微笑相對。但是跟這女人呢，他卻不大有把握。

早餐是在臥室吃的，男主人在午餐之前不會露面，飯廳有點冷清。喝過咖啡後，麥克里斯毛躁地坐不住，不知做什麼好。那是個很舒爽的十一月天，在薇碧山莊算好天氣了。他眺望那蕭瑟的園林，我的天……什麼鬼地方！

他叫僕人去問夫人有沒有什麼需要他效勞的？他想開車到雪菲爾德去。結果答覆是：請他到夫人的起居室坐坐。

康妮的起居室在三樓，是這棟屋子正中央的頂樓；克里夫的房間當然在一樓。查泰萊夫人請麥克里斯到她私人的起居室去，他感到受寵若驚，一路隨著僕人走……他從來什麼也不留心看，對周遭事物也不多接觸。到了她房裡，他卻對德國複製的雷諾瓦和塞尚名畫，隱約撇了一眼。

「這上面很舒服。」他說，咧嘴露出他那怪異的笑容，好像笑會痛似的。「妳住頂樓真聰明。」

「我想是吧。」

整座薇碧山莊，只有她這房間佈置得摩登、怡人，是唯一能展現她個性的地方。克里夫從沒看過這裡，她也很少請人上來。

這會兒，她和麥克里斯在壁爐邊對坐，聊天。她問到他父母、兄弟，還有他自己的事……她對別人一向很好奇，一旦動了同情心，她也就沒什麼階級觀念。麥克里斯談到自己，毫不隱瞞，也不做作，完全把他那冷漠、苦澀，如喪家之犬般的心情吐露出來。談到他的成功時，他顯出一種報復似的得意。

「你為什麼孤孤單單的？」康妮問他。他再度用他那雙圓圓的褐眼打量她。

「有人天生如此，」他說，然後，用熟絡的口氣調侃她：「瞧瞧妳，不也是孤孤單單的？」

康妮有點吃驚。她想了一下，說道：「只不過在某一方面是，不像你完全孤單。」

「我真的是完全孤單的嗎？」他問，怪模怪樣的笑臉，好像牙疼似的。他眉心深鎖，眼神永遠那麼憂鬱，或者說是隱忍，又或是幻滅、害怕。

「不是嗎？」她望著他，有點透不過氣地說：「你不就是那樣？」

她覺得對他非常非常地動心，就要失去自持了。

「啊，妳說得很對！」他別開頭去，帶著那種屬於古老民族，但完全不存在於我們這個時代的定靜之態。康妮就此失去自制力。

他直視著她，用那種把什麼都看在眼裡、記在心底的眼神。同時，他的肺腑又發出一種彷如夜半嬰啼似的心聲，使她的子宮都受到了激盪。

「妳太好了，還會想到我。」他短促的說。

「我為什麼不會想到你？」她喊道，險些說不出話來。

他發出一聲短促而諷刺的悶笑聲。

「喔，那麼……我可以握一下妳的手嗎？」他突然道，兩眼帶著近乎催眠的力量定定地望著她，雙眼送出的懇求直接激動了她的子宮深處。

她意亂情迷望著他。他過來在她身邊蹲下，兩手抓住了她的腳，臉埋在她膝上，一動也不動。她整個人昏了頭，訝異地低頭看著他那異常白皙的頸背，感覺到他的臉緊貼住她。她慌亂極了，不覺伸出手，親熱地撫摸他那毫無防備的頸背。他打骨子裡顫抖起來。

然後，他抬頭看著她，圓圓的眼睛透著魔力，她完全招架不了，胸中流露出回應他的巨大渴慕。她必須將一切都給他，所有一切。

他是個很奇怪卻又很溫柔的情人，對女人極為體貼。在激情的時候，他顫抖得無法自我控制，可是同時又十分清醒，一直注意著外頭的一切動靜。

那回事對她而言沒有太大的意義，重要的是，她把自己獻給了他。最後他不再顫抖了，聞風不動躺著。她用手指慵懶而愛憐地撫摸他趴在她胸口的頭。

他起身親她的雙手，然後又親她穿著麂皮拖鞋的雙腳，接著悄悄走到房間另一頭，背對著她，不出一言地站了片刻。接著他轉身走回她面前，這時她已經坐回壁爐邊原來的位子了。

「我想，現在妳一定會恨我了。」他低低地，無可奈何地說。她猛地抬起頭。

「我為什麼要恨你？」她問。

「女人都這樣，」他道，然後發現自己說溜了嘴。「我是說……女人好像都會這樣。」

「這是我最不該恨你的時候。」她有點氣。

「我知道，我知道！是這樣沒錯，妳對我太好了……」他可憐地叫道。

她不懂他怎麼那麼可憐。「你要不要坐下來？」她問。他朝門口瞄了瞄。

「克里夫！」他開口說，「他會不會……會不會……？」她想了一想，說：「可能會！」

她抬頭看著他說道：「我不希望讓克里夫知道，連疑心都不要有，否則他會很傷心。不過我不覺得做錯事，你呢？」

「做錯事！我的天，才不是！只是妳對我實在太好了……我都要承擔不起了。」

他偏過身去。她見他幾乎啜泣起來了。

「我們不必讓克里夫知道，是不是？」她央求著：「那會大大地傷害他的。只要他不知道、不疑心，就不會有人受傷害了。」

「我!?」他幾乎厲聲地說：「我什麼都不會讓他知道！妳看他會不會知道！我自己露馬腳?哈哈！」他想到這裡，譏諷地乾笑兩聲。她詫異地看著他。他對她說：「我可以親親妳的手再走嗎?我要開車到雪菲爾德。如果妳不介意，我就在那兒吃午餐，下午茶時候會回來。有什麼要我效勞的？妳能不能跟我保證，妳不恨我……而且以後也不會恨我？」他說到最後有一種豁出去的諷刺味。

「不，我不恨你。」她說：「我覺得你人很好。」

「啊！」他尖聲說道：「我很高興妳是說我人好，而不是說妳愛我！這樣要來得有意義多了……那麼下午見了。在再見之前，我有好多事情該好好想想。」他謙卑地吻了她的手，走了。

「我覺得我受不了那小子。」克里夫吃午飯時說。

「為什麼？」康妮問。

「他虛有其表，根本是個粗俗的傢伙……只等著逮到機會打擊我們。」

「我想大家對他是太刻薄了。」康妮說。

「妳還搞不懂為什麼？妳以為他空出他的寶貴時間，是拿來做好事的？」

「我覺得他還滿慷慨的。」

「對什麼人慷慨？」

「這我不知道。」

「妳當然不知道。我怕妳是把狂妄當做慷慨了。」

康妮躊躇了。是這樣嗎？這不無可能。然而麥克里斯的狂妄對她卻有某種吸引力。他已經攀上巔峰，克里夫卻才小心翼翼地爬了幾步，他以自己的方式征服了世界，那正是克里夫想做到的。用什麼方法和手段……？難道麥克里斯用的會比克里夫更卑劣嗎？一個外地窮小子，單槍匹馬拿各種手段走後門，以求出頭，會比克里夫想靠自我宣傳求得名聲來得差勁嗎？成功，是婊子也是女神，有多少人像伸舌垂涎的狗，對她窮追不捨。論成功的話，那麼誰先得到她，誰就是狗中之王。所以，麥克里斯大有資格把尾巴翹上天。

奇怪的是，他並沒那樣。快到喝下午茶時，他捧了一大把紫羅蘭和百合花回來了，還是一副卑躬屈膝的敗犬模樣。康妮有時候懷疑，這會不會是種掩飾，有意讓敵對者對他消除戒心，因為他那種模樣太刻版了。他真是那麼一隻慘兮兮的狗？

整個晚上，他始終那麼一副卑躬屈膝的模樣，但克里夫感受到他內心的傲慢；康妮卻沒有感覺，也許他的傲慢不是用來對付女人，而是對付男人，對付他們的蠻橫霸道。一個低賤的人，內心卻有那種毀不掉的傲慢，這就是人們這麼打壓麥克里斯的原因。只要有他在，上流社會的男人就覺得是侮辱，他只好盡量裝得文質彬彬來掩飾自己了。

康妮愛上他了，不過她極力裝得若無其事，坐在那兒刺繡，讓兩個男人聊他們的天。麥克里斯表現得更是無懈可擊，完全就是前一天晚上那個斯文卻又陰鬱，而且遙不可及的小夥子，和主人家隔閡著十萬八千里。他恰到好處地拍主人馬屁，然而一步也不曾跨出去接近他們。康妮覺得他一定忘了早上的事了。

他沒忘，他只是清楚自己的位置……他的地位依舊，生來就是圈外人。他沒把男歡女愛這檔事和個人混為一談。他是一條無主的流浪狗，人人覬覦他脖子上的金項圈，但是他和康妮的關係並不會把他變成備受嬌寵的名犬。

他心底明白得很：他是個外來客，還帶著反社會的叛逆因子；不管他把外表打點得多麼有邦德街的派頭，他心裡也得接受事實。他有必要保持孤立，就像他穿著入時、和高尚人士打交道一樣，都是必須的。

不過，偶而來一場露水姻緣作為消遣，也是美事一樁。他不是不知感激；剛好相反，對於別人自然流露出的些微善意，他都會銘感五內，甚至涕淚縱橫了。在他那張蒼白、冷靜，沒什麼表情的臉孔底下，他孩子般的內心可是對那女人感激得淚汪汪地，恨不得再去找她；但他飄蕩不羈的那顆心也清楚，他最好和她保持距離。

他們在走廊點蠟燭時，他找到機會跟她說話：

「我可以去找妳嗎？」

「我會來找你。」她說。

「哦，好！」

他苦苦等待……她終於來了。

他是那種會亢奮發抖的愛人，高潮來得急，去得也快。他赤裸的軀體奇妙地像孩子似的，沒一點防禦能力。他的防禦能力都是靠他的機靈和狡猾來的；一旦放下那天生的狡猾，他似乎變得更加赤裸，像個孩子般嬌嫩、尚未成熟的肉體，好像無助地在掙扎著。

他挑起康妮某種同情和渴望，一種狂野、熱切的情欲。可是在肉體上他並沒有滿足她。他總是草草了事，然後趴在她胸口上，多少又回復他那副不知羞恥的德性來；而她躺在那兒，茫然、失望，又失落。

但不久她就學會怎麼掌握他，讓他在高潮後繼續留在她體內。他很奇怪地依舊維持堅挺，慷慨地給予她；她主動……狂野、激烈地主動，直到她自己的最後關頭。而他感覺到是因為自己極力撐著，她才能夠如此欲死欲仙，便有有說不出來的得意滿足。

「哦，好美妙呀！」她顫聲說道，然後變得很平靜，倒在他身上。他則漠然躺在那兒，但有幾分驕傲。

他那次只待了三天，對克里夫的態度始終像第一天晚上，對康妮也如出一轍，完全沒露一點馬腳。

他寫信給康妮時還是一樣帶著傷感，有時也說幾句俏皮話，帶著一種奇怪的、沒有男女之別的感情。他對她的感情似乎是不抱指望的那一型，因此還是保持著一點距離。他打骨子裡就是個沒指望的人，他就喜歡這樣；他才討厭心裡抱著希望呢！他曾經在什麼地方讀到「一股巨大的希望穿過了大地」這樣的句子，給了一句評語是：

「這股希望還把一切值得珍藏的東西都他媽的淹沒了呢！」

康妮從未真正了解他，不過她以自己的方式來愛他。從頭到尾她都感受到他那種絕望投射在她身上。在絕望中，她實在沒辦法真正地愛他。而他這個絕望的人，根本就沒能力愛人。

他們就這樣持續了一陣子，通信，偶而在倫敦幽會。在他高潮匆匆過去之後，她總是採取主動，從他身上得到快感，而他也總是配合她——光是這點，就足夠他倆的關係維繫下去。這也足夠給她一種微妙的自信；其實那感覺盲目，還有點驕傲。她幾近無意識地肯定自己的能耐，滿心喜孜孜地。

她在薇碧山莊過得非常快活，盡量用她得到的愉悅和滿足來激勵克里夫，因此他在這段時間寫出他最好的作品，迷迷糊糊也覺得很快樂。她從麥克里斯被動挺在她體內的那部分得到性滿足，克里夫則從中獲取美好的果實。當然真相他想也想不到；要是知道，他就不會說謝謝了！

可是她這種興高采烈的日子一過去，便一去不回了。她陷入低潮，人也變得暴躁不堪的時候，克里夫是多麼希望開心的日子能夠再來啊！如果他知道真相，說不定他會想把她和麥克里斯再弄在一起的。

4

康妮一直有預感，她和米克（人家都這麼叫他）這段婚外情不會有結果；可是別的男人她又沒興趣。她的人生是和克里夫拴在一起的。他要她絕大部份的生活，她給了。可是她也希望擁有一個男人絕大部份的生活，這個克里夫卻沒有給她；他給不了。麥克里斯偶爾是可以解解悶，但是她有預感，他們好景不常。麥克里斯是沒辦法天長地久的，這是他天性的一部份，他必須切斷一切牽絆，回頭做他自由自在、獨來獨往的單身漢。他絕對需要這樣，雖然他老說：是她甩了我！

照理說，世上應該到處都是機會的，可是在親密關係這方面，機會卻少之又少。也許大海裏有不少好魚，但多數不是鯖魚，就是鯡魚，如果你自己既不是鯖，也不是鯡，你大概會發現海中沒什麼善類。

克里夫這時候名利雙收，人們都上門求見。康妮差不多天天在招待客人，但這些人要不是鯖，就是鯡，不時還夾雜著差勁的鯰魚或海鰻。

其中有幾個常客，是克里夫在劍橋的同窗。一個叫湯米•杜克斯，他一直留在軍中，如今已是准將。他說：「從軍讓我有時間思考，而且不必面對生存競爭。」

還有一個叫查理士•梅耶的愛爾蘭人，專寫有關天文科學的文章。還有韓蒙德，也是拿筆桿的。他們都和克里夫年紀相仿，都是當時的青年才俊，都崇尚性靈生活。性靈生活之外，你幹些什麼，那是個人私事，無關緊要。不會有人想問別人什麼時候跑廁所的，這種事引不起大夥兒的興趣。

日常生活大部份事情也差不多……你怎麼賺錢、你愛不愛老婆、乃至於你是不是搞外遇等等，這些事只跟當事人有關，和上廁所一樣，別人是沒興趣的。

「性問題的整個重點，」韓蒙德說——他是瘦長個子，有老婆和兩個孩子，不過他跟打字機的關係比跟老婆兒子更來得親密——「就是根本沒個重點。嚴格說來，問題根本不存在。所以，跟人上床沒什麼好大驚小怪的。問題就在這兒：只要我們對任何事都是一體看待，那就不會有問題產生了。把好奇心放在性問題上，根本就錯了。完全沒意思、沒道理！」

「對，韓蒙德，對極了！可是萬一有人搞上茱莉亞（茱莉亞是韓蒙德的太太），你就會開始冒火。他要是繼續搞，那你馬上會抓狂。」

「那當然！他要是在我家客廳角落小便，我也會冒火。什麼事都要看地方嘛！」

「你是說，如果他和茱莉亞另闢幽室去搞，你就不介意？」

查理士·梅耶話中帶刺，因為有一次他稍微和茱莉亞調情，韓蒙德便怒言相向。

「我當然介意，性是我和茱莉亞之間的私事，任何人想混進來，我都不會甘休。」

「老實說，」湯米·杜克斯開口，他瘦瘦的，一臉雀斑，比肥肥白白的梅耶更像愛爾蘭人，「韓蒙德，老實說，你有很強的占有欲和表現欲，很希望成功。我一輩子都要待在軍隊，所以擺脫了世俗的牽絆，這才看出世人求表現、求成功的渴望強烈得可怕。這實在發展得太過分了，人心全朝著那方向。當然，像你們這種人，覺得有女人支持會更有利，所以你的妒嫉心才這麼強。這就是性在你心目中的意義……是你和茱莉亞之間絕對少不了的小發電機，靠它帶來成功。萬一你成不了事，你也會跟查理一樣裝模作樣起來；查理就是成不了事的人。像你和茱莉亞這種結了婚的男女身上都有標籤，像旅客的行李箱。茱莉亞的標籤是亞諾·韓蒙德太太……跟鐵路上某人的行李箱一樣。而你的標籤是亞諾•韓蒙德，由韓蒙德太太轉交。啊，你說得對，說得對，性靈生活需要一棟舒適的屋子、像樣的三餐，甚至還需要兒女繞膝呢！不過重點是成功的直覺，它才是軸心，一切都繞著它轉。」

韓蒙德一臉慍色，他本來很以自己的傲骨與清高為榮的。儘管如此，他確實也想要功成名就。

「這是真話，沒錢不能過活。」梅耶說：「你得有一筆錢才能活下去……連要自由思考，都得要有一筆錢，不然你的肚子會唱反調。不過依我看，你大可不必給性貼上標籤。我們隨便跟任何人都可以說話，那麼，跟一個使我們動心的女人做愛，又有什麼大不了？」

「好色成性的居爾特人說話了。」克里夫道。

「好色成性！哈，有何不可？我倒看不出我跟一個女人睡覺，跟和她跳舞或是閒聊天氣有何不同？不過是以感官的交流來替代思想的交流，有何不可呢？」

「簡直像兔子一樣雜交！」韓蒙德說。

「有什麼不可以？兔子有什麼不好？牠們會比一肚子仇恨、神經兮兮、愛搞怪的人類還糟糕嗎？」

「就算如此，但我們畢竟不是兔子。」韓蒙德道。

「一點沒錯！我有腦袋。我必須推算一些對我來說比生死還要緊的天文問題。有時消化不良會妨礙我，飢餓更會把我搞得慘兮兮，性欲得不到滿足也使我困擾，那要怎麼辦？」

「我還以為把你弄得慘兮兮的是縱欲過度，而不是消化不良呢。」韓蒙德譏諷道。

「才不是！我才不會吃撐了，也不會縱欲，這是可以選擇的。但是我確實會感到飢餓。」

「哪會?你大可以結婚啊!」

「你怎麼知道我可以?這可能和我的思想不合,婚姻可能……而且一定會使我喪失心智能力。我不適合走那種路……就因為這樣,我就得像和尚似的被拴在狗窩裏嗎?全是鬼話,老兄。我必須生存,做我的演算,偶而需要碰個女人。我不想陳義過高,也不要別人在道德上指責我或禁止我。要是有個女人掛著我的標籤在街上走,像只行李箱似的,上面還有地址和火車站名,我會丟臉死了。」

這兩個男人為了茱莉亞那件調情的事兒,一直沒有和解。

「你這個說法很有意思,查理,」杜克斯說:「性是另一種形式的會話,要起而行,而不只是坐而言,我想這真的有點道理。我們可以和女人交換許多感情、感受,就像談論天氣之類一樣。做愛也許是男女之間一種自然的肢體語言。若不是意見相投,你不會和一個女人說話,就算說了也不會有太大興致;同樣地,若不是和一個女人情投意合,你也不會跟她睡覺,可是如果你已經……」

「已經和一個女人情投意合,你就該和她睡覺。」梅耶說:「這是唯一恰當的事,好比你有意和某人說話,那麼唯一恰當的就是:去找他說話,不必假惺惺地噤口不語。想說就說!那回事也一樣。」

「不對,」韓蒙德說:「那樣不對,梅耶。就拿你來說吧,你把大半的精力花在女人身上。你腦筋這麼好,卻從來沒做對事,你是本末倒置了。」

「或許吧……不過,不管你是已婚也好,未婚也好,你老兄在那方面都太偷懶了。你維持腦筋的純潔和完整,可是卻變得枯躁無味。你那顆純潔腦袋會和提琴弓一樣硬邦邦,你只是藉著說話來掩飾它。」

湯米・杜克斯放聲大笑。

「繼續抬槓吧，你們兩個有腦袋的人！」他說：「瞧我──我不做什麼高深的心智工作，只記下一些個人思想，而且沒結婚也不追女人。我認為查理是對的；就算他想追女人，也不必太勤快，不過我倒不反對他去追。至於韓蒙德，他有占有欲，所以自然適合直來直往的，而且走窄門的路。你們看好了，他在掛掉之前一定會成為英國名作家的。再來是我，無足輕重，只是小角色。你怎麼想，克里夫？性是足以把人推向成功之路的發電機嗎？」

克里夫在這種時刻很少開口。他從不發表意見。他的想法實在不怎麼高明，他心思太亂，也太情緒化。這會兒，他臉也紅了，模樣也不自在。

「算啦，」他道：「本人已無戰鬥力，這方面實在說不出個所以然。」

「不會的，」杜克斯說：「你的上半身一點也沒有喪失戰鬥力，你的腦子還完好如初，所以讓咱們聽聽你的高見。」

「呃，」克里夫結結巴巴地：「就算如此，我的想法還是不多……我想『結婚就知道了』這句話很能代表我的想法，當然對被此相愛的一對男女來說，結婚是很美好的一件事。」

「怎麼美好？」湯米問。

「嗯……它讓兩個人更親密。」克里夫說，在談這種話題時，扭捏得像個女人。

「唔，查理和我都認為做愛和談話一樣，是種溝通方式。隨便什麼女人和我談論性愛，到最後我一定和她上床，這再自然不過了。就可惜沒女人對我起個頭，所以我只好自個兒上床，這也沒什麼不好……我自己也希望就這樣吧，其他的天知道！反正我又不作天文演算，不過是個窩在軍隊裏的人。」

大家沉默下來，四個男人抽著菸。康妮坐在那兒刺繡，又縫了一針……沒錯，她人就坐在那兒！她必須安安靜靜，像隻耗子一樣不聲不響，免得干擾這些才高八斗的男士們重要的討論。不過她又不能不在場；她不在場，他們就不會談得這麼融洽，不會這麼無拘無束地發表意見。克里夫比別人放不開，康妮不在，他更怯場，大家也談不痛快。湯米‧杜克斯是最出色的；她在場令他頗受鼓舞。她不怎麼喜歡韓蒙德，此人心態似乎自私了點。至於查理士，她欣賞他某些地方，不過儘管他是研究天文的，卻顯得有點沒品味，邋里邋遢的。

多少個晚上，康妮就坐在這兒聽著四人高談闊論。這四人，或加上一、兩個別的人，他們永遠談不出什麼結論來。她倒不以為意，她喜歡聽他們講些什麼，特別有湯米在座的時候。真是有趣，男人不親妳，不用身子碰妳，卻讓妳知道他們的心思，實在太有趣了！然而這幾個人的心卻是多麼地冷呀！

而且，還有一點討厭：康妮比較敬重麥克里斯，可是一提到他，他們便抨擊個沒完，把他說成是最下賤的胚子，沒念過書的粗人。不管他是不是下賤胚子或粗人，他好歹搬得出一套自己的論調；談到性靈生活，他可不會光在那兒兜圈子，廢話連篇地。

康妮很喜歡精神生活，從中得到莫大的樂趣，可是她真的覺得他們過分了點。她喜歡置身在這群出名老友的晚間聚會裏，嗅他們的菸草味兒。「老友」，她私下這麼稱呼他們。沒有她悄然在座，他們甚至談不下去，她感到好玩極了，也頗為自豪。她敬重有思想的人——這群人至少試著要誠實地思考。但是他們的討論當中存在著某個不可解的奧妙；他們一直在談論某件事，但那究竟是什麼，她一輩子也答不上來。米克也同樣不清楚。

不過米克並不打算採取什麼行動，只是過自己的日子，並在其他人想弄清他底細時候，也盡量摸清他們。事實上，他憎惡這個社會，這也是克里夫和他的老友抨擊他的地方。克里夫和他的老友可不討厭社會；他們熱心想要極救人類，至少試著想要教導人類。

星期天晚上談到愛時，那才精采。

「讓我們永結同心，長相聯繫——」湯米・杜克斯讀道，並說：「我倒想弄清楚這個聯繫是什麼……目前聯繫我們的是思想上的磨擦，除此之外，咱們之間根本沒什麼聯繫。我們各行其道，又互相攻訐，跟全世所有差勁的知識份子差不多。在這方面人人都該死，因為人人都這麼做。我們各行其是，卻虛情假意地拿甜言蜜語來掩蓋彼此內心的惡意。怪的是，人類的精神生活好像植根在根深蒂固、不可名狀的惡意裏，一向如此！你看柏拉圖筆下的蘇格拉底，還有他周圍那群人！只為了洩恨，為了把他人撕碎的那種快感……普羅達哥拉斯啦，或隨便什麼人！還有，阿爾基比亞得和他那群小徒弟都像瘋狗似的吵成一團！這讓人覺得在菩提樹下靜坐的釋迦牟尼，或是在星期天向門徒講點小故事的耶穌，氣定神閒，不辯不解地，那樣更好。沒錯，精神生活根本上是出了問題。它以惡意和妒嫉，妒嫉和惡意為根源。種什麼因，得什麼果。」

「我不覺得我們就只有惡意。」克里夫抗議。

「親愛的克里夫，想想咱們這群人是怎麼說別人的。我自己尤其要不得，我寧可脫口而出地罵人，也不喜歡挖空心思說些甜言蜜語；甜言蜜語才有毒！我如果開始說克里夫是多好多好的一個人，可憐的克里夫就是被挖苦了。你們在座的每一個人，看在老天的面子上，儘管不客氣地對我說話吧，這樣我才知道我在諸位心目中還有點份量。別對我扯一堆甜言蜜語，那我就完了。」

「啊，可是我真的覺得咱們還挺喜歡彼此的。」韓蒙德說。

「告訴你吧，我們就得那樣……我們都在背後說彼此的壞話！我最糟！」

「我想你把精神生活和批評混為一談了。我同意你，蘇格拉底開了批評之先，可是他還有別的貢獻呀！」查理士·梅耶說得十分有權威。這些人表面謙和，但心裏可自大得要命。各個自命權威，偏又裝得那麼謙虛。

杜克斯不想再扯蘇格拉底了。

「的確，批評和知識是兩回事。」韓蒙德說。

「當然是兩回事。」拜瑞插嘴道。他是個靦腆的褐髮青年，來薇碧山莊和杜克斯會面，當晚便住了下來。

大家全瞪著他，好像說話的是頭笨驢。

「我說的不是知識……我說的是精神生活。」杜克斯笑了，「真正的知識來自身體每一部分的知覺，來自你的腦子、你的心靈，也來自你的肚腹、你的陽物。腦子只能分析和推理，把腦子和理性置於一切之上，結果大家能做的就只有批評，其他的都沒輒。我是說是大家能做的就「只有」這個，這句話可是至關重要的！老天，這個時世就需要批評……批評到死而後已！所以，讓咱們支持精神生活吧。放聲罵人，把那些老套全扯下來！可是要知道，如果你活著，你就是天生萬物其中的一部份；一旦你展開精神生活，你就像在摘蘋果，把蘋果和蘋果樹之間有機的關係切斷了。假如你只過精神生活沒有別的，你就成了一只被摘下來的蘋果……你已經脫離那顆樹，照道理說，你心裏就會懷恨，就像落地的蘋果會爛一樣。」

克里夫瞪大了眼睛，他聽得一頭霧水。康妮在偷笑。

「這下好了，咱們全是被摘下的蘋果了。」韓蒙德不大痛快的說。

「咱們只好自製成蘋果酒了。」查理道。

「你對布爾什維克主義有什麼看法？」褐髮拜瑞又插嘴，好像一切都會扯上這一點似的。

「問得好！」查理喝采：「你對布爾什維克主義有什麼看法？」

「來吧，趁這個機會，我們談談布爾什維克主義！」杜克斯說。

「恐怕布爾什維克主義不是那麼容易談。」韓蒙德搖頭道，表情嚴肅。

「在我看，布爾什維克主義，」查理說：「只是對他們所謂資產階級的仇恨。至於什麼是資產階級，卻沒有說得很明白，主要認為它是資本主義。感覺和人情也絕對是屬於資產階級，所以必須塑造沒感覺、沒情緒的人。」

「之後，個人，尤其是那些比較自我中心的個人，也算是資產階級，所以必須打壓下來。你必須遁身在大體制之中，就是蘇維埃社會主義那玩意兒。連有機體也是資產階級，所以思想必須機械化。唯一存在的是一種無機單位，由許多不同的，但都很重要的份子組成，那就是機器。每個人都是機器的一部份，而機器的動力則是仇恨——對資產階級的仇恨。這就是我認為的布爾什維克主義。」

「對極了！」湯米說：「我覺得這也把下個工業理念描述得很透徹了。簡單說，這是一個工廠老闆的理念。當然他不會承認其驅動力是仇恨。但恨就是恨，對生命本身的恨。看看這些中部人就曉得……此乃精神生活，它的演變是有道理的。」

「我不認為布爾什維克主義有什麼道理，它否定了大部份的前提。」韓蒙德說。

「老兄，它肯定物質前提，也完全認同單純思想。」

「至少布爾什維克主義已經發展到盡頭了。」查理說。

「盡頭！根本沒有盡頭！不必多久，布爾什維克分子就會擁有世界上最精良的軍隊，最高級的機械化設備。」

「可是這種事……這種仇恨的心態是不可能持續下去的，一定會引起反彈的……」韓蒙德說。

「唔，我們已經等了好些年了，姑且再等上一等。仇恨和別的事情一樣，會越來越擴張。這是對人強加思想，強行改變人性之後避不掉的後果。人心最深處被迫去接受一定的思想，公式化地驅策自己，跟機器一樣，假著自己是由理智支配著的，殊不知自己卻變得充滿仇恨。咱們全是布爾什維克主義的信徒，只不過咱們假裝不是。俄國人是布爾什維克份子，他們就一點也不偽裝。」

「可是除了蘇維埃制度外，」韓蒙德說：「還有其他許多治理社會的途徑。布爾什維克分子算不上真正聰明。」

「當然不是！可是有時候你想達到目的，裝傻才是真聰明。我個人認為布爾什維克主義很蠢，但我們西方社會生活也同樣蠢，我甚至認為我們聲名遠播的精神生活也很蠢，我們全像白痴一樣地漠然，像傻瓜一樣沒感情，我們全是布爾什維克分子，只不過我們給它換了名稱。我們自以為是神——神人！這和布爾什維克份子沒什麼不同。一個人如果不想當神或布爾什維克份子，他就必須有人性，有一顆心和一副陽物……因為神和布爾什維克份子相同，都是好得不切實際的事。」

在一片不以為然的靜默中，拜瑞出聲急問：

「那麼，湯米，你是相信愛情的吧？」

「你這孩子真可愛！」湯米說：「不，小可愛，十次有九次不信！愛情是各種蠢事之一。小夥子扭著腰幹，和那小男孩似的，搞爵士樂的妞兒尋歡作樂！你指的是那種情愛？還是那種共存共榮，老公老婆的愛？不，好兄弟，我壓根兒不相信愛情。」

「可是，你總相信別的？」

「我？哦，從知識上來說，我相信心地要善良、陰莖要夠力、腦子要靈光，加上有那種在女仕面前說『狗屎』的膽量。」

「這些你都有了！」拜瑞說。

湯米・杜克斯哈哈大笑。「你這小天使！要是我有就好了！要是我有就好了！我沒有。我的心跟顆馬鈴薯一樣沒知沒覺，我的陰莖老是欲振乏力，也不敢在我姨媽的面說聲『狗屎』……她們都是真正的淑女。我不是真有才智，只是一輩子精神上受刑。有才智多好呀，那麼在各方面，能提或不能提的，你都會過得生龍活虎。真正有才智的人，連那話兒都會抬頭挺胸來向人打招呼。雷諾瓦說他是拿那話兒來畫畫的……是真的，畫得真棒！我也拿我的幹些事。老天，一個人只能說不能幹，那比下地獄還痛苦。蘇格拉底就是始作俑者。」

「世上還是有好女人。」康妮抬起頭，終於開口了。

這使得他們掃興了……她該裝聾作啞，他們不喜歡她承認她聽他們談話聽得這麼認真。

「老天！如果她們不對我好，我又何必在乎她們有多好？」

「不，這沒指望！我就是沒辦法和女人產生共鳴，沒有女人真正讓我動心，我也不想在這方面勉強自己……老天，不要！我只想保持自我，過我的精神生活，這是我唯一能做的誠實事兒。和女人談話我很開心，但絕對沒有邪念，絕對沒有！你認為怎樣，希德布蘭，孩子？」

「人如果沒有邪念，那問題就簡單多了。」

「沒錯，人生就會變得簡單之至！」

5

二月裡一個結霜的早晨，陽光小露了臉，克里夫和康妮穿過林園，漫步到樹林裡去。這是說，克里夫坐著他的馬達輪椅前進，康妮在他旁邊跟著走。

冷冽的空氣裡硫磺味依然嗆鼻，不過他倆都習慣了。地平線一端，霜氣、煙霧瀰漫，現出一片乳白色。頂上露出一小片藍天，所以感覺像在圍牆裡，永遠困在裡頭。就因為困在圍牆裡，生活總像一場夢或一團混亂。

羊群在圍地雜亂的枯草中啞啞出聲，草叢裡的霜色泛藍，一條小徑穿過林園，通向園門，像條粉紅色的細絲帶。克里夫最近才叫人舖上礦坑篩過的細石子。那些原在地下的石子和渣滓已經燒過了，也散去了硫磺味，在乾燥的日子呈鮮麗的蝦紅色，在潮溼的日子是略深的蟹青色。康妮一向喜歡這條小徑，腳下這條美麗的粉紅色石子路。這些石子和渣滓倒也有用處。

克里夫駕著輪椅小心翼翼下山坡，康妮一手扶著椅子。前面就是樹林了，榛樹叢最近，後面則是淡紫的橡樹濃蔭。兔子從林中跳出來，啃著草。烏鴉倏地竄起，成黑色縱隊，由頭上的小片天際飛逝。

康妮打開園門，克里夫吃力地由大路上了坡，路兩旁是光禿禿的老榛木林。這樹林是當年羅賓漢打獵的那片森林遺址，大路則是從前的鄉間的車馬大道，如今當然只是私人園林中的一條道路罷了。公路則由曼斯菲爾德向北蜿蜒而去。

林中一片寂靜，枯葉覆蓋著地面的霜花，一隻椈鳥啞聲叫著成群鳥兒飛來飛去，但是沒有獵物，沒有野雉——動物都在戰時被殺光了；當時沒人看管樹林，現在克里夫才又找了個守林人來。

克里夫看重這片樹林、這些老橡樹，認為它們是歷代相傳，為他所有。他決心保護它們，要讓這片樹林免受侵犯，與世隔絕。

輪椅慢上山坡，在結冰的土中搖搖晃晃。左邊忽然出現一片空地，枯蕨橫生，小樹東倒西歪，大樹鋸掉後剩下一個個樹樁，露著橫切面和根盤，了無生氣。還有一塊塊的焦地，都是樵夫焚燒枝椏和垃圾所留下來的。

這就是戰時查泰萊老爵士伐木去做戰壕柱子的地點之一。大路右邊一大片斜坡都禿了，景象異常荒涼；山頂上本來橡木成林，如今卻成了濯濯童山。從那兒透過樹梢，可望見礦區鐵道和史泰克門的新礦廠。康妮曾經站在那兒瞭望過，那是這片與世隔絕的樹林的一個缺口，讓塵囂闖了進來，不過她沒對克里夫提過。

這片不毛之地總令克里夫怒從中來。他打過仗，目睹過戰爭的慘烈，但是直到見到這座空蕩蕩的山頭，他才真正動了氣。他開始種樹復育，這件事令他恨起他的父親。

輪椅徐徐爬升，克里夫扳著臉坐著。登頂之後，他便打住了，不敢冒險往又長又陡的下坡路去。他坐看那條在草蕨和橡樹中的蒼翠山道，山道在腳下轉個彎便不見了，然而彎度十分緩和，方便騎士策馬馳騁，淑女騎小馬蹓躂。

「我覺得這裡真是英格蘭的心臟。」克里夫坐在二月微弱的陽光下，如此對康妮說。

「是嗎？」她答道，坐到路邊一個樹樁上，身上穿著針織藍衫。

「正是！這裡是古老的英格蘭，它的中心之地，我要保護它完整無缺。」

「哦，那好！」康妮道，可是她一面說，一面聽到史泰克礦十一點的鳴笛聲。克里夫聽慣了，根本沒注意。

「我要這片林子保持完璧──不受破壞，也不要任何人闖進來。」克里夫說。

氣氛有點悲哀。這片樹林仍然保有英格蘭那種古老、原始的神祕感，可是戰時查泰萊老爵士大砍林木，對它造成莫大的傷害。曾經，森林巨木的千枝百椏糾結交錯、遮蔽天空，那時是多麼靜謐！曾經，百鳥群飛，在林間嬉戲跳躍，是多麼安然！這地方一度有鹿，有弓箭手行獵，有僧人騎驢而過，這地方還記憶猶新，記憶猶新……

克里夫坐在蒼白的陽光下，陽光照耀他近乎閃亮的柔軟金髮，他紅通通的臉孔顯得不可捉摸。

「我每到這裡，想到自己沒有兒子，就比什麼時候都來得介意。」他說。

「可是，這片林子比你的家族都還悠久呢。」康妮柔聲說。

「對是對！」克里夫說：「但這是我們把它保存下來的。要不是我們，這地方早一乾二淨，跟別的林地一樣下場。老英格蘭總有些東西，一定要有人來保存它！」

「一定要嗎？」康妮問：「保存老東西，用來和新英格蘭對立？這未免令人悲哀。」

「如果老英格蘭的東西沒有保存下來，英格蘭根本就不存在了。」克里夫說：「而且擁有這種財產，又有自覺要保護它的話，就一定要保護它！」

一時淒然無聲。

「是呀，好歹保存一陣子。」康妮說。

「一陣子！我們能做的也只有這樣了，盡點我們的本份。打從我家擁有這片土地以來，家族中人人都為它盡了本分。人可以起而破除陋俗，但也必須善加維護傳統。」又是一陣默然無聲。

「什麼傳統？」康妮問。

「英格蘭的傳統，此地的傳統！」

「是的。」康妮悠悠應道。

「所以有個兒子就管用了！每個人都只是鏈子上的一個環節。」

康妮對鏈條沒興趣，不過她沒說什麼。她在想，她丈夫想要兒子卻不帶一點個人感情，真是怪事。

「很遺憾我們不能有兒子。」她說。

他拿那雙淡藍的圓眼直望著她。

「如果妳去和別的男人生個孩子，也許還是件好事。」他說：「我們在薇碧山莊把它帶大，它就屬於我們和這地方了。我不怎麼相信生父血緣什麼的。只要我們有個孩子來撫養，它就是我們的，就能傳遞香火。妳不覺得這可以考慮嗎？」

康妮終於揚起眼光來看他。孩子，她的孩子，在他口卻只是「它」。它——它——它！

「那另一個男人怎麼辦？」她問。

「那很重要嗎？這種事真的對我們的影響很大嗎？……妳從前在德國有個情人……現在怎麼樣呢？幾乎船過水無痕了。在我看，生活中的那些小情小愛根本沒什麼大不了，一旦過去，就過去了。去年的雪花，如今安在？重要的是那些持續一輩子的事，是我日復一日的人生，那才要緊。偶爾的逢場作戲又有什麼大不了？尤其是偶爾出軌一次！只要人不在這些事情上誇大其辭，它們就和鳥類交配那麼自然。本來就該如此，有什麼關係嘛？重要的是終生伴侶的情份，是朝朝暮暮地生活在一起，而不是偶爾睡在一起一、兩次。不管發生什麼事，妳我都是結髮夫妻。我們熟悉彼此的習性，而習性在我看，要比一瞬間的刺激重要多了。它是日積月累琢磨出來的——是我們生活的憑藉，不是偶然為之的發洩。兩人生活在一起，一點一點漸趨一致，合而為一，這就是婚姻的奧祕；不是性，至少不是簡單的性機能。妳我由婚姻而結合，如果廝守在一起，應該能處理性的問題，就跟安排去看牙醫一樣，既然命運已給了我們的肉體這麼一個打擊。」

康妮又驚又疑地坐在那兒聽，也不知道他說的是對是錯。有個麥克里斯，她告訴自己她愛他，然而這份愛情最多也只是一次出走，暫時逃脫她和克里夫的婚姻；逃脫那經過多年折磨和忍耐慢慢形成的，兩人間的親密習慣。也許人在心靈上需要這樣的出走，沒必要譴責它，但重點是出走之後要回家。

「你不在乎我和什麼男人生孩子？」她問。

「這什麼話，康妮，我當然會相信妳選擇人的品味和能力，妳不會讓不合適的男人碰妳的。」

她想到麥克里斯！他絕對是克里夫所謂不合適的傢伙。

「可是對不合適的對象，男人和女人的感覺可能不同。」她說。

「是不同！」他答道：「可是妳愛我，我不相信妳會愛上一個和我格格不入的男人，妳的個性不會讓妳那麼做。」

她不出聲了。她沒辦法作答，因為這邏輯完全不對。

「你會希望我告訴你嗎？」她問，偷瞄似的看他一眼。

「一點也不！我最好不要知道——不過妳確實認同我的想法吧？逢場作戲和廝守終生，兩者是不能相提並論的？妳不覺得為了一生一世的生活，人可把性放在次要的位置嗎？性只是供我們利用的一種手段，如果不得已，我們就利用它吧！畢竟，這些短暫的刺激真有那麼重要嗎？整個人生問題，不就在於歷經多年歲月，建立起內在完整的人格、擁有完整的人生嗎？不完整的人生是沒有意義的，如果缺乏性會使妳感到不完整，那就出去找個樂子吧；如果少個孩子使妳不完整，那就盡量去有個孩子吧！不過這麼做是為了要有長久的和諧和完整的生活。你我能夠攜手這麼做，妳覺得怎麼樣？只是我們得去適應這份需要，同時把這份適應力納入我們的生活，讓我們的人生得以平穩安定，難道妳不同意嗎？」

康妮有點被他的這番話震住了。她曉得理論上他是對的，可是一想到和他一起的安穩生活時，她卻猶豫了——下半輩子都得牢牢地牽絆在他的人生裡，難道這就是她的命？再沒別的了？難道就只能這樣？心滿意足和他共織安穩人生，織一大片，偶爾紅杏出牆做個點綴。但她怎麼知道明年她會怎麼想？一個人怎可能預先知道？又怎可能一年又一年不斷地說「我願意」？那沒多少份量的「我願意」，哈一口氣就沒有了！一個人幹嘛要讓那蝴蝶一樣單薄的字眼困得死死的？話一出口當然就消失了，後面還多得是其他的「願意」和「不願意」，多得像漫天飛舞的蝴蝶一般。

「我想你是對的，克里夫。到目前為止，我同意你的說法。只是人生也有整個換上新局面的可能。」

「但是，在人生出現新局面以前，妳是認同我的？」

「哦，是的！的確是，真的。」

她看見一隻棕色長耳狗從路邊竄出來，低吠一聲，拿鼻子指著他們。一名男子持槍跟著狗跨著大步走來，衝著他們，好像要攻擊他們似的，接著卻步了，鞠躬轉身走下山坡。原來只是新來的守林人，卻硬生生嚇了康妮一跳。他像凶神惡煞似的冒出來，有如一個突如其來的威脅。

這人穿墨綠絨布衣服，繫綁腿——樣式很舊。一張紅潤面孔、紅鬍鬚，眼神淡漠。他匆匆往山下走。

「梅勒斯！」克里夫喊。

那男人掉頭，簡潔地行了個禮，軍人的架勢！

「麻煩你幫我把輪椅掉個頭，然後發動馬達，好嗎？這樣我方便多了。」克里夫道。

那漢子很快把鎗扛上肩，走了過來，動作還是同樣出奇地敏捷卻又輕盈，好像想隱形似的。他屬於中等的身高和體型，很沉默，只盯著輪椅，沒朝康妮看一眼。

「康妮，這是新來的守林人，梅勒斯。你還沒跟夫人打過招呼吧，梅勒斯？」

「還沒，爵爺！」答得乾脆、不帶感情。

他站在那兒摘下帽子，露出一頭近乎金黃的濃密頭髮。他用一種漠然、無畏、不帶個人感情的眼神，直盯著康妮的眼睛，彷彿要看穿她似的。他讓她覺得不好意思，害臊地向他點點頭。他卻像個紳士，把帽子轉到左手，向她微微欠身，但一言不發地，帽子拿在手上，好一陣子聞風不動。

「但是你來了有段日子了，不是嗎？」康妮問他。

「八個月了，夫人——爵士夫人！」他從容改口。

「喜歡這裡嗎？」

她看著他雙眼。他瞇了一下，有點嘲弄的意思，也或許是無禮。

「呃，喜歡。謝謝妳，爵士夫人！我是在這裡長大的——」他再次欠身，然後轉身戴上帽子，大步過去抵住輪椅。他講最後幾個字時，操的是濃濃的土腔——可能是故意嘲弄吧，因為之前他說話一直沒有露出這口音。他也許幾乎是個上等人呢。總之，他是言行機敏、與眾不同的怪人，孤伶伶一個，可是對自己十拿九穩。

克里夫發動了小馬達，那漢子小心地把輪椅掉過頭，面對滿是榛樹的山坡。

「還有別的事嗎，爵爺？」那漢子問。

「沒有了。不過你最好跟我們走，免得輪椅卡住了什麼的。這馬達爬坡實在不怎麼行。」那漢子四下張望找他的狗，眼神若有所思。長耳狗望著他輕搖尾巴。漢子眼中露出一絲笑意，有點嘲笑或逗弄牠的意味，卻很溫和，不過一剎那就消失了，再度面無表情。他們很快下山，那漢子手扶著輪椅保持它的平衡。他看來不像個下人，倒像個自由的軍人。他身上有種特質，使康妮想到了湯米．杜克斯。

他們到達榛樹林時，康妮忽然跑向前把園門打開。她扶著門站在那兒，兩個男人經過時都看著她，克里夫帶著批判的目光，那漢子則是以一種奇妙、淡然，又有點驚詫的神色，不帶感情地想看清她的樣子。她看出他不帶感情的藍眸中含著痛楚和疏離之色，卻依舊有熱情。但他為什麼這麼冷漠、隔闔？

進了園門，克里夫停下輪椅來，那男人立刻過去，恭敬地把門關上。

「妳幹嘛跑去開門？」克里夫壓著嗓子問，露出幾許不悅，「梅勒斯會去開門的。」

「我以為你們會直接往前走。」康妮道。

「然後讓妳跟著我們跑嗎？」克里夫道。

「哦，有時候我倒喜歡跑跑！」

梅勒斯再度抓住輪椅，一副若無其事的樣子，然而康妮覺得他什麼都注意到了。他推著輪椅在陡坡上走，張著嘴，喘著氣，著實很虛弱。奇怪的是他生氣十足，卻又顯得有些虛弱、被壓抑；她憑女人的直覺感受到的。

康妮走在後頭，讓輪椅先行。天暗了下來，本來垂在一團雲霧邊的那小片藍天，現在又像闔上的鍋蓋般密閉起來。天氣森冷，就要下雪了。四處一片陰沉，一片陰沉！整個世界都像被磨損殆盡了。

輪椅等在粉紅色小路的那一頭，克里夫轉頭看康妮。

「妳不累吧？」他問。

「哦，不累！」她說。

其實，她是累了，心中有種煩悶，有種空虛，一股奇怪的渴望。克里夫沒有注意到；這些事他是不會察覺的。可是那陌生人曉得。對康妮來說，她的世界和人生裡的一切似乎都要磨損殆盡了，她內心的空虛怨尤比眼前的山丘都還老朽。

他們來到大宅，繞到後門，那裡沒有台階。克里夫自己翻個身，移入一張較矮的室內輪椅裡——他的雙臂靈活有力——然後康妮幫他把癱了的雙腿搬過去。

守林人站在那裡等著主人打發他走，眼前進一幕盡在他眼裡。當他看到康妮把她懷中那兩隻了無知覺的腿抬到另一張椅子，而克里夫同時撐臂移身過去時，他臉色蒼白，出現一抹懼色。他嚇到了。

「梅勒斯，謝謝你幫忙了。」克里夫漫聲說，推著輪椅朝傭人房的走道過去。

「沒別的吩咐了嗎，爵爺？」那漢子用空洞的語調問，像個在做夢的人。

「沒有了，再見。」

「再見，爵爺。」

「再見。真謝謝你把輪椅推上來，希望你不會覺得太吃力。」康妮回頭對門口外的守林人說。

他的目光瞬間與她交接，像是大夢初醒，突然注意到她。

「不！不吃力。」他馬上說，再度用那濃重的土腔說道：「爵士夫人，再見。」

「你這個守林人是什麼人？」吃午飯時，康妮問。

「梅勒斯！妳才見過他。」

「對！不過他是從哪兒來的？」

「沒從哪兒來！他是泰窩村土生土長的。他父親是個礦工吧，我想。」

「他自己也做過礦工嗎？」

「我想應該是在礦場邊上打鐵吧，坑上頭的鐵匠。戰前他已經在這兒當了兩年的守林人，後來入伍去，我父親挺誇獎他的，所以他回來到礦場打鐵時，我又找他到這兒看林子。我很高興找到他，這一帶要找好人手來做守林人不容易——地方上他還得要熟才行。」

「他還沒討老婆嗎？」

「討啦，但是老婆跟別人跑了，還跟過好幾個，最後搞上一個史泰克門的礦工，大概現在還在那兒混。」

「所以，他是一個人嘍？」

「可以這麼說！他有個娘，住在村裡，我想還有個孩子。」

克里夫用他那微凸的淡藍眼睛看康妮，眼神逐漸變得迷茫。他表面上看來很機靈，骨子裡卻像此地的空氣，霧茫茫一片。那片霧似乎瀰漫了上來，因此當他那樣陰陽怪氣地看著她，向她傳遞的也是他那種了無生氣的訊息。她覺得他的思想全給煙霧封住了，空蕩蕩地沒一點東西——這使她驚慌：他幾乎失去了人性，簡直像個白痴。

她隱隱領悟到人心的一條定律：如果人的心靈受創而肉體未死，等肉體復原，心靈看似跟著復原，然而這僅僅是表相，僅僅是恢復機能的慣性罷了。受過傷的心靈會漸漸地、漸漸地開始有痛覺，像內傷；痛楚會逐漸加劇，終於影響到精神。我們本來以為自己已經康復，把那個創傷忘了，誰知道可怕的後遺症這才出現。

這正是克里夫的情況。在他痊癒了之後，在他回到薇碧山莊寫起了小說，重拾生活信心的時候，儘管曾經吃盡苦頭，他也似乎將事情拋諸腦後，恢復了原有的恬靜。可是一年一年過去，康妮覺得克里夫心靈中的恐懼創傷如今又逐漸發作、蔓延。有一段時間，那創傷埋得那麼深，幾乎感覺不到，彷彿不存在。但現在它慢慢顯出厲害；恐懼擴散開來，把人弄到近乎癱瘓的地步。克里夫在心智上還是機靈的；但那種癱瘓，那種打擊過大的內傷，正逐漸侵入了他的情感層面。

內傷在他身上蔓延之際，康妮覺得自己也受到波及；一種內心的恐懼，一種空虛茫然，對什麼都不關心的感覺在心裡慢慢擴散。克里夫興起時講得頭頭是道，彷彿掌握了未來，就像在樹林裡，他講到她生個孩子，為薇碧山莊立後的事。可是過一天，所有好話就變得毫無意義，有如枯葉粉碎，只消一陣風來便吹得四散。克里夫那些話不是他在有效的生命中說出的話，如同長在樹上的枝葉，生機盎然；它們只是無生命的一堆落葉。

類似的情形康妮覺得隨處可見。好比泰窩村的工人又提罷工了——康妮不認為那代表活力，只不過是本來止住的戰爭創傷漸漸又發作起來，既使人痛不可抑，又使人痳木不仁。這創傷很深，很深，很深——全是這場錯誤又不人道的戰爭造成的；這要耗去好幾代人的活血和好幾年的功夫，才能化去人們身心上那大片的黑色瘀血，同時還需要一個新希望。

可憐的康妮！時光年復一年，康妮一直受恐懼影響，害怕自己的生活將會落得一片空白。克里夫和她的精神生活漸漸開始乏味。克里夫一直在說他們的婚姻，他們以親密習慣為基礎而為一體的生活，但那有時候也變得完全空洞、毫無意義，空話一堆。唯一真實的便是空白，而空白之上則是連篇的虛偽空話。

克里夫事業成功，那既是女神又是婊子的成功！他真可以說是名躁一時了。他的書寫為他帶來千磅收入，照片隨處可見。有家藝廊擺出了他的半身塑像，另外兩家還有他的畫像。他似乎是摩登言論中最摩登的，憑著殘廢者那種頂尖的宣傳本事，四、五年裡，他已是年輕一輩的「知識份子」中名氣最大的了。才智哪裡來的，康妮倒看不大出來。克里夫與帶詼諧地分析人性和動機是頗為高明，可是最後他把什麼都分析得極細碎，卻有些像小狗咬爛了沙發墊子——有趣歸有趣，只是他已不再年輕，不再好玩了。他老氣橫秋，又頑固自負；沒有意義，只不過是愛現。愛現、愛現、愛現！

麥克里斯已把克里夫用做他一個劇本的主角，大綱已訂，而且完成第一幕了。因為麥克里斯比克里夫更懂得沒意義的表現；這是這些男人僅存的一點熱情：就是愛現的熱情。在性方面，他們非但失去了激情，更成了槁木死灰。如今麥克里斯追求的已不是財富。克里夫雖然主要並非意在追求金錢，但有得撈他也不客氣，畢竟錢是成功的印證。他們心心念念就是要求得成功。他們，這兩個男人，都想好好地現一下，秀出自己來，引眾人目光焦點於一身。

甘願把自己出賣給這個亦婊子亦女神的「成功」，真是奇事。對康妮來說，成不成功這回事和她根本不相干；成功所帶來的痛快興奮，她早已麻木不覺；又是一樁毫無意義之事。連向這亦婊子亦女神的成功出賣自己的行徑，也沒有意義。那幫男人早把自己賣了又賣——即便如此，也同樣毫無意義。

麥克里斯在信中向克里夫提起他那齣戲，她自然早知道了。克里夫又樂壞了——這回他又有得「現」了，而且還是別人抬舉他，使他更露鋒芒。他力邀麥克里斯到薇碧山莊，並將劇本的第一幕也帶過來。

麥克里斯來了。那時是夏天，他穿了套淺色衣服，戴白色皮手套，還帶了一束紫羅蘭給康妮。花很美，劇本第一幕寫得也很棒，連康妮都振奮起來——她僅存的那一點活力也被激起了。而麥克里斯，因為能振奮別人，自己也倍感振奮，實在好極了——而且在康妮眼中看來也英俊極了。她在他身上看到古老民族那種恆久不滅的安靜，一種也許極端不潔的純潔。他把自己出賣給那個亦婊子亦女神的成功，做得那麼徹底，因此反而顯得純潔，一如非洲象牙面具那樣純潔。那面具的線條與平面把不潔也幻化為純潔了。

他把查泰萊夫婦弄得神魂顛倒，他自己也得意非凡。和他們在一起就屬此際最是其樂融融，也算是一場成功。一時連克里夫都愛上了他——如果可以這麼說的話。

因此隔天早上米克比平時更不自在，心神不寧、惶惶不安的，連插在褲袋裡的手都定不下來。康妮夜裡沒來找他，而他根本也不知道上哪兒找她。她是故意地賣弄風情——專挑在他最得意的時候！

早上他到樓上她的起居室去。她知道他一定會來；他那副心浮氣躁的樣子太明顯了。他問她覺得那劇本怎麼樣，還欣賞嗎？他非得聽到別人稱讚不可，這遠比性高潮對他的刺激還要大。她滿口誇他，但心底清楚得很，那玩意兒根本一無是處。

「聽著！」最後，他突然說：「妳我為什麼不把事情公開？咱們為什麼不結婚算了？」

「可是我已經結婚了。」她說得很驚奇，其實並沒什特別感覺。

「那個啊……他會跟妳離婚的啦……咱們為什麼不結婚？我想結婚，我知道這是對我最好的一件事——成家、過規律生活。我的生活太失常了，簡直把自己搞得一塌糊塗。瞧瞧妳我，天生的一對，就像手和手套那麼相配！我們為什麼不結婚？妳覺得我們有什麼不該結婚的理由嗎？」

康妮驚詫地看著他，卻沒什麼特別感覺。這些男人都是同一副德性，什麼都不考慮，像爆竹一樣說炸就炸，指望靠他們的細棒子就能把妳帶上天去。

「可是我已經結婚了。」她說：「你曉得我不能離開克里夫的。」

「有什麼不能？到底有什麼不能的？」他叫道：「過六個月他都還不知道妳走了呢！他除了自己之外，根本不知別人的存在。在我看來，這男人對妳一點用處也沒，他的心完全只在自己身上。」

康妮覺得這話倒是真的，不過她也曉得米克的表現也沒有多「無私」。

「男人不都如此？」她問。

「唔，可以這麼說；一個男人想出頭，就得如此。不過這不是重點，重點是一個男人能給女人什麼樣的快樂？他能不能讓她享福？他要是不能，就沒權對女人……」

「什麼樣的快樂？」康妮問，仍然帶點驚訝地看著他，表情似乎頗興奮，心裡卻一點感覺也沒有。

「什麼快樂都有，媽的，什麼都有！一大堆的華服、珠寶，妳愛上哪個夜總會就上哪個夜總會，想認識誰就認識誰，過得痛痛快快地，到處旅行，到處被奉為上賓……媽的，要什麼有什麼！」

他說得精采萬分，康妮聽得彷彿心醉神迷，實際上什麼也感覺不到。這些他要給她的美好將來，她一點都不動心。平常時候，她是一定會亢奮起來的，那個最外在的「她」會有反應。但現在她就只有麻木，無法有所感受。她一味坐在那兒，茫然瞪眼，恍惚嗅到那個亦婊子亦女神的「成功」發出來的臭味兒。

麥克在椅子上坐立難安，傾身向前，幾乎歇斯底里地直瞪著她，但到底是因為面子問題，急著要她答應一聲「好」？還是心生恐慌，怕她真會答應呢？誰知道！

「我得好好想想！」她說：「這現在無法決定。你也許覺得不必考慮克里夫，但的確得考慮他，你想想他傷殘得那麼嚴重——」

「哦，去他的，要是一個傢伙能用他的殘廢來占便宜，那我也要哭訴我有多孤單，我一直那麼孤單，扯一堆廢話讓每個人一把鼻涕一把眼淚的！真他媽的，如果一個男人除了殘廢之外，再沒什麼本領的話——」

他別過身，兩隻手在褲袋裡生氣地動來動去。這天晚上，他對她說：「今晚妳會到我房裡來吧？該死，我竟不知道妳的房間在哪裡。」

「好吧！」她說。

那天夜裡，他裸著那小男孩般的瘦弱身子，表現得比她還要激情。她發現在他完事前，自己不能到達高潮，可是她的欲望又被他小男孩似的、赤裸、柔嫩的身體挑逗得如飢如渴。在他完事之後，她還要繼續下去，抬腰拚命扭動；而他奮勇以對，鼓足意志力奉獻自己，挺在她體內，直到她發出小聲的呻吟怪叫，達到高潮。

終於他從她體內抽出，用一種接近嘲笑的尖酸口吻說：「妳沒辦法和男人同時達到高潮，是不是？妳得自己來，自己上場操弄！」

那一刻，這幾句話是她生平一大震驚，因為被動明顯是他唯一做得來的性交方式。

「你什麼意思？」她問。

「妳知道什麼意思。我辦完事之後，妳還要幾個鐘頭地搞下去——我得咬緊牙關應付妳，讓妳把自己搞到欲死欲仙才算停。」

她被這番突如其來的刻薄話語弄呆了。當時她正處在一種難以形容的快感之中，對他有份柔情，因為說到底他和時下的男人一樣，才開始幾下就完了，逼得女人不得不採取主動。

「可是，你不也要我繼續下去，自己得到滿足嗎？」她問。

他一陣乾笑，「倒變成我要了！」他說：「這可妙了！我咬著牙撐在那兒，由著妳搞我，倒是我自找的！」

「難道不是？」她一意追問。

他避不回答。「女人全是他媽的同一副樣子。」他道：「她們要不是沒高潮，躺在那兒像死屍似的，就是等男人筋疲力盡了，她們才開始自己來，男人就不得不硬撐下去。我從來沒碰過和我同時達到高潮的女人。」

這番男性立場的新論調，康妮也只聽進了一半。她被他的不滿、他嚇人的刻薄話弄呆了，覺得自己好無辜。

「可是，你也要我得到滿足的，不是嗎？」她仍舊問。

「啊，是啦，是我甘願的，不過我才不信會有男人高興撐在那兒，等著女人大搞特搞的——」

此話是康妮一生受到最重大的打擊之一，它毀掉了她內在的某個部份。她原本對麥克里斯就不怎麼愛戀；在他起頭之前，她並不想要他，而且好像也從沒有真正想要過他，只是一旦和他開始了，和他一起得到滿足似乎是自然而然的事。為了這點，她幾乎愛上他——當晚更是差點愛了他，想嫁給他。

也許他直覺裡發現了，所以他必須一舉把這場露水姻緣毀掉。那晚她對他或其他別的男人所有的情欲一下全空了。她和他一刀兩斷，就像此人從不曾在她生命裡出現過。

她懨懨無力地一天過一天。眼前什麼都沒有了，只有空虛的煎熬。克里夫稱之為兩人守在同一屋簷下，已然成為習慣、融為一體的生活。

6

「為什麼男女都不衷心喜歡對方？」康妮問湯米．杜克斯。他有點像她的導師。

「哦，可是他們是衷心彼此喜歡的呀。我倒覺得從有人類以來，男人和女人從沒有像現在這麼彼此喜歡、真正相愛的！拿我來說，我比較喜歡女人，她們比男人有膽識，跟她們可以坦白些。」

康妮思索這席話。

「啊，你說得是，可你從不和女人打交道！」她說。

「我？我這會兒不就誠心地在和女人說話？」

「是沒錯，是在說話，但——」

「如果妳是個男人，我除了誠心和你說話，還能如何？」

「或許不能如何，但一個女人——」

「一個女人要你喜歡她；和她說話，同時又愛她、想把她弄上床。對我來說，兩者根本是矛盾的。」

「可是不該如此呀！」

「毫無疑問的，水是不該像它現在這麼溼的；它溼過頭了。問題就在這兒：我喜歡女人，喜歡和她說話，也因此我不愛她們，不渴望她們。對我來說，這是兩件不可能並行的事。」

「我認為應該是並行不悖的。」

「好啦，到底該不該那樣子，我也管不著。」

康妮細想此事。「這不對！」她說。「男人能愛女人，同時又能和她們說話。我不相信他們在愛女人的時候，卻能夠不和她說話，不對她們友善，不和她們親密相處。這怎麼可能？」

「好吧！」他說：「算我不懂。別聽我的泛泛之言，我只知道自己的情形。我喜歡女人，但對她們沒那方面的興趣。我是喜歡和她說話，說話讓我覺得在某一方面和她們蠻親密的。可是說到要親嘴，那就門都沒有。所以妳瞧，情形就是如此。可別拿我當榜樣，我可能是個特例，喜歡女人而不愛女人。要是她們強迫我作一副相愛狀，甚至弄得彼此糾纏不清，那我反而會恨她們。」

「這樣難道你不遺憾嗎？」

「幹嘛要遺憾？才不呢！我看著查理．梅耶和那些拈花惹草的男人——哼，我一點也不羨慕他們！如果老天賞我一個我想要的女人……唉，我猜我是冷淡了點，加上太執著於某種特定的女人了。」

「你喜歡我嗎？」

「很喜歡呀！但是妳看，咱們之間就沒有親嘴的問題，不是嗎？」

「完全沒有！」康妮說。「可是，不該有嗎？」

「什麼？妳行行好吧！我喜歡克里夫，可是如果我跑過去吻他一把，妳會怎麼說？」

「但他和我，兩者間不是有差別嗎？」

「就妳我來說，有什麼差別？我們都算是有頭腦的人，男女之事暫且不提。只是暫且不提。要是我這會兒擺出一副歐洲大陸男人的樣子，吹噓床上經驗，妳會喜歡嗎？」

「我會很反感。」

「那就對了！告訴妳吧，如果我是個真正的男人，我也碰不到同類的女人。好在我不覺得可惜，我對女人僅止於喜歡罷了。誰會強迫我去愛或假裝去愛，去和女人搞性遊戲呢？」

「不，我不會。可不這樣不是有問題？」

「妳可能覺得，但我可不。」

「沒錯，我覺得男女之間是出了問題，女人對男人不再具有魅力了。」

「男人對女人有嗎？」

她咀嚼這問題。

「也不太有。」她誠實以對。

「那麼就別再費神了，只要單純、規矩地，像正常人一樣彼此往來就行了。勉強搞性行為，何必呢？」

康妮明知他是對的，卻因此感到十分落寞，又覺得茫然無依，像水上的浮萍。她、或任何東西，有什麼存在的意義？

是她的青春在抗議。這些男人似乎這樣地老朽、冷漠；所有其他一切也都一樣。麥克里斯讓人消沉到這地步，他太差勁了。這些男人對女人沒有真心，他們就是不想真正要一個女人，連麥克里斯都沒兩樣。

一群下流胚，假裝對女人真心，玩的卻只是性遊戲，行徑最是惡劣。

這種無聊人生，人只能忍受。真的，男人沒有真正吸引女人的魅力，妳要是騙得過自己，硬說他們有吸引力，就像她為了麥克里斯騙自己一樣，妳也已經做到極限了；妳只能這樣空洞地過下去。她透徹地了解到人們為什麼大開雞尾酒會，大跳爵士、查爾斯頓舞，把自己累到撐不住才罷休：你得想辦法消耗掉你的青春，否則你就會遭到它的毀滅。這可怕的青春！你覺得自己老得像《聖經》中那活了九百六十九歲的馬士撒拉，可是那東西還在對你嘶嘶叫，讓你不得安寧。無聊的人生，無趣之至！她後悔自己沒跟米克跑了——一輩子過那沒完沒了的雞尾酒會和爵士舞的人生，好歹比白活一場、死不瞑目好。

一天，她心情不佳，獨自到樹林裡去散步，步子沉甸甸地，對四周無知無覺，連自己人在哪兒都不理會。突來的一聲槍響把她給嚇了一跳，激怒了她。

舉步時，她聽見人聲，又縮了回去。有人！她不想撞見人。但她耳尖，聽到小孩子的哭聲，心裡一動，斷定有人在打罵孩子。她往潮溼的小徑上大步走去，心底一股火氣越來越盛，隨時可以和人吵上一架。

轉個彎，見到前頭兩個人，一個是那守林人，另一個是穿紫大衣，頭戴鼴皮帽的小丫頭，哇哇哭著。

「閉嘴，妳這假惺惺的小婊子！」那男人怒吼，小丫頭哭得更嘹亮。

康斯坦絲兩眼冒火，大步向前。那男人轉身看到她，從容行個禮，一張臉卻氣白了。

「怎麼了？她為什麼哭？」康斯坦絲質問，口氣很硬，卻有點喘不過氣。

那男人臉上有抹譏弄似的淺笑，「免啦，妳甭問她啦。」他操一口土腔，無情地說。

康妮像給當面摑了一個耳光，臉色都變了。她板起臉來看著他，深藍雙眸隱透著怒光。

「我是在問你。」她氣極敗壞道。

他摘了帽子，怪里怪氣鞠個躬，「您是在問我，爵士夫人。」他道，突然卻又操起土話來了：「不過我可沒法告訴您呦。」然後他又變成軍人，一臉莫測高深的神情，只是臉色因惱怒而泛白。

康妮轉向那孩子，她大約八、九歲，黑頭髮，紅臉蛋。「小乖乖，怎麼了？告訴我妳為什麼哭？」她少不了要用適合這種場面的溫柔聲調說話。小孩嗚咽得更厲害，忸忸怩怩。康妮更加溫柔了。

「好了好了，不哭了，告訴我人家怎麼欺負妳！」語氣更柔和。她在針織外套的口袋摸索，還好找到一枚六便士銀幣。

「別再哭了！」她俯身對孩子說：「看，我有什麼要給妳！」

哼哼唧唧地，但一隻小拳頭馬上從哭腫的臉上移開，後面是一隻機伶的眼睛，溜了那銀幣一眼，然後又哼哼唧唧，不過音量漸漸小了下來。「好了，跟我說怎麼回事，跟我說！」康妮說，一面把銀幣放入孩子的胖手裡，小手立刻把錢握住。

「是那個——那個——貓咪！」

抽蓄的哭泣聲一陣比一陣低。

「什麼貓咪，小乖乖？」

一陣子安靜，然後那隻緊握銀幣的小手，害羞的指向荊蕀叢。

「在那兒！」

康妮望過去，果然見到一隻大黑貓倒在那兒，身上淌著血。

「哦！」她嫌惡道。

「是偷溜進來的，爵士夫人。」那漢子譏諷道。

她氣呼呼地瞪他。「難怪這孩子哭了！」她說：「如果你當著她的面開槍把貓打死，難怪她哭！」

他直接不屑地看著她，毫不掩飾自己的表情。康妮氣紅了臉，覺得沒面子——這男人根本不甩她。

「妳叫什麼名字？」她逗那孩子，「不跟我說妳叫什麼嗎？」

小丫頭吸吸鼻子，尖著嗓子做作地說：「康妮．梅勒斯！」

「康妮．梅勒斯！啊，好可愛的名字！妳是不是跟爸爸一起來，然後他開槍把貓打死了？可是，那是隻壞貓呢！」

小丫頭用又黑又大的眼睛望著她，打量她這個人，斟酌著她的安慰話。

「我本來要跟我奶奶的。」小丫頭說。

「真的？妳奶奶在哪兒？」

小孩朝車道那一頭用手一指，「她在小屋。」

「小屋，妳要去找她嗎？」

突然，殘存的啜泣又開始震動起來，「要！」

「來，我帶妳去，好不好？我帶妳去找奶奶。這樣妳爸爸就可以做他的事了。」她轉向那男人：「她是你女兒，是不是？」

他行了禮，略略頷首。

「我想我可以帶她到小屋去？」

「只要夫人願意。」

他再次用那從容、探尋，卻又疏離的眼神對她一瞥。他是一個孤獨、自主的男人。

「妳要跟我到小屋那邊去，去找妳奶奶？」

小丫頭偷覷她一眼。「要！」假笑著說。

康妮不喜歡她。這小女孩被慣壞了，會作假。可是康妮還是替她擦了把臉，牽起她的手。守林人默然行禮。

「再見！」康妮說。

到村子去將近一哩路，等到守林人美麗的小屋出現眼前時，康妮已經被小康妮弄煩了。這孩子古靈精怪，猴兒似的精得很。小屋門敞開著，裡頭格格作響，康妮稍一躊躇，那孩子便掙脫她的手，跑進門去。

「奶奶！奶奶！」

「喲，妳回來啦！」

這是星期六上午，奶奶正在替爐灶塗上黑鉛。她穿著粗麻圍裙踱到門口來，手裡拿著黑鉛刷子，鼻上還沾了一點黑灰，是個乾癟癟的小老太婆。

「喲，怎麼回事？」瞧見康妮站在門外，她急忙用胳膀把臉抹了一抹，問道。

「早呀！」康妮說：「她在哭，所以我把她帶回來。」

奶奶立刻掉頭看小丫頭：「怎麼，妳爹在哪兒呢？」

小女孩揪著她奶奶的裙子嘻嘻假笑。

「他在林子那兒。」康妮說：「他開槍打死了一隻貓，把孩子嚇著了。」

「哦，查泰萊夫人，真不該麻煩您哪。我曉得您人好，可是實在不該麻煩您。妳瞧瞧！」老太婆轉向小女孩：「好心的查泰萊夫人為妳費這麼大勁兒！實在是，不該麻煩她的！」

「不麻煩，散個步而已。」康妮微笑道。

「啊，您真是好心腸，我非這麼說不可！所以是她哭了！他們父女倆一出門，我就知道會出問題，因為這丫頭怕他，他像個陌生人，完全的陌生人。我不覺得他們父女倆會合得來，他脾氣古怪得很。」

康妮不知說什麼好。

「奶奶妳看！」小女孩嘻嘻笑。

老太婆低頭瞧了瞧小女孩手裡的銀幣。

「赫，六便士哪！哦，夫人，您不該，您不該給哪。哎呀，查泰萊夫人對妳多好！我說，妳今兒早上真走運哪！」

她和其他人一樣，把「查泰萊」唸做「車泰萊」。「車泰萊夫人多疼妳呀！」康妮忍不住朝老太婆的鼻子看。老太婆胡亂抹一把臉，還是沒把黑灰抹掉。

康妮要走了。「多謝您呀，車泰萊夫人，我說。快同車泰萊夫人說謝謝！」最末一句是對小丫頭說的。

「謝謝。」那孩子尖聲細氣說。

「好乖！」康妮笑答，道聲「再見」便走，脫身之後鬆了口氣。奇怪，她心想，那個削瘦、倨傲的男子，竟有個這般牙尖嘴利、小頭銳面的娘。

而那老太婆等康妮一走，馬上衝到水槽的一面鏡子前打量自已的臉。一看之下，她猛地跺腳，「真是！她就挑我圍著粗布，滿頭骯髒的時候來！這下她對我印象可好啦！」

康妮慢慢走回薇碧山莊。「家！」——對那座巨大、老舊的大宅院來說，這字眼是太過親切了。事實上，這個字早已過氣，不知怎地被取消了。康妮覺得，所有偉大的字眼到她這一代，都被取消了：愛、快樂、幸福、家、母、父、夫，這些磅礡偉大的字眼如今全是奄奄一息，一天一天地消逝。家只是你待的地方，愛是你不能再自欺的東西，快樂是你大跳查爾斯頓舞時所用的形容詞，幸福是騙人的字眼，父是只顧自己享樂的人，夫是你強打精神一起住下去的人，至於性，最後一個了不起的字眼，不過是雞尾酒會中的用語，暫時令你興奮、振作一下子，過後卻令你更覺沮喪。磨光了，好像你這個人是一種低廉材料做的，漸漸已磨得一無所有。

到最後，對一切將心如止水。心如止水地過日子也自有一種樂趣。在無聊的人生中，一個階段接一個階段地過，雖然也能得到相當的滿足，但是到最後，總結一句話——「就是這樣了！」家庭、愛情、婚姻、麥克里斯，就這樣了——一個人嚥氣的時候，對人生最後的結語也會是：「就這樣了！」

金錢嗎？在金錢這方面，人也許不會這麼說。人總是會貪財的。錢財，還有湯米．杜克斯依照亨利・詹姆斯的說法，稱之為亦婊子亦女神的「成功」，兩者永遠都是人的必需品。你可沒辦法把你最後一個銅板花光，然後說一聲：就這樣了！——不成，就算你只能再活十分鐘，你也需要幾個子兒來買這買那的。光是像機器一樣活下去都需要錢。你得有錢，錢是不能缺的，別的東西倒不見得非有不可，就是這樣！

當然活著也不是你的錯，但是只要你活著，錢就是必需品，唯一絕對的必需品。出狀況時，別的都可以不要，錢可不然，萬萬不能沒有，就是這樣！

她想到麥克里斯，想到可能與之共享的錢財，但那種財富她並不想要。她寧可要她協助克里夫寫作所得的錢，數目雖小一點，卻是她出力幫忙賺來的：克里夫和我合作，我們憑寫作一年賺了一千二百鎊——她這麼認定。賺錢！把錢賺到手，無中生有，憑空擠出來！這是做人所引以為豪的最後一項豐功偉業！其餘都是廢話。

因此她步伐蹣跚地走回家，回到克里夫身邊，再去與他合作，憑空編造故事來：故事就代表金錢。克里夫似乎很在乎別人是否把他的小說當做第一流文學作品，但她一點都不在乎。她父親已給過評語了：毫無內容！然而去年賺了一千二百鎊！這就是最簡單且最終的反駁。

如果你年輕，只要咬牙苦幹下去，錢就會憑空落下來；這是力量的問題，也是意志的問題。你憑著自我的意志巧妙地發揮出力量，就能憑空撈到那神祕的財富，紙上文字賺來的錢。這是一種法術，更稱得上是成功，那又是婊子又是女神的玩意兒！好吧，一個人如果得出賣自己，那就去向那又是婊子又是女神的東西求售吧！好處是就算你向她賣身，也還可以看輕她。

克里夫當然還是有許多幼稚的忌諱和崇拜，他要別人認為他「很棒」，那充其量只是一種自我陶醉的心態。真的「很棒」必須能夠投合時世的；「很棒」卻不受青睞，那也是白搭。看來彷彿大部份「很棒」的男人都沒能趕上公車；到底人只能活一輩子，要是你沒趕上公車，你就要被丟在人行道上，和其他那些失敗者為伍。

康妮計劃明年冬天和克里夫到倫敦度假。他倆是已然搭上公車的人，索性到上層坐坐，風光一下。

但最糟糕的是，克里夫現在常變得恍恍惚惚、心不在焉的，最後陷入空虛的沮喪裡。這是他心靈上的創傷在發作，卻把康妮弄得想尖叫。老天，萬一知覺機能要出毛病了，那怎麼辦好？豈有此理，他已經盡了他的本份，難道要把他推上絕路？

她有時會忍不住痛哭，不過哭的時候還在罵自己：傻瓜，把手帕都弄溼了！這樣又不能解決事情！

和麥克里斯一刀兩斷之後，她已決心什麼都不搞了；這似乎是最簡單的解決方式，此外，別的法子都無效。她只要眼前所擁有的一切：克里夫、小說、薇碧、查泰萊爵位、金錢聲望等等——把這些繼續搞下去，就夠了，別的她都撒手不要了。情與愛那一套，不過像雪糕，舔完就忘了它吧！不去想，它就無足輕重。尤其是性——根本不值一哂！心一橫，你就能夠解決問題。做愛和喝一杯雞尾酒，它們的作用和維持的時效，其實不相上下。

可是生一個孩子，一個寶寶！這事仍舊使她心動。她要慎重其事地做這個嘗試。需要考慮的是對象問題。但說也奇怪，世上竟然找不到一個她肯和他生孩子的男人。米克的孩子——想到就倒胃口！還不如跟兔子生呢！湯米．杜克斯？他人是很好，可是不知怎地，你就是沒辦法把他跟孩子或下一代牽連在一起，他只到自己就打住了。克里夫還有其他那麼多熟人，然而要從中挑個生孩子的對象，竟沒一個她看得上眼的。有幾個做情夫還可以，甚至包括麥克里斯在內。可是讓他們在妳身上留種！噁，太丟人，太倒胃口了。

結果就是這樣！

不過，康妮對生孩子的事始終念念不忘。再等等吧！再等等！她要把一批又一批的男人仔細「篩」過，看看能否找到合格人選。「走遍耶路撒冷的大街小巷，看看能否找到一個男子漢。」—先知時代，耶路撒冷有成千上萬的男人，卻尋不出一個男子漢。原來男人雖多，但裡面有沒有男子漢卻完全是另一回事！

她想到，他得是個外國人才行；不能是英國人，更別提愛爾蘭人了。他必須是個真正的外國人。

可是等等吧！等等吧！明年冬天，她要設法讓克里夫到倫敦；再下一個冬天，她要讓他出國去，到法國南部、義大利。等等吧！生孩子的事，她不急，這是她的私事。在她微妙的女性內心裡，她把這件事看得十分認真，絕不輕易冒險！要搭個情夫，隨時都有，可是要找個和她生孩子的男人——等等吧！還是等等吧！這是兩回事。「走遍耶路撒冷的大街小巷——」，這和愛情無關，而是要看對象適不適當。哈，那個對象說不定還是她厭惡在心的人呢！不過如果他適合，個人的厭惡有什麼關係？這事關乎的是個人的另外一部份。

和平常一樣的下雨天，小徑泥濘，克里夫不方便駕輪椅出去，但康妮則照例出門。現在她每天都一個人出去，大都是在林中漫步。她沒碰見過別人。

這天，克里夫要傳個話給守林人，家裡的小廝卻得了流行性感冒，躺下了——莊園裡似乎老有人感冒——康妮說她會到守林人的屋子去。

這天空氣溫和，卻悶得很，好像整個世界在慢慢地死去，灰濛濛、溼答答，又靜悄悄。連礦工拖著腳步走路的聲息都沒有，因為現在礦坑工時縮短，今天根本也沒開工。好像一切都到了盡頭！

樹林中一片死寂，只有大滴的雨珠從枝椏間打下發出的空響，其他一切則如古木深處一般，灰暗、死寂、虛無。

康妮迷糊地往前走。老樹林有一種古老的蒼涼感，不知怎地撫慰著她；這地方比外面那冷酷不仁的世界好多了。她喜歡殘存老林的靈氣和老樹的靜默無語，它們似乎是一種沉默的力量，卻充滿生機。它們也同樣在等待，執拗而堅忍，散發著沉默的威力。也許它們只是在等待末日，等著被砍倒、被清除。森林一旦完了，古木也完了。不過也許它們那種堅忍、高貴的沉默，古木那堅韌和沉默，是別有意義的。

她從北邊穿出橡樹林。守林人的小屋是棟暗褐色的石砌建築，有山牆和漂亮的煙囪，顯得有些孤伶伶地，異常寂寥，彷彿無人居住。不過煙囪飄出一縷青煙，屋前圍著欄杆的小花園也鬆了土，很整潔，屋門緊閉著。

現在她人到了屋前，想到那漢子和他一對犀利的眼睛，不禁有點膽怯。她不喜歡來跟他傳話，很想走開，但還是敲了門。沒人應門。又敲一次，輕手輕腳地。沒回應。她在窗口窺望，看到幽暗的小房間，有一種近乎陰沉，不希望被侵犯的隱密。

她佇足聆聽，似乎聽到屋後有聲響。敲門沒人理，她的勇氣也被激起了，不甘作罷。於是她繞過屋側。小屋背面的地勢陡然隆起，因此後院是下陷的，圍著一道矮石牆。她一轉過屋角就站住了：在她前面不到兩步，那漢子正在小院子裡洗澡，全沒發現有人。他的身體一直到腰下，絨布褲子褪到細瘦的大腿下面。他消瘦蒼白的背俯身在一大盆肥皂水上面，他把頭鑽進水中，以一種奇怪而敏捷的動作甩甩頭，並抬起瘦白的手臂壓著耳朵，把水擠出來，動作輕巧、靈敏，像一隻鼬鼠在玩水。康妮倒退繞過了屋角，急急走入林中，不由自主地給嚇了一跳。說起來，不過是個男人在洗澡，再平常不過了。天曉得有什麼不大了的！

然而不知怎地，那畫面觸動了她的幻想，她身體的感應。她見到那條布褲子由他線條優美的白皙腰部滑下來，微微有些骨感；他那份孤獨感，那孑然一身的感覺震撼了她。一個離群索居，內心孤獨的人，那完美、白皙、孤獨的裸體。此外，更有一種動物性的原始美。不是肉體的美，也不是形態的美，而是那裸體者的生命火焰，閃爍、溫暖，呈現在可觸摸到的形體上——在一個人體上！

康妮被那畫面所震撼，她的子宮也受到感應，那感覺在她體內餘波盪漾，不過她心裡卻想嗤之以鼻。一個男人在後院子洗澡！不問也知道，他用的是那種黃黃的臭肥皂！她著實感到懊惱，幹嘛讓她碰上這種不雅的私事？

所以她不願再想下去。可是過了片刻，她在一個樹樁上坐下，卻仍舊心慌意亂的。慌亂中，她執意要去向那傢伙傳話。她不打退堂鼓，但她得拖延一會兒，給他時間穿上衣服，但不能拖太久，免得他出門去。他八成打算到什麼地方去。

所以她又慢慢晃回去，邊走邊留神聽。近看時，發現屋門還是緊閉的，她敲了敲，沒辦法克制心跳。

她聽見那男人輕快地下樓來，一下打開門，又嚇了她一跳。他看來也不大自在，但隨即堆上笑臉。

「查泰萊夫人！」他說：「您要進來嗎？」

他舉止有禮。她跨過門檻，進了那間實在有點陰沉的小屋子。

「我只是來替爵爺傳個話。」她輕聲細語，還有點喘吁吁地。

這男人用他那對把一切都看進眼底的藍眸子看她，她不由得把臉稍微別開了。他覺得她羞答答的樣子很漂亮，幾乎稱得上是個美人兒，馬上他就操縱了局面。

「妳要坐坐嗎？」他問，心想她不會坐。門還敞開著。

「不了，謝謝。爵爺想請你——」她傳達了口信，不自覺地又和他四目相接，此時他的眼神和悅親切，是特別對女人的那種親切，同時他自己也很自在。

「好的，夫人，我馬上照辦。」

他一接下命令，整個人就變了，神色冷漠疏遠。康妮猶豫著，她該走了，不過她環顧這整潔、乾淨，卻有點冷清的小客廳，似乎有幾分手足無措。

「你就一個人住這兒？」她問。

「就一個人，夫人。」

「那麼你母親？」

「她住在村子的老家。」

「跟那孩子？」康妮問。

他那相貌尋常，委實有點憔悴的臉上出現一種說不出來的不屑神情。那是張隨時在變化的臉，令人無從捉摸。

康妮再一次看他，他眼底又有笑意了，流露出幾許嘲弄意味，可是藍藍的眼睛和善可親。她打量他，他穿長褲和法蘭絨衫，打一條灰領帶，柔細的頭髮有點潮溼，面孔滄桑憔悴；那對眼神裡的笑意一去，就顯得歷盡滄桑似的，幸而仍未失去那一絲善意。忽然他的表情顯得孤獨寂寥，好像她並不在他眼前。

她有好些話想說，但是欲言又止，只是再次抬眸看他，說道：「希望我沒打擾到你？」

他瞇了瞇眼，微笑裡帶著嘲弄味兒。

「我恰好在梳頭髮，您別介意。很抱歉我沒穿外套，我根本不知道什麼人在敲門。沒人會來這兒敲門，突然聽到敲門聲，還有點不對勁。」

他搶在她前面，跨過花園小徑去替她拉開門。他單穿件襯衫，少了笨重的外套，她又看出他有多瘦，而且有點駝背。但她走過他身邊時，看他那頭金髮，還有靈活的眼神，都顯得明亮而年輕。他的年紀大概三十七、八歲。

她一步步走入林中，知道他一直盯著她看，他弄得她不由自主地芳心大亂。

至於他呢，走進屋想一想：「她人很好、很可愛！她比她自己知道的要好。」

她對他則反覆想個不停：他看來實在不像守林人，怎麼看就不像工人，他和本地人有共同之處，卻也有迥然不同的地方。

「那個守林人，梅勒斯，他人有點不一樣。」她對克里夫說：「他說不定是個上等人。」

「他嗎？」克里夫說：「我沒注意到。」

「他這人不是有幾分與眾不同嗎？」康妮堅持道。

「我想，他是個滿能幹的傢伙，不過我對他所知不多。他去年才退伍，還不到一年，我猜是從印度回來的。他可能在那邊學了點本事，也許跟過軍官，提高了點身份。有些軍人是這樣子，可是這對他們好處不大，一回國，又得回到原來的地位。」

康妮若有所思地看著克里夫，她看出他十分排斥那些往上爬的下等人。他那種人就有那種特性。

「難道你看不出他有什麼特別的？」

「坦白說，我看不出來！我不覺得他有什麼特別。」

他望著她，怪怪的，有點疑心不安。她覺得他沒有對她說實話，他甚至沒對自己說實話。他不喜歡別人了不起，別人都只能和他程度差不多，不然就得比他差勁。

康妮再度感受到她這一代男人心胸的狹窄。他們多麼小家子氣，多麼懼怕真正的生活啊！

7

康妮上樓回到自己房間後，做了一件她久已不做的事：她脫光衣服，端詳大鏡子中自己的裸體。她不大肯定她想找什麼，或看什麼，可是她移動檯燈，讓燈光照射到她的全身。

她邊看邊想，就像她以前也常常這麼想：人的裸體是多麼脆弱，多麼容易受到傷害，楚楚可憐，總有點不完整、有缺陷的感覺！

她的身段本來應該算相當好，可惜如今已不入時了；它太女性化，沒有十幾歲的少男那種結實。她個兒不高，有點蘇格蘭人的體型，然而她有種曼妙體態，原來稱得上姣好的。她膚色微黃，手腳修直，胴體本該相當豐滿的，但少了點什麼。

她的身體不但未見成熟豐盈，反而變得瘦巴巴的，有點瘦骨嶙峋，好像沒曬夠太陽，沒得到充份的溫暖，顯得蒼白，毫無光采。

這副女人軀體對它所過的生活失望，既沒有變得像男孩子那樣結實有勁，也沒有轉為豐滿盈潤，而是漸漸地灰敗下來了。

她的胸部小得很，形狀像下墜的梨，可是沒有成熟，有點乾澀，無精打采地垂在那兒。她的腹部已經失去年輕時有德國情人鍾愛她的肉體時那種圓潤。當時腹部有著年輕感，有對日後為母的期待，展現出真正的女性之態。現在，它鬆弛了，又塌又瘦。她的大腿從前光滑渾圓，現在同樣也變得扁平、鬆垮、缺乏活力。

她的身體越來越失去存在的意義，肌肉鬆垮、膚色灰敗，成了毫無意義的東西。這令她感到極端沮喪和無望。有什麼希望可言？她老了，才二十七歲就老了，肉體不再光燦有神了。因為它被冷落，被壓抑……沒錯，它就是壓抑！時髦婦女精心保養，使自己的身體保持得像瓷器般亮麗，雖然瓷器內空空如也。可是她呢？連瓷器外表的光采都沒有。精神生活！她一下氣極了、恨死了，那全都是騙人的！

她從另一面鏡子看自己的背、腰和臀部。她愈發顯得瘦，這對她並不適合。她扭身去觀察後腰處的紋路，那些皺紋有了頹廢氣；從前它們多麼有神！從腰部直下臀部這一片斜坡已失去了光彩豐盈。沒有了！愛過它的只有那德國小夥子，而他已經死了十年，時光過得多快！他已經死了十年，而她才二十七歲。那小夥子健康強壯，相好的時候那麼生疏笨拙，當時她還瞧不起他！如今她到哪裡去尋找？男人身上已經找不到那股勁道。他們只有像麥克里斯那種可憐巴巴、兩秒一次的痙攣，沒有健壯者那種教人熱血沸騰，通體爽快的情欲了。

她依然覺得自己的背窩到腰下那曲折的一帶很美，還有端凝得彷彿在沉睡的豐臀，像阿拉伯人說的沙丘，長長的高低起伏。這裡仍有對生命的希望。但她這部位同樣也變瘦了，瘦條條地，沒有成熟的線條。

但教她傷透心的是她的正面，已經開始垮下去了，瘦垮地近乎枯萎，尚未真正享受人生便告衰老。她想，自己總還能夠生一個孩子。但她究竟行不行？

她套上睡衣，撲到床上大哭。傷心中，她內心燃燒起一股對克里夫、對他的作品、他的論調，對所有他那一類男人的憤怒。他們欺騙女人，連她的身體都給騙了！

然而隔天一早，一如往常，她七點起床，隨即下樓去伺候克里夫。她必須為他處理所有貼身的瑣事，因為他沒有男僕，又不肯用女傭。管家太太的丈夫從小認識他，會幫他做點粗重活兒，可是康妮得親手料理他的私務，她心甘情願打點一切，對她這是一種要責，她自己也想盡量幫忙。

所以她一向很少離家，就算離家也不超過一、兩天，她不在時由女管家柏茲太太照料他。日子一久，克里夫把這一切伺候視為理所當然，人家理該伺候他。

但在康妮內心深處，一種委屈、受騙的感覺熊熊燃燒。肉體那種委屈感一被喚醒，就成了危險，必須把這種感覺宣洩掉，否則它會把喚醒它的人一點一點毀掉。可憐的克里夫，不能怪到他頭上，他更不幸，一切都該怪那可怕的劫難。

然而從另一方面來說，難道不該怪他？沒有溫暖，沒有純然、熱情的肌膚相親，難道不該怪他？他從來不是熱情的人，甚至連和善都談不上，只有一種教養良好、冷冰冰的體貼週到，全沒有一個男人對女人的那種溫情，甚至也沒有像康妮的父親對女兒的那股親愛，克里夫全沒有。康妮的父親是個很寵自己的人，他打算繼續寵下去，但他都還能以那點男人的浪漫來安慰女人。

可是克里夫不是那樣，他那一類的人都不是，他們的內心冷硬疏離，把熱情當成是粗俗。你的人生必須排除掉感情，保持自我，只要大家是在同一階級、同一族類裡，那麼就能相安無事。你大可保持冷漠，保持自我，同時受到尊重，並且因此自得其樂。但要是你屬於另一階級、另一族類，那可行不通；一味在那兒保持自我，覺得自己乃是統治階級，那是得意不起來的。如果連最了不起的貴族本身都已沒有值得堅持的自我，統治也不成統治，而是一場鬧劇，那麼一切還有什麼意義？那簡直是荒唐。

康妮充滿反抗心態。這一切有什麼好處？她犧牲自己，把一生獻給克里夫，有什麼好處？她侍奉的到底是個什麼的人？虛榮、冷血、對人沒有溫馨真情，跟那些低下的猶太人一樣腐敗，汲汲於名利，出賣自己的性靈。克里夫就算冷漠、孤立、自視為統治階級，但在求名利的時候也是垂舌喘氣，一副垂涎相。說起來，麥克里斯在這方面要有格調多了，而且也比他成功多了。真的，要是仔細看克里夫，會發現他根本是個小丑，而且比一個莽夫還丟臉。

比較兩個男人，麥克里斯對她可比克里夫還有用處，他甚至更需要她。隨便哪個看護都可以照料一雙跛腿！至於打拚的本事，麥克里斯如一隻英勇的老鼠，而克里夫只是裝模作樣的獅子狗。

莊園裡住了幾位客人，其中一位是克里夫的愛娃姑媽，也就是白納莉夫人。她六十歲，人瘦瘦的，有個紅鼻子，是個寡婦，還是什麼「名媛」。她出身極高貴的家族，很有心要維繫她的大家風範。康妮還滿喜歡她的，因為只要她願意坦白，她是相當乾脆、坦白，而且做人方面也算和善。心裡她是非常堅持自我的，會把別人看低，但她其實不勢利，只是太看重自己。社交中，她一向高不可攀，保持自我格調，使得別人拜服在她跟前的手腕，是無懈可擊的。

她對康妮很親熱，想以天生犀利的觀察力直探康妮的內心。

「我說妳真了不起，」她對康妮道：「妳把克里夫扶上天了。我從沒看過天才出頭的，現在他就是一個。」克里夫的成功，使愛娃姑媽驕傲得不得了，家史更添光榮！但是對他的作品，她卻壓根兒沒半點興趣。她幹嘛要有興趣？

「哦，我想那不是我的功勞。」康妮回答。

「當然是妳！沒有別人了。可是我看妳卻沒有從中得到多大好處。」

「怎麼說？」

「瞧妳在這地方的封閉生活！我對克里夫說，哪天這孩子造反了，你只能怪自己！」

「可是克里夫什麼都依我。」

「聽我說，乖孩子——」，白納莉夫人一隻枯手放在康妮的胳臂上，「女人必須有她自己的生活，否則以後會懊悔日子白活了，一定要相信我！」她又啜了一口白蘭地，這八成是她表現懊悔的方式。

「可是我不就在過我的生活了，不是嗎？」

「我看不是！克里夫該帶妳到倫敦，放妳出門透透氣。他有群朋友解悶，可是和妳有什麼相干？換成我是妳，我要悶死了！妳白白浪費掉青春，人到老年，甚至只要到中年，妳就會怨天尤人了。」

喝了白蘭地，這位貴夫人心神舒泰，靜默了下來。

可是康妮沒興趣到倫敦，沒興趣由白納莉夫人引進那時髦的圈子。她不覺得那圈子時髦或有多大意思，反而感到那圈子隱隱一股森冷，令人不寒而慄，像雷布拉多的土地，上面繁花似錦，一呎以下卻是凍土。

湯米·杜克斯到薇碧山莊作客，另外還有個溫哈利，以及史傑克和他太太歐莉芙。聊天的內容比克里夫老友相聚時還要毫無頭緒，每個人都覺得有點無聊。因為天氣不佳，只能關在屋子裡打彈子，或和著鋼琴聲跳跳舞。

歐莉芙手上一本書，講的是人類的未來：嬰兒將在瓶子裡孵育，女人則將「免育」。

「那實在太棒了！」她說：「如此一來，女人就能過自己的悠哉人生了。」史傑克想要孩子，她卻不想。

「妳願意『免育』嗎？」溫哈利問，臉上帶著醜陋的笑。

「我當然願意。」她答道：「將來的人一定會更聰明，女人也不必再受生理機能的牽絆所苦。」

「說不定她們還能飛入太空呢。」杜克斯接著道。

「我真的認為文明一旦進步到一定程度，就可以解決許多肉體殘障的後果。」克里夫說：「比如說床第間的那一套，能免則免，只要我們真的能夠在瓶子裡孵育嬰兒就好。」

「才不呢！」歐莉芙叫道：「那樣反而會有更多時間和心力來尋歡作樂。」

「我想，」白納莉夫人沉吟道：「如果床第間那一套省掉了，勢必會有別的花樣來取代，說不定是嗎啡。空氣裡調一點嗎啡，保證人人精神百倍。」

「每星期六政府放點醚到空氣裡，讓大家度個快活週末！」溫哈利說：「點子好是好，可是星期三咱們又該到哪兒去？」

「只要忘掉肉體的存在，你就會輕鬆。」白納莉夫人說：「一旦你注意自己的肉體，你就慘了。所以，文明如果有好處，就該幫咱們忘掉肉體的存在，那樣我們會過得快快樂樂地，不知老之將至。」

「幫咱們拋掉肉體吧。」溫哈利說：「也該是人類改善本性時候了，特別是在肉體方面。」

「想像咱們像菸草的煙霧那樣飄飄欲仙。」康妮說。

「不可能的。」杜克斯說：「人類的老戲會垮台，文明會崩潰，陷入無底深淵，永劫不復。相信我，跨越深淵的橋樑就是陰莖。」

「哦，真是，真受不了你，將軍！」歐莉芙大嚷。

「我相信人類文明就要崩潰。」愛娃姑媽道。

「然後會怎麼樣?」克里夫問。

「我完全不知道,但總會出現點什麼,我想。」老太太說。

「康妮說人會變成一縷輕煙,歐莉芙說女人會免育,嬰兒改在瓶子裡孵育,杜克斯又說陰莖是本來人類的橋樑,我想不透最後究竟會怎樣?」克里夫道。

「哦,別傷腦筋了!咱們把握現在,痛快過日子吧。」歐莉芙說:「只是快點把繁殖瓶發明出來,讓咱們可憐的女人解脫。」

「下一個階級,可能會出現真正的人類!」湯米說:「聰明、健全,真正的男人,和真正的女人!那書不是在講人類的變化嗎?我們不是男人,女人也不是女人;我們只是一種代用品,是機械和智力的實驗。說不定未來還會有男、女完人的文明,來取代我們這些自命不凡,其實腦力不超過七歲的人,這比化成煙的人和瓶中嬰兒更驚人。」

「天呀,一講到真正的女人,我就沒輒了。」歐莉芙說。

「我們身上唯一可貴的東西,就是精神了。」溫哈利說。

「是精神!」傑克說,一邊喝他的威士忌加蘇打。

「你這麼認為?那我要的是肉體的復活!」杜克斯說:「這會實現,只是遲早的問題,只等我們把塞在腦子裡那團石頭推開一會兒,把金錢和其他什麼的也都推開,到時我們就會有接觸的民主,而不是錢包的民主了。」

康妮聽了這話,心裡一動。「給我接觸的民主,給我肉體復活!」——她根本搞不懂這是什麼意思,但聽了卻覺得舒坦;有時毫無意義的事會有這種效果。

無論如何，他們講每件事都蠢得可以。她對一切，對克里夫，對愛娃姑媽，對歐莉芙和史傑克，對溫哈利，甚至對杜克斯，都感到厭煩到極點。講、講、講！喋喋不休，算什麼！

等客人全走了之後，情況也沒好轉。她繼續晃來晃去，但那股躁怒已半控制她，她擺脫不了。每天都像折磨，難受得出奇，生活卻是平靜無波。她只是越來越瘦，連管家太太都注意到，問她怎麼了。她自稱無恙，但連湯米．杜克斯都認定她病了。她只是開始害怕起泰窩村教堂下邊滿山遍野的卡拉大理石碑，白得刺眼，像假牙那麼討厭。她每每從園林看到那些陰森、醜惡、假牙似的白墓碑，就感到不勝恐怖，她自覺葬身在這髒污的中部，與墓碑下的枯骨為伴的日子，似乎也不遠了。

她曉得自己需要幫忙，所以寫了封信給她姊姊希爾黛，像是她「心靈的吶喊」：「近來不知何故，我感到不適。」

希爾黛住在蘇格蘭，很快有回音。三月裡，她自己一人駕了一輛輕巧的雙人座小汽車來了。她開上車道，一路按喇叭，繞過生著兩株野生山毛櫸的橢圓型草坪，一煞車在屋前停下。

康妮奔下台階，希爾黛下車親吻妹妹。

「康妮啊，妳怎麼搞得！」她大叫。

「沒什麼呀！」康妮有點赧然答道。她心知和姊姊比起來，她要憔悴多了。姊妹倆本來都同樣有一身光潤的皮膚、棕色秀髮，和天生健美的身段。可是現在康妮瘦巴巴的，面有菜色，露在毛衣外的頸子又黃又乾。

「妳病啦，妞兒！」希爾黛說，兩姊妹說話聲音都一樣，輕輕柔柔卻有點兒急促。希爾黛大康妮還不到兩歲。

「不，沒病，可能是太悶了。」康妮說得有些可悲。一股戰鬥的表情出現在希爾黛臉上。她外表看似溫柔肅穆，其實是天生不服男人的剛強女子。

「這鬼地方！」她低聲說，恨恨地望著那黑鴉鴉的老宅子。她看來溫柔和悅，如熟透的梨，卻不折不扣是個剛烈女子。

她不吭聲地就跑去找克里夫，俊俏的風姿讓克里夫在心裡喝采，可是她的人又讓他忌憚。他妻家的人不甩他那一套規矩和禮數。他一向把他們當外人，一旦他們闖入他的生活圈子，他就要受罪。

他穿戴整齊，有模有樣坐在椅子上，金髮油亮，氣色飽滿，藍眼珠子泛白而且有點凸，一臉莫測高深的表情，但態度有禮。希爾黛看他，只覺得他一副蠢相。他好整以暇地等著，顯得氣概十足，可是希爾黛管他有什麼氣概，她是來找他算帳的，就算他是教宗還是皇帝老子都一樣。

「康妮看來病得很重。」她輕聲細語，卻拿一對美麗的灰眼睛直盯著他。她是如此具有大家閨秀的風範，康妮也一樣，然而她們的蘇格蘭性子有多倔，他可清楚了。

「她是瘦了點。」他答道。

「你不想點辦法？」

「有必要嗎？」他用英格蘭人過度禮貌又僵硬的態度說。過度禮貌往往就成了僵硬的態度。

希爾黛不作聲，一逕盯著他。她並不擅長唇槍舌劍，康妮也是。所以她光是瞪眼，可是什麼話都不必說，他就吃不消了。

「我帶她去看醫生。」最後希爾黛說：「這附近有什麼好醫生嗎？」

「我恐怕不知道。」

「那麼我帶她去倫敦，那兒有我們信得過的醫生。」

克里夫氣炸了，卻沒吭氣。

「我今晚大約得住這裡了。」希爾黛說，摘下手套，「明天我開車帶她走。」

克里夫氣得臉都黃了，到傍晚時，連眼白也都有點黃，簡直怒火攻心。可是，希爾黛始終溫文婉約。

「你應該找個看護什麼的，好來照料你。你實在該找個男僕。」希爾黛說。他們剛用過一點晚餐，表面上舒適地坐在那兒喝咖啡。她的聲調柔和，不亢不卑，但克里夫聽來，卻好似被她拿棒子在頭上猛敲。

「妳這麼覺得？」他寒聲問。

「當然！這有必要。否則的話，父親和我就把康妮帶走幾個月。這情況不能再拖下去。」

「什麼不能再拖下去？」

「你難道沒看到那丫頭的樣子？」希爾黛對他瞠目直視。這會兒他看來像隻燒紅了的大龍蝦。

「康妮和我會談談。」他說。

「我已經和她談過了。」希爾黛說。

克里夫受夠了護士的擺弄。他恨她們，因為她們老讓他不得清靜。男僕那更不得了！他才不要有個男人成天在他周圍繞，隨便找哪個娘們都要比男僕好。可是為什麼康妮不行呢？

姊妹倆一早開車走了。康妮的樣子好像復活節的羔羊，坐在操持方向盤的希爾黛身邊楚楚可憐的。父親不在家，不過坎辛頓那房子可以住人。

大夫為康妮仔細做檢查，細細詢問她的生活。「我不時在畫報上看到妳的照片，你們夫婦倆的合照。報上寫得盡是些壞話，是不是？文靜的好女孩就得經歷這些才能長大，妳到現在也還是個文靜的好孩子，儘管畫報上那樣子說。沒事，沒事，妳的器官方面沒有問題，不過可不能這樣子下去。不能！叫妳丈夫帶妳進城，或者到國外去散散心，找點樂子！妳太沒有活力了，沒一點元氣，一點都沒有。心臟神經已經有點失常，哦，沒什麼啦，只是神經衰弱罷了，到坎城或比亞瑞孜去玩一個月，包妳百病全消。別再拖下去了，否則後果我不敢擔保，好比消耗生命力卻沒補充。妳要開開心心地出去玩一趟，可別再這個樣子下去。注意，不要消沉！千萬不要讓自己消沉！」

希爾黛繃住了下巴，表示她打定了某種主意。

麥克里斯一聽說她們進了城，便捧著玫瑰花跑來了。「哎呀，怎麼了？」他大叫：「妳瘦得像個影子！我從沒見過有人變得這麼厲害！怎麼都不讓我知道？跟我去威尼斯！去西西里！走，跟我去西西里吧，這時節西西里正美。妳需要陽光！妳需要生氣！唉，妳這是在消耗自己！跟我走吧，到非洲去！去他的克里夫！甩了他，來跟我。他一和妳離婚，我馬上娶妳。跟我一起去享受人生吧。老天，薇碧山莊那種鬼地方會害死人。要人命的地方！悶死人的地方！害死每個人！跟我一起去享受陽光，妳就是需要陽光，還要過點正常的生活。」

可是康妮一想到要扔下克里夫不管，心跳就停了。她不能那麼做。不行！不行！她就是不能那麼做。她必須回薇碧山莊去。

麥克里斯惱了。希爾黛不喜歡麥克里斯，但拿他和克里夫一比，她寧可要麥克里斯。最後，姊妹倆還是回中部去了。

希爾黛跟克里夫說明一切。她們回來時，他的眼珠子還是氣得發黃。以他的狀況，他也是心力交瘁了，但希爾黛說，醫生說的那堆話他句句都得聽。當然，希爾黛沒把麥克里斯的部份告訴他。克里夫聽著最後通牒，從頭到尾默不作聲。

「這裡有個好男僕的地址，他本來在照顧那醫生的一名病人，一直到上個月病人死了才結束工作。他人很好，一定肯來。」

「可是，我又不是病人，我才不要什麼男僕。」克里夫這可憐的傢伙說。

「這裡還有兩個女人的地址，其中一個我見過，她一定能勝任。這女人差不多五十歲，蠻安靜的，人強壯、心地好，有她的教養。」

克里夫悻悻然，一句話也不說。

「好，克里夫，如果明天還是什麼事都沒解決，我就打電報給父親，我們要把康妮帶走。」

「康妮要走嗎？」克里夫問。

「她不想走，可是她非走不可。我母親就是因為憂鬱煩躁而死於癌症的。我們不想再冒什麼險了。」

因此第二天，克里夫就指名要泰窩村教區護士包頓太太。這個人選顯然是管家柏茲太太建議的。包頓太太快要退休了，想要接些私人看護工作。克里夫很怪，他最怕把自己交付給陌生人；他以前得猩紅熱時，包頓太太照顧過他，他認識她。

兩姊妹立刻上路去拜訪包頓太太。泰窩村有排比較新的房子，其中一棟就是她家。她們見到一位四十來歲，面貌相當姣好的婦人，穿著護士服，圍了白領、圍裙，正在擁擠的小客廳泡茶。

包頓太太十分殷勤有禮，人看來很隨和，說話帶一點模糊的土腔，但是用辭造句很正確。她照料生病的礦工有多年經驗，很是自負，也很有自信。總之，她身份不高，但在村中也屬統治階級，頗受到一點尊敬。

「啊，查泰萊夫人的氣色很是不好，她以前那麼健康有勁，現在卻不成了，她這整個冬天垮下來了！哎，日子難過，真的難過。可憐的克里夫爵爺，哎，那場戰爭害了多少人！」

只要夏醫師肯放包頓太太走，她立刻可以到到薇碧山莊來。照道理，教區護士這個職位她還得做兩星期，不過，你曉得，他們可以找人替代。

希爾黛找夏醫師打個商量。星期天，包頓太太就提了兩只箱子搭馬車來了。希爾黛和她聊，包頓太太是隨時可以和人聊起來的。講得起勁，她蒼白的臉孔就會泛紅，顯得好年輕。她四十七歲。

她丈夫泰德．包頓二十二年前在礦坑裡意外身亡，當時也是聖誕節的時候，距離去年聖誕已整整二十年了。丈夫身後留下她和兩個孩子，其中一個當時還在襁褓中，名叫伊蒂，如今已經嫁人了，丈夫在雪菲爾德的布茲卡藥局做事。另一個丫頭在卻斯菲爾德教書，週末如果沒約會，她就會回家。現在的年輕人懂得玩，和她艾薇．包頓年輕時可不一樣。

泰德是礦坑爆炸時送了命的，當時才二十八歲。他們總共四人，最前頭的夥伴大叫快趴下，大家都及時趴下，只有泰德來不及，一命嗚呼。後來調查事故，他們偏向廠主，說是泰德自己太過驚慌，不聽命令，想亂跑，所以照理說是他的錯，因此賠償金也只有三百鎊；而且他們賠得好像那是一筆贈款，而不是法定賠償金，因為實在是死者自己出錯。她想開一爿小店面，但公司又不肯一次把錢給她，說她一定會把錢亂花光了，搞不好喝酒喝光了，於是她只得每星期去領三十先令。對，她每星期一去公司領錢，一次排上一、兩小時的隊，差不多領了四年。有兩個小孩要撫養，妳又能如何？幸虧婆婆待她很好，么兒會走路之後，她白天替媳婦看顧兩個孩子，讓她有機會到雪菲爾德去上急救班；到了四年，她更讀了護理課，取得證書。她決心自力更生，把孩子帶大，所以先暫時在尤塞特醫院幹個助理。後來公司，泰窩村煤礦公司——其實就是老查泰萊爵士本人，見她能夠自食其力，就對她很好，讓她當教區護士，大力支持她。對這一點，她倒要替公司說句公道話。這些年來她一直做這份差事，如今漸漸覺得工作太繁重，需要換個輕鬆的活兒，因為做教區護士必須到處跑。

「沒錯，公司一直對我很好，我總這麼說。可是我永遠忘不了他們是怎麼說泰德的。打從他下坑開始就是最勇敢的，他們那些話等於說他是懦夫！不過他人死了，也沒法再說他們什麼了。」

包頓太太在言談之間流露出一種奇怪的複雜情感。她偏袒自己這麼多年來看護的礦工們，但又自覺地位高他們一等，一肚子憤恨。那些主子！主子和礦工起糾紛時，她永遠挺著礦工；太平時期，她又一心巴望能做上等人。上等階級令她著迷，投合她那種飛上枝頭做鳳凰的英格蘭人心態。能夠到薇碧山莊，她樂壞了！跟查泰萊夫人講話，真真樂壞了！老天，她百般描述與形容夫人和一般礦工的妻小差別有多大！然而從她的話裡卻可聽出她對查泰萊夫婦的有一股嫉恨心，對主子階級的嫉恨。

「當然了，查泰萊夫人會給折磨死的，幸虧她有個姊姊來幫她。男人哪，不管高低，都認為女人為他們辛苦是應當的。啊，我向礦工們訓過許許多多次了。但是你知道，查泰萊爵爺傷得這麼厲害，他是受不住的。那一家子一向傲慢，態度上總是冷淡，好像他們有這權利似的。可是後來這樣悽慘地給送回來！這對查泰夫人是很困難的，她或許要比爵爺更受不住，有多少東西她根本享受不到了！我和泰德才做了三年夫妻，但是可以告訴你，那三年我有一個一輩子也忘不了的丈夫，他是萬中挑一。我們每天開開心心，誰想得到他竟然會死？到今天我都還不太能相信。雖然我親手處理他的遺體，可是我還是不相信他真的走了。對我來說，他沒死，沒死。」

薇碧山莊有個新人的說話聲，康妮感到新鮮，便又有興趣聽人說話了。

來到山莊的第一個星期，包頓太太卻不開口。她那自信十足的專橫態度不見了，變得緊張不安。她在克里夫面前害羞、沈默，幾乎是膽小了。克里夫喜歡這樣子，而且面對這新情況很快就恢復了他的鎮定，讓她替他做事，絲毫不理會她。

「她是個很管用的小角色！」他這麼說。康妮詫異地張大眼精，但並沒有反駁什麼。兩個人所得到的印象竟如此不同！

沒多久，他就出現高姿態，對護士大擺主子的架子，這是她老早料想到的；他會不知不覺的表現出來。我們多麼容易變成人家預期的那副模樣！礦工們跟孩子一樣，她為他們裹傷或看護他們的時候，他們會向她訴苦，告訴她自己怎麼受傷的。他們讓她覺得自己了不起，她在她的工作上，幾乎像個超人。如今她在克里夫跟前卻很渺小，更像是傭人，但她不出一言地接受，讓自己適應上層階級。

她安安靜靜地進來服侍他，長而漂亮的臉蛋雙眼低垂，低聲下氣地問他：「克里夫爵爺，我現在做這個好嗎？還是做那個？」

「不，不用做，等一下再做。」

「是，克里夫爵爺。」

「半小時後妳再來。」

「好的，克里夫爵爺。」

「還有，把那些舊報紙拿走，可以嗎？」

「好的，克里夫爵爺。」

她輕手輕腳地出去，半小時後又輕手輕腳地進來。她被人欺壓了，可是她不在乎。她正在體驗上流階級。她不討厭克里夫，對他也沒什麼不喜歡，他不過是一種現象裡的一部份，這就是上流人物的現象，從前她不知道，如今要開始認識了。她和查泰萊夫人相處時比較自在。到底一個家裡最重要的還是女主人。

晚上，包頓太太伺候克里夫，她就睡在他對面房裡，夜裡他一搖鈴，她就過來，早上又服侍他梳洗。不久，所有貼身事便全由她包辦，連刮鬍子都使上她那種輕柔的手法。她又好又能幹，很快就摸到了如何控制他的竅門。總歸一句話，妳在他下巴抹肥皂泡兒、輕捻他的短鬚時，他和礦工們其實也沒多大差別。她不介意他的冷淡和不坦白，因為她正在體會一種全新的經驗。

然而克里夫心裡始終沒法子原諒康妮，因為她不親自照顧他，竟把他交給一個雇來的陌生女人。他對自己說：這把他們之間美好如花的親密關係都毀了。可是康妮不在乎，他們美好如花的親密關係，像依附在她生命之樹的寄生物，開不出什麼像樣的花朵。

如今她比較有自己的時間了，可以在樓上悠閒地彈琴、唱歌：「不要碰蕁麻——因為愛的羈絆難分難解——」她到現在才認清這些愛的羈絆有多麼難解。不過謝天謝地，她總算把它解開了！她高興能夠獨處，不必時時刻刻和他說話。他一個人的時候，答答答地猛打字，打個沒完；一旦他不「工作」了，她人又在一旁，他就對她說個不停，無休無止，鉅細靡遺地分析人物、性格、動機和結果，如今她終於聽厭了。這些年來她一直喜歡這一套，現在一下子覺得受夠了，再也忍耐不住。她很高興能夠一個人清靜。

他和她之間的牽繫，有如千根萬絲，糾纏成一團，長到沒有一點空隙了，整株植物就此枯死。現在她悄然、巧妙地把他倆這團亂絲解開，既耐心又不耐地把一根根的亂絲分開來。然而這種愛的牽扯比一般牽扯都來得難解，即便後來有包頓太太幫了大忙。

可是克里夫仍舊希望每晚和過去一樣，和康妮親密地談話、討論，或是朗讀。但她和包頓太太打好商量，每晚十點就來要她進來打擾。時間一到，康妮就可以回房去享受清靜。克里夫交給包頓太太照顧，不會出岔。

包頓太太跟著柏茲太太在管家室吃飯，她們兩人都喜歡這樣。奇怪，現在傭人住的地方近了很多；以前他們距離主人起居的空間很遠的，如今都到克里夫房門口了。因為有時柏茲太太會到包頓太太的房間坐，康妮聽見她倆的低語，感到在她和克里夫獨處之際，工人階級那波強大的震動幾乎已侵入起居室了。包頓太太的到來給薇碧山莊造成多大的改變啊！

康妮有解脫的感覺，簡直像到了另一個世界，連呼吸都不喘了。可是她依然擔心仍有許多殘根，也許是根深蒂固地，還繼續與克里夫糾結在一起。不過話說回來，她可以呼吸得自由一點了。生命中新的階段即將展開。

8

包頓太太對康妮也同樣付與關愛。她覺得自己站在女性及職業的立場上，都必須關照康妮，總勸女主人出門走走，或開車到尤塞特去透透氣。因為康妮老一動不動的坐在壁爐邊，假裝在看書，或懶洋洋地做針線活兒，大門不出，幾乎成了習慣。

希爾黛走後，有天風很大，包頓太太說：「妳怎麼不到林中散散步，順便到守林人屋後去賞水仙花？這一帶沒有比那裡更美的景緻了。妳可以摘幾枝放在房間。野水仙看來總是那麼可愛，對不？」

康妮當她是一番好意，連她把水仙（daffodils）說成daff也沒放在心上。野水仙，可不是嗎！人無論如何，都不能找自己的麻煩，春天又回來了——「四季更迭，輪轉而回，然而良辰，或是朝夕，一去便不為我而回——」

她不禁想起那守林人。他消瘦、白皙的身軀，宛如隱藏在一朵花裡伶仃的雌蕊。在難以形容的消沉中，她忘了他，可是現在又動了心思——「在廊與門裡的慘淡」……而今該做的就是踏出門與廊而去。

她身體強壯了點，步伐也穩多了，樹林裡的風勢不像外面森林裡那麼猛地掃著她。她想忘卻，忘卻這個世界和那些行屍走肉般的人。「你必須再生！我相信肉體復活！一粒麥子如果沒有墜土死去，就絕不可能再生。番紅花開時節，我必復出，迎向太陽！」在三月的風中，一行行詩句掠過她的腦海。

風一陣陣吹拂，陽光異常燦爛，透過榛樹枝椏灑落下來，照亮了樹下黃澄澄的白屈菜。森林一動不動，愈發靜謐，但因為稀稀疏疏散落的陽光而顯得生氣勃勃。第一批的秋牡丹已經開了，白色小花遍地搖曳，整個樹林因而都泛白了。「你一呼吸，世界乃化為蒼白」，但這是冥府女王波瑟芬的呼吸，她在寒冷的早晨從地獄出來，陰風四起，在上空的樹枝間狂嘯怒號；又像大衛王的之子押沙龍一樣，也被困住了，拚命地想要掙脫。綠瓣蕊的秋牡丹瑟瑟發抖，看起來那麼淒冷，但它們忍耐著。小徑邊有小小的淺色櫻草，早生的黃花苞悄然綻開。

頭頂上風吹、樹搖，腳下則是寒意襲人，但康妮走在林中卻有說不出來的興奮，兩頰泛出紅暈，雙眸閃著藍光，採上一把報春花和早開的紫羅蘭，聞著清香。她信步走著，不知自己身在何處。

終於來到樹林盡頭的空地，看到那苔痕斑駁的石砌小屋，石塊被艷陽曬暖了，呈玫瑰色，像蕈底的肉。門邊搖著一叢黃茉莉，大門緊閉，不聞人聲，不見炊煙，也聽不見狗吠。

她躡手躡腳繞到屋後隆起的坡地。她有藉口，是來賞水仙花的。

就在那兒，那些小小的水仙花，沙沙作響，欹欹搖顫，好艷麗！好有生機！可是風吹時，它們的小臉蛋卻無處躲藏。

它們被風一陣陣吹拂，金黃的花朵擺動著；也許它們正喜歡如此，喜歡這樣迎風搖曳。

康妮倚著一株小松樹坐下來，感受到它奇妙的生命力；它堅韌有力，似乎也往她這邊靠，小樹的樹頂沐浴在陽光下，直挺挺地，活力充沛。在陽光下，她見水仙花變得金黃閃耀，她的手和雙膝也曬得暖洋洋的，她甚至聞到花香久久不散。天地這麼安靜，她獨自一人，彷彿也滑入自己的命運溪流之中了。本來她一直像被繩索綁在港內的船，東碰西撞；如今繩索鬆了，她自由自在地漂流著。

陽光隱沒，寒氣漸增，水仙花在陰影中默然輕顫。由白天到漫漫長夜，它們會這樣子一直地輕顫下去，在柔弱中展現強韌的力量！

她站起來，身子有點發麻，採了幾朵水仙便走下坡去。她不喜歡折損花兒，但想帶一、兩朵花回去。她不能不回到薇碧山莊那重重圍牆之內，卻對那房子厭惡之至，尤其那厚牆。牆！永遠陷在牆內！但是寒風天氣卻需要牆來遮蔽。

回到家，克里夫問她：「妳到哪兒去了？」

「我直走到樹林那一頭去。看，這些水仙花真可愛不是？想想它們竟然是從土裡長出來的！」

「也是空氣、陽光讓它長出來的。」他說。

「但它是在土裡孕育成形的。」她脫口就頂他一句，讓自己有點吃驚。

第二天下午她又到森林裡去。她順著那條在落葉松林迤邐而去的大路走，走到名叫「約翰泉」的那口井。山邊很冷，幽暗的松林裡一朵花也沒有，但是有涓滴的泉水經過潔淨的粉色小石子滲出，又冰涼、又澄澈！一定是守林人鋪上了新石子。泉水潺潺流下山，她聽見了微弱的水聲淙淙。雖然松林的風聲滔滔，無葉松樹豎立的猙獰陰影且覆蓋了下坡的道路，但她仍聽得見流水聲叮噹如鈴。

這地方又溼又冷，教人感到陰森森的。幾百年來，這口泉勢必是人畜飲水之處，如今卻已荒廢不用，周遭一片小空地已雜草叢生，滿目盡是淒涼。

她起身慢慢走回家，半途忽聽見右邊有微微的敲打聲。她站定傾聽，是有人用槌子在敲打著什麼。

她邊走邊聽，發現樅樹林間有條小徑，看來似乎已無去路，但她覺得應該有人走過，於是冒險走入這條樅樹密林之中的小路，沒多久便到了老橡樹林。她沿小路繼續前行，那敲打聲越來越接近了。林中的風勢很大，但一片寂靜，因為樹林製造了一種寧謐感，儘管風聲呼呼作響。

眼前有塊隱密的小空地，搭了一座隱密的粗木屋舍。以前她從來沒有來過這兒！但她立刻知道，這是飼養雉雞的地方，由於僻靜，適合雉雞生長。守林人在那兒，只穿著襯衫，跪在地上敲打東西。狗兒奔上前吠了一聲，他猛地揚頭，看見是她，露出詫異的眼神。

他立起身來行禮，不作聲地望著她輕飄飄走過來。他不喜歡不速之客，他珍惜自己獨居的生活，那是他僅存的自由。

「我還想哪來的敲打聲！」她說。在他的逼視下，她手腳有點軟，呼吸有點急，對他有點忌憚。

「我正在準備小雞孵出來之後要用的雞籠。」他用含糊的土腔說。

她不知道回答什麼，人又有點沒力氣。

「我想坐一下。」她說。

「到屋裡坐。」他邊說，邊趕在她前面走向小屋，推開一些木料和零碎東西，拉出一張榛木條釘成的椅子。

「要不要替妳生個火？」他問，鄉音裡有種出奇的純真。

「哦，不用麻煩了。」她應道。

然而他瞥瞥她的手，都凍紫了。馬上他搬了些樅枝堆在角落那座磚砌的壁爐裡，一會兒黃色火苗即往煙囪上冒。他在爐邊擺好位子。

「到這兒坐一下，取取暖。」他道。

她照他的話做。他有種保護人的權威感，她立刻順從他，在爐邊坐下來烘手，並添些樹枝到壁爐裡。他則又回到外面去敲敲打打。她其實不想坐在壁爐角落東張西望，她情願到門口去觀望，不過她受人關照，不便違逆人家的好意。

小屋滿舒適的，四壁都是原色木條。她的椅邊有一張木頭桌凳、木匠工作檯、一只大箱子，還有工具、釘子、新木料。牆上掛了不少玩意兒，有斧頭、捕獸夾、裝著東西的袋子，和他的外套。小屋沒有窗戶，光線從門口透入，屋裡雖然凌亂，卻多少可以遮風避雨。

她傾聽那漢子拿槌子砰砰地敲，聽起來不怎麼快活。他有壓力，來了個不速之客侵犯到他的隱私，還是個危險人物——一個女人！他已經看透了一切，只求離群索居，不受干擾，然而他卻無力保住自己的隱私。他是個下人，這些人是他的主子。

他尤其不想再和女人有牽扯，他怕了，過去和女人的牽扯留下太大的傷痛，他覺得要是沒辦法遠離人群享有清靜，那他會死掉。他從外在世界逃之夭夭，這片樹林是他最後的避難之地，也是藏身之所！

康妮烤火烤得暖暖的，可是她把火弄得太旺了，反而嫌熱。她起身改坐到門口那隻凳子上，看那漢子幹活。他似乎沒注意到她，但其實清楚她的一舉一動。不過他照樣幹他的活，顯得十分入神。那隻棕狗則坐在他旁邊，打量這可疑的世界。

修長、沉靜又敏捷，這男人把雞籠做好了，翻過來試試拉門，然後放在一邊。他站起來去把一只老舊的雞籠拎回他工作的木墩處，再蹲下來試試木條的強度，有幾支被他一折就斷了。他開始拔釘子，把那雞籠翻過來端詳，不露一絲曉得女人在場的神色。

康妮一瞬不瞬地看著他。她看過他孤獨自處時裸體的樣子。現在他穿著衣服，孤獨、聚精會神，像一頭獨來獨往的野獸，同時又深思熟慮，孤魂一般躲避人的接觸。就連這時候的他都不動聲色，耐心地避著她。明明是個急躁、熱情的漢子，卻有種沉著自持和無限的耐性，深深打動了康妮。他低垂的頭、俐落無聲的手、窄而纖長的腰股，在在讓她看出他忍耐、閃躲的用心。她感覺到他的人生經驗一定比她來得深刻淋漓，也許更加不堪回首。這讓她心中鬆了一口氣，幾乎像是了無牽掛了。

她因此心神恍惚的坐在門口，完全沒察覺到時間和當時突兀的情況。她像是心魂出了竅。他抬眼對她一瞥，看見她臉上有種期待之色，是對他的一種期待。突然間從他腰間、胯下騰起一道火焰。他心中叫苦不迭。他怕死了，怕再與人有任何進一步的接觸。他恨不得她快走，讓他一個人清靜自在。他怕她會有那種女性的意志力，那種現代女性要就是要的頑強意志，更怕她會有上流屬社會的那種冷漠、傲然、為所欲為的作風。因為他到底只是個下人。他討厭她在這兒。

康妮忽地清醒過來，扭捏地站起來。午後時光已成黃昏，不過她還不要走。她走向那男人，他直挺挺立在那兒，繃住一張憔悴的臉孔，別無表情，一雙眼睛盯住了她看。

「這地方真好，安安靜靜的。」她說，「我以前從沒來過。」

「沒來過？」

「我想以後我偶爾會到這兒坐坐。」

「是嗎？」

「你不在這裡時，會鎖門嗎？」

「會，爵士夫人。」

「你想我可不可以也拿一把鑰匙？那樣我就能偶爾來坐坐了？鑰匙有兩把嗎？」

「不知道，我就只有一把。」

他又操起鄉下腔了。康妮猶豫起來，察覺出他對她有抵拒之意。可是說到底，這小屋又不是他的！

「我們不能夠再打一把嗎？」她柔聲問，話裡卻有一股女人使性子的聲調。

「再打一把！」他說，眼睛閃著一絲憤怒，聲音透露著荒謬的感覺。

「對，再打一把。」她說，臉紅了。

「說不定克里夫爵爺知道哪裡還有一把。」他說，推托回去。

「對！」她說：「說不定他還有一把。要是沒有，我們就拿你的再去打一把。我想一、兩天就成了。這段時間你暫時不用鑰匙不打緊。」

「這我可拿不準，爵士夫人，我看這一帶並沒有打鑰匙的。」

「好！」她說：「我自己會想辦法。」

「好吧，爵士夫人。」

兩人對望。他臉色難看，一臉反感與蔑視，一副什麼都無所謂的樣子。她則是踢到鐵板，氣得面紅耳赤。

可是她心裡卻感到沮喪極了，可以看出她跟他來硬的時候，他有多討厭她，也看出他是不顧一切了。

「再見！」

「再見，爵士夫人！」他行個禮，掉頭就走。她激起了他蟄伏已久的心頭舊恨，對任性而為的女人那股恨意。他對她無可奈何，無可奈何！他清楚得很。

而她對剛愎自用的男人（還是個下人呢）也氣得牙癢癢的！她氣呼呼地回家了。

她在小丘上那株大山毛櫸下碰見包頓太太，正找著她。

「夫人，我正想妳趕不趕得回來。」那女人聲道。

「我回來晚了嗎？」康妮問。

「呃……只是克里夫爵爺等著喝茶。」

「妳怎麼不先替他沏茶？」

「哦，我想我不該超過本份。克里夫爵爺大概也不高興我做的，夫人。」

「我倒不覺得有什麼不可以的。」康妮說。

她進屋子，來到克里夫的書房，老銅茶壺正在盤裡蒸騰冒氣。

「我回來晚了嗎，克里夫？」她把花擱下，站在盤子前，圍巾帽子都沒除下，便一把拎起茶壺。「對不起。怎麼不讓包頓太太沏茶呢？」

「我沒想到。」他尖酸道：「我不認為她能站在茶桌前主持一切。」

「哦，一把銀茶壺也沒什麼大不了的。」康妮說。

他狐疑地抬頭瞧她一眼。

「妳整個下午都在做什麼？」他問。

「散步，在幽靜處坐了一會兒。你知道不知道，那棵大冬青樹上還在長漿果呢。」

她拿掉了圍巾，但沒有摘下帽子。她坐下沏茶。烤麵包一定變硬了。她在茶壺上套了罩子，起身去拿一隻小玻璃杯來插她折下的紫羅蘭。可憐的花兒已從莖上凋萎下來了。

「它們會活過來的！」她一面說，一面把花放入玻璃杯中，移到他鼻前讓他聞花香。

「可比天后朱諾閉上的雙眼——」他引了一句詩。

「我看不出那跟活生生的紫羅蘭有什麼關聯。」她說：「伊莉莎白時代的人實在很會畫蛇添足。」

她替他倒茶。

「你想約翰井那邊的小屋是不是有另一把鑰匙？」她開口問。

「也許有。做什麼？」

「我今天才發現那地方——以前怎麼都不知道？那地方滿靜的，我有時候可以去坐坐，可以吧？」

「梅勒斯人在那兒嗎？」

「在！我就是聽到他敲敲打打的聲音，才找到那地方的。他好像很不高興我去，我問他有沒有第二把鑰匙的時候，說真的，他的態度好差勁。」

「他對你說了什麼？」

「哦，沒說什麼，只不過態度不好！而且他說不知道有沒有第二把鑰匙。」

「父親書房裡可能還有一把，鑰匙全收在那兒，柏茲知道。我會叫他找找看。」

「那好！」她樂道。

「妳說梅勒斯態度很差勁？」

「喔，其實也還好啦！不過，我想他不希望我隨意到那小屋去。」

「大概是吧。」

「可是我不懂，他幹嘛那麼介意？說到底，那又不是他的屋子，又不是他私人的產業！如果我想到那裡坐，沒道理不讓我去。」

「對！」克里夫說：「那傢伙太自大了。」

「你想他是自大的人嗎？」

「絕對是！自以為非泛泛之輩。妳曉得他本來有太太的，兩人處不好，所以他一九一五年就從了軍，我想是給派到印度去。總之，他有一段日子在埃及騎兵隊幹鐵匠，反正是和馬匹有關係的工作。他在這一行算是有本事。後來印度方面有個上校看重他，昇他做副官。對，他們給他委任狀。我想他後來就跟了那個上校回印度，駐紮在北前線。後來生了病，去年領養老金從軍中退下來。自然啦，像他這種人要再回到自己的本來位置很不容易，注定有一番掙扎。不過就我來說，他工作還算賣力，但是我可不甩梅勒斯那副軍官的架子。」

「他說話帶那麼重的德貝郡鄉音，他們怎麼會讓他當軍官？」

「他平常說話沒什麼口音，只偶然會漏幾句。以他的出身來說，談吐算好了。我想他也有自知之明，如果他想再和市井小民打交道，最好講他們的話。」

「你以前怎麼都沒跟我提到他的事？」

「哦，我才沒那耐性扯他們雞毛蒜皮的事情，壞了一切的秩序。世界上有這些事情還真是無比地遺憾。」

康妮深表同感。不能知足的人對世界有何用？他們到哪裡都安份不了。

一連幾個好天氣，使克里夫也起了興緻到樹林兜一兜。風冷颼颼的，倒不至於讓人不舒服。陽光溫暖燦爛，像飽含著生命力。

「太棒了！」康妮說：「碰上真正晴朗、清爽的好天氣，讓人有多麼不同的感受啊！平常的空氣總是死氣沉沉的，都是人類破壞了好空氣。」

「妳認為是人類幹的？」他問。

「我是這麼認為。人類發出一肚子的牢騷、晦氣，把大氣中的生機都破壞掉了。就是如此。」

「也許是大氣中的某種狀況壓抑了人的生機吧？」他又說。

「不，是人類破壞宇宙的。」她說得斬釘截鐵。

「搗毀了自己的窩。」克里夫加了一句。

克里夫操作著輪椅噗噗前行。榛林中淡黃的柔荑懸掛枝頭上，秋牡丹在艷陽下盛開，彷彿在歌頌生之喜悅，茂盛得一如往昔。行人邊走邊歌頌它，它有淡淡的蘋果花香。康妮採了一串遞給克里夫。

他接過去，好奇打量。

「妳這未遭摧殘的貞靜新娘——」他又引了另一句詩，「這句子甩來形容花朵，比形容希臘古瓶更恰當。」

「摧殘這字眼多嚇人！」她說：「只有人類才會做出摧殘的事。」

「哦，我不知道……像蝸牛那一類東西也會摧殘植物。」

「蝸牛頂多啃食它們，蜜蜂也不會摧殘它們。」

她生他的氣！什麼都要咬文嚼字：紫羅蘭是朱諾的眼瞼，秋牡丹成了未遭摧殘的新娘……她多麼討厭這些文字，永遠把她和生命隔開來！如果有所謂的摧殘，那就是文字的摧殘。那些個陳腔爛調，把所有活物的生命精髓都吸得精光。

和克里夫這次散步並不愉快，兩人之間有一種緊張氣氛，他們假裝不在意，但那股緊張感明顯存在。突然她以女性本能的力量要把他擺脫掉，徹底地擺脫掉！尤其是他的意識，他那極端的自我意識，他那無休無止、滔滔不絕的自言自語，她全部都想擺脫！

又是陰雨天。但憋了一、兩天，她冒雨出門，走入林中，一進樹林便向那小屋直去。天飄著雨，幸好不算太冷。雨絲迷離之中，樹林是那麼寂靜、遙不可及。

她走到那空地，不見人影，小屋也鎖著。她坐在前廊的台階上，抱著自己保暖，就那樣坐著看雨，聆聽雨中各種寂靜的聲音，還有清風在樹梢的嘆息，雖然感覺似乎沒有風。四周老橡林立，粗壯的灰色樹幹被雨淋得黑亮，樹身滾圓，雄糾糾的，枝椏叢生。地面上寸草不生，只有一小簇一小簇的秋牡丹，還有一、兩叢接骨木、蔓越橘和紫荊棘，灰暗的羊齒蕨淹沒在秋牡丹的綠葉叢中。這也許是一處未遭摧殘的地方。整個世界都被摧殘了，只有這裡未遭摧殘。

但是有些東西是摧殘不了的。你無法摧殘一罐沙丁魚。也無法摧殘許多女人、男人，還有……大地！

雨變小了，林中也不再顯得那麼陰暗，康妮想走了，卻仍坐在那兒。不過她漸漸感覺冷了起來，但是她心底不可抗拒的厭恨卻將她留在那兒，像癱瘓似的坐在那兒不動。

摧殘！沒有肌膚之親，卻說什麼摧殘！那些陳腔濫調才是褻瀆摧殘；那些執迷的死觀念，對人的摧殘何其大！

一隻溼淋淋的棕狗跑了過來，翹著溼尾巴，沒有叫。尾隨而至的是守林人，他穿著溼掉的黑色防水布外套，像個司機，面孔微微泛紅。他本來快步走，一眼望見她，好像縮了回去。她從前廊下那小一片沒被雨淋溼的地面起身。他遠遠朝她行個禮，但沒開口，緩緩走近。她舉步想走。

「我正要走。」她說。

「妳是不是在等著進屋子?」他問，眼睛望著小屋，不看她。

「不是，我只坐幾分鐘，躲一下雨。」她說，帶著平靜的尊嚴。

他瞧著她，她顯得冷若冰霜。

「這麼說，克里夫爵爺沒有另一把鑰匙囉?」他問。

「他是沒有，不過無所謂。我坐在這門廊下，一點都淋不到雨。再見!」她討厭他一逕操土腔說話。

她要走，他盯著她，伸手拉起外套，從褲袋摸出小屋的鑰匙來。

「這把鑰匙最好交給妳。我再另外找地方來養雞。」

她瞅著他看。

「你這話什麼意思?」她問。

「我的意思是我要另外找地方養雞。如果您想到這兒來，一定不希望我也在這兒弄東弄西的。」

她看著他，從他一口土話裡弄懂他的意思。

「你為什麼不說平常的英語?」

「我?我以為我說的是平常的英語。」

她氣得一時啞口無言。

「所以，如果您需要鑰匙，最好拿去。或者明天再交給您比較好，我可以先把東西搬走，您覺得這樣行不行?」

她更氣了。

「我才不想要你的鑰匙，」她說：「我根本不要你把東西搬走！我一點也沒有把你趕走的意思！我只不過希望有時能到這裡來坐坐，像今天這樣。不過，我坐在廊下也很好，所以別再說了。」

他又拿那雙戲謔的眼睛瞧她了。

「哦，」他開始慢吞吞的說土話：「爵士夫人，對這小屋、鑰匙和所有一切來說，您就像聖誕老人一樣受歡迎。只是每年這個時節，母雞要孵出小雞，我人會在這兒忙來忙去，打點它們。冬天我就來了，可是春天克里夫爵爺要開始養雞……爵士夫人，總不好您大駕光臨的時候，我還在這裡搞東搞西的。」

她驚愕地看他。

「你人在這裡，我為什麼要介意？」

他陰陽怪氣的瞄她。

「我覺得這會造成打擾。」簡單一句，但意味深長。

她脹紅了臉。「很好！」她終於迸出：「我不會煩你。不過，我不認為自己會介意坐在這兒看你照料小雞。我會很喜歡！但既然你嫌我礙事，我就不打擾你，不必擔心。你是克里夫爵爺的守林人，又不是我的。」

不知為什麼，這話聽來怪怪的，但她不管。

「不是的，爵士夫人，這是您爵士夫人的小屋，您高興來就來，可以事先通知我。只不過……」

「只不過什麼？」她莫名其妙地問。

他用很滑稽的動作把帽子往後一推。

「只不過您來的時候，會喜歡一個人獨處，不要我在。」

「怎麼說？」她冒火地說：「你不是文明人嗎？你以為我應該怕你？我為什麼要去注意你人在不在這兒？這有什麼重要？」

他看著她，一臉詭異的笑。

「不重要，爵士夫人，一點也不重要。」

「那到底是為什麼？」她問。

「那麼我要不要為爵士夫人您弄一把鑰匙？」

「不必了，謝謝你。我不要了。」

「還是弄一把好了。這地方最好有兩把鑰匙。」

「我覺得你這人很沒有禮貌。」康妮說，臉色轉紅，氣也喘了。

「不是，不是，」他趕忙說：「您別這麼說！不，我沒有這個意思，我只覺得，如果您到這兒來，我就必須搬走，找別地方另起爐灶，這表示要費一番功夫。不過，既然爵士夫人說您不會注意到我，這是克里夫爵爺的小屋，爵士夫人高興怎麼樣就怎麼樣，只要您不要理會我，讓我辦我該辦的事，那就成了。」

康妮渾渾噩噩走了，弄不清楚自己是不是受到了侮辱，是不是該火冒三丈。說不定那漢子就是那個意思，沒別的。他以為她希望他離遠一點，好像她真有那麼惡劣似的！好像他這呆子到底在不在場，真有那麼重要似的！

她心思紛亂地回家，不知道自己在想什麼，有什麼感覺。

9

康妮很驚訝自己竟對克里夫有嫌惡感。不只如此，她還覺得其實她一直都是討厭他的。那倒不是恨，她對他並無深仇大恨，只是一種肉體上的深惡痛絕。她幾乎認為自己嫁給他，就是因為她在肉體上對他有種隱藏的厭惡。當然，事實上她是受到他的才智吸引，才委身嫁他的。在某些方面來說，他似乎比她優異，是她的師長。

如今，他的才智帶給她的刺激已磨損、傾頹，只剩下對他肉體的憎惡。這感覺自內心深處湧上來，她發現原來它一直在侵蝕自己的生命。

她覺得軟弱，徹底地孤獨。她盼望外來的援助，然而整個世界都幫不上忙。這個社會變得瘋狂、可怕！文明社會已陷入瘋狂，拚命追求金錢和所謂的「愛情」，而前者更搶手。人人對金錢和愛情執迷不悟，窮追不捨。看看麥克里斯！他活著，他闖蕩著，都是瘋狂行徑。連他的愛情也是一種瘋狂。

克里夫也一樣。他出口的論調、他筆下那些東西，還有那拚死拚活往上鑽的勁兒，都只是瘋狂！而且越來越糟，真的瘋了！

康妮感覺自己被恐懼給磨蝕殆盡了。不過，幸好克里夫對她的操控漸漸轉到包頓太太身上去了。他自己並不知道這點——和許多瘋子一樣，他瘋狂的程度可以從他沒有察覺到的事情，和他意識裡的大片空白來衡量。

包頓太太有很多令人讚許的地方，可是她有種古怪的霸道性子，總是堅持自己的意志；那是現代女性的一個瘋狂的現象。但是她卻以為自己是個十分屈從卑微的女人，一生都在為別人而活。克里夫迷倒了她，因為他似乎總有更高明的天份，經常挫敗著她的意志。他堅持己見的決心比她更精緻、更高尚，這是他令她著迷之處。

也許，這也是從前他令康妮著迷的地方。

「今兒個天氣真好！」包頓太太會以那種極憐愛、極能打動人的聲音說：「我想您會喜歡坐輪椅到外面跑跑，陽光好得很！」

「是嗎？請妳把那本書——那兒，那本黃皮的給我。我想，那些風信子該拿走了。」

「為什麼？這花這麼漂亮！」她把「漂亮」二字拖得長長的，「而且還好香呢！」

「我就討厭那香味。」他說：「有點兒像喪禮的味道。」

「您竟然是這麼想的！」她驚訝地喊道，只有一點不悅，可是對他佩服極了。她把風信子捧出房間，拜倒在他挑剔的本領之下。

「今兒個是我來替您刮鬍子，還是您要自己來？」聲音永遠那般溫存、憐惜、謙卑，卻帶著支使人的調調。

「我不知道。妳不介意等一會兒吧。我準備好就按鈴。」

「好的，克里夫爵爺！」她回答得如此輕柔、卑下，安安靜靜地退下了。不過每次踢到鐵板，都更加強她的意志。

過一會兒，他按了鈴，她立刻來到跟前，然後他會說：「我想，今天還是妳來替我刮鬍子吧。」

她心跳了一下，愈發溫存的回答：「好的，克里夫爵爺！」

她刮鬍子技術純熟，輕捻慢攏，有點依依不捨似的。剛開始他不喜歡她的手似有似無地觸摸到他的臉，現在卻喜歡了。她的臉貼近他，眼神集中，看自己有沒有刮仔細。逐漸，她的指尖對他的臉頰、雙唇、下巴和下顎、喉嚨都摸熟了。他衣食富足，保養得很好，面孔和頸部都相當俊美，而且還是位紳士。

她生得也很標致，臉蛋白皙、略長，表情極安定，雙眼明亮但不露任何心思。她慢慢以無盡的溫柔（接近是愛了），將刮鬍子的手移往他的喉頭；他現在完全聽命於她了。

現在，她差不多為他做一切事情，他也覺得和她在一起自在多了，接受她伺候也比讓康妮伺候坦然得多。包頓太太喜歡處理他的事，愛照料他的身體。她徹底奉獻，連做最卑下的事也不在乎。有一回她對康妮說：「把男人看穿後，妳就知道：他們像小嬰兒一樣。我照顧過泰窩村最強悍的工人，可是他們一有什麼小毛病，需要妳照顧他們的時候，就成了嬰兒啦！只不過是大嬰兒。哎，男人都是一個樣兒！」

本來包頓太太還以為紳士，像克里夫爵爺這樣真正的紳士，會有什麼不同的，因此剛開始時克里夫佔了上風。可是等她慢慢看清楚他之後，套她自己的話來說，她發現他和其他男人還不是一樣，只是塊頭像大人的嬰兒，而且這個嬰兒脾氣古怪，講究禮數，握有權力，還懂得各式各樣稀奇古怪，她連想都沒想過的知識；憑著這點，他還能唬唬她。

康妮有時候真想對他說：「老天，別在那女人手裡陷得那麼深！」不過，到最後她發現她也沒有關心到非開口不可的地步。

夫妻倆在晚上十點鐘以前仍有相處的習慣。他們或是閒談，或是一起逐字審閱他的稿子。然而興奮感已經蕩然無存，她對他的稿子只感到厭煩，但她依舊盡責地為他打字。不過早晚包頓太太連那個也會包辦。

因為康妮跟包頓太太提過，她應該學用打字機。包頓總是一呼百應，立刻就練起打字來了，勤快得很。所以現在，克里夫偶爾會口授信件讓她打，她打得很慢，卻是一字不誤。碰到難字或偶爾用上法文成語，他也耐心的拚給她聽。她興趣如此高昂，教她簡直就是種樂趣。

現在康妮不時會藉口她頭痛，一用過晚飯就回到樓上房間去。

「也許包頓太太會陪你玩玩紙牌。」她對克里夫說。

「哦，我完全不會有問題的。妳回房休息吧，親愛的。」

她一走，他馬上按鈴叫包頓太太過來，要她陪他玩牌，甚至下西洋棋。這些消遣他全教會了她。包頓太太面孔發紅，像小女孩般顫抖，不太有把握地摸摸她的皇后或騎士，一下又縮回手去，康妮看了心裡就有說不出的反感；克里夫則微微含笑，半開玩笑、半帶優越感地對她說：「妳應該說『調子』。」

她抬頭，睜著亮晶晶的眼睛望著他，溫順、害臊地輕聲說：「我——『調子』！」

沒錯，他是在教她，而且樂在其中，這使他感受到自己的權威。而這女人則興奮異常，除了金錢之外，所有上流階層所擁有的，使他們成為上流人士的一切，她一點一點都得到了。這令她興高采烈。同時她用盡心機地讓他想和她在一起。她那種暈頭轉向的興奮，對他而言就是一種莫大的恭維。

對康妮而言，她卻似乎看到克里夫正在露出他的真面目：有點粗鄙，有點平庸，沒什麼靈性，而且滿腦肥腸；至於艾薇•包頓這女人的把戲和那一套故作謙卑的霸氣，同樣一眼可以看穿。不過那女人對克里夫產生的熱情那麼實在，倒是令康妮百思不解。要說那女人愛上他了，可能不盡然。她之所以為他昏頭轉向，是因為她和一位上屬階級的男人相處，他有身分地位，是位舞文弄墨的作家，玉照出現在畫報上。他對他她的「教育」激起她興奮的熱情與回應，比任何愛情都更深刻。事實上，正因為不可能有愛情，所以她讓自己任由這種興奮伴隨奇特的熱情深入她的骨髓；奇特的熱情，求知的熱情——能夠懂得和他一樣多，使她感覺飄飄欲仙。

從某方面來說，這女人確實愛上他了，不論我們所謂的愛的定義為何。她看來如此標緻，青春洋溢，灰色的雙眸有時還閃閃動人的。同時她渾身散發一股若有似無的自得，幾乎是洋洋得意，沾沾自喜了。嗯，那副沾沾自喜的樣子，康妮討厭透了！

不過也難怪克里夫會被那女人迷住！她堅定地崇拜著他，完全隨他使喚，也難怪他要志得意滿了！

康妮聽過他們兩人長篇大論，其實應該說是包頓太太在滔滔不絕。她對他說了一堆泰窩村的八卦新聞，這可比一般八卦精采多了，它融合了蓋斯凱爾夫人、喬治•艾略特，還有米特福德的風格；這些女作家沒有的東西，她還補上了。只要一開口，包頓太太在人生百態方面的敘述，比任何一本書都要精采。她對泰窩村那些人瞭如指掌，對每個人枝微末節的大小事件充滿了滾燙的熱忱，聽她說故事會上癮，只是這麼專心於這些蜚語流長似乎有點丟臉。起初她還不敢對克里夫提到「泰窩村」——她自己是這麼說的，但話匣子一開就停不住了。克里夫在聽「資料」，他發現資料可真豐富呀！康妮總算搞懂了，他所謂的天才就是：要精明、超然地明辨流言。當然包頓太太提到「泰窩村」時，總是得意忘形；新鮮事那麼多，而且每一件她都知道，真是太妙了。她可以口若懸河地講個沒完，足足能寫上好幾十本書了。

每次聽她說，康妮總聽得入迷，可是事後老覺得有點丟臉。她不該有這種奇怪的好奇心，巴巴地想聽人家的私事。一個人聽聽別人的隱私倒無妨，但在聽到別人奮鬥、受挫的事蹟，都該抱著人性中本有的尊重，以及善於分辨好壞的同情心，即使諷刺也是同情的一種方式。這種同情心的消長，是決定我們人生的關鍵；小說的重要性也在於此。一本小說若處理得當，可以為我們的同情心指引新的方向，也可以使我們避開已經腐敗的東西。因此若是處理得當，小說尤其能揭露人生最隱密之處：因為那裡正是小說孕育之處；敏銳的情感潮流經常在那兒漲落，使它得到淨化與洗滌。

但是小說也跟流言一樣，會激起假同情，使人心萎縮、麻木和枯死。小說連最腐化的感情都能頌揚，只要它們是傳統上所謂「純潔」的即可。因此，小說最後變得像流言一樣刻毒了；又因為它老是假裝替好人說話，所以甚至比真正的流言更毒。包頓太太的流言也總是替好人說話，「那傢伙壞透了，那女人卻那麼賢淑」——但康妮光是聽，都可以從包頓太太的話裡聽出來，那女人只是靠一張嘴會說而已，那男人則是率直地地發脾氣。可是經過了包頓太太那刻薄、老派的同情管道傳出來，率直的男人便「壞透了」，會說話的女人則成了「賢婦」。

正因如此，流言令人感到羞恥。同理，大部份的小說，尤其是受歡迎的小說，也令人羞恥。可嘆一般大眾如今只對糟糕的東西有反應了。

儘管如此，包頓太太的談話還是會改變你對泰窩村的看法。那裡的生活並不像表面上看來那麼平淡無奇，而是可怕、醜惡、拚死拚活的掙扎。當然她提到的大部份村民，克里夫都打過照面，康妮只知道其中一、兩人。那聽起來不大像一個英國村莊，倒似非洲中部的蠻荒叢林。

我想，你們已經聽說艾素璞小姐上星期嫁人的事了，真想不到啊！艾素璞小姐就是那個老鞋匠詹姆士·艾素璞的女兒。你們曉得，他們在佩恩農場路蓋了座房子。那老頭子去年跌一跤死了，六十三歲，身子本來俐落得跟小夥子一樣。結果他在貝斯伍德丘那兒，在一條去年冬天孩子們玩耍的滑雪道上跌了一跤，摔斷了大腿，就這麼送了命。可憐的老頭子，真可惜。哦，他所有錢全留給黛蒂，兒子們一個子兒都沒有。而黛蒂啊，我知道，五年嘛……沒錯，去年秋天她是五十三歲。而且你們知道嗎，他們信教信得真虔誠，真的！她老頭子死時，她教主日學有三十年了。後來她居然和金布魯克的一個傢伙好上了，不知道你們認不認識。這個人叫魏爾克，鼻子紅紅的，打扮滿入時的一個老男人，在哈里森林場工作。他足足有六十五歲了，可是看到他們兩個手挽著手在大門口親嘴，你會以為是一對情竇初開的年輕人打得火熱呢！不騙人，在佩恩農場路他們家的窗台上，她就跨在他的大腿上，要給大家看好戲。他幾個兒子也都四十多了，兩年前他老婆才死。人死到底不能復生，不然老詹姆士一定從墳裡爬出來！因為他從前管女兒管得可凶了！現在兩個人已經結婚，住到金布魯克去了。聽人家說，她從早到晚套件睡袍來來去去，真嚇人。人老了還不檢點，比年輕人還要不得，看起來更噁心。我個人是認為，這全是那些電影的錯，可是你又不能去讓片子禁演。我一向強調，要看有教育作用的好片子，可萬萬別沉迷在通俗劇和愛情片裡。總之別讓孩子看！但是你們瞧瞧，大人比孩子糟糕，老人就更引人側目了。談什麼倫理道德！誰還在乎？每個人都隨心所欲，我說他們是在求痛快，但是這些年礦坑情況不太好，沒什麼賺頭，這夥人得收心了。他們大吐苦水，真要命，尤其是女人。男人還好，熬得下來，不然還能怎樣？可是那夥女人，哈，還是照樣到處招搖，捐錢給瑪麗公主買結婚禮物，可是一看到那些個贈禮那麼貴重，就嚷了起來：「她是什麼人？難道比其他人了不起！為什麼史旺艾克公司一口氣送她六件皮大衣，卻一件也不送給我？真希望我沒捐那十先令！我倒想知道她能給我什麼好處？我老爸的工作沒搞頭，我耗在這兒連一件春天的大衣都沒有，她卻有幾卡車。有錢人風騷夠了，現在也該給窮人一點錢花花。我想要一件春天的大衣，想死了，可是我到那兒去弄？」我同這女孩子說，妳們沒有那些個漂亮衣服，可是吃得飽，穿得暖，要懂得感恩了！她們一口頂回來：「那為什麼瑪麗公主不感恩地穿著破爛衣服到處跑，而且兩手空空的！像她那種人好東西裝了幾卡車，我卻一件春天的大衣也沒有。」

「真是太可恨了！公主！去她的公主！重要的是錢，因為她有錢，他們才給她更多！我和一般人同樣都有權利，可是，沒人會給我什麼東西。不要跟我談什麼教育，錢才是要緊事。我想要一件春天的大衣想得要死，可是要不到，因為沒錢。」她們滿腦子在乎的就是衣服，隨手花七、八個幾尼買件冬大衣，花兩個幾尼買頂小孩的夏天帽子，根本不痛不癢的──我要提醒你們，她們只是礦工的女兒，竟然戴著兩幾尼的花俏帽子招搖著上衛理派教堂。我們那時候，女孩子戴三先令六便士的帽子就得意死啦！我聽說今年衛理派教堂辦周年紀念活動時，他們準備替主日學的孩子們搭個台子，一座差不多有天花板高的觀禮台。我聽教主日學一年級女生的湯普森小姐說，台子上那些學生的新裝總價超過了一千鎊，看他們這副樣子！可你根本阻止不了。女孩對穿衣服簡直瘋狂。男孩子也好不到哪裡，他們把每一毛錢全花在自己身上，買衣服、抽菸、去礦工福利社喝酒，一星期溜到雪菲爾德逛兩、三回，簡直是另一個世界。這些孩子，天不怕地不怕，什麼都不知道尊重。還是年紀大一點的男人有耐心、好脾氣。真的，他們對女人步步相讓，所以才搞成這種局面，女人真是妖魔。不過年輕人不再像上一輩，他們不肯為任何事犧牲，才不肯！他們只為自己。如果你勸他們該存點錢好成家，他們就打馬虎眼說：『再說吧、再說吧，我要趁能玩時好好玩，其他都不急。』哦，說他們又粗蠢、又自私也不過份，什麼事都要老的來扛。這種將來實在無望呀。」

克里夫開始對他自己的莊園有了新的認識。這地方一直令他害怕，雖然他多少覺得這地方算是安定的。然而現在呢？

「村子裡相信社會主義、共產主義的人多不多？」他問。

「哦！」包頓太太說：「你可以聽到幾個大嘴巴在嚷嚷，不過大多是欠了債的女人家，男人都沒反應。我不相信我們泰窩村的男人會變成共產黨，他們太老實了。不過年輕人有時候會說個不停。他們不見得在乎這一套，只是巴望口袋裡能有幾個錢，好到福利社花花，或到雪菲爾德逛逛。他們只愛這些。只有在缺錢時，他們才會去聽那些共產黨的論調，但是沒人相信那一套，真的。」

「所以，妳認為不會有危險？」

「哦，不會的！只要景氣好，就不會有什麼危險。可是如果不景氣的時間拖太久，那些年輕人就可能會作怪。我跟你說，他們都是給慣壞的，自私自利，不過我看不出他們能有什麼花招。他們對什麼都不認真，只曉得騎摩托車出去招搖，到雪菲爾德的舞廳跳舞玩樂。你沒辦法讓他們認真。他們認真的是穿上晚禮服，打扮得漂漂亮亮上舞廳去，在一群女孩子面前賣弄，大跳查爾斯舞什麼的。我肯定有時候公車上滿滿的都是這些花枝招展要趕著去舞廳的年輕人，礦工的孩子；那些坐汽車或騎機車載女友的更不用說了。他們不會用腦筋去思考一件事，會想的不是鄧克斯特就是德貝的賽馬——因為他們每個人每場都下賭注。再來就是搞足球！不過連踢足球的勁道也比不上從前——他們抱怨說太像在做苦工了。不！星期六下午，他們寧可騎機車去雪菲爾德或諾丁罕。」

「可是，他們到那兒做什麼？」

「唔，閒晃呀——跑到像『天皇』那種高級茶館去喝茶，帶女孩子上舞廳、電影院或是商店。女孩子和男孩子一樣自由得很，想做什麼就做什麼。

「他們好像總有法子弄到錢。有了錢，他們就會開始胡言亂語，不過我看不出這樣就會使他們變成共產主義份子。男孩子只想要錢去享樂，女孩子也一樣，只要漂亮衣服，其他的才不在乎。他們沒那副聰明腦子變成社會主義者，也沒認真到把每件事當成一回事。他們永遠都不會的。」

康妮聽了心想：下屬階級和其他階級的人是多麼相似。不論是在泰窩村、梅菲爾德或坎辛頓都一樣，只是相同的現象一再重複罷了。現在只有一個階級：金錢至上的男孩，金錢至上的男孩和金錢至上的女孩。唯一不同的是，你貪圖多少，又搞到了多少。

克里夫在包頓太太的影響下，竟對礦務重燃起興趣。他開始覺得心有所托，重新肯定了自己。畢竟他是泰窩村真正的老闆，礦坑是屬於他的。這是一種新的權威感，是他從前一直感到恐懼畏縮的東西。

泰窩村礦的產量越來越少，它只有兩座礦，一是泰窩村，一是新倫敦。泰窩村一度風頭很健，大發利市，但如今盛況已去。至於新倫敦本來就不怎麼賺錢，平常也只是過得去，如今時機不好，像新倫敦這種煤礦根本乏人問津。

「很多泰窩村的工人都跑到史泰克門和懷奧富去工作了。」包頓太太說：「你沒看過戰後才開的史泰克門新廠吧，克里夫爵爺？哦，哪天你該去看看。他們的設施真的好新，看起來一點也不像礦坑，坑口設了一大座化學工廠。據他們說，化學副產品比煤還賺錢——我忘了那叫什麼了。還有，礦工住的房子又新又漂亮，很棒的公寓！這麼一來當然引來了一堆各地的牛鬼蛇神。

咱們泰窩村有不少人跑過去做，而且做得很好，比咱們自已的礦坑好得多。他們說泰窩村已經完了，沒搞頭了，只不知道還可以拖幾年，終究還是要關門大吉的，而且新倫敦會先關。唉，泰窩村不採煤，那實在叫人傷心。罷工就夠慘了，可是如果還封了坑，簡直是世界末日呀！我年輕的時候，它就是全國最好的礦坑；能在這兒工作，那是運氣好。是的，泰窩村是賺了好些錢，如今人們卻說它像一艘下沉的船，大家自個兒逃命要緊。聽起來不是很悽慘嗎？不過，當然還是有很多人不到最後不會走的。他們不喜歡那些新式機器，坑那麼深，還要操作一堆機器。有人就是怕那些「鐵人」——他們這麼稱呼那些劈煤的機器；過去全靠人工。他們那些機器很浪費，不過浪費的全在工資裡補回來了，一大筆數目。看樣子不久後人在地面就沒什麼用啦，會變成機器的天下。不過人家說，以前要廢掉老式洗礦台時，地方上的人也這麼說過，這我還記得一點。但是看起來，好像機器越多，人也越多。他們還說，泰窩村的煤提煉不出史泰克門的化學物質。這太好笑了！兩座礦相差還不到三哩路遠哪！可是他們是那麼說的。而且大家都說希望能做點什麼來保障男人的差事，並讓女孩子也有事做。那些女孩子天天到雪菲爾德閒混，情況實在太糟了！大家都說泰窩村礦已經完蛋了，像一艘船在下沉，礦工得及早逃走，像船上的耗子逃離沉船一樣。老天，要是泰窩村在沒落之後又起死回生的話，一定會轟動！到時大家可有得說了。不過大家都說得太多了。當然，戰時礦場的確風光了一陣子，老查泰萊爵爺當時還成立了個信託基金，好歹錢是長久地留下來了——他們是那麼說的！可是他們說到如今連老闆、礦主都賺不到錢了。很難去相信，是不是？唉，我一直以為礦坑可以一直挖下去，永永遠遠地。我還是小女孩時，誰能料到會有今天？如今新英格蘭已經停工，柯威克林也一樣。當你走過柯威克林礦區，看見整個礦場埋沒在樹林之間，坑口雜草叢生，鐵軌上生滿了紅銹——啊，那景像實在淒涼。那好比是死亡，一座煤礦死了。萬一泰窩村也收起來，那咱們該怎麼辦？真是想都不敢想。它始終熱熱鬧鬧地忙著，除非是罷工；就算罷工，除了小火車頭運上車的時候之外，抽風機也從沒停過。我得說，這是個未知的世界，你每一年都不知道自己下一年會在那裡，真是茫然。」

包頓太太的一番話，果真把克里夫的鬥志激起了。正如她對他明言指出的，他的收入來自父親的信託基金，數目雖不大，卻很穩當。礦坑跟他其實沒什麼關聯。他想掠取的是另一個世界：文章、聲望的世界，一般大眾的世界，不勞動的世界。

現在，他明白在大眾世界裡的成功和在勞動世界裡的成功，究竟有什麼不同了：一種是利用享樂的大眾，一種是利用勞動的大眾。在前者上，他成功了；然而在享樂大眾之下還有一批勞動的大眾，他們蠻強得十分嚇人。他們也同樣有需求。要供應勞動大眾的需求，比供應享樂大眾的需求困難太多了。當他孜孜於小說創作，在這世界出了頭的時候，泰窩村卻一步步走上了死路。

他現在明白那亦婊子亦女神的成功有兩大喜好，一種是她喜歡人家逢迎、諂媚，摸她、逗她開心，就像那些作家、藝術家做的那樣；另一種喜好是強橫的，她要喝血吃肉。給這亦婊子亦女神的成功供奉血肉的，正是一群在工業界大賺其錢的人。

沒錯，有兩大類走狗在這亦婊子亦女神的成功跟前纏鬥、爭寵，一類屬於諂媚之徒，他們專寫小說、電影、戲劇來討她歡心；另一類雖然沒那麼風光，卻要凶悍許多，他們給她血和肉，那就是實質的金錢。那群光鮮亮麗、討她歡心的走狗，在這亦婊子亦女神的成功面前相對咆哮、鬥毆，只為爭寵。可是他們和提供血肉的必要族群相較，卻只是小巫見大巫，後者往往不聲不響，卻不是你死就是我亡。

可是在包頓太太的影響下，克里夫被挑起興緻，想投入另一種鬥爭，利用工業生產的殘酷手段來攫取亦婊子亦女神的成功。他總算振作起精神來了。包頓太太在某方面上使他變成了大人，這點康妮從來沒做到過。康妮使他和外界隔離，使他變得敏感，只在意自己和自己的事。而包頓太太卻使他忽然只在意外面的事務。他的內在開始化得如一團紙漿那麼軟，但是外表上則顯得精神奕奕。

他甚至鼓足勇氣再度到礦場去，坐礦車下坑，坐礦車到採礦區。他原本已經把戰前所學的忘了，現在又想了起來。他坐在礦車裡顛簸著，坑底的經理拿著強力手電筒照煤層給他看。他不多說什麼，但心思開始活絡起來。

他又讀起煤業的技術專書，研究政府報告，細讀有關採礦、採煤和高層的化學原理這方面的最新德文資料。當然，新發現若有價值，人家都是極力保持機密的。可是一旦你開始研究起採煤這門學問，它的方法啦、工具啦、副產品啦，以及它在化學上的各種可能性，你會大大的吃驚：現代的技術頭腦真是聰明絕頂，簡直像魔鬼把他的鬼腦筋借給了工業專家。工業技術科學要比文學、藝術那些平調子的情感產物迷人太多了。在這個領域裡，人像神明，也像魔鬼，全神貫注在發明上，拚命要把各種發現付諸實現。在這個行業裡，人們是不論心智年齡的。不過克里夫清楚，在感情和現實人生上，這些白手起家的人心智年齡只像個十三歲的小鬼，薄弱得很。那種差距之大，令人心驚。

可是管它的！讓他們在感情和人生方面當白痴吧！克里夫才不在乎。讓那些都停擺吧！他關心的是現代採煤技術，還有如何把泰窩村救回來。

他潛心研究，天天下礦坑去。他讓總經理、地面經理、坑底經理和工程師吃盡了前所未有的苦頭。權力——他感受到一股新的力量貫穿他，他可以駕馭這些人，駕御千百個礦工。他正在採索，他要把一切攬入指掌之間。

他真的就像重生了一般，生命又回到了他身上！本來他和康妮廝守在一起，整天過著離群索居的藝術家生活，已經一點一點地死去了。現在，讓那些都過去吧，讓它們都沉睡吧！他只感到生命力從煤塊、礦坑湧入他體內，礦穴裡的臭氣對他比氧氣還有好處；它使他感受到權力，權力！他在做事，而且會做出一番名堂來的。他會贏，會贏，不是像以前一心一意、橫衝直撞地用小說博取大眾歡迎，而是贏得真正的、屬於男人的勝利。

剛開始他以為電可以解決問題，把煤轉化成電力。後來他想出新點子：德國人發明了一種不需要火伕便可以自動供應燃料的火車頭，它用的是新燃料，在特殊的裝置下，少量高溫引燃。

克里夫最初的構想，就是高溫引燃、緩慢燃燒的新型濃縮燃料。能促使這種燃料燃燒的，除了空氣之外，應該還可以找到其他的元素。他開始做實驗，並且找了一個很有化學天份，頭腦很靈光的小夥子來幫忙。

他感到得意非凡——他總算找到自我，實現他這一生踏出門的願望了。藝術並沒有為他實現這一點，反而使他更糟；而今，他終於做到了。

他沒發現包頓太太在他背後推波助瀾的作用有多大，不知道自己是多麼依賴她。儘管如此，當他和她在一起時，誰都聽得出來，他的聲調會變得輕狎、親暱，幾近是粗俗了。

反而是和康妮相處時，他會有點僵。他覺得不管什麼他都虧欠她，因而對她有十二萬分的尊重和周到，只要她在表面上也尊重他就行了。只是顯然他對她私底下有分畏懼；他這人跟希臘神話裡的英雄阿基里士一樣，雙腿是他的致命點，在這個致命點上，像妻子康妮這樣的女人會使他一蹶不振。他怕她，怕得近乎卑屈了，對她好得不得了。和她說話時，他口氣會有點緊繃。漸漸地，只要她在場，他就不大開口了。

他只有單獨和包頓太太在一起時，能真正覺得自己是個王，是個主子。他和她滔滔不絕、你來我往地喋喋不休，輕鬆自在得像在和自己說話。他還像小孩似的讓她用海綿擦全身，真像個小孩似的。

10

康妮現在常常孤單一人;很少有人到山莊作客了。克里夫再也不需要他們。他連那夥老朋友都討厭。他怪得很,寧可守在收音機邊。那套設備花掉了他一筆錢,所幸最後收聽效果很理想,連在山陵起伏的中部地區有時都可以收聽到馬德里或法蘭克福的廣播。

他常一坐好幾個小時,獨自聽那擴音機聲嘶力竭地喊,這每每令康妮驚訝不已。他坐在那兒面無表情,活像一個人喪失了心智,聽著(或者好像是在聽吧)那個不會說話的東西。

他真的在聽嗎?還是他吞了某種安眠藥,體內起了變化?康妮茫然無知。她只好逃回房間,或跑到樹林去。她有時十分害怕,覺得整個文明族類都得了神經病。

克里夫如今已陷入那可怕的工業活動中,差不多成了動物;外殼堅硬、強固,裡頭卻是一團爛紙漿;是現代化、工業化、金融化的世界中令人咋舌的甲殼類;是螃蟹和龍蝦,有著機器般的鋼鐵外殼,體內是爛紙漿。至於康妮,她已經進退兩難了。

她根本連自由都沒有,因為克里夫緊抓著她不放,他一直神經兮兮的,好像怕她會離開他。他體內軟如紙漿的部分,那感情和人性的部分,一直提心吊膽地依賴她,像個孩子,更像個白痴。她必須在這裡,在薇碧山莊,穩穩地做他的妻子查泰萊夫人,否則他會像個白痴,迷失在荒野之中。

他這種嚇人的依賴性,令康妮心驚肉跳。她聽過他和礦坑經理、和董事、和年輕科學家談話,他對事物的洞悉力,他展現出來的權力,他支配那群所謂「實事求是」之人的絕對力量,在在令康妮驚訝。他自己也成了一個實事求是的人，而且更機敏、更有力量，是個當家做主的人。康妮將此歸功於包頓太太的影響力。她的影響力正好出現在他人生危機的時期。

然而在處理感情生活方面，這位機敏、切實的人便幾乎是白痴了。因為康妮是他的妻子，更崇高的一種人，所以他崇拜她。那種愚昧、盲目的崇拜心理像野蠻人，是建立在一種極大的恐懼，甚至是憎恨之上，因為害怕那偶像的力量，而不得不崇拜它。他滿心只要康妮發誓，發誓不離開他，不扔下他不管。

「克里夫，」她對他說，這是在她拿到了小屋鑰匙之後的事，「你真的希望有朝一日我有孩子？」

他拿那對微凸的淺色眼睛看著她，眼底有些微不安。

「如果對我們之間不會造成什麼變化，我就不在乎。」他回道。

「什麼樣的變化？」她問。

「妳和我，我倆之間的愛，如果會受影響，那我絕對反對。哼，哪天說不定我也會有自己的孩子！」

她訝異地看著他。

「我是說，也許哪天我又會恢復那能力。」

她依然訝異地瞧他，使他很不自在。

「所以，你是不喜歡我有孩子？」她問他。

「我跟妳說，」他倉皇回答，像條給人逼入死角的狗，「只要不影響妳我的愛，我很樂於妳生個孩子。可是如果會造成影響，那我反對到底。」

康妮只能噤若寒蟬，而內心滿是鄙夷，說這種話真無異是白痴的自言自語。他已經不知道自己在說什麼了。

「哦，那是不會影響我對你的感情的。」她含著諷刺說道。

「這就好！」他說：「這就是重點所在——事情不影響妳對我的感情，我就一點也不在乎。我的意思是說，屋子裡有個孩子跑來跑去也滿好的，會讓人覺得那是在創造未來，我也會有個奮鬥的目標。而且我知道那是妳的骨肉，是不是，親愛的？那就等於也是我的骨肉。在這種事情上，妳才是關鍵，這點妳明白的，對不對，親愛的？我沒參與，是個零；在生命方面，妳才是偉大的創造者。妳知道的，對不對？我的意思是，就我而言，我的意思是，對妳來說我什麼都不是，我活著是為了妳，為了妳的將來，我對我自己也完全一無是處。」

康妮聽了這樣一番長篇大論，愈發感到沮喪，感到嫌惡。又是那種毒害人生的論調，似是而非，教人噁心。哪個有點腦筋的男人會對女人說這種話！但男人都沒了腦筋！哪個有點擔當的男人會把這種噁心的人生擔子往女人肩上一擱，然後扔下她一個人？

更糟的是，不到半個小時，康妮就聽見克里夫在跟包頓太太說話，嗓門粗暴、任性，對那女人流露出一種完全沒有感情的感情，好像她半是他的情婦，半是他的奶媽。包頓太太小心翼翼替他穿戴晚禮服，因為有商場上重要的客人要來。

康妮有時真覺得她會死在這種時候。她感到自己要被那些謊言、愚蠢和殘酷壓垮了。但從別的方面來說，她又對克里夫在商業上所展現的特異能力，感到萬分敬畏。他明白說他敬愛她，反而令她惶恐。他倆之間什麼都沒有，如今她根本碰都不碰他一下，他也不碰她。他從來不親膩地握她的手。沒有。就因為他們絲毫沒有接觸，他一番痴愚的表白才這樣折磨她。她根本沒有能力對付那種殘酷。她覺得她不能再想下去了，否則她會死掉。

她盡可能躲進樹林裡。一天下午，她正坐著發呆，望著約翰井汩汩冒出冷泉來，這時候守林人忽然大步走過來。

「夫人，我替妳打了一把鑰匙。」他一邊行禮，一邊把鑰匙遞給她。

「真謝謝你了！」她嚇了一跳，說道。

「小屋不怎麼整潔，希望妳不要介意。」他道：「我已經盡量把它收拾好了。」

「可是我並不想給你添麻煩的！」她說。

「哦，不要緊。差不多一個星期內，我就要讓母雞孵蛋了，不過牠們不會怕妳。我早晚得過來看看牠們，我會盡量不打擾到妳。」

「你不會打擾到我的。」她辯道：「如果我在會礙事的話，那我情願不到小屋去。」

他用那雙銳利的藍眼睛看著她。他看起來很是和善，卻不怎麼和人親近。人顯得單薄，有點生病的樣子，不過至少他神智清晰，四肢健全，只是有點咳嗽。

「你在咳嗽。」她說。

「沒什麼……是感冒！上次得肺炎過後就一直咳嗽。不過不礙事。」

他和她保持一段距離，不肯走近一些。

後來，她便常常利用早晨或是下午，到那座小屋去，而他一定不在，無疑是存心閃避她。他想保有自己的隱私。

他把小屋收拾得整整齊齊地，小桌子和椅子都擺在壁爐的角落，並準備好一捆升火用的木料，還把工具和捕獸器盡可能收得遠遠的，不讓自己留下痕跡。在屋外的空地上，他用樹枝條和麥桿子搭了一座矮矮的小棚子，好讓雞群遮風避雨，棚下有五只雞籠。一天她來時，發現兩隻棕色的母雞正在孵蛋，顯得很凶、很機靈，對人猛拍翅膀，充滿一股母性的感情和力量。康妮幾乎心碎了，她發現自己是那麼孤單、無用，根本算不上是女性，不過是個廢物罷了。

後來，五只雞籠全都有母雞上去孵蛋了，三隻棕色、一隻灰色、一隻黑色。出於天生母性的驅策，牠們全都動作一致，牢牢伏臥在蛋上，還不時輕撲翅膀。康妮在牠們面前蹲下來時，牠們會瞪著閃亮的眼睛監視著她，發出驚怒交加的咯咯聲——激烈的母性反應，主要是有生人靠近的緣故。

康妮在屋裡的玉米箱找到了玉米，捧在手心想餵母雞。牠們不吃，只有一隻猛力啄了她的手一下，把她嚇了一跳。她好想餵牠們吃點東西，可是孵蛋的母雞不吃也不喝。她用小鐵罐裝了點水，有一隻母雞啜了水，她好開心。

現在她每天都來探望這些母雞，牠們是這個世界上唯一能給她溫暖的了。克里夫那番表白使她整個人都冷了；包頓太太，還有那些上門來的生意人，他們的腔調都讓她打哆嗦。偶爾麥克里斯來信，也同樣教她不寒而慄。她覺得再這麼下去，她一定會死掉。

然而，當時正值春季，樹林中的野生風信子一朵朵開了，榛樹嫩芽像綠雨般的生了一片。世事教人寒心，這片春天景象也使人感到茫然。只有伏在蛋上孵育雞仔兒的母雞，牠們撲動的雙翅和結實有勁的母性身軀是溫暖的！康妮在自己的迷亂中，覺得隨時都要昏厥了。

之後的某天，陽光亮麗，榛樹下發滿了一叢叢的報春花，小徑邊處處可見紫羅蘭。下午她來到雞籠前，一隻只有一丁點兒大的小雞跑了出來，開心地在那兒走來走去，母雞則像著慌了似的咯咯叫。小小雞兒是灰褐色的，身上爬滿小斑點。此刻的牠是天地間最有活力的小生命了！逗得康妮蹲下來著迷地看著牠。生命！生命！如此一個純粹、活潑、不畏不懼的新生命！新生命！這麼纖細，卻是天不怕、地不怕！即使聽到母雞的狂叫，牠匆忙竄回籠子躲入母雞羽翼下，那也不是真的害怕，而是當成遊戲，生命的遊戲。因為才一下子，小雞那尖尖的頭又從母雞棕黃的羽毛下探出來，好奇地觀望這個世界了。

康妮被迷住了，可是卻也感受到前所未有的痛苦，因為自己無法克盡女性角色，這種痛苦越來越讓她受不了。

自此以後，她生活裡只有一個念頭，就是到樹林那裡的空地去看雞群，其他一切都只是個令人痛苦的夢。但為了盡到做一個女主人的責任，她常常得整天待在薇碧山莊，這時候她就會覺得自己也變得空蕩蕩的；空蕩，而且不正常。

有天傍晚，她也不管有沒有客人，一喝過下午茶就跑掉了。時間晚了，她飛也似的橫過林園，彷彿怕再被叫回去。進樹林時天色已一片夕陽紅，但她硬是在花叢間穿行，天空還會亮上一陣子的。

她臉紅氣喘地跑到了空地，意識半迷離的。守林人在那兒，身上只穿件單薄的上衣，他正在關雞籠，以防小雞夜裡出意外。可是麥棚子底下仍然有三隻小雞啪吖啪吖地在閒逛，三隻淺褐色的小雞。母雞焦急地召喚著，牠們還是相應不理。

「我一定要過來看看這些小雞！」她喘吁吁道，害臊地瞄一眼守林人，幾乎是視若無睹地問：「又多了幾隻？」

「現在有三十六隻了！」他說，「還不錯！」

他也一樣，看到小生命的誕生，也有一股不尋常的喜悅。

康妮在最後一只雞籠子前面蹲下來。三隻小雞已經回籠了，不過還是大膽把頭從黃羽毛中探出來，又縮回去，最後縮得只剩一顆圓滾滾的小腦袋，躲在母雞肥大的身子下看著前方。

「我好想摸摸牠們。」她說著，小心翼翼地把手指頭伸入雞籠的木條縫裡，卻遭到母雞狠狠啄了一口，她嚇得立刻把手抽回來。

「牠好兇，牠討厭我！」康妮迷惑不解的說：「我又不會傷害牠們！」

這個站著的男人大笑，在她身邊蹲下來，兩膝張開，很有自信的把手徐徐伸入雞籠，老母雞啄他，但不怎麼猛。他輕輕柔柔撫摸老母雞的羽毛，揪出一隻小雞來，小雞在他指間往外窺伺著。

「來——」他說，把手伸到她面前。她用雙手把那淺褐色的小東西接了過來。牠站立在她手上，兩隻腳細得不能再細了；那輕輕巧巧的生命力由一雙幾乎毫無重量的小腳瑟瑟地傳到康妮手裡，但牠高抬著輪廓分明的頭，左顧右盼，吱吱叫了一聲。

「好可愛！好大膽！」她柔聲說。

守林人蹲在她身邊，同樣興緻勃勃地觀望她手裡那大膽的小東西。忽然，他瞧見一滴淚珠落在她手腕上。

他一下站起來，走向另一座雞籠，離得遠遠的。因為他突然覺得他腹股間有一簇餘燼，他本來指望它永遠熄滅，卻又熊熊燃燒起來了。他背對著她，拼命壓下那簇火焰，可是它卻往下延燒，繚繞在他兩膝之間。

他掉過頭去看她。她跪著，盲目地把兩手慢慢往前送，要讓小雞跑回母雞身邊。她顯得那麼沉靜，那麼孤單。他對她湧起了憐愛之心。

他不自覺地跨大步走向她，再度在她身邊蹲下來。因為她怕母雞啄她，他遂從她手上把雞接過來放回籠子。他腹股間的那把火倏忽燒得更猛烈了。

他擔心地瞧她一眼，她把臉別開了，慘然地哭著，哭出她這一代人的孤獨和痛楚。他一顆心頓時軟化了，也像燃起了一小簇火。他把手指放在她的膝蓋上。

「妳不該哭的。」他和聲說。

這麼一說，她反而用雙手捂住臉，感到心已碎，再也沒什麼好在乎的了。

他伸手到她肩膀上，溫柔和緩地沿著她背部的曲線往下滑，盲目地撫摸著，直到觸及她曲折的腰際。他的手停在那兒，溫存地撫摸著她的腰身。盲目、且憑直覺的輕撫。

她摸出手帕，胡亂地想擦乾眼淚。

「要不要進屋子？」他平靜、自然地問。

他輕輕將她的胳臂一抓，拉她起來，帶著她慢慢走向小屋。直到進了屋，他才鬆手。然後他挪開桌椅，從工具箱拿出一條棕色的軍毯，緩緩將它鋪平。她一動也不動站在那兒，瞅著他看。

他臉色淡然，沒有表情，像個向命運低頭的人。

「妳躺上去。」他輕聲說，隨之去把門關上，屋內因而變得幽暗。

很奇怪，她聽話地躺到毯子上。之後，她便感覺到一雙渴望難抑的手，在黑暗中輕柔地摸索、探尋她的身體、她的面孔。那雙手輕撫著她的臉，帶著無限溫存、無限自信，最後，一個輕吻印在她臉頰上。

她全然不動地躺著，像睡著了，像在作夢。接著她顫抖了起來，感覺到他的手輕柔卻又出奇笨拙的在她的衣服裡面摸索。但這隻手也知道怎麼解開它想要解開的地方。他把她的絲襯裙小心拉到她腳跟上，然後給人無比快感和悸動地撫觸她溫熱的身子，吻了吻她的肚臍。他必須馬上進入，進入她溫香軟玉之軀裡的太平之境；只有在進這女人體內的剎那，他才能有安詳的時刻。

她躺著不動，像睡著了，始終像睡著了似的。他動作著，他到達了高峰；全由他來，她不再自己拼命了。從頭到尾，即使他雙臂抱著她，即使他身體猛烈地動作，射精在她體內，她都像在睡夢中。一直到他結束了，趴在她胸前輕喘，她才開始像覺醒了過來。

接著她心裡恍恍惚惚地，只是想著：為什麼？為什麼需要如此？為什麼這件事會一掃她心中的烏雲，使她整個人平靜下來？這是真的嗎？是真的嗎？

但她那受折騰的現代女性的腦筋還不能平靜，一再問著：這是真的嗎？然後她豁然明白了：假如她把自己給了那男人，那就是真的；但如果她仍一味守著自己，那一切就沒有意義。這段時日她有個感覺，覺得自己好老好老，有幾百萬年那麼老，她最終一定會受不了自己的重擔，她必須讓別人擁有她，好卸下痛苦。

那男人靜悄悄地躺著。他有什麼感覺，他在想什麼？她不知道。他對她來說是個陌生人，她不了解他。她只能等著，因為她不能干擾他那神祕的靜謐。他雙臂擁著她躺著，身子壓住她，潮溼的身子碰到她，如此貼近，可是他們彼此卻完全不了解，但這無損那份安詳感。他一動不動，非常地安詳。

最後他終於起身離開她身上。她感覺像被遺棄了一般。在黑暗中，他把她的衣裙往下拉到膝蓋，站了片刻，顯然是在整理他自己的衣服，之後他悄然打開門，走了出去。

她瞧見榛樹頂的晚霞，上面還有一輪小小的明月。她很快爬起來把自己打理一下，弄整齊了，這才走出小屋。

樹林裡暗幽幽地，幾乎全黑了，唯有天空依然透明，但天色也黯淡了。他穿過林中陰影向她走來，揚起的面孔有如一個淡色的點。

「我們走了吧？」他問。

「去哪兒？」

「我陪妳走到園門那裡。」

他自行整理他的東西，鎖了小屋，跟著她走。

「妳不會後悔吧？」他走到她身邊問。

「不，不會！你呢？」她道。

「因為那件事？不會！」他回道，過一會兒又說：「但是，有其他的問題。」

「什麼其他的問題？」她問。

「像是克里夫爵爺、其他人，所有那些雜七雜八的事。」

「什麼雜七雜八的事？」她失望的說。

「總是那樣的，對妳對我都一樣，事情總會變得很複雜。」他在夜色中走得很穩。

「那麼，你後悔了？」她問。

「從某一方面來說，是的。」他回答，仰望天空，「我原以為我已經和它斷了，沒想到卻又開始了。」

「什麼開始了？」

「生命。」

「生命！」她重複說道，帶著一鼓悸動。

「就是生命。」他說：「逃避不了的。如果真能逃開，那跟死也相差不遠了。所以，要是我非得破戒不可的話，那我就破戒吧。」

她不盡然是那麼想的，但還是……

「那正是愛。」她喜悅地說。

「怎麼說都好。」他回答。

兩人默默穿過漆黑的樹林，直到園門附近。

「總之你不討厭我吧？」她期盼地說。

「不，不會。」他回道，一下擁住她，帶著他過去舊有的熱情。「不會的，它讓我很舒服，真的很舒服。妳覺得舒服嗎？」

「嗯，我也很舒服。」她答得不太誠實，因為她並沒有很清楚的知覺。

他溫柔地吻她，親暱地吻了又吻。

「要是世上沒那麼多旁人就好了。」他略帶感傷地這麼說。

她輕笑起來。他們已走到園門，他替她開門。

「我不再往前走了。」他說。

「不用了！」她伸出手，像是要和他握手，但他用雙手捧住她的手。

「我可以再來嗎？」她殷切地問。

「可以！可以！」

她離開他，穿過林園走了。

他後退，目送她走向蒼白的地平線，走入黑暗中，內心幾乎是帶著一股滄桑目送她離去。他想遺世獨立，她卻又把他和外界連接起來了，她使他喪失了一個男人在歷盡滄桑之後僅求的那份隱私。

他掉頭走向黑暗的村莊。月亮已經升上來了，四周悄然無聲。然而，他依舊聽得見夜裡的喧囂，有史泰克門礦廠的引擎聲，和大馬路的車聲。他慢慢登上光禿禿的山丘，在崗上可俯瞰整個鄉村。史泰克門礦一排排的燈光閃閃發亮，泰窩村礦的燈色則較為暗淡，還有村莊裡的黃色燈光；到處都有光，到處都是。在黑漆漆的鄉野，遠處的鎔爐發出淡淡的紅光，因為夜色清朗，金屬流動的熾熱紅光看得特別清楚。史泰克門那刺目的燈光尤其惹人厭，有一種說不出的邪氣！中部工業區的夜晚永遠這麼不安、令人心驚！他聽到七點整史泰克門廠的礦工下坑的吊桶聲，坑裡工人是三班制的。

他又走回幽暗、寧靜的樹林裡去，但他明白林中的寧靜感其實只是一種幻覺。工業噪音擾亂了幽靜，刺眼的燈光發出訕笑，雖然這會兒他看不見它們。人再也無法保有隱密，再也無法遁逃了。這個世界容不下遺世獨立的人。現在他又搞上了那女人，又把自己陷入另一個痛苦和毀滅的循環裡。因為憑過去的經驗，他曉得這種事代表什麼意義。

錯不在女人，也不在愛情或性欲上。錯是錯在那些可怕的燈光，在那窮凶極惡、嘎嘎作響的引擎聲裡。在那兒，在那機械化的貪婪世界裡，貪婪的機械論調，還有已成機械化行為的貪婪；熾熱的燈光和噴湧的金屬火光交錯著，和繁忙的車流一起轟隆作響，那兒蟄伏著龐然怪物，等著要摧毀任何違逆不從的對象。要不了多久，它就會把這片樹林毀了。到時野生風信子再也無法綻開；在機械的洪流和巨響裡，所有柔弱的事物都要滅絕了。

他心中溫柔無比地想到那女人。孤伶伶的小可憐，她比她自己知道的要好，唉，好到不該有那些不堪的際遇。可憐兒，她也跟野生風信子一樣柔嫩，容易受到傷害。她不像時下那種強悍的女性；她們是堅不可摧的塑膠和白金製品。他們會毀了她的！就像他們毀了生命，毀了所有一切生性柔嫩的生命一樣，完全毀了她。柔嫩！她有一種柔嫩的特質，如同含苞待放的野生風信子，時下般的女性已經沒有那種特質。短時間內，他會全力保護她。短時間內，在無情的鋼鐵世界和已成機械化的貪婪人心把他們——他和她——毀掉之前。

他帶著槍和狗回到黑壓壓的小屋，點燈，生火，吃晚飯；有麵包、乳酪、嫩洋蔥和啤酒。在他鍾愛的寧謐中一人獨處。屋子乾淨整齊，只是有點冷清。然而爐火明亮、爐床雪白，鋪白油布的桌上掛著油燈。他本想讀一本有關印度的書，可是今晚卻沒心情。他穿著襯衫坐在火邊，沒有抽菸，但手邊有一杯啤酒。他不經意地想到康妮。

老實說，他挺後悔發生那件事的，也許最主要的原因還是為了她。他有一種不祥之兆，但那不是做錯事或犯罪的感覺。他不安的是，他對那方面一點都不覺得良心不安。他曉得一個人會良心不安，主要是他對社會或對自己有著懼怕。他倒不怕自己，但卻很清楚他怕社會；他憑直覺知道，這個社會是一頭野獸，心腸狠毒，幾近瘋狂。

那女人！如果她能和他一起在這裡，而這個世界上又沒有旁人，那該多好！欲火又起，他的陰莖顫動，像隻活生生的鳥。他同時感受一股壓力，沉甸甸地壓到肩上，唯恐外面潛伏在閃爍燈光裡的那頭怪物，會發現他們。她，那可憐兒，對他來說只是個年輕女子。但他要過了她，而且還想再要。

他遺世獨居不和人往來已有四年之久，今天突來的欲望使他身心大起變化。他再度起身，穿上大衣，拿了槍，提了燈，帶著狗兒踏入滿天星辰的夜色裡。他在樹林中慢慢巡著，但內在的那股欲念和對惡魔般的外在世界的一種恐懼，一直使他感到恐慌。他投入黑暗中，喜歡這麼黑暗，覺得黑暗足以隱藏他強烈的欲念。那種欲念簡直像一個人的全部資產。他的陽物亂顫，腰股間如著火般燃燒——啊，人要是空空無欲，也差不多是活死人了！他真希望有人跟他在一起，同心協力抵禦外面那陰光閃爍的電光惡魔，好保住生命裡那柔嫩的本質，保住女性柔嫩的部分，以及人與生俱來的資產——情與欲。要是有個伴能夠並肩作戰該有多好！但人們全都投向文明世界去了，去歌頌惡魔。在機械化的貪婪和貪婪的機械主義兩者間的戰爭中，有人生，也有人死。

至於康斯坦絲這邊，想都沒多想就得匆匆回家了。對那件事，她絲毫沒有回顧，一心只想趕上晚餐時間。

她發現門上了鎖，心中懊惱，可是也只得按鈴叫人。是包敦太太來開的門。

「是妳啊，夫人，我才在想妳不會是迷路了吧。」她有點調侃道：「好在克里夫爵爺還沒找妳。林里先生來了，他們在談事情。看樣子他好像會留下來吃晚餐，是不是，夫人？」

「應該是。」康妮回答。

「要不要我把晚餐延後一刻鐘，這樣妳就有工夫換衣服了。」

「這樣最好了。」

林里先生是礦場的總經理，是個上了年紀的北方人。克里夫嫌他不夠得力，應付不了戰後的情況，更應付不了戰後那些老是喊「罷工」的礦工。但是康妮對他頗有好感，雖然她很高興今晚不必聽他太太拍馬屁。

林里留下來吃晚餐。客人很喜歡康妮這樣的女主人，彬彬有禮，體貼得很。她張著一雙大大的藍眼睛，溫婉嫻靜的態度，讓人看不見她內心隱藏的真正想法。她扮演這個角色嫻熟非凡，幾乎成了她的第二天性，只不過，終究還只是第二天性罷了。但奇怪的是，每當她扮演這個角色時，她的腦筋就會變得空無一物。

她耐著性子等，等到可以回樓上去，才能好好想自己的事。她老是在等——這似乎也成了她的專長。

然而回房間後，她卻還是感到恍惚、疑惑，不知道該想什麼。他到底是怎樣的人？他是真的喜歡她嗎？可能不算太喜歡，她覺得。可是他相當和善。他那種溫馨、純粹的和善，令人不解又出人意料，幾乎讓她的子宮為他敞開了。然而她也想到，或許他對待每一個女人都是如此。不過就算這樣，還是教人感覺到有說不上來的舒坦、開心。他是個熱情勃勃的男人，又強壯又熱烈。但或許他也沒什麼特別的；他對她和對別的女人沒什麼兩樣，事情和個人無關，他只是把她當成一個女人而已。

也許那樣事情反而會單純些。不管怎麼說，他對待她內在的女性部分相當好，別的男人都做不到。男人一向對她這個人很和善，可是對那女性的部份卻很殘酷，要不是蔑視她，就是完全不把她當一回事。男人對康斯坦絲或查泰萊夫人十分友好，可是對她的肉體則不然。而他卻完全不在乎她是不是康斯坦絲或查泰萊夫人，他對她溫存無比，只顧愛撫她的腰枝、她的胸脯。

第二天她又到樹林去。同樣又是下午，那天的天氣有些陰沉。榛樹林底下爬滿了墨綠色的山梲，每一株都寂靜無聲、賣力地在抽芽、生長；今天，她體內也有相同的感覺。大樹裡的汁液一波波向上湧，直湧上了芽梢，竄入了小小的葉片之中。那成簇的葉兒色澤艷如火、紅如銅，宛如捲起了一股浪濤，直衝雲霄。

她來到空地，他人卻不在那兒。其實她也有一半料想他可能不在。小雞兒輕盈得像小蟲，在籠子外跑，黃母雞則在籠子內緊張得咯咯大叫。康妮坐下來看牠們，同時等待著，就那樣等待著，對小雞都視而不見。她等待著。

時間像夢般悠長，緩緩地過去了；他沒有出現。她只是有些期望他會來，但其實他下午是從不來的。她得回家喝下午茶了，她得強迫自己回去才行。

回程上，天飄起了濛濛細雨。

「又下雨了嗎？」克里夫瞧見她在甩帽子，這麼問道。

「只是毛毛雨。」

她默默倒茶，心裡一直盤著一個念頭：她今天真想見那個守林人，看看發生的事情是不是真的。是真的嗎？

「待會兒要不要我唸點書給妳聽？」克里夫道。

她望著他。他不會是察覺到什麼了吧？

「春天讓人怪不舒服的……我想我也許要歇一歇。」她說。

「隨妳。不過妳不是真的不舒服吧？」

「不是，只是覺得累……春天這種天氣讓人有氣無力。你要不要找包頓太太過來陪你玩點什麼？」

「不了，我想聽聽收音機。」

她從他話裡聽出一種說不上來的快意。她上樓回自己房間，在房裡聽到擴音機開始咆哮，矯柔做作的蠢調兒，大約是街上的各種叫賣聲，人模仿古時候街上的叫賣聲。她披上一件紫色的舊雨衣，從邊門溜了出去。

濛濛細雨像一層輕紗似的籠罩了世界，靜悄悄的，帶著神祕感，但不陰森。她快步穿過園林，覺得越走越熱，不得不解開雨衣。

黃昏雨中的樹林一片寧靜、沉寂和神祕，林子裡到處可見不知名的野生鳥蛋、半抽的小芽，還有半開的花兒。朦朧中，好像每一株都自己脫掉了衣服，赤裸著，黑亮發光；草地也更顯得綠油油的。

雞棚那兒仍然空無一人，小雞差不多都回到母親的羽翼下了，只剩一、兩隻貪玩的還在乾草棚下晃來晃去的，有點弄不清自己在什麼地方。

看！他還是沒來。他存心在閃避，要不然就是出了什麼岔兒。也許她該到他的小屋去看看。

不過，她天生就是該等。她用自己的鑰匙打開小屋，屋子裡井井有條，玉米收在玉米箱裡，毯子摺得好好的放在架上，一綑剛紮好的乾草整齊地堆在角落。防風油燈吊在掛勾上，桌子椅子也已經擺回她上次躺的地方。

她在門口一隻凳子坐下來。四周是如寧靜！迷濛雨絲被風吹著，卻聽不到一點點風聲。四周一點聲響、動靜也沒有。每株樹昂然而立，生氣勃勃有如充滿力量。一切是多麼地生機盎然啊！

天又要黑了，她必須走了。他一定是在躲她。

可是突然間，他大步跨入空地，穿著溼得發亮的黑色防水布外衣，看來像個司機。他很快朝小屋瞄一眼，微微點個頭，一閃身到雞籠前面去。他蹲在那兒，不作聲地察看情形，然後小心關上籠子門，好讓雞群能平安度過晚上。

他終於慢慢向她走來。她仍舊坐在凳子上沒動。他在她面前站定，就在廊下。

「妳來啦。」他操土腔說。

「是啊，」她回答道，抬頭看他，「你來晚了！」

「嗯！」他應了一聲，別開目光去看樹林。

她緩緩起身，移走凳子。

「要進屋子嗎？」她問。

他低頭眼神銳利地盯著她。

「妳每天晚上到這兒來，不會惹人家亂想嗎？」他道。

「怎麼會？」她困惑地仰頭望著他，「我說過我要來。別人不知道。」

「可是他們很快就會知道，」他答道：「那時候怎麼得了？」

她一時啞口。

「他們怎麼會知道？」她問。

「人家總會知道的。」他一副宿命的口氣。

她的嘴唇顫抖了一下。

「那，我也沒辦法。」她支支吾吾道。

「不！」他說：「妳有辦法！妳別來就行了……只要妳想的話。」他用低沉的聲調補了這麼一句。

「可是，我不想。」她喃喃道。

他又掉頭去看樹林，默然不語。

「可是萬一人家發現了怎麼辦？」最後他開口道：「妳想一想，跟一個妳丈夫的下人，想想妳會被貶低得多麼不堪！」

她抬頭瞧他別開了的臉。

「是不是，」她結巴地問：「是不是你不想要我？」

「妳用腦筋想想……」他道：「想想萬一人家發現了——克里夫爵爺，還有……每一個人都會議論。」

「那，我要走了。」

「走到那兒？」

「哪兒都行！我自己有錢！我母親留了兩萬磅給我，是信託基金，我知道克里夫動不了那筆錢。大不了我走。」

「萬一妳不想走呢？」

「我想，我想！我不在乎我會怎麼樣。」

「哈，妳是這麼想，可是妳一定會在乎。妳不得不在乎！人人都是如此。妳必須記住，妳這位爵士夫人姘上的是個守林人，這跟我是紳士的狀況不一樣。會的，妳會在乎，會在乎的！」

「我才不會！我何必在乎我這個爵士夫人的身份地位！我真恨死它了。每次人家喊我，我都覺得人家是在嘲笑我。他們是在嘲笑，在嘲笑！連你也是！」

「我？」

這是他頭一遭正眼瞧她，盯住了她看。

「我不會嘲笑妳。」他說。

她看見他逼視的雙眼變黑了，色澤極深，瞳孔放大。

「妳不擔心這個風險嗎？」他沙啞著嗓子問，「妳應該在乎的。千萬不要到頭來後悔莫及。」

他聲調裡有種特別的，帶著警告意味的懇求。

「我沒什麼好損失的……」她心煩氣躁地說：「如果你曉得實情，你就會了解，損失了這些，我反而開心。倒是你，你是不是為你自己在害怕？」

「沒錯！」他喊道，「我是害怕！我害怕，怕死了那些事情。」

「什麼事情？」

他把頭猛往後一扭，聽著外面那個世界的聲音。

「那些！每個人，那一大夥人。」

他忽然俯下身，親了她那張悶悶不樂的臉一下。

「算了，我不在乎，」他說。「我們來吧，其他的不管他了。但是要是妳將來後悔——」

「別趕我走。」她求他。

他伸手摸她雙頰，又猛親她一下。

「那麼，讓我進去吧……」他柔聲說：「把妳的雨衣脫了。」

他把槍掛起來，脫掉溼漉漉的皮外套，再去拿毯子。

「我多帶了一條毯子，」他說：「這樣我們想蓋的話就有了。」

「我不能待太久，」她告訴他：「開飯時間是七點半。」

他瞟了她一眼，再看看手錶。

「好。」他應道。

他關上門，在吊燈裡點起一道小火苗。

「有一天，我們會有充裕的時間。」他說。

他仔細把毯子鋪在地上，另一條則摺起來給她當枕頭。然後他在凳子坐了片刻，把她拉過去，一條胳臂緊抱著她，空出來的另一隻手則撫摸她。當他發現她單薄的襯裙下竟然空無一物的時候，她聽見他倒抽了一口氣。

「啊，摸妳真是種享受！」他說，手一面愛撫著她的腰、臀，和那隱祕處的溫潤肌膚，並且低下頭，用臉頰一遍又一遍摩挲她的腹部和大腿。他如此歡欣，不免令她有點震憾。其實是她不懂，他經由撫觸她鮮活、隱密的身體，感受到的是種近乎心醉神馳的美；唯有這種美感能喚醒人的熱情。當熱情死亡或失去時，不但再也體會不了美的悸動，甚至會覺得反感。人與人之間因接觸得來的那種溫暖，是鮮活的美，比視覺的美更深刻動人。她感覺到他的臉頰在她的大腿、腹部和臀部滑動。他濃密的髮鬚密密刷過她的肌膚，使她的雙膝開始打顫起來。她感到身體的深處有了一種新的騷動，一種赤裸呈現的新狀態。她半帶著畏怯，半希望他不要這樣子地愛撫著她。他差不多已將她團團包圍了，然而她仍在等待。

在他進入她體內之際，那份成就感，加上無比的暢快，使他得到完全的祥和，只是，她仍在等待。她有一絲受到冷落的感覺，但是很清楚自己要負點責任，是她讓自己這樣疏離的。這會兒也許是她咎由自取。她一動不動地躺著，感覺他在她體內的動作，他進得很深，射精的一剎那他猛烈震顫，經過最後的衝刺，動作終於徐徐放慢下來。那副屁股衝撞的樣子，實在有幾分滑稽。如果妳是個女人，又對這一切無動於衷的話，那麼妳一定會覺得男人撅著屁股猛衝的樣子很滑稽。男人做這檔子事的姿勢、那動作，著實滑稽到了極點。

不過她一直躺著不動，並沒有退縮。他完事時，她也沒有像和麥克里斯相好時那樣，讓自己興奮起來，抓住機會來達到自己的高潮。她躺著沒動，淚水慢慢湧現，流淌了下來。

他也沒動，不過卻把她抱得牢牢的，並且用他的腿覆蓋著她楚楚可憐的大腿。他臥在她身上，給了她一種實在、親密的暖意。

「妳冷嗎？」他輕聲問，好像和她十分親暱似的。但其實她的人置身事外，和他隔了一段距離。

「我不冷！不過我得走了。」她柔聲說。

他嘆了嘆，把她抱緊一下，然後才又鬆開。

他沒去猜測她為什麼掉眼淚。他以為她和他一樣的陶醉。

「我得走了。」她又說了一次。

在昏暗的燈下，他起身在她身邊跪了一會兒，親她的大腿內側，再把她的裙子拉下來。他心神不寧地扣自己的衣服，身子都沒轉開。

「妳一定還要再到小屋來。」他說，低頭看著她，一臉溫順、自信和自在的表情。

是她直挺挺躺在那兒，仰著頭看他，心裡卻一直在轉動著一個個想法：這個人是個陌生人！陌生人！她甚至有點恨他了。

他穿上外套，找他那頂掉在地上的帽子，隨後把槍扛上肩頭。

「走吧！」他道，低頭用一雙暖洋洋的眸子看著她。

她這才慢吞吞起了身。她不想走，卻也不願意逗留在這兒。他為她披上雨衣，檢視她有沒有穿戴整齊。

然後他打開門。外面天都黑了。那隻忠心耿耿的狗看到主人就一躍而起。黑暗中陰雨綿綿。天真的很黑了。

「我必須提個燈。」他說，「不會被人看見的。」

他率先走上小徑，手裡的提燈低低擺盪，照著淋溼的青草、蛇一般黝黑的樹根，和慘無顏色的野花。除此之外，就只有茫茫雨霧和伸手不見五指的黑暗了。

「妳一定要再來，」他說：「好不好？反正不論偷的是綿羊還山羊，被逮到都是一樣的下場。」

她猜不透，他這麼執意的要她，但他們之間根本沒有什麼，他從沒有真正和她說過話。而且不知什麼緣故，她討厭他那一口土腔。他操著土腔說「妳一定要再來」，好像是在對什麼村姑俗婦說話，而不是對她說。她認出道路邊毛地黃的葉子，知道他們大概走到什麼地方了。

「七點十五分，」他說，「妳來得及趕上晚飯了。」他的語氣變了，似乎察覺出她的冷淡。他們拐過路上最後一個彎，看見榛樹圍成的牆和園門，他立刻把燈吹熄。「從這兒開始就看得見路了。」他輕輕挽住她說。

但是林路難行，他們腳下的大地不可捉模。他一點一點踏步前進，走習慣了。到了園門，他把他的手電筒遞給她。「林園裡頭亮一些。」他說，「不過妳還是帶著，免得走到岔路上去了。」

他說得沒錯，空曠偌大的園林有著好像鬼火般的微光。他忽然把她拉過去，又溼又冷的雙手伸入她的衣服裡，抱著她，接觸她暖和的嬌軀。

「能碰到像妳這種女人，我死也甘心了。」他的聲音極低沉，「妳要是能多待一分鐘有多好。」

她感覺得出他一剎那又對她起了衝動。「不行，我得用跑的了。」她說得有些粗魯。

「好吧。」他回答，忽然改變主意，放開了她。

她轉身要走，只一會兒又回頭對他說：「親我。」

他俯身摸黑吻她，吻到了她的左眼。她撅起了嘴唇，他輕吻了一下，但馬上縮回去。他不喜歡嘴對嘴親吻。

「我明天會來，」她邊走邊說：「如果我來得了的話。」補上這一句。

「好！不要太晚了。」他站在夜色中回道。她已經看不見他了。

「晚安。」她說。

「晚安，爵士夫人。」只聞其聲。

她頓住，回頭望著那片潮溼的黑暗，只能勉強看到他的影子。她問：「你幹嘛那麼叫？」

「沒什麼。」他應道，「那就說晚安好了。快走吧！」

她投入灰暗的夜色裡。回到宅子，邊門還開著，她便偷偷溜回自己的房間，沒被人發現。她開門之際鐘響了，不過她還是得先洗澡——她非洗個澡不可。「以後我再也不遲到了。」她自言自語，「這樣太麻煩了。」

第二天，她爽約沒到樹林去，反而和克里夫去了尤塞維特。克里夫現在偶而可以坐車出差。他找了個強壯的小伙子當司機，必要時那小伙子可以把他抱下來。他特別想去探望乾爹萊斯利·溫特。溫特住在離尤塞維特不遠的旭波山莊。溫特年事已高，富足尊貴，曾是愛德華王時代最風光、富有的煤礦主子之一。愛德華國王出宮打獵的時候，還不只一次駕臨旭波山莊。那棟灰泥建築年代悠久，設備好，夠氣派，獨身的老溫特相當以自己的獨特風格而自豪。只可惜那宅子周圍全是黑鴉鴉的煤坑。萊斯利．溫特喜歡克里夫，因為克里夫有文學成就，而且又在畫報上露臉，但私底下他並不怎麼瞧得起他。這位老先生是愛德華國王那一派矯衿造作的人，他們認為生活就是生活，扔下生活跑去舞文弄墨要不得。這老紳士對待康妮卻一向殷勤備至，覺得她端莊漂亮，有大家風範，跟著克里夫過日子實在浪費；而且，最遺憾的就是她沒能替薇碧山莊生個繼承人。他自己就沒有繼承人。

康妮不免心想：要是這老人知道她姘上克里夫的守林人，那人還口口聲聲求她「妳一定要再來」，他會怎麼說呢？保管會鄙視她、厭惡她，因為他素來痛恨那群強要出頭的工人階級。只要男人的身份、地位配得上她的話，那他倒不會介意。康妮天生顯得端莊、溫婉、賢淑，這也許是她天性的一部分。溫特喊她「好孩子」，硬是送了她一幅精美的十八世紀貴婦的袖珍畫。

只是康妮的腦子卻不由得想到她和守林人的事。不管怎麼說，到底老先生是位老於人情世故的真正紳士，把她當成一個人，一個有知識的人來看待；他沒把她和其他女人混為一談，而且滿口土腔「妳、妳、妳」地對她說話！

那天她沒去樹林。第二天，第三天也同樣沒去。她只要感覺到，或想像到那男人猴急等著她、想要她，她就不肯去。可是到了第四天，她卻坐立難安，心情亂極了；但她依然不肯再到樹林，去向那男人張開大腿。她把她能做的事都想遍了——開車到雪菲爾德、去拜訪朋友，但想到這一切就讓她覺得厭煩。無奈已極，她決定去散個步，不是往樹林走，而是反向而行，穿過林園另一側的小鐵門到梅海去。那是個陰沉的春日，但天氣有點兒悶熱。她漫不經心踱著步子，不知道自己腦子在想什麼，也不曾注意到周圍的景物，直到梅海農場的狗兒突然吠叫了起來，她才猛地轉醒。她已經到了梅海農場了！這座牧地和薇碧山莊林園相連，算來兩家是鄰居，不過康妮有一陣子不曾上門造訪了。

「貝兒！」她喊那隻大白狗，「貝兒！你不記得我了嗎？不認識我了嗎？」她很怕狗。貝兒往後退，但還是叫個不停。她想通過前院走到養兔場去。

弗林特太太出現了，她和康妮年紀差不多，當過老師，但康妮有點覺得這人有點虛偽。

「哦，是查泰萊夫人！哎呀！」弗林特太太的眼睛又亮了，向小女孩似的臉紅了。「貝兒，貝兒，怎麼搞的！怎麼對查泰萊夫人叫呢？貝兒，別叫了！」她衝過去，用手裡那條白抹布揮趕狗兒，然後趕緊來到康妮面前。

「牠以前認得我的。」康妮一面和女主人握手一面說。弗林特夫婦是查泰萊家的佃戶。

「牠當然認識夫人妳！這狗兒只是在發騷罷了。」弗林特太太說，雙眼發亮，忽然帶點迷惑的抬頭看她，「可是牠也好久沒見到妳了，我真希望妳身子好多了。」

「哦，謝謝，我很好。」

「我們差不多整個冬天都沒見到妳。妳要不要進屋子看看小寶寶？」

「好呀！」康妮略有點遲疑，「就待一會兒。」

弗林特太太衝進屋子手忙腳亂地收拾，康妮慢慢地跟進去。昏黃的廚房裡，水壺在爐上滾著，康妮有些不知所措。一會兒弗林特太太又回來了。

「妳可別介意，」她說：「請到這兒來。」

她們走入客廳，小寶寶坐在壁爐前一張小地毯上，桌上大致擺好了茶具，有個下女模樣的女孩慌慌張張從走道退下了。

寶寶大約一歲大，一副樂不可支的樣子，滿頭紅髮得自父親，那雙藍藍的大眼睛毫不怕生，是個女娃兒，什麼都嚇不倒她的樣子。她坐在一堆軟墊當中，四周都是布娃娃和玩具，和現代用品過剩的情形一樣，玩具也過多了。

「啊，好可愛！」康妮說，「她長好快！是大女孩！大女孩了！」

小娃兒出生時，康妮送她一條大圍巾；耶誕節時，又送她好幾個樹脂材質的小鴨子。

「嘿，約瑟芬，瞧瞧誰來看妳了？這位是誰，約瑟芬？查泰萊夫人哪——妳認得她，是不是？」

那奇妙、活潑的小東西大膽地直望著康妮。對她來說，爵士夫人和其他人沒什麼兩樣。

「來！讓我抱抱，好不好？」康妮對小娃兒說。

小娃兒才不在乎這個那個的，所以康妮把她抱起來放膝上。抱著孩子在膝上的感覺暖烘烘的，多令人開心哪！還有那軟軟的小胳膀，那一雙到處磨蹭的小腿。

「我正想一個人隨便喝點茶。路克上市場去了，所以我大可以隨興。妳要不要喝一杯，查泰萊夫人？我想妳平常喝的不是這種，不過要是妳不嫌棄……」

康妮不嫌棄，雖然她不希望別人說她平常該是怎麼樣。桌面又來了一場新佈置，最好的茶杯和茶壺都搬出來了。

「可別太麻煩妳了。」康妮說。

可是如果不麻煩到弗林特太太的話，她哪有樂趣可言！於是康妮索性放弗林特太太忙去，自己和小娃兒玩耍。她那天不怕地不怕的小丫頭模樣，讓康妮感到很有趣；那柔軟溫熱的小身體更使康妮對肉體有一種深刻的喜悅。嶄新的生命，如此無所畏懼！成人們因為心懷恐懼，全都變得小心翼翼地！

她喝了一杯茶，很香很濃，還有可口的麵包、奶油和醃李子。弗林特太太一直很興奮，眼睛閃亮，面孔泛紅，抬頭挺胸，好像康妮是什麼武士英雄似的。她們聊了一陣子女人經，都很開懷。

「就差茶水不好。」弗林特太太謙稱。

「比我家裡喝的有味道多了。」康妮真心道。

「哦！」弗林特太太應了一聲，自然不會相信。

最後康妮還是站起來。

「我得告辭了，」她說，「我丈夫不知道我人在那兒，他會胡思亂想的。」

「他絕對想不到妳在這兒，」弗林特太太興奮大笑。「他會派人到處去喊人的。」

「再見，約瑟芬。」康妮和小娃兒吻別，把小娃兒稀疏的紅髮搔亂了。

弗林特太太堅持要把已上栓的大門打開來。康妮走到屋前的小花園，四周水蠟樹環繞成牆，小徑兩側有成排的報春花，十分嬌柔可愛。

「好漂亮的報春花。」康妮誇道。

「路克管它們叫冒失鬼。」弗林特太太笑說。「採一些。」

她興匆匆採了些紫羅蘭和報春花。

「夠了！夠了！」康妮說。

她們走到小花園門前。

「妳走哪條路？」

「養兔場那條。」

「我瞧瞧！哦，對了，牛圍在柵欄裡，還沒趕回來。可是門鎖著，妳得爬過去。」

「我爬得過去。」康妮說。

她們往下走到被兔子啃到零零落落的牧地。鳥兒在林中高唱著黃昏的凱歌。有個漢子在呼叫落後的幾頭牛，牠們一隻一隻在牧場上慢條斯理走著。

「工人今晚擠牛奶又要拖時間了，」弗林特太太恨恨地說：「他們曉得路克天黑之前不會回來。」

過了柵欄，另一邊就是茂密的小樅樹林了。有道小門在那兒，但是上了鎖。柵欄內有幾隻空瓶子擱在草地上。

「那是守林人的空乳瓶，」弗林特太太解釋說：「我們幫他送到這兒，然後他自己來拿。」

「什麼時候來拿？」康妮問道。

「哦，他經過時就拿，大多在早上。那麼，再見了，查泰萊夫人！妳一定要再來，妳能來實在太好了。」

康妮攀過柵欄，跳到茂密的小樅樹林裡的小徑。弗林特太太穿過牧場往回跑。她戴著遮陽帽，因為她以前真的當過老師，所以還保有這個習慣。康斯坦絲不喜歡這片才剛種不久的濃密小樅樹林，覺得透不過氣來。她低頭快步走，一路想著弗林特家那小娃兒。真是可愛的小東西，不過以後可能會和她父親一樣腿部有點彎，現在已經有點跡象了；或許長大會好些。有個小寶寶，令人感到多麼溫暖和滿足呀！弗林特太太看起來也確實幸福極了！她有的東西康妮沒有，而且顯然也不可能有。沒錯，弗林特太太在炫耀她是個母親，康妮一直有那麼一點，一點點的妒嫉。她不由自主要妒嫉。

驟然間，她從沉思中回過神，驚呼了一聲。有個男人站在那兒。

正是守林人，他活像林布蘭特的畫——《巴蘭的驢子》，橫在小徑當中，擋去了她的路。

「怎麼啦？」他詫異道。

「你怎麼會在這兒？」她喘道。

「妳又怎麼會在這兒？妳去過小屋嗎？」

「沒有！沒有！我到梅海農場去。」

他以怪異的表情打量她。她有點心虛地低下頭。

「那妳現在要到小屋去嗎？」他幾乎是鄭重地問她。

「不！我不能去了。我在梅海待了一會兒，沒人曉得我上哪兒去。時間晚了，我得趕回家。」

「騙我，是不是？」他說，面露一絲譏諷。

「不，不，不是那樣，只不過……」

「不然還有什麼？」他問，跨步到她前面抱住她。她感覺到他正前面的身子貼緊著她，而且硬挺挺的。

「哦，現在不行，現在不行。」她叫著，想要推開他。

「為什麼不行？現在才六點半，妳還有半小時的時間。要！要！我要妳。」

他把她束緊了，她感覺到他迫切的需要。以她從前的性子，她會為自由而反抗，然而此時，她體內卻有種沉甸甸的、奇怪的感覺。他的身體頂住了她不放，她再沒力氣抗拒他了。

他四下打量。

「過來，到這兒來！穿過這兒。」他說，盯著濃密的樅樹林深處。這些樅樹還小，不到一般樅樹的一半高。

他回過頭來看她。她見到他的眼神緊張、明亮而凶猛，那不是愛意。但她已經喪失意志，四肢變得出奇地沉重。她讓步了，投降了。

他帶著她穿過很難走的一片荊棘，來到一小塊空地，那兒有成堆的枯枝。他扔掉了一、兩根乾樹枝，然後把他的背心和外套舖上去，她不得不像野獸一樣在濃蔭底下躺下來。而他敞著襯衫褲子站在那兒，直勾勾看著她。不過他還是算體貼的，他把地方弄好，讓她能穩穩當當的躺著。可是因為她一逕躺著不動，沒有幫他，結果他解開她的衣裙時，扯斷了她內衣的帶子。

他也裸露出正面的身體，進入她體內。她感到他裸露的肌肉貼著她。有片刻，他就靜止在她體內，在那兒漲大，顫動。然後，突然間，他無法控制地猛烈動作起來，這激起她體內一種前所未有的奇妙快感，起伏波動，如火苗搖曳，層層疊疊。那種快感輕飄飄好似羽毛，傳佈到每一個敏感處，美極了，把她體內每一部份都融化掉了。又有如在敲鐘，一聲比一聲高，一聲比一聲高，一直往極致昇去。她躺在那兒，完全沒發覺自己最後的嬌啼低吟。可是結束得太快，太快了！她沒辦法再靠自己活動來做個完結。情形不同，她無能為力，無法把持他來讓自己獲得滿足。她只能躺在那裡等待，等待，卻感覺他漸漸在縮小，就要往外溜出去，就此離開她了。她滿心都在嗚咽。這時候的她整個人都是敞開的，柔軟得像在浪潮下擺動的海葵，有如喃喃訴說著，要他再進入她，讓她心滿意足。因此她牢牢地抱住了他，而他其實也沒有完全溜出去。她感受他那柔軟的根部在她體內蠕蠕而動，以一種奇異的韻律在動作，愈來愈快，沖刷她體內，高漲，再高漲，把她整個意識都填滿了，接著便又是那種難以形容的動感，不是真正的動作，而是一種感受，有如漩渦越轉越深，滲過她身體所有的組織和意識，直到她完完全全成了感覺的同心流體。她躺在那兒呻吟低叫，自己卻渾然不覺。那聲音來自最深沉的黑夜，來自生命！而這男人把生命力傾注於她體內之際，聽見了在他身下的女人的呻吟，讓他又敬又畏。她的呻吟漸低時，他自己也平靜了，安安靜靜地躺著，對一切毫無知覺。她緩緩鬆開他，兩個人都恍恍惚惚地，彼此沒感覺對方的存在。最後他才甦醒，發現自己身上毫無遮掩；而她也發覺到他的軀體逐漸移開，不再緊貼著她，心裡很捨不得他離開。他不再覆蓋在她身上，可是從現在開始，他將要一直覆蓋著她了。

不過他終於還是挪開了身子，親親她，把衣服拉下來蓋住她，也整理一下自己。她依然不能動彈，一逕躺在那兒仰望著頭頂的枝椏。他起身把長褲套好，四下掃了一眼。四周鬱鬱蒼蒼的，鴉雀無聲，就只有那趴在地面，用腳掌捂住鼻子的狗兒。他又往草叢一坐，默默拉起康妮的手。

她轉頭看他。「這一次我們一起達到了高潮。」他說。

她沒有回答。

「像這樣子真好，很多人活了一輩子都不知道這個滋味。」他作夢也似的說。

她端詳他那張沉思的臉。

「是嗎？」她問：「你覺得很高興嗎？」

他回眼瞧他的雙眸。「高興。」他應道，「是很高興，不過那也沒什麼。」他不要她說話，所以俯身去吻她。而她有些感覺——從此他要吻她到永遠了。

最後她坐了起來。

「一般人不常一起達到高潮嗎？」她天真而好奇的問。

「有一大部份的人從來沒有過，妳從他們冷漠的表情就可以看出來。」他下意識的回道，有點懊悔自己挑起了這個話題。

「你和別的女人以前沒有像這樣，一起達到高潮？」

他含笑看她。

「我不知道，」他說：「我不知道。」

她曉得，他不想告訴她的事，他是絕對不說。她凝視著他的面孔，對他的一股熱情在五臟六腑騰轉，她拼命要把它壓抑下去，因為，這表示她已失去了自我。

他穿上了背心和外套，撥開荊棘叢，回到小徑。

夕陽最後的一道餘暉映在樹林間。「我不陪妳走了。」他說：「最好避開。」

轉身之前，她猶依依不捨的看著他。他的狗早已迫不及待等著他上路，他似乎再想不出要說什麼了，也沒什麼好說了。

康妮慢慢走回家，她領悟到她內在上有一物，她體內有個活生生的自我，在她五臟六腑鮮活蹦跳，就是這個自我在愛戀著他。她像個情竇初開的女子一樣，無法自制地愛戀著他，愛到雙膝發軟，沒法子走路。她的自我在她的五臟六腑內靈活地流轉。她對自己說——那個自我簡直像個在我體內的孩子。而她一直緊閉的子宮如今敞開了，充滿新的生命力，幾乎像沉甸甸的負擔，卻是甜蜜的負擔。

「真希望我有個孩子！」她想，「如果他像個孩子般地活在我體內那多好！」這樣的念頭使她四肢都軟了。她發覺，自己有個孩子，和為心儀的男人生孩子，這兩者的差異有多大。前者似乎再普通不過。但，為心儀的男人生孩子，這使她感到和從前的自己迥然不同了。好像她完完全全陷入所有女性的中心和創造的靜止狀態裡。

她感到陌生的感覺，但並非激情，而是那種愛不能捨的感覺。她一向怕這個，因為這使她無力招架，她至今仍然忌憚，生怕自己一旦愛人太深，就會喪失自我，抹煞掉自己。她不希望抹煞掉自己，像蠻荒時代的女人一般成了奴隸。她絕對不想扮成奴隸，因而她對自己那種愛戀之情深感畏懼，可是她又不想一口氣便把它壓制下去。她自知壓得下它；她胸中有股強大的意志足以壓制並粉碎充塞在她內在的愛戀之意。她甚至當下就做得到，或者說她自認做得到。然後她便可以隨心所欲掌控自己的情欲了。

呵，是的，熱情一如酒神的女祭司，像她們奔過樹林去尋探阿克士，那光輝的陽物；它不具有獨立的個性，純粹只是女人的神與僕！至於男人，這獨立的個體——千萬別讓他介入其中，他不過是廟堂的僕人，那光輝陽物長在他身上，他保有它，但那依然是屬於女人的。

於是，在乍然覺醒的思緒中，她體內一時重燃起過去那種強勢的熱情。男人淪為無足輕重的東西，只是陽物的持有者，在物盡其用之後便可以將之粉碎瓦解。她感覺到酒神女祭司巴珊特的力量在她四肢百骸裡，女性威力迅猛地擊垮了男人。然而有這種感受的同時，她的心情卻是沉重的，因為她不要這種威力；她早已明白這種威力背後的貧乏：無法繁衍後代，唯有愛慕之情才是她的資產。那感情是如此奧妙、如此溫存、如此深沉，而且深不可測。不、不，她情願放棄她敏銳卻冷硬的女性力量，她已經對它生厭、不滿。她願意沉浸在新的生命之流中，沒入那一聲聲吟唱愛慕之歌的五臟六腑之內。現在就怕起那男人，還太早呢！

「我散步到梅海農場去，和弗林特太太一道喝了茶。」她對克里夫說：「我想去看看那小娃兒，她真是可愛，頭髮像紅色蜘蛛網，真討人喜歡！弗林特先生趕市集去了，所以喝下午茶的就只有我和她和小娃兒。你有沒有在想我到哪去了？」

「唔，我是有點奇怪，不過我也猜妳是在什麼地方喝下午茶了。」克里夫酸溜溜地說。他有預感，覺得她不大一樣，可是卻無法弄清她那裡不一樣。不過他把原因歸之於那娃兒，他認為康妮所有的不痛快全因為沒有孩子，換句話說，就是因為她生不了孩子。

「夫人，我瞧見妳走過園子到鐵門那兒，」包頓太太說：「我還以為妳到牧師家去呢。」

「我差一點要去，不過後來我轉到梅海去了。」

兩個女人的雙目相對了一會兒，包頓太太搜索的灰眸子閃閃發光；康妮一對藍藍的翦水雙瞳，氤氤氳氳，美得出奇。包頓太太幾乎能夠肯定了：她有了情人。但是這怎麼可能？會是誰？那兒有這麼一個男人？

「哦，如果妳三不五時出去看看別人，對妳會有好處的。」包頓太太說：「我剛才對克里夫爵爺說呢，如果夫人出去同別人走動走動，對她可有莫大的好處。」

「是啊，克里夫，我真高興我出去了，見到這麼個可愛、有趣的小娃兒，她膽子可大呢！」康妮說：「她那頭髮簡直像蜘蛛網，紅得像橘子，眼睛又藍得像陶磁，好特別、好有神！當然啦，因為是個女孩兒，否則也不會顯得這樣大膽，比什麼大海盜德瑞克爵士都要有膽量。」

「妳說的對，夫人——典型弗林特家的孩子。他們一家子都有膽量，也都生了一頭紅髮。」

「克里夫，你不想看看她嗎？我已經邀她們過來喝茶，來讓你看看。」

「什麼人？」他問，非常不自在地瞪著康妮。

「弗林特太太和她女兒，下週一。」

「妳可以請她們到妳房間喝茶。」他說。

「怎麼，你難道不想看看那娃娃？」她喊道。

「呃，我會看的，不過我不想整個午茶時間都和她們在一起。」

「哦。」康妮咕噥，大眼睛迷迷濛濛望著他。

其實她並沒有真正在看他，而是在看另一個人。

「夫人，妳可以在樓上舒舒服服地喝茶。再說克里夫爵士不在場，弗林特太太會更自在些。」包頓太太出聲說。

她肯定康妮有了情人，她私下興奮得很。可是會是誰？會是誰？說不定弗林特太太可以提供一點線索。

另一邊，康妮朦朦朧朧地想，今晚她不洗澡了。和他肌膚相親，緊密相貼，那些感覺，在在令她如痴如醉、飄飄欲仙。

克里夫浮躁不安，吃過晚餐卻不讓她走。她好想一個人獨處，然而卻不知怎麼地順從了他。

「我們要不要玩玩牌？還是我唸書給妳聽，或者做些別的什麼？」他不自在地問。

「你唸書給我聽。」康妮說。

「要我唸什麼？詩還是散文？還是戲劇？」

「唸拉辛的詩吧。」她說。

用法語抑揚頓挫地朗誦拉辛，一直是克里夫的拿手好戲，但是如今生疏了，顯得有些忸怩，他實在寧願聽收音機。康妮在一邊縫著衣裳，用她一襲淡黃色的絲質洋裝改成童裝，要送給弗林特太太的小女兒。回家後，她利用晚餐前的空檔把它剪裁好，在聒噪的朗頌聲中，她一逕歡歡喜喜地坐著縫衣裳。

她感覺體內的激情在迴盪，如低迴的鐘聲不絕於耳。

克里夫對她說了拉辛的什麼事，他話都說完了，她才回過神來。

「對的！對的！」她抬起頭來看他。「真的很好。」

他再度害怕起來了，怕溫溫婉婉坐在那兒的她，怕她滿眼那種朦朦朧朧的藍霧。她從不曾這麼溫婉、安詳過。他不由自主地被她牽引，彷彿她身上有什麼異香使他迷醉。他只好不停地唸下去，那低沉的法語對她來說好似煙囪裡的風，一下飄了出去。拉辛的佳句她一個字兒也沒聽進耳裡去。

她沉醉在自己那股溫柔的喜悅裡，像春風裡的一座森林，迎風搖曳，颯颯作響，展綻出芽苞。她覺得那個男子和她在同一個世界裡，那個不知姓名的男子。他移動著美好的步伐，充滿陽剛之美。而在她體內，在她的全身血脈中，她和他的孩子在其中，她感覺得到。他的孩子在她全身的血脈中孕育，有如春陽破曉。

「她無手，無眼，無腳，也無絕美的金髮……」

她有如一座森林，橡木枝椏交錯，隨著千百個綻放的筍芽在無聲中吟唱，欲望的鳥兒在她枝椏交錯的身體裡悠悠沉睡了。

可是克里夫的聲音嘟嘟囔囔的，始終沒停過。那調門兒怪里怪氣。真是怪里怪氣，他這個人！弓著身子在那兒看書，乖僻、貪婪，卻受過教化；雙肩健壯，卻是少了一雙真正的腿！多麼古怪的一種生物，有著某些禽類那種銳利、不屈不撓的意志，卻不帶一絲感情，全然不帶一絲感情！是一種新種類，沒有靈性，卻有特別高的意志力和警覺性。她打了哆嗦，很怕他。不過話說回來，她那股溫暖有情生命之光強過他，而他總是觸不到真相。

書唸完了。她嚇一跳，抬眼一看，看到克里夫用那可怕、無神的目光瞧著她，彷彿憎恨她似的，她更是吃驚。

「真是謝謝你！你真的把拉辛的詩唸得好動人！」她柔和地說。

「和妳聆聽的表情差不多了。」他說得有點刻薄。「妳在搞些什麼？」

「做件小娃娃的衣服，要給弗林特太太的女兒。」

他別過臉去。孩子！孩子！她滿腦子想的就是孩子。

「總而言之，」他以演講的口吻說：「我們從拉辛的作品中得到一切——中規中矩的感情比離經叛道的感情來得要緊。」

她張大眼，望著他，不動聲色。

「是的，當然如此。」她說。

「現在社會就因為太放任了，感情也變得俗不可耐。我們需要用傳統來加以控制。」

「沒錯，」她慢條斯理應道，腦中想的卻是克里夫聽那感情貧乏的收音機時，臉上空洞的表情。「人們假裝感情豐富，其實內心貧乏得很，我想，這就是不切實際。」康妮回道。

「完全正確！」他說。

事實上，他感到煩死了。今天晚上弄得他好累，他情願看他的技術專書，或跟礦場經理討論正事，要不然就聽收音機。

包頓太太捧了兩杯麥芽牛奶進來，一杯給克里夫，讓他好睡，一杯給康妮，讓她恢復豐腴。這是她推薦的例常睡前飲料。

康妮喝完了自己那一杯，很高興終於可以走了，幸虧不必服侍克里夫上床。她替他把杯子擱到托盤上，然後端起托盤，要拿到門外。

「克里夫，晚安！好好睡一覺！拉辛的詩讓人覺得像在做夢。晚安！」

她一陣風似的走到了門口，連給他個晚安吻也沒有。他目光冷冽地看著她走。就這樣！他唸了一晚上的詩給她聽，她竟然一個吻也吝於給他，這麼無情無義！就算親吻只是種形式，可是人生就是建立在這些形式上啊！她是布爾什維克，貨真價實。她的本性就是布爾什維克的！他氣呼呼的，冷眼瞪著她跨出那道門。氣死他了！

他又對夜晚起了恐懼。他一向神經質，如果精力充沛偏偏又沒事讓他賣力幹活兒，或者沒聽收音機，又感覺到自己男不男、女不女的狀態，他就會陷入焦慮和可怕的空虛之中，他怕死了！只有康妮能夠讓他不害怕，如果她肯的話。不過顯然她不肯。他為她做那麼多，她卻冰冷無情。他為她傾盡生命，她卻以無情無義來回報他。她一味地想為所欲為——「那夫人真愛自己的意志」。

現在她滿腦子只想要孩子。這樣，孩子就變成她自己的孩子，專屬於她，而不是他的！說起來克里夫算是十分健康。他看起來氣色紅潤，肩膀健壯，胸部厚實，身上有肉。可是同時他又怕死得很；一種可怕的空虛感彷彿在威脅著他，一碰上這種空虛，他的精力便應聲而垮。奄奄一息的他老是覺得自己死了，真的死了。

所以他那雙微突的淺色眼珠，總透出一種古怪之色，顯得狡詐，又有點殘酷、冷漠，同時更有傲慢之態。這種傲慢之態極為怪異，好像是儘管命運作祟，他仍然戰勝了命運。「誰能了解意志力的奧祕？即使和天使對抗，它也能得勝！」

但是，無眠的黑夜令他恐懼；當滅絕感由四面八方向他逼來，那真的很可怕。在暗夜裡行屍走肉般地活著，了無生機地活著，那太恐怖了。

但現在他可以按鈴把包頓太太叫來，她一傳必到，簡直是一大安慰。她穿著睡衣過來，頭髮紮成一條辮子垂在背後，有點像不顯眼的小女孩，雖然她的棕色辮子裡已夾雜了白髮。她會為他煮杯咖啡或洋甘菊茶，陪他下棋或玩皮克牌。她有女人那種特異功能，就算帶著三分睡意，棋還是下得很有一回事，值得和她較量。於是深宵裡，在一份無言的親密感中，他們對坐，或說她坐著，他歪在床上。檯燈的光投映在他們身上，她幾乎睡著了，他則掙扎在恐懼之中。他們下棋玩牌，一起喝咖啡吃餅乾，在孤寂的夜晚默默無語，但相互慰藉。

但今天晚上，她一直在想查泰萊夫人的情人，猜測他到底是誰。她想到自己的丈夫泰德。他死那麼久了，她卻從不覺得他真正死了。思念他時，從前對世界那份舊仇又湧上心頭，尤其是對礦主的仇恨。是他們害死他的。雖說他們並沒有真正對他下手，可是她在情感上覺得，他就是死在他們手上的。也因如此，她心底深處相信虛無主義，而且衷心贊成無政府的世界。

在半睡眠狀態下，對泰德的思念和對查泰萊夫人的情人的猜測交織在一起，到最後，她覺得她和這個女人同仇敵慨，痛恨克里夫爵士和他所代表的一切。但她同時卻又在和他玩牌，下注六便士；能夠和一位高高在上的爵爺玩牌，甚至還輸給他幾個子兒，也是一種滿足。

他們玩牌一定會下注，這讓克里夫可以忘卻自己。而且他一向會贏。今晚也一樣，他是贏家，所以他不戰到天亮不會罷休。幸好四點半左右，天終於亮了。

這晚，康妮在床上睡得很安穩，但那守林人卻不一樣。他無法入睡。在關好雞籠，巡過林園之後，他便回自己的屋子吃晚餐，可是卻遲遲不上床，坐在火邊左思右想。

他想著他在泰窩村的童年歲月，想著為時五、六年的婚姻生活。一想到他老婆，他總是痛苦萬分。她似乎一直那麼令人難受。不過自從一九一五年入伍之後，他就不曾見過她了。然而她人就在那兒，距離不到三哩遠，如今的德性比從前更可厭。他希望這輩子再也別見到她了。

他也想到在國外從軍的生涯。他到過印度、埃及，之後又重返印度。那懵懵懂懂，與馬為伍的日子，那與他惺惺相惜的上校……他幹軍官的那幾年，曾有中尉升上尉的大好機會，結果上校得肺炎死了，他雖逃過一劫，健康狀況卻因此大受影響。他極度焦躁不安，最後退役返回英國，再度成為工人。

他一步步和人生妥協，原以為隱遁在這片山林之中，他至少能夠明哲保身一段時日。這裡沒有人打獵，他不必忙著準備槍枝，只要負責養野雉。他大可獨來獨往，離群索居；他就只有這麼一個願望。他總得有個回去的地方，而這裡便是他的家，他的母親都住在這兒，儘管他們母子向來不親。他本來可以就這麼繼續他的生活，一天混過一天地活著，也不必有希望，因為他對自己的將來一片茫然。

他不知該拿自己怎麼辦。因為當過幾年軍官，和其他文、武官員，他們的老婆、家人都打過交道，他對於「力爭上游」早失掉了所有野心。中、上階層之人有一種匪夷所思的強悍，不顧一切的拼。他對他們有這層認識，因而感到心寒，覺得自己到底和他們不同。

所以，他乖乖地回到自己的階級，卻發現他離鄉多年竟然忘這階層的人有多狹隘、粗鄙，令人不勝厭惡。至此，他總算承認了行為舉止有多麼重要。他也承認，要假裝不計較一點小錢，不計較生活瑣事，都是大事一樁。一般大眾根本不去假裝──對他們來說，買火腿多花一分錢或多省一毛錢，比修改福音書還要緊。他受不了這個。

還有就是工資爭議。他在有產階級裡待過，太清楚工資爭議根本不會有結果，不必抱希望。這問題解決不了，除非鬧出人命。工人只能別去不在乎，不要在乎工資的多寡。

然而，要是你口袋空空，就不能不在乎。不管怎樣，這已經成了人們唯一在乎的事了。視錢如命的心態有如致命的癌症，吞蝕著各個階層的男男女女。他拒絕和他們同流合污。

那怎麼辦？人生除了追逐金錢之外，還有什麼搞頭？什麼搞頭也沒有。

但是，他還可以遺世獨立，享受獨自一人的清靜，滿足但卻寂寥，養一群野雉到頭來仍要被腦滿腸肥的傢伙打死。這是徒勞無功，好幾次方的徒勞無功。

不過，又有什麼好在乎的？何必煩心？他本來是萬般不煩惱的，直到現在，直到現在這女人闖入他的生命裡。他幾乎大她十歲，若說在人生閱歷上，那他大她就有足足千百歲了。他倆之間的關係越來越密切。他可以料想，總有一天這關係會牽纏在一起，他們勢必要相守──「因為愛的牽絆難以鬆開！」

那麼，接下來怎麼辦？他得從頭再來，赤手空拳地從頭再來嗎？他非得和這女人扯上關係不可嗎？非得和她那個殘廢的老公吵翻天嗎？還得跟他自己那個惡妻吵翻天？他可恨死她了！煩呀，煩死人了！他已不再年輕，不再莽撞，可是又無法得過且過。任何痛苦、任何醜事都會讓他吃不消，還有那女人！

就算他們甩得掉克里夫爵士和他自己的老婆，就算他們自由了，接下來又要怎麼辦？他呢，他自己要怎麼辦？這一生他該做什麼打算？他一定要做點什麼才行，總不能光靠她的錢和他自己那微薄的退休金坐吃山空。

問題簡直無從解決。他唯一想到的就是去美國，試試新環境。可他對美元是完全沒有信心，不過也許吧，也許那兒會有別的搞頭。

他坐立難安，更別提上床睡覺了。他橫在椅子上翻來覆去地想心事，一直耗到半夜，突然站起來抄起外套和槍。

「來吧，妞兒，」他喊那隻狗，「咱們最好到外面蹓一蹓。」

那是個有星無月的夜晚。他跨著輕悄悄的腳步，小心翼翼地巡了一圈子。他的工作只會碰上一種狀況，就是靠近梅海農場那邊，礦工會設陷阱抓兔子，尤其是史泰克門的礦工。不過目前正值野兔繁殖的季節，即使礦工也曉得收斂一些。不管如何，暗中巡園，搜捕偷獵者，多少可以紓解他的焦慮，使他不再胡思亂想。

可是當他小心謹慎地巡完了一圈，將近有五哩的路程，他累了。他登上小山崗眺望。除了史泰克門日夜不斷的噪音依稀可聞，此外什麼聲息也沒有；除了礦場裡成排明晃晃的電燈，此外什麼光也沒有。整個世界在幽暗、迷濛中沉睡著。夜裡兩點半了。但縱使在沉睡中，這世界依舊擾嚷不安，它跟著火車或馬路上的大貨車在騷動，跟著鎔爐迸發的紅光在閃爍。它是鐵與媒的世界，有鐵的冷酷，煤的黑煙，和驅策一切的、沒完沒了的貪婪。就是貪婪！貪婪在沉睡的世界騷動作怪。

外面很冷，他在咳嗽。一陣寒風輕輕吹過山崗。他情不自禁想到那女人。此時此刻，他情願放棄所有的一切，或可能會有的一切，來換取將她抱在懷裡，兩人共擁一床被子溫馨入眠。所有永恆的希望和過去全部的所得，他都願意放棄，以換得她的人在他跟前，與他溫暖共擁一床被子安眠，只求安眠。彷彿他唯一的需求，就是擁著那女人入眠。

他回到小屋，裹了條毯子躺在地板上想睡覺。可是他睡不著，太冷了，再加上他感到欲求不滿殘酷地折磨他，令他痛苦不堪。他的寂寞，他的欲求使他輾轉反側，無法安寧。他想要她，在心滿意足的那一刻抱緊她、撫摸她，然後安然入睡。

他再度起身出去，這回他朝園林的大門走，沿著小路徐徐接近大宅。快四點了，夜色冷清，天還沒有要亮的樣子。他已經習慣在黑暗中行動，反而看得清楚。

慢慢地，慢慢地，大宅像磁鐵般吸引著他。他想接近她，不是出於欲念，而是那種寂寞，那種不得滿足，渴望把一個女人擁在懷裡的痛苦感受。也許他可以碰到她，甚至把她叫來，或者想辦法進去找她。因為他對她的那種需要迫切之至。

他無聲無息，緩緩上了大宅前的斜坡，然後繞過坡頂的大樹，走上菱形草坪外圍的車道。他已經看見大草坪上那兩株老山毛櫸。老樹以超然物外之姿，黑幢幢地聳立在黑夜裡。

大宅就在那兒，矮長、陰暗。樓下克里夫爵士的房間還亮著一盞燈。可是她的閨房在哪裡？那個拉著細絲線的一端，沒心沒肝地拼命牽引著他的女人……他不知道她的房間在哪裡。

他走近了些，長槍在手上，聞風不動立在車道望著大宅。也許，就算此時他都可以想到方法找到她。這房子不見得毫無縫隙可入，他的身手和偷賊一樣好。所以，為什麼不直接進去找她？

可是他依然一動不動地站著，等到晨光都不知不覺在他身後泛白了。他看見屋裡的燈光熄了，卻沒發現包頓太太走到窗前，拉開老舊的暗藍色絲質窗簾，站在暗悠悠的房間裡望著窗外破曉前的昏暗天色，尋找渴望已久的黎明，等待著，等克里夫爵士真正放心天要亮了，因為等他一確定天亮，他就會馬上沉入夢鄉。

她睡眼惺忪地站在窗前等著，忽地一驚，險些叫出來。因為微弱的晨光中有條黑影子——外頭車道那兒站了一個男人！她迷迷糊糊醒過來仔細地瞧，不過沒出一點聲音吵到克里夫爵士。晨曦開始灑落人間。那條黑影子彷彿變小，卻更清楚了。她認出那槍、綁腿，和鬆垮垮的外套——他應該是奧立佛．梅勒斯，那守林人。錯不了，因為有隻狗影子就在一旁，到處嗅嗅聞聞地在等他！

那男人要做什麼？他想吵醒一屋子人嗎？他幹嘛站在那裡，失魂落魄地仰望屋子，活像一隻發情的公狗守在有母狗的屋子外！

老天！包頓太太豁然領悟過來：他就是查泰萊夫人的情人！他！他！

真想不到呀！唉，她艾薇，包頓從前也一度對他有過愛意呢！當時他才只是個十六歲的小夥子，她是二十六歲的女人。那時她正在進修，在解剖學和別的必修科目上他幫了她不少忙。他相當聰明，拿過雪菲爾德中學的獎學金，學法文和別的功課，後來卻成了打馬蹄鐵的鐵匠，他說，因為他喜歡馬嘛！但其實是他害怕出去面對世界，不過他死也不承認。

怎麼說，過去他是個好男孩，幫了她不少忙，很會寫字講解事情，幾乎和克里夫一樣聰明，隨時為女人效勞，和女人在一起的時間多過和男人相處，他們這麼說。

直到他跑去娶了那個柏莎．古茲，簡直就像在找自己的碴兒。有些人的確是對什麼事失望透頂了，才跑去結婚，給自己造麻煩的。難怪會婚姻失利。戰時，他好幾年不在家，當上軍官什麼的，成了紳士，十足的紳士！後來回到泰窩村，竟然做了守林人！真是的，他就是機會到手也不會把握的那種人！而且又開始滿口操著土裡土氣的德貝郡方言，跟個大老粗一樣！但她艾薇．包頓可清楚的很，他的談吐和其他紳士一樣好，真的！

哎呀！哎呀！原來爵士夫人是迷上他了！哼！她可不是破天荒第一個。他的確有教人動心的地方。但，真是奇事呀！一個是泰窩村土生土長的男人，一個卻是在薇碧山莊養尊處優的爵士夫人！老天，真是對趾高氣揚的查泰萊家甩了一記耳光。

至於守林人，當天色漸明，他也覺悟了：沒用的！想擺脫自己的孤獨是沒有用的！你注定一輩子孤獨了。只有偶然的時機裡，那個缺憾才會被填補。偶然！你非得等待時機不可。接受自己的孤獨吧，認命吧！然後等填補缺憾的時機一到，接受它。但這種時機只會自己到來，你無法強求。

於是，那拼命牽引他去找她的渴念，一霎之間斷了；是他自己斬斷的，因為非斷不可。這種事必須兩方都有意，如果她不來找他，他也不願硬要去抓住人家。他不能這麼做。他應該走開，等著她來。

他慢慢轉過身去，想著想著，再度接受了孤獨，知道這樣做比較好。必須由她自動來找他，他對她窮追不捨沒有用，沒有用的。

包頓太太看著他走遠，他的狗跟在後頭跑。

「好哇，好哇！」她嘀咕：「我怎麼也沒想到是他，但我早該想到的！泰德死時，他待我很好。那時他還是個小夥子。哦，哦，要是泰德還在世，他會怎麼說啊！」

她勝利地瞧一眼那已經呼呼入睡的克里夫，然後悄然走出房間。

11

康妮動手整理薇碧山莊的一間儲藏室。薇碧山莊有好幾間儲藏室：屋子裡擁擠的要死，因為這家子從來不肯賣掉一件東西。克里夫的祖父喜歡畫，祖母喜歡十六世紀義大利家具，克里夫的父親則熱衷老雕花橡木箱子，教堂用的箱子，所以一屋子雜物是數代累積下來的。而克里夫自己則收藏價格適中的現代畫。

所以，儲藏室裡便有艾德溫．藍田爾的差勁作品，有威廉．亨利．韓特令人感動的鳥巢，還有一堆別的畫派的東西，多到把這個皇家藝術學院院士的女兒嚇壞了。她決定有一天要把所有的東西一一過目，來個徹底清理。倒是那些造型奇特的家具滿引起她興趣的。

紫檀木造的家傳舊搖籃，因為怕受損和蟲蛀，所以仔細地打包起來。她得拆開來一瞧究竟。那玩意兒果真精緻，她久久端詳著。

「這東西派不上用場，實在太可惜了。」在一旁幫忙的包頓太太嘆道。「不過像這種搖籃現在已經過時了。」

「可能用得上，我可能會生個孩子。」康妮順口說道，好像在說她打算買頂新帽子。

「妳是說克里夫爵爺會有什麼進展嗎？」包頓太太結結巴巴地。

「不是！我只是陳述現況罷了。克里夫只是肌肉癱瘓，這對他並沒有影響。」康妮像呼吸一樣自然地謊稱。

克里夫也曾灌輸她相同的想法。他曾經說：「我當然還是可能會有孩子。我並不算真正的廢了。雖然哪怕腰部和腿的肌肉癱瘓，但生育能力還是很容易就能復原的。到時精子便可以傳遞了。」

在他充滿旺盛精力，賣力解決礦場問題的時期，他還真覺得自己的性能力正逐步恢復了。康妮總嚇得瞠眼看他。不過她現在很夠機伶，懂德利用克里夫的話來為自己圓場。因為只要能夠的話，她會有孩子的；只是孩子不會是他的。

包頓太太有片刻呼吸中斷，啞口無言。事後，她沒把這話當真，她看得出那是個幌子。不過，這年頭大夫的確辦得成這種事，他們說不定真能移植精子呢。

「哦，夫人，我衷心希望並祈禱妳能如願以償。這對妳、對大家都是一件好事。老天，薇碧山莊有個孩子，那會有多大的不同呀！」

「可不是嗎？」康妮說。

她排出三幅六十年前皇家藝術學院院士的作品，準備捐給蕭特蘭公爵夫人，做她下回慈善義賣會的拍賣品。她有「義賣會公爵夫人」的美名，經常呼籲各界捐贈義賣品給她。三幅配了框的院士作品會讓她喜出望外的，說不定會因而上門致謝。想想她到訪時克里夫會暴跳成什麼樣子啊！

而包頓太太在肚子裡嘀咕：哦，我的天呀！妳準備要給我們的該不是奧立佛‧梅勒斯的種吧？哦，天呀，那會是泰窩村的娃兒躺在薇碧山莊的搖籃裡，天呀！這可是兩邊都不吃虧呀！

在這間儲藏室拉拉雜雜的怪東西當中，有一只黑漆漆的大盒子，大約是六、七年前的精美工藝品，裡面裝滿了你想像得到的任何東西。最上一層全是梳洗用具：有刷子、瓶子、鏡子、梳子、盒子，甚至包括三把附了安全套子的漂亮小刀片，像刮鬍刀等等。下一層是類似書桌抽屜裡的文具：有吸墨紙、鋼筆、墨水、紙、信封、記事本。接下去是一層完整的縫紉用品：有三把不同尺寸的剪刀、頂針、針、絲線綿線、蛋形縫補器，全是一流的品質和手工。再來是個小藥品庫，一隻隻貼著標籤的瓶子，像鴉片酊劑、沒藥酊劑、丁香等等，但瓶子都是空的。整個盒子蓋起來，只有一只週末渡假用的小旅行箱那麼大，裡面的東西樣樣都還很新，像拼圖似的緊密排列。那些瓶子絕不會打翻，因為根本沒空間讓它們翻倒。

這玩意兒的手工和設計一流，是維多利亞款式的出色作品，卻不知何故，給人一種怪怪的感覺。連查泰萊家大概也有人這麼覺得，所以這東西從來沒用過。很奇怪，它讓人覺得毫無靈性。

可是包頓太太對它傾倒得很。

「瞧這些刷子多漂亮，這麼貴重，連那些刮鬍刷，三把都好極了！不！還有這幾把剪刀！有錢都買不到。哦，我覺得這東西真的太好了！」

「妳真的這麼覺得？」康妮說：「那，妳拿去吧。」

「哦，不可以的，夫人！」

「當然可以！否則它只會一直扔在那兒。如果妳不要，我就把它連同那些畫一起送給公爵夫人。不過不值得送她這麼多東西。妳還是拿去吧！」

「啊，夫人！我永遠也不知道要怎麼謝謝妳。」

「妳不必操這個心啦。」康妮大笑。

就這樣，包頓太太興奮地滿面紅光，抱著那個烏漆抹黑的大盒子開心地走下樓來。

管家先生駕了小馬車把她和她那只黑盒子送回村裡的家。她得通知幾個朋友過來：女教師、藥師太太和會計韋丹的太太，好現現寶。她們都嘆為觀止。隨後大家便迫不及待悄悄議論起查泰萊夫人要生孩子的事來。

「怪事年年有。」韋丹太太道。

可是包頓太太卻一口咬定，如果會有孩子，那也會是克里夫爵爺的孩子。所以，少說閒話吧。

過沒多久，教區牧師含蓄的對克里夫說：「我們真的可以盼到薇碧山莊添個繼承人了？哦，那會是天降恩典哪，真的！」

「這個，我們倒是可以盼一盼的。」克里夫話裡帶了點諷刺，卻又信心十足。他已經開始相信真有這種可能性，甚至還會是他親生的孩子呢！

然後，一天下午，人人尊稱溫特老爺子的萊斯利．溫特上門來了。他七十高齡，很瘦，但渾身挑不出毛病，十足是位紳士——就像包頓太太對管家說的那樣，全身每一公厘都是，真的！他說話、談笑時那種老派的作風，讓它看來比從前戴假髮的貴族還要老掉牙。時光在飛馳之中拋下了這些精緻但老舊的廢物。

他們聊礦場的事。克里夫的觀點是，他的煤即使品質不好，只要在強壓之下，配合溼度夠、含酸性的空氣，就能製成在高溫下燃燒，硬度很高的濃縮燃料。老早有人注意到，在溼氣重、風力強的情況下，礦坑會燃燒得很旺，幾乎不冒煙，燒出的是一堆極細的灰粉，而不是火力很差的粉紅煤塊。

「可是，你上哪兒去找適合的機器來燒這種燃料？」溫特問。

「我自己做，而且我要我自己的燃料。我要賣電。我有把握成功。」

「你要是成功了，那可太好了，太好了啊，好孩子，哈哈！如果有我能夠效勞的地方，我很樂意幫忙。我怕我是有點落伍了，我的礦坑跟我也差不多。不過誰知道，有朝一日我退出江湖，就會有像你這樣的人才繼之而起。太好了！這樣又可以僱用所有工人，而且還用不著再賣煤，或是擔心煤賣不出去了。這主意好極了，但願它馬到成功。如果我底下有幾個兒子，想必他們也會替旭波山莊的礦坑謀求改善之道，一定是的。對啦，好孩子，傳言說薇碧山莊有望得個繼承人，這話是真是假？」

「有這傳言嗎？」克里夫問。

「呃，好孩子，是這樣，斐林屋的馬歇爾問過我，我知道的就這樣了。當然啦，如果這是空穴來風，我是不會往外傳的。」

「呃，老爺子……」克里夫不甚自在，一雙眼睛卻炯炯有神。

溫特走過去，把克里夫的手抓緊了。

「好孩子，好孩子，你不會相信你這話對我的意義有多大！曉得你得子有望，又可以在泰窩村再次僱用所有的工人，我真的太欣慰啦！哦，孩子，要保住名門的水準，給所有想工作的人有工作機會。」

這位老人家是真正受到感動了。

第二天，康妮正在整理玻璃花瓶裡高莖的黃金鬱金香時，克里夫開了口。

「康妮，妳知不知道外頭傳說妳準備給薇碧山莊生個兒子做繼承人？」

康妮嚇得都眼花了，可是她站著不動，手擱在花朵上。

「不知道！」她回道：「這是玩笑，還是毀謗？」

他停頓了一下，才回答：「我希望兩者都不是。希望那是種預言。」

康妮繼續插花。

「今天早上我收到爸爸的信，」她說：「他問我，是不是知道他已經替我答應亞歷山大·古柏爵士的邀請，在七、八兩個月到威尼斯去做客。」

「七、八兩個月？」克里夫說。

「哦，我不會待那麼久。你真的不想去。」

「我不出國旅行。」克里夫馬上應聲。

她把花捧到窗邊。

「你不介意我去吧？」她說：「你知道，我早答應人家這個夏天要去的。」

「妳會去多久？」

「也許三週吧。」

一陣沉默。

「這樣……」克里夫慢吞吞道，有些快然：「我想三週我還受得了，只要我能有絕對的把握妳會想回家來的話。」

「我當然會想回家來。」她說得十足肯定、確切，心裡想的是另一個男人。

克里夫聽出她肯定的口吻，好歹相信了她。他認為那是為了他，於是鬆了一口氣，馬上便又高興起來。

「這樣的話，」他說：「我想就沒什麼關係。妳說呢？」

「我想是的。」她應道。

「生活有點變化，妳開心嗎？」

她抬頭看他，藍眸子有奇異的神色。

「我是滿想再到威尼斯看看的。」她說：「到礁湖對面的碎石子小島去泡泡海水。不過你也曉得，我討厭麗都那地方！我也不指望我會喜歡古柏爵士夫婦。但要是希爾黛也去了，我們又有一部專用小艇的話，那就太理想了。我真希望你也一塊兒去。」

她說得誠心誠意。在這些方面，她是滿心願意讓他快樂的。

「噢，可是想想我這樣子，在北站，在卡雷碼頭，那有多麻煩！」

「哪有什麼麻煩？我看過別的在戰時受傷的男人，還差人抬著出門呢。再說，咱們是一路開車過去的。」

「我們得帶兩個人手。」

「哎呀，用不著的，只要有費德，我們就可以應付了。那裡總會有其他人。」

克里夫卻大搖其頭。

「今年不要，親愛的，今年不要了！也許明年我再試試，」

她悶悶不樂地走開。明年！誰知明年會有什麼狀況？她自己其實也不想去威尼斯，特別是這節骨眼兒，她有了另一個男人。可是她把遠行當作是一種懲罰，也因為萬一她有了孩子，克里夫就會認為是她在威尼斯有了情人才懷孕的。

已經五月了，六月裡他們就該動身。永遠都是這樣！永遠是別人在安排你的生活！人被輪子轉著、驅策著，卻沒有能力真正控制它。

是五月了，但天氣又溼冷起來。溼冷的五月天候有利玉米和乾草的收成！這年頭玉米和乾草可比什麼都重要多了！康妮必須跑一趟尤塞維特，那是他們的小鎮，在那兒，查泰萊家的地位依然屹立不搖。她一個人去，由費德駕車。

雖然是一片新綠的五月天，但鄉村景緻卻陰沉沉的。天氣極冷，雨裡煙霧茫茫，很明顯是廢氣蒸發到空氣中，人想活下去得靠自己的抵抗力。也難怪這裡的人都那麼醜陋、粗悍。

車子穿過泰窩村那一長串零零落落、髒兮兮的房舍，費力地往上爬坡。發黑的磚房子、發黑且發亮的石板尖屋簷，連地上的泥巴都被煤灰染黑了，人行道也又溼又黑。彷彿一切，一切已被陰暗所滲透，無一倖免。這是對自然之美的全然否定，這是對生命喜悅的全然否定。人對鳥獸蟲魚各種生物的型態之美，已經完全失去了欣賞本能，人自己的天賦直覺也告滅絕。這一切真令人心驚膽寒呀！雜貨店那成堆的肥皂，菜販子的檸檬和大黃！還有賣帽子的小販那醜得嚇人的帽子！放眼望去，所到之處都沒有一樣東西不是醜不拉幾的。再來是電影院，和寫著「女人之愛」的潮濕廣告看板上那可怕的石灰和金粉。還有原始基督教會嶄新的大教堂，鑲著硬幫幫的磚塊，大片粉紅駭綠的窗玻璃，夠俗氣了。再往上走，是衛理教會的教堂，它的磚牆面已醺黑了，前面圍著鐵欄杆和同樣醺黑的樹叢。自以為高人一等的公理會教堂，是粗面砂岩蓋的，有座塔，但塔不怎麼高。再過去一點便是剛落成的學校了。昂貴的粉紅磚石，鐵欄杆把鋪碎石子的操場圍在裡面，非常壯觀，同時給人教堂和牢房的感覺。五年級的女生正在上歌唱課，剛練完「拉——米——多——拉」的發聲，唱起了「甜蜜的兒歌」，可是怎麼也不像一首歌，一首自然、不做作的歌，隨便起個音之後便是一陣怪異的鬼吼鬼叫。這不像野蠻人的歌，野蠻人可是有很好的節奏感；也不像動物，動物發出的聲響往往有其意義。總之，地球上沒有任何東西與它相似，這竟然也能稱之為唱歌。費德加油時，康妮坐在那兒提心吊膽地聆聽。這些人，他們原本活潑的直覺本能已經僵化如鐵釘，剩下的只是機械性的吼叫，以及駭人的意志力，未來會淪為怎樣呢？

一輛運煤車冒雨喀嚨喀嚨地衝下山來。費德開始爬坡，經過門面很大，但看來可憎的布行，還有服裝店、郵局，來到只有一丁點兒大的小菜場。山姆正挨在「太陽」的門口往外瞧，他稱那家店為客棧而非酒吧，出差的客人都投宿在那兒，紛紛向查泰萊夫人的座車行禮。

教堂在黑樹叢左方。他們的車下坡了，經過礦工酒吧。它剛剛經過了名叫「威靈頓．尼爾森」、「三桶」還有「太陽」的酒吧，這會兒又行經「礦工手臂」酒吧，接著是機械大樓，然後是近乎俗麗的新礦工福利中心，再來是幾間新蓋的所謂「別墅」，最後便到達一條蜿蜒在黑樹籬和墨綠田野間的黑色道路，直驅史泰克門。

泰窩村！這就是泰窩村！快樂的英格蘭！莎士比亞的英格蘭！錯了，它只是現在的英格蘭，康妮來此居住之後才認識的地方。它製造出一批新人種，這種人把金錢、社會和政治那一面看得特別重，卻在自然、直覺的這一面任其死亡，死亡了！這些人全是半死人，但對於還活著的另一半自己卻離奇重視。他們完全給人一種超自然而祕密的感覺。那是個地底的世界，難以預料。我們該怎麼去了解這些半活死人的反應？當康妮看見一部部的大卡車，載滿了從雪菲爾德到梅洛克去玩的鋼鐵工人，那些歪七扭八、稀奇古怪、三分像人，七分像鬼的男人，她差點昏過去，心想：天啊，他們把人整成什麼樣子？領導階層把自己的同胞整成了什麼樣子？他們把人搞得不成人樣了。如今，人與人之間，再無同伴情份的存在！真是一場夢魘。

面對這灰暗、無望的一切，她再度陷入一陣恐懼之中。有這麼一群工業大眾，加上她知之甚詳的上層階級——這世界沒希望，再也沒希望了。可是，她卻一心一意期待有個孩子，有個薇碧山莊的繼承人，薇碧山莊的繼承人！她恐懼地打了個冷顫。

然而梅勒斯卻是這裡出身的！沒錯，他跟她一樣和這裡格格不入。可是即使在他身上也找不到同伴情分的存在。死了，人與人之間的情誼已消失殆盡。就這點而言，人類社會剩下的只是疏離和絕望，這就是英格蘭，很大一部分的英格蘭：康妮很清楚，因為她才剛乘車穿過這片土地的中心。

車子向高處的史泰克門爬去。空氣中出現五月難得的清朗天色。這鄉間的地形平緩，綿延而去。南面是頂峰，東面是曼斯菲和諾丁罕。康妮向南行。

他們爬上高地，她看見左方起伏的山崗上巍峨聳立著沃索古堡，然而卻灰灰暗暗的。古堡底下是水泥砌的紅色礦工住宅，很新。再下去是大礦場的黑色濃煙和白色蒸氣。這礦場每年把好幾千磅送進公爵和其他股東的荷包裡。雄偉的古堡已成廢墟，但仍舊龐然聳立在低垂的地平線上，任黑煙白霧在它腳下潮溼的空氣中繚繞。

轉過彎，他們奔馳在史泰克門的高地上。從公路上看史泰克門，就看見一座高大、宏偉的新建飯店——唐恩比飯店，紅、白、金三色相間的建築兀自矗立在荒野中，離大路遠遠地。但如果你仔細看，會發現左方那一排排「現代化」的漂亮房子，有空地、有花園，彷彿背後有什麼超自然的「主子」，在飽受驚嚇的地球上堆著骨牌。在這一排排房子之外，聳立著一大批令人怵目驚心的建築群，有真正現代化的礦場、化學工廠，和交錯漫長的長廊，形體龐然、前所未見。在這新的巨大設備中，礦坑本身和主要機具反而變得微不足道了。而前頭的那一組骨牌，則永遠讓人有點吃驚地站在那兒，等著人家來玩。

這就是史泰克門，戰時才出現在地表的新面孔。不過連康妮也不知道，事實上舊史泰克門是在「飯店」下去再走半哩路的地方，那兒有座小型的老礦，有燻黑了的磚房、一兩間教堂、一兩間店舖、一兩間酒吧。

不過，那邊已經無人聞問了。因為大股的煙波和蒸氣都是由上方的新礦騰騰升起的，那就是現在的史泰克門，沒教堂、沒酒吧，甚至沒店面。有的只是那座碩大無比的「工廠」，那是現在的奧林匹亞，供奉重神的殿堂；然後是示範住宅，然後是飯店。那飯店看來雖然氣派得很，其實不過是供礦工喝酒的地方。

在康妮來到薇碧山莊那時，這個地方已經出現在地球表面了，來自四面八方的阿貓阿狗把示範住宅擠爆了；他們把偷捕克里夫的野兔，也當做是一門職業。

車子在高地上飛奔，眼前是連綿不絕的郡地。這個郡曾經顯赫一時。前方，隱隱可見高聳在地平線那一端的壯麗古宅，卻德威山莊，這莊子的窗戶比牆還多，曾是伊莉莎白時代最著名的宅邸之一。它在大庭園上堂堂而立，卻已經過時了，顯得古老、淒涼。它仍受到維護，如今卻只是一處借人參觀的地方——「瞧咱們的先人把它弄得多氣派！」

那是「過去」。「現在」橫陳在下面。只有天曉得「未來」在什麼地方。車已經轉彎，在老舊、泛黑的礦工小村中穿梭而過，下坡朝尤塞維特的方向去。而尤賽維特，在潮溼的日子裡，把一列列的煙柱和蒸氣送往神的高空。尤賽維特座落在谷地裡，所有通往雪菲爾德的鐵路都經過這裡，煤坑和鋼鐵場從煙囪噴出黑煙和火光。教堂有座螺旋狀的小塔，看來可憐兮兮、搖搖欲墜；不知怎地，這景象總是觸動康妮的心。這是個老市集，在溪谷的中心，其中一家主要的客棧就叫「查泰萊旅館」。在尤賽維特，當地人直些叫他們的莊園「薇碧」，好像它是一個地名，而不是如外人所知只是一棟房子：薇碧山莊，位於泰窩村附近；薇碧大宅。

礦工人家那醮黑的小房舍，櫛比鱗次地蓋在人行道兩邊。百年來，礦區的屋子始終是那麼緊密、窄小，整條道路都擠得水泄不通，行車的馬路成了街道，你一旦走入其中，馬上會忘記外頭還有綿延不斷、遼闊廣大的鄉野，那裡古堡和巨宅依然如鬼魂般地盤踞。現在，你就站在交錯糾纏的鐵軌上，鐵工廠和一些別的工廠巍巍聳立在你四周，龐大到你只能看到它們的高牆，鋼鐵鏗鏘有聲，大貨車轟隆隆駛過路面，汽笛放聲嘶叫。

等你來到教堂後迂迴曲折的城中心時，馬上你就像回到兩百年前的世界，來到查泰萊旅館所在的曲巷和那家藥舖子。這些街道從前都可以通向古堡、巨宅林立的廣闊鄉間。

車到了街角，一名警察把手舉起來，這時三部滿載鋼筋鐵條的卡車開過去，撼動了那座可憐的老教堂。一直得等到大卡車長揚而去，警察才能夠向爵士夫人行禮。

就是這麼一幅景象——曲折、老舊的街道，擠得死死的泛黑、老舊礦工人家描畫出街道的輪廓。一過去，馬上就是一排排新一點、大一點、鮮明一點的房子，在溪谷上到處都是：這是比較現代化的工人住宅。然後再過去，又是一望無際、起伏不平的土地，有城堡坐落，有交相蒸騰的黑煙和水氣，而在谷底，或山坡上，則有東一簇西一簇的紅磚房子，是最新的礦工住宅區。在這中間，在新舊之間，猶殘存著坐馬車、住木屋的老英格蘭——甚至是羅賓漢時代的英格蘭，這地方留給被剝削了活力，懊惱喪氣、踽踽而行的礦工。

英格蘭，我的英格蘭！但哪個才是我的英格蘭？英格蘭的豪宅華廈很是上相，令人不禁有伊莉莎白時代的思古幽情。這些巨宅早在賢明的安妮皇后和湯姆．瓊斯時代，便已屹立在此了，然而飛散的煤灰玷污了曾經粉刷得金碧輝煌的建築。和許多豪宅華夏的命運一樣，這些老房子一間間遭到棄置，如今要被拆除了。至於英格蘭的鄉村小屋，就在那兒，那些堅固水泥磚屋，零星散落在沒有指望的鄉間。

他們這會兒就在拆那些壯麗的大建築，喬治王時代的古宅快消失殆盡了。即使就是當下，康妮坐車經過福去里，一幢美侖美奐，喬治王時代留下的大屋子，也正在拆。那屋子本來維護得很好，一直到戰時，魏得理一家都還住在這裡。然而如今，房子太大，太花錢，而且住鄉下也嫌不便了。士紳之家紛紛搬到更舒適的地方去，在那兒，他們可以花錢而不必看錢是怎麼賺來的。

這就是歷史：一個英格蘭抹煞另一個英格蘭。煤礦讓這些宅邸賺足了錢，而今，它們要把這些宅邸除掉，像除掉農舍一般。工業英格蘭除掉農業英格蘭，一種價值除掉另一種價值，新英格蘭除掉舊英格蘭。這種傳承沒有系統性，只有機械性。

屬於有閒階級的康妮，始終僅抓著殘餘的就英格蘭。耗了好幾年功夫，她才明白這可怕的、令人反胃的新英格蘭，的確是要除掉舊英格蘭，而且不達目地，不會罷休。福去里沒了，伊斯烏沒了，而旭波山莊，溫特老爺子情之所鍾的旭波山莊，也正在消失。

康妮到旭波山莊待了一下。園門在後面，恰恰對著礦坑鐵路的平交道附近，林蔭後面就是旭波礦場。門是開著的，因為園裡有條小路是給礦工走的。他們總在園子裡晃來晃去。

車子開過造景的水池子，不懂欣賞的礦工卻把不看的報紙朝池子裡扔。車子順著私人道路抵達宅邸。這宅邸建於十八世紀，灰泥建造的牆面莊嚴地向兩邊延伸挺，相當美觀。還有一條紫杉夾道的美麗小徑，從前可走向另一幢老房子。宅邸佔地很廣，喬治國王時代風格的玻璃窗熠熠生輝，屋後則有一座美侖美奐的花園。

比起薇碧山莊的內部，康妮更中意這裡。這裡明亮得多，而且顯得更有生氣，更得體、高雅。房間四壁都裝飾著乳白色鑲板，天花板噴金，所有擺設井然有序，而且件件是無價之寶，連廊道的設計都寬敞、怡人、曲折有致、生機盎然。

可惜萊斯利．溫特孑然一身。他固然鍾愛自己的華宅，可是他的園子卻連著他的三座煤礦。他素來自認是個慷慨之人，對於礦工出入他的園子，差不多可說是抱著歡迎的態度。不就是群礦工讓他發財致富的！所以，每當他瞧著這群不修邊幅的漢子在他的人工水池邊（不是園內閒雜人等不得進入的部分，不是，他在那兒設有界限的）閒晃時，他總說：「也許礦工比不上鹿那麼賞心悅目，但是他們能賺的錢可多了。」

不過那是在維多莉亞女王統治下的後半期——金融上的黃金時代，礦工那時可是「炙手可熱的工人」。

溫特當時就這樣拿半道歉的口吻，對他的座上嘉賓威爾斯王子說的。王子帶著濃濃喉音，以英語答道。

「你說的對極了。要是桑德林姆宮底下有煤，我也會在草地上挖礦，而且把它當成第一流的造景術。哦，我很願意犧牲小鹿來交換礦工。我聽說，你的礦工都是好漢子。」

不過，在當時，王子大概是把發財的美夢和工業化的好處想像得過度美好了。

不管怎樣，王子登基做了國王，國王死了，現在又是另一個國王，這國王的主要任務似乎只有為救濟餐廳主持開幕典禮。

那些「好漢子」不知怎地漸漸把旭波山莊包圍了，新的礦工村在園地上擠得滿滿的，而老爺子多少覺得那些人是外人。他固然好脾氣，卻也自尊自貴地認為他可是自己的田產和礦場的主子，現在卻因為新的潮流一點一點滲透進來，他不知怎地被擠掉了。已經不屬於這裡的人是他，錯不了。這煤業、工業自有它的意志，它是和這位紳士級的礦主勢不兩立的。所有礦工也都在這般意志之中，硬生生想抗拒它，但太難了——它要不是把你踢掉，就是索性把你整條命都吞了。

但溫特老爺子是個鬥士，始終與之力拼到底，可是他晚餐之後再也沒有興致到園子散步了。他幾乎都躲著，足不出戶。有回他沒戴帽子，只在腳上穿著漆皮鞋和絲質的紫襪子，陪康妮走到園門，一路用上等人拖泥帶水的調調和她說話。但是，和一群群見著人也不鞠躬，也不做什麼，光站著瞪眼看人的礦工擦身而過時，康妮感覺這出身良好的瘦弱老人在畏縮，有如一隻關在籠中的羚羊，被人瞋目相向而畏縮。礦工們並非和他有什麼私人恩仇，絕對沒有，他們只是極端冷漠的，將他排擠而去罷了。不過在他們內心，是有深一層的積怨，他們「為他幹活」，是他的底下人；正因為他們俗陋，所以對他的優雅高貴和考究衣食格外怨憎——「他算什麼東西！」——他們恨的正是這份高低有別的差異。

在溫特不為人知的英格蘭心靈的某處，他著實是個鬥士。他認同他們的確有種權利來怨恨這份差異，是，他是有點不該，因為所有好處他都佔盡了。然而他代表一種制度，他不會容許別人把他排擠出去。

除非是死亡。康妮來訪不久後，他突然死了。遺囑裡，留給了克里夫可觀的遺物。

他的繼承人即刻下令拆除旭波山莊：維護費用太龐大，再說也不會有人去住那地方。所以，老宅子給拆了，夾道紫杉給砍了，園子沒留下一棵樹，地皮分割成一小塊一小塊。這兒接近尤塞維特，未來，在荒涼、空曠、沒有人煙的土地上，會出現一條條蓋著雙併式房子的小街，太令人滿意了！旭波新村！

康妮上次去到現在，不到一年，這計畫已是大功告成。旭波新村矗立在那兒，一條條嶄新的街道，一列列雙併式紅磚「別墅」。誰也想不到十二個月前站在園地的，是一幢灰泥古宅。

不過，這只是愛德華國王時代比較後期的造園術，在草皮上鑿著煤坑做裝飾的那一種。

一個英格蘭除掉另一個英格蘭。溫特老爺子和薇碧山莊的英格蘭已經不在了，完結了，只是飛灰尚未完全湮滅而已。

接踵而來的會是什麼？康妮沒法子想像。她眼中看到就只是蔓延到了鄉野的磚砌新術，礦區裡雨後春筍般新造的大樓，穿著絲襪的年輕女孩，還有泡在酒吧、舞廳的小伙子礦工。年輕一代對昔日的英格蘭一無所知。意識的傳承出現了一道鴻溝，幾乎美國化了，但其實該說是工業化。未來呢？

康妮老覺得不會有什麼未來了。她想把頭埋入沙裡，或者，至少埋在一個活生生的男人的胸懷裡，藉此逃避現實。

這世界何其複雜、荒唐和可怕！販夫走卒到處都是，而且真的很嚇人。回家途中，她心裡這麼想。她看見礦工渾身灰撲撲，一肩高一肩低，不成人樣地拖著沉重的釘鞋走出礦坑。一張張從地下出來的灰面孔，吊著眼珠子轉，為了怕撞到坑頂而縮住了脖子，因而肩膀也走了樣。這些漢子！這些漢子！一方面他們稱得上是吃苦耐勞的好漢，另一方面，他們根本不存在。男人生來該有的某些東西已經給扼殺了，然而他們依舊是男人。他們有後代，可能有人替他們生兒育女。可怕，想起來真可怕！他們是好漢子，卻只是半個人，只是灰敗的半個人。雖然他們「好」，但也只是「一半好」。想想，要是他們身上那已經死絕的部分再度復活了呢！光想就覺得悚然。康妮真是畏懼這批工業大眾。她覺得他們怪透了，生活全然沒有美感，沒有感受，永遠埋在「坑底」。

這種人生出來的孩子。哦，天呀，天呀！

可是，梅勒斯正有這樣的父親。不過也不完全對。四十年間的間隔，是造成了差異，男性有截然不同的變化；現代人的身體和心靈都已被煤和鐵深深侵蝕了。

醜陋的化身，而且還活生生的！他們全都會變成什麼樣子？也許煤礦消失，他們會跟著消失，等到煤礦一召喚，他們又會成千上萬地憑空冒出來。也許他們是一種煤層中的特殊生物，另一種實體的生物；他們是基本元素，聽命於煤這種天然資源；就像鋼鐵工人也是一種基本元素，聽命於鐵這種天然資源一樣。人不再是人，而是煤、鐵和黏土的物種，是碳、鐵、矽的物種，全都是天然資源。他們可能會有一些稀奇古怪、不合人性的礦物的美，例如煤的光澤、鐵的厚重、青藍和剛硬，還有玻璃的透明。古怪畸形的元素物種，是出自礦物世界的！像魚屬於海洋，蟲屬於朽木，他們屬於煤、鐵和黏土，是一種礦物解體的物種！

康妮很高興她回到了家，可以把頭埋進沙裡，甚至連得跟克里夫扯東扯西也覺得快樂；因為那股對地區鋼鐵、礦業的害怕，像流行感冒般，對她整個人造成了影響。

「我當然得在班特麗小姐的店裡喝個茶才行。」她說。

「真是的！溫特會樂意請妳在家喝茶的。」

「唔，是的，不過我不敢讓班特麗小姐失望嘛。」

班特麗小姐是個有點蠢的老小姐，生著一個大鼻子，做人倒是很羅曼蒂克，喝個下午茶時慎重其事的樣子，像在供奉聖餐似的。

「她有沒有問到我？」克里夫問。

「當然有了──『可不可以請問爵士夫人，克里夫爵爺好嗎？』──我相信她把你看得比女英雄卡維爾護士還崇高！」

「我猜妳一定說我生龍活虎的。」

「是啊！她聽都聽呆了，好像我是說天堂之門已為你而開了。我對她說，她要是來泰窩村，一定要過來看看你。」

「我？做什麼？看我？」

「啊，是啊，克里夫，人家那麼崇拜你，你總不能不回報人家一點。在她心目中，連卡巴多西亞的聖喬治都比不上你。」

「妳想她會來嗎？」

「哎，她臉都紅了，看起來還怪漂亮的呢，可憐的人！為什麼男人都不要那些真正崇拜他們的女人？」

「那些女人表示崇拜的時機太晚了。不過，她說要來嗎？」

「哦！」康妮模仿那興奮喘氣的班特麗小姐說：「爵士夫人，如果妳不嫌我冒昧的話！」

「冒昧！太可笑了！希望老天保佑，她可不要來。她的茶怎麼樣？」

「唔，李普頓茶，味道很濃！可是克里夫，你知不知道，你是班特麗小姐和她一群姊妹滔心目中的偶像哩！」

「就算那樣，我也不會感到得意。」

「她們把你刊在畫報上的每一張照片都當寶貝似的珍藏起來，也許每天晚上都還幫你祈禱呢。對你還真好。」

她上樓去更衣。

那天晚上，他對她說：「妳是相信的吧，婚姻裡有些東西是恆久不變的？」

她望著他。

「可是，克里夫，你把永遠不變說得好像一只蓋子，或是一條很長、很長的鍊子，哪怕你跑得再遠，它都緊跟在後。」

他困擾的看她。

「我想說的是……」他道：「妳該不會是想搞一場轟轟烈烈的戀愛，才去威尼斯的吧？」

「去威尼斯搞一場轟轟烈烈的戀愛？不會，我跟你保證！不會的！我只會在威尼斯逢場作戲。」

她話裡透出一股輕蔑的味道。他皺起眉頭來看她。

第二天早晨下樓，她發現守林人的狗兒蘿西坐在克里夫門外的走廊，哼哼嗚嗚的。

「怎麼了，蘿西！」她低聲道：「妳怎麼會在這這兒？」

她輕輕打開克里夫的房門。克里夫人坐在床上，床上用的小几和打字機推到一旁，守林人則立在床腳。狗兒蘿西跑了進去。梅勒斯把頭微微一搖，眼睛轉了轉，命令狗兒回門口去，牠一溜煙出去了。

「呃，早呀，克里夫！」康妮說：「我不知道你在忙。」然後她轉眼看守林人，道聲早安，他喃喃回答，有點視而不見似的看她。然而，他不過站在那兒就使她心神激盪了。

「我打擾到你們了嗎，克里夫？對不起。」

「沒有，沒什麼要事。」

她要偷偷溜出去，上了二樓她藍色的香閨。她坐在窗邊，望著他順著車道離開，他的動作極其悄然，不欲引人注意。他天生有種沉穩之態，又有股孤傲和文弱的樣子，可是他卻是個傭工！克里夫的一個傭工！——「親愛的布魯特斯，錯的並非我們的星象，而是我們自己，是我們居於下位。」

他真的居於下位嗎?他是嗎?他又是怎麼看待她的?

這天陽光普照,康妮在花園裡忙著,包頓太太在一旁幫忙。一種存在於人與人之間千絲萬縷的同理心,把她們兩個女人給拉攏在一起了。這種人的同情心,有時高有時低,很難以言語形容。她們把康乃馨固定在木樁上,又種了好些夏季型的花草。兩人都喜歡蒔花種草。康妮特別喜歡挖個小黑洞,把幼苗埋入。這春天的早晨,她再度感受到子宮的輕顫,彷彿陽光照入其中,溫暖了它。

「妳丈夫去世很多年了嗎?」她一面把幼苗植入洞中,一面這麼問包頓太太。

「二十三年啦!」包頓太太回道,手上小心的把穗斗菜的幼苗一株株分好,「打從他給抬回家,到現在已經二十三年了。」

結尾可怕的一句話,使康妮心兒一抽。「給抬回家?」

她又問:「妳想,他怎麼會出事?他跟妳在一起快樂嗎?」

這是女人和女人之間的問答。包頓太太手背一抬,把垂到臉上的一綹髮絲拂開。

「我不知道,夫人!他是那種不屈服的人,他不會真的和人妥協,他痛恨為世界上任何事務低頭認輸。做人太固執了,才會賠上一條命。妳知道,他對他自己是不後悔的。我要說是礦坑害了他,他根本不適合下坑。可是他十來歲,他爹就趕他下坑,等到年過二十,要出來改行就不容易了。」

「他有沒有說過他討厭那工作?」

「哦,沒有!從來沒有!他從來不說他討厭什麼,只是扮鬼臉,含糊帶過,跟第一批興高采烈上戰場的年輕人一樣。結果,去就送了命。他不是真的腦筋不靈光,只是滿不在乎的。我以前老跟他說：『你呀！對什麼人什麼事都不關心！』但是他是關心的！我生第一個孩子時，他一動不動坐著那樣子，等到我生完，他用那種生死攸關的眼神看著我！我自己也很難熬，可是還得安慰他：『沒事了，親愛的，沒事了！』他看著我，一味傻兮兮地笑。他什麼也沒說。但是從此以後，每次晚上我們在一起，我相信他都沒有真正盡興過，他再也不敢放膽去做。我常跟他說：『哦，放膽做呀！』好幾次跟他說得很露骨，可是他什麼也沒說。他不是不願放膽做，就是不能夠。他不要我再生孩子。我一直怪他娘讓他待在產房，他不該在那裡的。男人的腦袋一有心事，那就糟了。」

「他這麼在乎呀？」康妮訝然問。

「是的，他沒辦法把那種痛苦看成是自然現象，他也就不能夠再享受婚姻生活的那點歡愉。我對他說過：『我都不在乎了，你幹嘛在乎呀？該緊張的人是我！』但是他只講了一句話：『這樣不好！』」

「他也許是太敏感了。」康妮說。

「對了！等妳搞懂男人之後，妳就明白他們正是如此：敏感的時機不對。我相信他討厭礦坑，就是討厭，連他自己都不知道。他死的時候容貌安詳，好像得到了解脫。他長得是很好看的。看到他那樣的平靜純潔，好像是自己想死似的，我心都碎了。哦，真的使我心都碎了，真的。不過，是礦坑害死他的。」

她難過得掉了淚，康妮掉的淚更多。這是個春暖花開的日子，土地和黃花散發香氣，草木紛紛發了芽，整座花園浸淫在陽光的金光之下。

「那對妳一定是很大的打擊吧！」康妮說。

「哦，夫人！剛開始我還不覺得痛。我只能說：『啊，親愛的，你怎麼忍心丟下我！』我就一直這樣哭喊。不知道為什麼我就是覺得他會回來。」

「他是不想丟下妳的。」康妮說。

「哦不，夫人，那只是我在癡想，我一直盼望他會回來，特別是在夜裡，我不斷醒過來想：他怎麼沒在我身邊？——好像我的感覺不相信他人已經走了。我就是要他回來陪我躺著，好讓我感覺他是跟我在一起的。我想要的就是這種感覺，他與我同在，溫溫暖暖的。歷經了上千次的痛苦震驚之後，我終於才明白他是不會再回來了，這也已經過了好些年了。」

「與他接觸……」

「不錯，夫人，與他接觸。若是沒有這種感覺，我永遠沒辦法撐到今天，永遠沒辦法。如果上頭有天堂的話，他一定在那兒，會靠著我，讓我安心入睡。」

康妮提心吊膽瞄了那張想痴了的俊俏面孔。泰窩村的另一個有情人！與他接觸！因為愛情的牽絆難分難解！

「一旦妳讓男人進入妳的血脈中，事情就解不開了。」她說。

「哦，夫人，所以妳才會覺得這麼難受。妳會覺得是別人想害死他，妳會覺得是礦坑想害死他。啊！我是這麼覺得的，要不是那礦坑和搞那礦坑的人，他就不會丟下我走了。反正，他們都想把廝守的男女拆散。」

「尤其針對肉體結合了的男女。」康妮說。

「一點沒錯，夫人！這世上有很多鐵石心腸的人。每天一大早他起床趕著下礦坑時，我心裡都覺得不對。可是除了下坑，他能做什麼？他還能做什麼？」

這女人心裡湧現一股恨意。

「可是，接觸的感覺能維持這麼久嗎？」康妮突然問：「這麼長久以來，妳還能感覺到他的存在？」

「夫人啊，除了這個，還有什麼別的能維持下來的？孩子長大就離開妳了。可是另一半哪，哦……不過，即使妳這點心中的感覺，那種與他接觸的感覺，他們都想把它毀掉。連妳自己的孩子也是一樣！哦，甭提了！我和別人之間也許有距離吧，誰知道。不過，感覺是不同的，最好還是根本不曾在乎過，心頭清靜一點。但是話又說回來，每當我看到那些從來沒有真正在男人身上得到過溫暖的女人，不管她們打扮得多漂亮，走得多逍遙，我都會覺得她們是可憐蟲。不，我會堅持自我，我是不大瞧得起別人的。」

12

康妮一吃過午餐就直接到樹林去。天氣好得很，最早綻放的蒲公英，呆呆的像小太陽；最早綻放的雛菊那麼潔白可喜；榛樹簇半開的葉子像蕾絲花邊，葇荑花沾著沙塵，長了一大片下來，快開盡了；黃色的屈葉現在成了一大叢，花瓣都展平了，整個往後傾，黃澄澄的一片，是那種鮮黃色調，展現初夏的威力；長得密匝匝的報春花也不再羞人答答的。花色雖淡，卻是百花齊放。碧綠的風信子好似墨綠的海洋，花苞亭亭玉立，像淺黃色玉米；小徑上的勿忘我搖曳生姿，穗斗菜開出紫艷艷的花；一株灌木底下有知更鳥的破蛋殼。到處都見得到花苞、樹芽，到處是盎然的生機。

守林人不在小屋，一切如常：棕色的雞滿場跑，活蹦亂跳。康妮朝小平房的方向去，因為她想去找他。

陽光下的小平房座落在樹林邊，小花園裡有成簇的水仙花，小徑兩旁則是紅色的小菊花，再過去便是敞開的門了。蘿西叫一聲，衝了出來。

門開開的，那麼他在家囉！看得到陽光照在屋內的紅磚地上！她步上小徑，從窗口瞧見他正坐在桌前吃東西，身上只穿件襯衫。狗兒搖著尾巴輕吠。

他起了身，趕到門邊，拿一條紅手帕抹嘴巴，口中還在嚼東西。

「可以進去嗎？」她問。

「進來呀！」

陽光照入有點空蕩蕩的屋子，室內還漫著羊排的氣味。羊排是用爐火前的小湯鍋煎的，因為鍋子還擱在碳圍上頭，一旁白色的爐床上有一只煮馬鈴薯的黑鍋子，底下鋪了紙。爐火雖紅，不過不太旺，爐架取下來了，水壺在響。

桌上擺的就是他的餐盤，有馬鈴薯和沒吃完的羊排，還有裝在籃子裡的麵包、鹽罐，加上盛啤酒的一指藍杯子。桌布是白色油布，他站在陰暗處。

「你這麼晚才吃。」她說：「繼續吃吧！」

她在門邊照到陽光的一張木椅子坐下。

「我有事跑了一趟尤塞維特。」他回道，回桌邊坐下來，不過沒再動口。

「吃啊。」她說。

他還是沒碰食物。

「妳要點什麼嗎？」他問她：「喝杯茶？水剛好燒開。」他又從椅子站起來。

「如果你讓我自己泡茶的話，我就喝。」她邊說邊站起來。他顯得悶悶的，她覺得是自己打擾到他了。

「好吧，茶壺在那兒。」他指著一座黃褐色的小角櫥。「還有茶杯。茶葉在妳頭上方的壁爐架上。」

她取出黑色茶壺和壁爐架上的茶葉罐子，用熱水沖了沖茶壺，然後愣了一會兒，不知道把水倒到哪裡。

「潑出去。」他注意到了，說道：「茶壺是乾淨的。」

她走到門前，把水潑到小徑上。這地方多好，這麼幽靜，這麼具有樹林氣息。橡樹冒著嫩黃的葉片，花園裡的小紅菊像紅絲絨釦子。她望一眼那座中空的沙石大門檻，如今已很少有人走動了。

「這兒真好，」她說：「這麼優美寧靜，什麼都活生生的，又靜悄悄的。」

他又開始吃了，吃得慢吞吞，有點勉強。她可以感覺到他很沉悶。她默默沏茶，把茶壺擱在壁爐內的架子；她知道人家都這麼放。他攤開盤子，走到後面去，她聽到門閂「喀嚓」一聲。他用盤子裝著乳酪和牛油回來。

她把兩只杯子擺上桌，其實也只有這兩只杯子。

「你要喝茶嗎？」她問。

「妳不介意的話，我就喝。糖放在櫥子裡，另外還有個奶水壺。牛奶在儲藏室的大壺子裡。」

「把你的盤子收走好嗎？」她問他。他帶著微諷的笑意，抬眼看她。

「好呀，妳高興的話，」他說，慢慢啃麵包和乳酪。她走到屋後，簷下有個水槽，抽水機就在那兒。左側有個小門，想必那是儲藏室的門了。她拔了門閂，一見到這被他稱為儲藏室的地方，忍不住要笑，這不過是一道窄窄長長，漆成白色的櫥子罷了。不過倒是塞進了一小桶啤酒，幾只盤子和一些食物。她從黃色奶水壺中倒了一點牛奶出來。

「你的牛奶怎麼來的？」她回到桌前，問他。

「弗林特他們的！他們替我放一瓶在養兔場盡頭，妳曉得，就是上回我碰到妳那地方！」說著，他的表情有幾分沮喪。

她倒了茶，但躊躇著要不要添牛奶。

「不要牛奶。」他說。忽然像聽到什麼聲響，很機警地掉頭看門口。

「我們最好把門關上吧。」他說。

「那多煞風景。」她答道：「會有人來嗎？」

「不怕一萬，只怕萬一。」

「就算有人來也無所謂嘛，」她說：「只是喝喝茶而已。湯匙在哪兒？」

他手伸過去，拉開桌子抽屜。康妮坐在桌前，曬著從門口照進來的陽光。

「蘿西！」他對躺在樓梯口的腳墊上的狗說：「出去跑跑，去跑跑！」

他揚揚手，他那「去跑跑」的手勢表現得十分生動，狗兒衝出去偵察了。

「你今天心情不好嗎？」她問他。

他一下轉過藍眸子，盯住了她看。

「心情不好？不，是心煩！我逮到兩個盜獵者，必須去拿傳票。唉，我實在不喜歡人。」

他冷冷的操著純正英語講，音調裡蘊著憤怒。

「你討厭當守林人嗎？」她問。

「當守林人，那倒不！只要能獨來獨往，我就不討厭。可是，當我得到警局，到別的地方去團團轉，等著一群傻瓜來處理案子……我就會冒火……」他微微一笑，有那麼一點幽默感。

「你不能真正的獨立？」她又問。

「我？如果妳是只靠我的退伍金活下去的話，我想我可以。我可以，但是，我得幹活兒，否則我會悶死，我必須弄點事來忙。我這人性子不好，當不了老闆，這一來，只好替別人做事，要不然不要一個月，我一定發脾氣關門大吉了。所以總而言之，我待在這兒還不錯，尤其是最近……」

他又對她發笑了，有些兒調侃的意味。

「可是你為什麼性子不好？」她問：「你是說你常常會發脾氣嗎？」

「可以這麼說。」他哈哈大笑，「我不太能忍得住氣。」

「到底是什麼氣？」她追問。

「氣！」他說：「妳不知道什麼是氣？」她沒吭聲，心裡有點沮喪。他沒把她當一回事。

「下個月我會離開一陣子。」她告訴他。

「真的？去哪兒？」

「威尼斯。」

「威尼斯！和克里夫爵爺去嗎？去多久？」

「個把月左右。」她回答，「克里夫不去。」

「他留在這兒？」他問。

「嗯，他討厭他那樣子出門。」

「喲，可憐蟲。」他以同情的口吻道。

一陣沉默。

「我不在的時候，你不會就把我忘了吧？」她問。他再度抬起眼睛直視著她。

「忘了？」他說：「妳曉得人是不可能遺忘的，這不是記憶的問題。」

她想問他：「不是記憶的問題，那是什麼問題？」不過沒問出口。反而近乎無聲的說：

「我跟克里夫說我可能會有孩子。」

這會兒，他是真的盯著她看了，目光犀利，有如搜索。

「是嗎？」他終於出聲：「那他怎麼說？」

「哦，他不在意。只要孩子看起來像他的，其實他會滿高興的。」她看都不敢看他。

他久久不作聲，然後再度盯住她。

「一定沒提到我囉？」他問。

「沒，沒提到你。」她說。

「是的，他嚥不下我代替他把妳肚子搞大這口氣的。那麼，妳要假裝是在哪裡懷的孕？」

「或許我會在威尼斯搞一場戀愛事件。」

「或許妳會……」他緩緩道：「所以，那就是妳要到威尼斯的理由？」

「不是真的去談戀愛的。」她說，求饒似地抬頭看他。

「只是要裝成有那麼一回事。」他說。

一時又是沉默無語。他坐著看窗外，臉上若隱若現一抹笑，一半諷刺，一半苦澀。她不喜歡他這種笑容。

「那麼，妳是沒有採取任何避孕方法了？」他突然問她：「因為我沒有。」

「沒有。」她低聲說：「我不喜歡那樣。」

他瞧了瞧她，然後又帶著那種古怪、教人摸不著腦的笑意望著窗外。默然中，氣氛有點僵。

最後，他掉過頭來看她，挖苦道：「這就是妳要我的原因，為了有個孩子？」

她頭低垂。

「不是，其實不是這樣。」她說。

「那麼，是怎樣？」他緊迫盯人地問。

她怪罪他似地抬臉看他，說：「我不知道。」

他忽然放聲大笑，「那我更不可能知道了。」

兩人好半天都不再說話，都憋著。

「好吧，」他終於說了：「就隨夫人妳高興吧。妳要是真有了孩子，而克里夫爵爺也接受他，那我也沒什麼損失。我反而是享受到了一次美妙的經驗，真的美妙極了！」他伸懶腰，半打了個哈欠。「如果妳是在利用我，」他說：「我反正也不是第一次被利用。再說，也沒有哪一次像這回這麼爽快過，雖然一定不會有人覺得這種事有什麼好神氣的。」他又伸了懶腰，怪的是，他的肌肉在顫抖，他的下巴繃得很緊。

「可是我並不是在利用你。」她辯解道。

「我謹供夫人差遣。」他回答。

「不，」她說：「你弄錯了。我是因為喜歡你，你的身體。」

「真的？」他應了應，大笑起來，「那麼我們扯平了，因為我也喜歡妳的身體。」

他以一種曖昧、深幽的眼神瞧她。

「妳現在想上樓嗎？」他壓低了嗓音問。

「不，不要在這兒，不要現在！」她重重地說。但要是他對她再稍稍強迫一下，她就會乖乖上樓，她著實無力抗拒他。

他又把臉別開了，一下似乎忘了她的存在。

「我想像你摸我那樣摸你。」她說：「我從來沒有真的摸你。」

他打量她，又笑了。「現在？」他問。

「不！不！不是在這兒！在小屋。你介意嗎？」

「我是怎麼摸妳的？」他問。

「你輕輕地撫摸。」

他看她，與她深沉而不寧的眼神接觸。

「妳喜歡我那樣子摸妳？」他問，仍然對著她笑。

「喜歡，你呢？」她說。

「哦，我，」他的口氣變了，「我喜歡，」他說：「妳不用問也知道。」這是事實。

她拿了帽子站起來。「我必須走了。」她說。

「妳要走了？」他禮貌地應一句。

她盼望他碰碰她，盼望他對她說點什麼，但是他一言不發，只是有禮貌地等著。

「謝謝你的茶。」她說。

「我還沒謝謝爵士夫人賞臉用我的茶具呢！」他回道。

她上了小徑，他立在門口，含笑目送。蘿西奔過來，尾巴翹翹的。康妮一步一步蹣跚走進樹林，瞧得他站在那兒瞧著她，臉上掛著那令人猜不透的笑容。

她又沮喪，又懊惱地走回家去。她很不喜歡他說他被利用的那句話，因為那句話多少有幾分真實性。可是他不該直辣辣的說出來。因而她再一次陷入兩種感覺的掙扎之中，一方面氣他惱他，一方面又想跟他言歸於好。

下午茶時間，她坐立不安，心虛氣躁的，所以一喝完茶，她立刻回自己房間去。可是回房間也好不到哪裡，她同樣坐立兩難。她必須想個法子讓自己心情定下來。她要再到小屋一趟，要是他人不在，那算他沒福氣。

她從側門溜出去，有點跌跌撞撞的，直接奔向目的地。可是一到了空地，她卻極度的不自在。不過他在，只套了件襯衫，正俯身把母雞從籠中放出來，和小雞混在一起，那些小雞現在已長得有些臃腫了，但還是比母雞輕盈一點。

她筆直來到他跟前。

「你看我來了！」她說。

「是呀，我看到了！」他說，打起身子來，帶著有趣的笑意看她。

「你現在就要把母雞放出來呀？」她問。

「是的，牠們孵蛋孵到瘦成皮包骨了。」他答道，「孵蛋的母雞是不顧自己的，全副心思都放在蛋或小雞身上，甚至也沒那個興致出來找東西吃。」

可憐的母雞，這樣盲目的奉獻！對不是自己下的蛋也不例外！康妮充滿同情地看著牠們。這對男女之間不由得陷入了靜默。

「我們進小屋好嗎？」他問。

「你要我嗎？」

「要，只要妳願意進屋子的話。」

她沒說話。

「那麼，來吧。」他說。

她跟著他進了屋子。他一把門關上，室內就一片漆黑，所以他和以前一樣，在提燈內點了一簇小火。

「妳沒穿內衣嗎？」他問她。

「嗯。」

「那麼，我也把我的脫了。」

他鋪了毯子，放一張在旁邊要當被子。她摘下帽子，抖散了頭髮。他則坐下來脫鞋，解開綁腿，脫了楞條花布褲子。

「躺下來吧！」他說，身上只穿著襯衫站著。她默默的照他的話做，他也在她身邊躺下來，拉上毯子蓋著他們倆。

「行了。」他說。

他把她的衣服往上拉，直拉到她的胸部。他輕吻她的胸部，把乳尖含在嘴裡細細吸吮。

「哦，真好，真好！」他嘆，忽然用臉頰去摩擦她溫暖的小腹。

她把雙手深入他的襯衫裡，去把他抱住。但是她怕，怕他那消瘦、結實、光裸，卻彷彿充滿力量的軀體，怕他一身強勁的肌肉。她退縮回去，感到畏怯了。

當他輕聲嘆息的說：「哦，真好！」時，她體內某處在顫抖，她的心卻起了頑強的抗拒：她抗拒是因為肉體的過度親暱，因為他太急切地想佔有她。而這一回，她並沒有被自己強烈的激情快感沖昏頭；她躺著，兩手放在他苦幹的身體上。不管她怎麼著，她的心似乎高高在上的觀望著，她覺得他拼命扭動的屁股很可笑，他那話兒想要達到洩精的小小高潮更滑稽。是呀，這就是愛了，這扭來扭去的可笑的屁股，那可憐巴巴，無足輕重、潮溼的小陰莖萎縮下去了，這就是神聖的愛！也難怪現代人會瞧不起這種特技表演，因為這是一場特技表演。有些詩人說得對：創造人類的上帝一定是在開玩笑，才會把人造成理性動物，卻又讓他們非搞出這麼可笑的姿勢不可，讓他們沒頭沒腦的一味想表演這個特技。連莫泊桑都覺得這是丟臉而且掃興的動作。人都蔑視性交動作，卻又樂此不疲。

她那令人難解的女性心靈漠然、嘲弄地冷眼旁觀。雖然她一直動也不動地躺著，卻很想挺起腰幹，把那男人頂開來，好甩掉他的死纏，和他那可愛的屁股的衝刺和蹂躪。他的身體像一件粗蠢、有缺陷的東西，他拙劣的動作也有點可憎。毫無疑問，人類進化完成之時，一定會淘汰掉這項特技表演，這項機能。

可是，他完事，很快地無事之後，他靜悄悄躺著，退縮到一個奇怪、靜止的遠方，她的知覺根本觸及不到他。她的心開始流淚。她感覺他像浪潮似的後退，後退，把她像海邊一顆石頭一樣地扔在這兒。他在撤退，他的心漸漸離她而去。他自己也曉得。

她傷心極了，她的意識和反應雙重地折磨著她，使她忍不住哭了。他相應不理，或者根本就不知道。但她哭得越來越凶，把她自己嚇著了，也驚動了他。

「哎！」他出聲道：「這回不好，妳沒到高潮。」——原來他心知肚明！她哭得更厲害了。

「可是那有什麼關係？」他又說道：「有時候一、兩次會是那樣的。」

「我……我沒能力愛你。」她嗚咽道，突然感到自己心都碎了。

「是嗎？唉，算啦！也沒有法律規定妳一定要能夠愛我才行。順其自然吧！」

他還是躺著，一隻手擱在她的胸脯上，但是她原來抱住他的雙手已經收回去了。

他的話安慰不了什麼，她大聲哭泣。

「不要這樣，不要這樣！」他說：「事情總是有好有壞。這一次是不大理想的。」

她淚流滿面，嗚咽著：「可是我想愛你，卻做不到，這只讓人覺得痛苦、討厭。」

他笑了笑，笑聲裡半是苦澀，半是有趣。

「這不能說是討厭的事，」他道：「就算妳這麼想，也沒辦法把它變討厭。千萬不要為了愛我而自苦，也不要太勉強自己了。一籃堅果子總會有一顆爛的，好與不好都得接受它。」

他把手從她的胸口上拿開了，沒有再碰觸她。這會兒他不碰她，她倒有一種很倔氣的快活。她討厭他滿口土話；還隨時可以起身，橫在她的上方，就當著她的面，大剌剌的扣他那條土裡土氣的愣條花布褲子。如果是麥克里斯，再怎麼樣他也會有點禮貌地轉過身子去。這男人對自己太有把握，他不知道他是別人眼中的小丑，一個毫無教養的莽漢。

然而，等他無言地翻身而起要離開她時，她卻驚慌地揪住了他。

「不！不要走！不要離開我！不要生我的氣！抱我，抱緊我！」她在狂亂中喃喃低叫，甚至不知道自己在說什麼。她緊緊抓著他，力氣大得驚人。她要他救她，把她從她自身，她內在的憤怒和抗拒裡救出來。可是那股佔據她內在的抗拒力量是何其地強大！

他再次把她納入懷中緊緊擁住了。她人在他懷裡，忽然間變小了，變得嬌小而安適。原先那種抗拒感不見了，消失了，她化在一種美妙安詳的氣氛中。她化在他懷抱裡，又小又可愛，對他有種極大的挑逗力，使他整個人血脈賁張，一股強烈兼溫存的欲望湧入他的血流之中，他想要她，她的嬌柔、她那份逼人的風情。他那隻溫存無比的手，輕柔地，宛如失去知覺般地撫摸她，撫摸她腰股之間柔滑的斜坡，然後往下移，往下移，到她暖柔的臀部，越來越接近她的私密之處。她感覺到他像一把熊熊的欲火，卻是溫柔的火焰，她好似要融化在這把火焰之下了。她不再抗拒了，她覺得他那寶貝帶著一種驚人的威力和自信，漠然地向她高舉起來。她投向了他，顫抖地屈服了，像死了一般，她完完全全向他張開來。哦，如果他這時對她沒一點溫柔，那多殘忍，因為她完全對他張開來，再也無力招架！

她擔心他那種勇猛、無情地進入她體內的方式，覺得好害怕，因而再度顫然發抖。這會像是以刀劍刺入她柔嫩開展的身體，使她死掉。她驟然陷入恐懼、憂慮之中，把他抱得緊緊的。但是他沒有那樣；他是奇特而緩和地徐徐而入，謎一般地緩慢挺進。那種溫存、原始的力道，如開天闢地一般。她心裡的恐懼感消退了，她心平氣和的拋開一切顧慮，再也沒有保留，任由自己隨著欲望的波濤自由自在而去。

她變得好比海洋，除了神祕的浪潮在高低起伏，此外別無他物，浪潮一陣比一陣洶湧，漸漸地，使她整個人也隨之舞動，好比海洋，擺盪著自己神祕、沉默的身軀。啊，她體內最深最深的地方滔滔波浪，分裂成一道道綿綿不絕的長浪。就在她體內最敏感的部位，在浪潮洶湧翻騰的地方，被他徐徐挺入的核心之處。當他愈來愈深入，直觸及了底部，她也愈來愈暴露。巨浪打到了岸邊，使她完全的坦露出來，那可以預知的未知愈來愈逼近，她自己的浪潮也愈滾愈遠，離開了她。然後是一陣美妙的，急遽的痙攣，碰觸了她全身上下每一個敏感處，她知道他受到了震盪，她到了高潮，她死了，她死了，她不行了，然後她重新活過來，成為一個女人。

哦，太美妙，太美妙了！在快感漸漸平息之時，她深深體會到這整個的美。此刻她整個人充滿柔情密意，緊緊攀住這仍舊生疏的男人，意亂情迷地貼著他逐漸柔軟下來的寶貝。它在經過猛烈的衝刺之後，開始縮小，變得柔弱了。那私密、敏感的小東西由她體內滑出時，她頓時感到若有所失，忍不住叫了一聲，想把它弄回去。它剛才的表現多完美呀！她愛死它了。

直到此刻，她才發覺那寶貝兒像嫩芽般，小小的、柔弱的，她情不自禁又為它喝采，她那顆女人心疼惜它先前的勇猛，也疼惜它現在的柔弱。

「它好可愛！」她喃喃道，「好可愛啊！」他倒沒說什麼，僅僅吻了她一下，依然躺在她身上沒動。她含著無上的喜悅嘆息，像個奉獻者，又像個得到新生的人。

這會兒，她對他再度起了敬畏之意。一個男人！在她身子上這奇特而勇猛的男子漢！她一雙手在他身上逡巡，仍舊有點兒害怕，怕他那奇異，有著敵意，教人畏怯的寶貝，這深入她體內的男性。她撫觸他，如撫觸神的兒子和人的女兒，感覺多麼美好。他肌理盈白，細緻，而又健壯，多美，多美呀！這副身軀敏感卻又沉著，細膩卻又勇猛，真動人，真是動人。她的手沿著他的背部怯生生往下移，到他小而渾圓、柔軟的屁股。迷人，真迷人！她身上突然燃起一道小火苗。怎麼可能？這兒這副美好的東西，她以前怎麼會拼命抗拒它？撫摸那溫暖、有勁道的屁股，有種言語也無法形容的美感！那是生命中的生命，暖熱、強健、全然的美。還有他雙腿間那兩顆彈丸，那種奇特的份量！真是奧妙！捧在手上可以那麼輕盈，而又沉甸甸的！根，一切美妙事物之根，一切至美的原始根基。

她抱著他，親吻他，發出接近敬畏的嘆息。他也把她擁得緊緊的，但一言不發；他似乎永遠都不會多說什麼。她挨近他，又挨近一些，一心只想貼緊他那無與倫比的美好肉體。在他那令人不能意會的、極端的沉默中，她感覺他那寶貝又慢慢在脹大，簡直又是另一股力量的再現。她敬畏不已，心都融化了。

這一次，在她體內的他是絕對的溫存，絕對的含蓄，那種溫存含蓄教人無法言傳。她整個人不知不覺又顫動起來，生氣煥然像原生物般。她已經不知道那是什麼，事後甚至也不記得是怎麼一回事了，唯一只感受到再沒什麼會比這個更美、更好的了。就那樣。完事後，她完全都不動，完全感覺不到外界，也不知道時間過了多久。他依然和她相依相偎著，在深不可測的沉靜中，他在她身邊。像這種氣氛，他們都不會明白的提到它。

她終於恢復了意識，感覺到了外界，她環抱住他的胸膛，喃喃而語：「我的愛！我的愛！」他靜靜擁著她。她蜷伏在他胸膛上，感覺溫存極了。

可是他太沉默了，令人覺得莫測高深。他一雙胳臂像抱著花朵一樣的抱著她，出奇的靜定。「你在哪裡？」她悄悄對他說，「你在哪裡？跟我說話！跟我說說話！」

他輕輕吻她一下，喃喃道：「欸，我的愛人！」

然而，她不明白他是什麼意思，她不知道他在想些什麼，他不出一聲，彷彿已離她而去。

「你是愛我的，對不對？」她低問。

「啊，妳曉得的嘛！」他回道。

「可是，你要對我說出來！」她懇求。

「好！好！難道妳感覺不出來？」他說得含含糊糊地，卻表達得相當溫存、肯定。她挨他挨得更近了。他在愛情裡的表現比她要來得緩和許多，她要他給她保證。

「你是認真的愛我！」她低著嗓子肯定地說。他雙手撫摸她，好像她是一朵花兒似的，那是不含情欲的，沒有衝動顫抖，卻有著無法言喻的親密感。但是她仍舊焦躁不安，需要把愛情牢牢掌握在手中。

「說你會永遠愛我！」她乞求著。

「好，」他說得心不在焉的。她發現她的問題反倒要把他趕跑了。

「我們該起來了吧？」最後他說了。

「不要！」她說。

但她可以感到他心不在了，他在注意聽著外面的動靜。

「天都快黑了，」他說，語氣裡有來自環境的壓力感。她吻他，帶著女人在分別時刻的悲傷。

他起身，把燈轉亮，然後開始穿衣服，身子很快便隱蔽在衣服裡面了。之後他立在她頭上方，一邊扣著長褲，一邊拿那雙深沉的大眼睛俯看她。他面孔略有點泛紅，頭髮凌亂，在昏黃的燈色下，他顯得出奇地和悅、從容和英俊。那麼俊，她簡直無從告訴他！這使她想要緊緊摟住他，抱著他，因為他的那份俊色有一種冷冷的，半帶睡意的和悅之色，勾動她的心，使她想嚶嚀叫出來，抓緊他、佔有他。可是她永遠佔有不了他的。她覺得洩氣，裸露著起伏有致的俏屁股躺在毯子上。他不知道她心事重重，然而看著她，也覺得她標致動人，最重要的是，這嬌柔可愛的小東西是他可以進入，與之交合的。

「我愛妳，因為我可以進入妳身體裡。」他說。

「你喜歡我？」她問，心兒怦怦跳。

「妳本來是完全封閉的，但為我而張開了，使我可以進入妳裡面。我愛妳，因為我可以像那樣進入妳裡面。」

他俯身吻她的腰，面頰摩挲了一會兒，然後拉上毯子把她蓋住。

「你永遠也不離開我吧？」她問。

「不要問這種問題。」他回道。

「可是你相信我是愛你的吧?」她又問道。

「妳是眼前愛我,愛得比妳想像的還要愛,不過等妳平心靜氣開始思考這檔子事時,誰曉得會有什麼變化?」

「別,別這樣子說話!你不會真的認為我存心在利用你吧?」

「利用我什麼?」

「生孩子……」

「這個世界誰都可以生孩子。」他說,坐下來繫綁腿。

「不,」她喊道:「你不是認真的吧?」

「哎,算了!」他應道,雙眉壓得低低地瞧著她,「今天這一次最棒。」

她躺著沒動。他輕輕拉開門。天空呈暗藍色調,有青玉色的透明鑲邊。他走出去把母雞關進籠子,一面低聲對狗說話。而她躺在那兒,思索著生命和生存的奧妙。

他回來時,她還躺在那兒,像個發光的吉卜賽人。他在她身邊的一隻小凳子坐下來。

「妳出國之前,一定要再找一個晚上到小屋來。妳會來嗎?」他問,挑起眉來看著她,一雙手懸在兩膝之間。

「你會來嗎?」她揶揄地模仿他說。

他笑了笑。

「是的,妳會來嗎?」他再說一次。

「是的!」她學著他那土腔。

「是!」他說。

「是！」她又跟著說。

「而且和我上床。」他道：「我們必須那麼做。什麼時候來？」

「我應該什麼時候來？」她問。

「不！」他說：「妳的腔調錯了。什麼時候來呢？」

「也許星期天。」

「也許星期天！哦！」他聽了大笑，「不成，妳的腔調不成。」

「為什麼不成？」

他放聲大笑。她學說土話的樣子實在太滑稽了。

「妳得走了！」他催促道。

「我得走嗎？」她說。

「為什麼有些音你可以那樣說，我卻不能？」她抗議：「你不公平。」

「我不公平！」他說，傾前去撫摸她的臉。

「可是妳有個好洞，對不對？世上獨一無二最好的洞——當妳高興，當妳心甘情願的時候！」

「你說的『洞』是什麼？」

「妳不知道？洞！就是妳底下那個，我進入妳體內的那個要道，就是那玩意，都一樣的。」

「都一樣？」她嘲弄道：「洞洞！那麼就和『幹』是同樣的意思嘛！」

「不，不！幹只是動作。動物才幹。可是『洞』不止如此。那是代表妳，妳不懂嗎？除了動物本能之外，還有許多別的意思，不是嗎？就算同樣是幹，意義也不一樣的。洞，哦。那正是妳的美，心愛的。」

她起來，在他眉心吻了一吻。他注視著她的那對眼睛是那麼黝黑、柔和，有說不出來的熱情，令人不能不受到感動。

「是嗎？」她問：「你真的把我放在心上？」

他只是吻她而未答話。

「妳得走了。我幫妳把灰塵拍一拍。」他說。

他的手撫過她玲瓏起伏的身子，穩穩的，不含情欲，只帶著一味溫柔、親密的溫柔。

她在暮色中跑回家，世界像一個夢境，園子裡的樹彷彿泊在浪潮之上，跟著浪濤洶湧、澎湃，連回家的那道山坡路都充滿了生機。

13

週日那天，克里夫起了興致想到樹林走走。那天早上雲淡風輕，梨花和李花出人意料的在大地露了臉，到處都是粉嫩雪白。

這對克里夫實在很殘忍，因為整個世界一片繽紛，美不勝收，他卻要仰靠別人來把他從椅子扛到輪椅上。不過，他老早不以為意了，甚至還可能為自己的不良於行而顯得目空一切。康妮在為他搬動那雙癱瘓的腿時，心裡還是很痛苦。如今這件事已由包頓太太或費德來代勞了。

她在車道一端的山毛櫸樹下等他。他的輪椅噗噗作響地過來了，一副病人那種慢條斯理、唯我獨尊的樣子。來到老婆面前，他說：

「克里夫爵士駕著滿身大汗的戰馬駕到！」

「而且還氣喘吁吁的！」她大笑。

他停下來，打量著這長而低矮的棕色老宅。

「薇碧山莊眨都不眨一下眼睛！」他說，「但，它何必眨！我乃是駕著人類的思想成就前進的，那可是勝過千匹馬力的。」

「我想是的。從前柏拉圖的靈魂駕著雙馬車上天堂，現在可要換乘福特汽車上天了。」

「或是勞斯萊斯：柏拉圖是公子哥兒出身的。」

「說得是！不必再鞭笞、虐待黑馬了。柏拉圖絕對想不到我們會有比他的黑馬和白馬更厲害的交通工具，甚至連馬匹都免了，只要一副引擎。」

「只要引擎，再加汽油！」克里夫說。

「我希望明年能把這棟老屋子整修一番，我想我該可以撥個一千磅來用。可是工程花費好大！」他補充說。

「哦，很好啊！」康妮說：「只要工人不要罷工太多次就好了。」

「他們一味罷工有什麼用？只會把工業生產毀了，到時落得什麼也沒有。那些裝聰明的傻瓜也該開始看清楚事實了！」

「也許他們不在乎把工業生產毀了。」康妮說。

「嘖，別像一般女人那樣說蠢話。就算工業生產填不滿他們的荷包，好歹也填飽了他們的肚皮。」他說。那口吻很奇怪地有著包頓太太的味道。

「可是你不是才說你是主張無政府狀態的保守分子？」她一派天真地問。

「妳了解我的意思嗎？」他駁道：「我的意思是，一個人高興怎麼做人、怎麼做事、怎麼感受，一概悉聽尊便，只要生活形式和組織還維持個樣子，其他的純屬私人性質。」

康妮不吭聲，走了幾步，固執的開了口：

「這好像說一個蛋，只要它自己高興，它要多爛多臭都可以，只要蛋殼保持完整。可是臭蛋到底會爛壞的。」

「我不覺得人是蛋，」他說：「甚至連天使蛋都不是，我親愛的小佈道家。」

這個晴朗的早晨他心情甚好。林園裡，雲雀啁啾不已。遠處山谷裡的煤礦悄然冒出蒸氣，像極了戰前的景況。康妮根本無心和克里夫抬槓，也不怎麼情願陪他逛樹林，所以有點悶悶不樂地跟著他的輪椅走。

「不會了，」他出聲說：「如果管理得當，就不會再鬧罷工。」

「為什麼不會？」

「因為罷工事件在管制之下，再也不可能發生。」

「可是工人肯向你俯首稱臣？」

「我們才不給他們商量的餘地。我們趁其不備的時候下手，這是為他們著想，同時也是為了保護工業。」

「也是為你自己的好處。」她說。

「那當然！是為每個人好，不過他們佔到的好處比我多。沒有煤礦，我還能活，他們就不行了。煤礦完了，他們跟著就得要飯。我可還有其他的飯碗。」

他們眺望谷地上的礦場，礦場後面的黑瓦屋子，泰窩村的房舍巨蟒也似的蜿蜒在山坡。棕色教堂傳出鐘聲：星期天、星期天、星期天！

「那些工人會任你擺佈嗎？」她問。

「親愛的，他們得認命。咱們只要手段溫和些就行了。」

「難道雙方不能夠取得了解嗎？」

「絕對可以──在他們覺悟到工業的發展比一己之私來得重要的時候。」

「你非得佔據工業不可嗎？」

「我可沒有。不過，某種程度上來說，我的確佔據了工業。是，是這樣沒錯。產業所有權成了宗教問題，遠從基督和法蘭西斯時代就如此了。重點不在於把你一切完全奉送給窮人，而是要傾盡一切來發展工業，好讓窮人有工作。只有這法子能讓每個人都衣食無缺。我們把一切都給窮人，徒使我們和窮人一起挨餓。大家都挨餓萬萬不是偉大的理想，連窮人太多了都不是好事；貧窮是人間醜事。」

「可是，貧富不均這種事怎麼辦？」

「那是命。為什麼木星比海王星大？你沒辦法扭轉天意。」

「可是，一旦開始有人起了羨慕、嫉妒和不滿之心。」她開口。

「那就全力阻止這情形，總得有人出頭當主子。」

「可是，由誰出頭當主子？」她問。

「擁有工業經營權的人。」

兩人一陣好長的沉默。

「依我看，他們沒把主子當好。」

「那麼，妳說他們該怎麼做。」

「他們沒有認真盡到主子的責任。」她道。

「他們當主子比妳當爵士夫人還認真。」他說。

「我是硬給冠上爵士夫人頭銜的，其實我不想要。」她脫口說道。他一把停住輪椅，盯著她看。

「現在誰在逃避責任了！」他說：「現在是誰想推卸妳所謂的主子的責任了？」

「我才不想當什麼主子。」她駁道。

「哦！妳那是沒出息。妳已經是主子，命中注定的，妳就得扛起責任。所有礦工該享的好處，他們都享受到了，是誰給他們的？所有的政治自由、受教育的機會、衛生設備、健康條款，還有他們的書和音樂，一切的一切，是誰給他們的？難道是礦工自己給的？不，在英國，所有像薇碧和旭波山莊的主子都奉獻出他們的那一份，而且還必須繼續奉獻下去。這就是妳的責任。」

康妮聽了，漲紅了臉。

「我也願意有所奉獻。」她說：「可是情況卻不允許。這年頭，事事講究的都是買賣關係。你現在提到的每一樣，薇碧和旭波山莊都以高價賣給人們，每一樣都拿來賣，你對人壓根兒沒存著一絲的真心。況且，是誰剝奪了礦工的壽命和男人氣概!?反倒把工業帶來的恐怖後遺症給了他們？是誰造了這個孽？」

「那我該怎麼做？」他問，臉都綠了，「叫他們來搶我嗎？」

「為什麼泰窩村搞到那麼醜陋，那麼不堪入目？為什麼那些人活得那麼沒有希望？」

「泰窩村是他們自己蓋起來的，那是他們表現自由的一例。他們替自己蓋了可愛的泰窩村，過自己可愛的生活。我沒辦法替他們過日子，每隻甲蟲都得自己奮鬥求生。」

「可是，你使得他們為你幹活，他們不得不過你煤礦坑的生活。」

「完全不是。每隻甲蟲自己尋找食物。沒有人是被迫來替我工作的。」

「我們的生活已經工業化了，沒有希望了，我們也一樣。」她大叫。

「我不覺得他們有那麼慘。妳說的那些，都只是不切實際的說辭，是搖搖欲墜、一步步消失的浪漫主義的遺風。而妳，我親愛的康妮，站在那兒亭亭玉立，看起來一點也不像沒有希望的人。」

他說的是真話。因為她一對深藍眸子炯炯發光，兩頰嫣然泛紅；她一副憤憤然的模樣，充滿叛逆，壓根兒沒有頹喪和無望。她注意到草叢中剛冒出報春花，嬌嫩嫩地、靜靜地佇立，帶了一身朦朧的柔毛。她生氣地想，為什麼明明她覺得克里夫大錯特錯，可她卻無法反駁他，她甚至說不上來他到底錯在哪裡？

「難怪那些人恨你。」她道。

「他們不恨我！」他答道：「別搞錯了。根據妳對字義的認知，他們不算是人，他們是一群妳不了解，也永遠不會了解的動物。別把妳的錯覺強加在別人身上。群眾永遠是一樣的，將來也不會改變。埃及法老的奴隸和咱們的礦工，或是福特車廠的工人幾乎差不多，我指的是為法老採礦和下田的奴隸；他們就是一群不會改變的群眾。一個人或許可能自芸芸眾生中冒出頭來，可是此人的出頭並不會因而改變群眾。群眾是改變不了的。這是社會科學最重大的一項事實。麵包和競技！只不過今天人們差勁地用教育來代替競技罷了。今天的錯，錯在我們胡亂把競技弄成課程的一部份，結果那種半吊子的教育毒害了我們的群眾。」

克里夫對一般老百姓的真正觀感表露出來，使康妮感到心驚膽寒，他說的有些是千真萬確的。正因為是事實，才更要命。

克里夫看到她臉色發白，悶不作聲，於是又發動了輪椅，直到園門口，他才打住。等她開門，他才又開口。

「現在我們需要拾起的……」他說道：「是鞭子，而不是刀劍。自開天闢地以來，群眾就一直在受統治。到世界末日那一天，他們還是需要被統治。要說他們有能力自己統治自己，那是假話、笑話。」

「但你又怎麼統治得了他們？」她問。

「我？當然可以！我的心智和意志都沒有殘廢，我又不用腿來統治。我可以施展我份內的統治權。沒錯，我份內的。給我一個兒子，他會繼承我來施展他的統治權。」

「可是他不會是你親生的，不是出自你那個統治階級的……有可能不是。」她結巴地說。

「我不在乎他父親是誰，只要他身體健康，智力不在正常人之下，那就行了。把身體健康、智力正常的任何男人的孩子給我，我就會把他調教成查泰萊後裔。重要的不在於是誰生下了我們，而是命運把我們安排在哪裡。把任何一個孩子安排在統治階級，他長大成人，發展到極限，他就會成為統治者。把王公貴人的孩子丟入群眾之中，他就會成為升斗小民，小老百姓一個。那是環境不可抗逆的壓迫力量。」

「這麼說，平民百姓不算一種族類，而貴族也非關血緣囉！」

「沒錯，我的女孩！這一切都只是種不實在的錯覺。貴族階層是一種機能，是命運的一部份；群眾又是命運的另一種機能。個人根本是無足輕重的，重要的是你被調教成去適應哪一種機能。貴族階層不是由個人組成的，是整個階層的機能在發生作用，群眾也是他們的整個機能發生作用，升斗小民才成為他們那個樣子。」

「那麼我們之間也根本沒有共同人性了！」

「妳高興怎麼說都可以。我們都得填飽肚皮。但是一扯到機能的發揮和執行時，我相信統治階級和服役階級之間有道鴻溝，清清楚楚地橫亙在那兒；這兩種機能是對立的，而且掌控著個人。」

康妮望著他，眼神茫然。

「你不往前走了嗎？」她問。

他於是發動輪椅。他的言論已經發表完了，這會兒又回復他那種陰陽怪氣、冷冷淡淡的樣子，讓康妮好反感。進了樹林，不管怎樣，她決定不和他鬥嘴了。

他們眼前出現寬闊的馬路，兩旁是蓊鬱的榛樹林。輪椅噗噗響，徐徐駛入一叢叢的勿忘我之中。這些勿忘我像牛奶泡泡，都冒到路上來了，在榛樹影下裡裡外外都是。克里夫駕輪椅走在正中央，花叢間被踩出一條步道。落後的康妮看著車輪子搖搖擺擺地輾過香車葉草、夏枯草，也壓爛了匍匐在地的小黃花，現在更在勿忘我花間留下一道軌跡了。

地面上百花齊放，第一批初綻的鐘形水仙花長在藍藍的水潭中，像不起漣漪的水。

「妳說的很對，真是春光明媚，」克里夫說：「令人難以相信。還有什麼像這英國的春光如此之美的！」

康妮心裡嘀咕，他說得好像連春暖花開都是經過法律批准的。英國的春光！難道愛爾蘭的春光不可以？或是猶太的春光不可以？輪椅慢行，經過一叢叢挺直如麥桿的鐘形水仙，壓過灰色的牛蒡葉。然後，他們到了昔日伐木的空地，陽光十分潑辣，把鐘形水仙照耀得藍光閃爍，到處都是，又漸漸化為深深淺淺的紫光。夾雜在水仙當中的是羊齒蕨，仰著捲捲的、棕色的頭，像一群小蛇軍團準備悄悄去向夏娃訴說一個新祕密。

克里夫把輪椅直開上山頂，康妮慢慢跟在後面。橡樹剛抽出棕色的嫩芽。每一樣東西都纖纖柔柔地從古老堅硬中成長出來，連長得參差不齊、凹凸不平的橡樹也冒出了極嫩的葉子，像小蝙蝠在燈光下展開纖小細薄的棕色翅膀。為什麼人從來展現不出新意或新氣象？腐朽的人類！

克里夫把輪椅停在山頂上俯看下方。鐘形水仙花浩浩蕩蕩地像洪水，淹沒了寬敞的馬路，暖洋洋的一片藍讓山坡都燦亮起來了。

「那色調本身很美，」克里夫說，「可惜畫畫時卻派不上用場。」

「是吧！」康妮應聲，興味索然地。

「我該不該冒險到泉水那兒去？」克里夫問。

「輪椅能夠再上去嗎？」她問。

「我們試試看，不冒一點險，就得不到一點收穫！」

輪椅開始緩緩前進，在美麗寬敞的馬路上顛簸地往下走，一路上遍佈藍色的風信子。哦，艦隊裡最後一艘船好整以暇的穿過風信子淺灘。哦，我們文明之旅的最後這艘小船，在這片窮山惡水裡航行著！小心翼翼，輕馳慢行，有輪子的這艘怪船。克里夫沉穩又自得地操持方向盤冒險前行。他頭戴黑色的舊帽子，穿斜紋呢布外套，很沉著，很謹慎。哦，船長，我的船長，我們已完成偉大的航行了。不過，旅途尚未到終點，身著灰衣裳的康妮還亦步亦趨地跟著輪椅的軌跡往下坡走，眼看著輪椅踉踉蹌蹌地下去了。

他們經過了通向雞棚的那條小徑。謝天謝地，小徑太窄，輪椅沒法子過去。它頂多讓一個人勉強穿過去。輪椅繼續往前去，到達山腳下，轉個彎，看不見了。康妮聽見身後小小一聲口哨，馬上回頭，見到守林人大步走下坡，朝她過來，他的狗兒跟在後面。

「克里夫爵爺要去小屋嗎？」他問，眼睛看住她。

「不是，只到泉水那兒。」

「啊，那好！那麼我可以避開。不過我想今天晚上和妳碰個頭，我十點左右在園門口等妳。」

他再度盯住了她看。

「好。」她遲疑地回道。

他們聽到克里夫嘟嘟的喇叭聲，叫喚著康妮。她「哦——咿」地回應了一聲。守林人擠眉弄眼了一下，伸手由上而下輕輕摸了摸她的胸脯。她緊張地瞧他一眼，隨即跑下坡去，一邊喊著，回應克里夫。上頭的男人注視她半晌，微微笑著，轉身回小徑去了。

她發現克里夫朝那口泉慢慢駛去，那口泉的位置在半山腰蒼翠的落葉松林裡。她追上他時，他已經到了。

「她果然辦到了。」他說，意指那架輪椅。

康妮看著牛蒡灰色的大葉子陰魂似地長在落葉林邊，人家管它叫「羅賓漢大黃」，與泉水兩相對照，它看來異常陰沉和黯淡！汩汩而出的泉水卻那麼清澈，令人歡欣！還有小簇小簇的小米草和堅韌的藍筋骨草……那兒，泉水旁有塊黃土在蠕蠕動著——原來是隻鼴鼠！粉紅的爪子抓著，螺絲錐般的小尖臉兒左顧右盼，翹著粉紅的小鼻子，旁若無人地從地底鑽出來。

「牠好像用鼻子在看東西似的。」康妮說。

「可比眼睛管用！」他說。「喝水嗎？」

「你喝嗎？」

她從枝椏上拿下一只塘瓷杯子，蹲下去為他裝水。他小口小口啜著。她又蹲下去，也給自己裝了一點。

「好冰涼！」她喘口氣道。

「爽口得很，是不是？妳有沒有許願？」

「你呢？」

「許了，不過我不會說出來。」

她聽見啄木鳥的敲擊之聲；還有風，悄悄地，瑟瑟然穿過松林。她仰頭望見藍天有白雲掠過。

「雲！」她說。

「只有幾隻小白羊的大小罷了。」他答道。

一條小影子從空地跑過去：那隻小鼴鼠已經爬到黃泥地上了。

「討厭的小畜生，咱們應該把牠除掉。」克里夫說。

「瞧牠多像站在講壇上的牧師。」她說。

她拔了幾枝柔嫩的車前草，拿到他跟前給他。

「初割之草！」他說：「聞起來好比上個世紀回眸一笑的絕代佳人，不是嗎？」

她一逕望著天上的白雲。

「不知道會不會下雨。」她說。

「下雨！怎麼？妳希望下雨嗎？」

他們踏上回程。克里夫操控著左搖右晃的輪椅，小心地下坡。他們到了幽暗的谷底，轉向右首走了百碼，便開始爬上那道滿是風鈴草招搖的長坡。

「加把勁，老情人！」克里夫說，駕輪椅上坡。

山坡又陡又崎嶇，輪椅吃力的往上爬，一副苦命掙扎、不甘不願的樣子，但它還是跌跌撞撞的奮力向上。直到野生風信子遍佈之處，它突然停住了，在花叢裡掙扎，往前衝了一下，就再也不動了。

「我們最好按個喇叭，看那個守林人會不會過來。」康妮道：「他可以推它一把。說到推，我也可以幫忙，這行得通。」

「咱們讓它歇一歇。」克里夫道：「妳可以找個東西卡在輪子下面嗎？」

康妮弄來一塊石頭把輪子卡住。他們等了片刻。克里夫再度發動引擎讓輪椅前進。輪椅掙扎、抖動得像病人，還不住呻吟。

「我來推吧！」康妮說，從後面趕上來。

「不！不要！」他發怒道：「如果這該死的東西需要人家來推，那還有什麼用處？把那塊石頭放下去！」他火氣十足地說，然後猛按喇叭。「也許梅勒斯能看出是出了什麼毛病。」

他們在被輾碎了的花叢間，在雲層漸厚的天色下等待著。一隻斑鳩打破寂靜，開始嚕呼呼、嚕呼呼地叫起來！克里夫使力按一陣喇叭，讓牠噤聲。

守林人這時候出現了，大步轉過彎，詫異的走來，行了個禮。

「你對馬達內行嗎？」克里夫厲聲問。

「恐怕不太行。出了問題嗎？」

「顯然是！」克里夫沒好氣道。

那漢子熱心的在輪子旁邊蹲下來，打量那小引擎。

「我怕我對這些機械的玩意兒一竅不通，克里夫爵爺，」他從容地說：「要是汽油和機油都夠……」

「你只要仔細看看可能是哪裡壞掉就行了。」克里夫打斷他的話。

守林人把槍倚在樹幹上，脫了外套扔在槍旁邊。他那頭棕色的狗坐著監視。然後守林人往自己的腳後跟一坐，往輪椅底下瞧，用手指戳戳那油膩膩的小引擎，很懊惱自己身上那件星期天才穿的乾淨襯衫，就這麼沾上了油污。

「好像看不出有什麼壞掉了。」他說，站了起來，把在前額的帽子往上一推，皺著眉，顯然是在研究問題。

「你有沒有看底下的橫桿？」克里夫問。「看它們是不是沒有問題！」

那男人往地面上一趴，縮住脖子爬到引擎下伸手戳著。康妮心想，一個人趴在廣闊的大地時，顯得多麼微不足道，卑弱而渺小。

「我看好像都沒問題。」傳來他含糊的聲音。

「我想你是不行。」克里夫道。

「看樣子我是不行！」他爬起來，像礦工那樣坐在腳後跟上。「顯然看不出什麼地方壞掉了。」

克里夫發動引擎，扳上檔，輪椅聞風不動。

「催一下油門也許有用。」守林人提議。

克里夫氣他打岔，可是他還是把引擎弄得像青蠅一樣嗡嗡叫。然後引擎嗆著、吼著，似乎變順暢了。

「聽起來好像順了一點。」梅勒斯說。

克里夫已經狠狠扳上檔，輪椅病懨懨震了一震，顫巍巍地往前進了。

「如果我推它一把，它就走得了。」守林人來到克里夫後面說。

「別碰它！」克里夫叫道：「它自己會走。」

「可是，克里夫！」康妮在一旁插口說：「你明知道它沒法子動的。你為什麼這麼固執！」

一聽，克里夫氣得臉色發白，狠狠把槓桿一拉，輪椅衝出去，歪歪倒倒跑了一小段路，在一叢長得特別茂盛的風鈴草中嘎然而止。

「不行了！」守林人說：「它馬力不夠。」

「它以前爬上來過的。」克里夫寒著聲音說。

「這次沒輒。」守林人說。

克里夫沒答腔。他開始搞那引擎，一會兒調快，一會兒放慢，好像想把它弄到穩當才罷休。一些怪聲音在樹林中迴響。然後他重重地拉煞車器，又重重地扳上檔。

「你會把它搞得四分五裂。」守林人喃喃道。

輪椅奄奄一息的震了一下，向旁邊的溝渠橫衝了去。

「克里夫！」康妮驚叫地奔過去。

守林人已經早一步抓住輪椅的扶手。不過克里夫一味拼命地出力，把輪椅開上馬路，輪椅嘎嘎怪叫，和小山丘奮戰著，梅勒斯由後面穩穩地推動輪椅。它爬上坡去，就像改過自新似的。

「你們瞧，它可以走了。」克里夫得意叫道，轉過頭來，卻看到守林人的臉。

「你在推嗎？」

「不推就上不來。」

「讓它自己走。我叫你不要管的。」

「它自己走不了的。」

「讓它試試！」克里夫吼道，態度十分強硬。

守林人退開了，掉頭去拿他的外套和槍枝。輪椅好像當下就卡死住了，僵在那兒。克里夫氣得臉發白，坐著像個犯人。他的腳又使不上力，只能猛拉槓桿，把它弄得吱吱怪響。他又在小把手上亂動亂扭，製造更多怪聲音。不，它就是不為所動。他關掉引擎，一肚子火地僵坐在那裡。

康妮坐在路邊，淒慘萬分地看著一地被壓爛的風鈴草——「還有什麼像這英國的春光如此之美！」、「我可以施展我份內的統治權！」、「現在我們需要拾起的是鞭子，而不是刀劍！」、「統治階級！」

守林人拿著槍和外套，跨大步走過來，蘿西小心地緊跟其後。克里夫叫那男人一下這樣弄引擎，一下那樣弄引擎，而對馬達那種機械玩意兒一無所知的康妮，感到自己一無是處，因此乖乖地坐在路邊像個廢物。守林人又趴到地上了——這是根本是統治階級吃定勞役階級了！

他爬起來耐著性子說：

「那麼，再試試看吧！」

他幾乎像對小孩子說話，心平氣和地。

克里夫試著發動，梅勒斯趕快到他背後伸手去推。輪椅動了，一半靠引擎，一半靠的是守林人。

克里夫回頭怒視，氣得臉發黃。

「你走開行不行！」

守林人立刻放手，克里夫加一句：「否則我怎麼知道它怎樣！」

守林人把槍擱下，穿上外套。他不玩了。

輪椅卻開始往後倒退。

「克里夫，煞車！」康妮大喊。

她、梅勒斯，以及克里夫都馬上有動作，康妮和守林人彼此撞了一下。輪椅定住了，現場一時死寂無聲。

「看樣子我是任人擺佈了！」克里夫說，一臉青黃。

沒人吭聲。守林人把槍扛上肩，臉色很怪，除了一股不得已的忍耐外，沒什麼表情。那條狗兒蘿西，差不多是擠在主人的兩腿之間嚴陣以待了，牠恐懼戒慎地走動，嫌惡且疑慮地盯著那張輪椅，而且實在被這三個人類搞糊塗了。壓爛的風鈴草原上，依然上演著這齣滑稽荒謬的真人秀。沒人吭一句話。

「我想它是要人來推它了。」最後，克里夫開了口，裝得若無其事的。

沒有回應。梅勒斯臉上一片空白，好像他什麼也沒聽見。康妮焦急的瞥他一眼，克里夫也抬頭看他。

「你不介意把它推回家吧，梅勒斯？」他用高高在上的口吻冷冷地道。「希望我是沒說了什麼得罪你的話。」他很不高興地加了一句。

「完全沒有，克里夫爵爺！您要我推動輪椅嗎？」

「拜託你。」

那男人向輪椅走去。可是這次卻失靈了，煞車器卡住了。他們又敲又拉，守林人再度把槍擱下，把外套脫掉。到這地步，克里夫是一點聲息兒也不吭了。終於，守林人把輪椅背面抬離地面，用腳推著，想把輪子弄鬆。可惜他失敗了，輪椅又陷下去，克里夫抓住兩側不放，守林人被那重量弄得氣喘吁吁。

「別那樣！」康妮對他叫。

「如果妳過來這樣子推，就可以了！」守林人對她說，做給她看。

「不，你別抬它！你會累壞的。」她說，激動得面孔通紅。

但是他直直看著她，向她點頭。她只好過去把車輪子抓住，準備好。他抬，她拉，輪椅左右搖晃。

「老天！」克里夫嚇得大叫。

不過沒事，煞車器已經扣上了。守林人把一塊石頭放在輪下，到路邊坐下來。因為一時用力過度，他的心臟猛跳，面色蒼白，有點神志昏沉。康妮看著他，心裡很急，幾乎想叫。一切停頓，四周死寂。她瞧見他擱在腿上的一雙手在顫抖。

「你受傷了嗎？」她走向他，問道。

「沒，沒有！」他幾乎是生氣的別開身子。

氣氛一時膠著。克里夫的後腦勺沒有動，連那條狗都站得直挺挺地動也不動。天空烏雲密佈。

終於，守林人嘆了一嘆，用手帕擤擤鼻子。

「那場肺炎讓我的體力大受影響。」他說。

沒人搭腔。康妮估算著他用了多大的力氣，才把那隻輪椅連同壯碩的克里夫抬起來：用的力氣太大，實在太大了！他不死也剩下半條命！

他站起來，拾起外套，胡亂往輪椅扶手一塞。

「你準備走了嗎，克里夫爵爺？」

「你行了就走。」

他俯身把石頭拿開，然後用身體頂住輪椅。康妮沒看過他這麼蒼白，而且精神更不濟。克里夫是個大塊頭，山坡路又陡。康妮趕到守林人身邊。

「我也要推！」她說。

她開始用女人發怒時那種狠勁兒推，克里夫掉頭看。

「這有必要嗎？」他問。

「非常有必要！你想害死他嗎？如果你在馬達沒壞之前讓它動——」

可是她話沒說完便已經上氣不接下氣了。她稍稍放鬆了一下，因為沒想到推輪椅是這樣一件苦差事。

「啊！慢一點！」她身邊的男人出聲道，眼神裡有一絲笑意。

「你真的沒有受傷？」她激動地問。

他搖頭。她注意看他那短小、結實，被陽光曬成咖啡色的手。那是撫摸過她的手。過去她不曾打量過它，如今看來竟如此堅穩，就像他的人，有一種奇特的、內在的堅穩之力，使她想緊緊抓住它，彷彿她碰不到他似的。忽然她的心整個地飛向他：他是這麼沉靜，無法迄及。而這男人也忽然覺得身體手腳又恢復了活力，他左手推著輪椅，右手伸出來握住了她圓潤白皙的手腕，輕輕地撫摸著。一鼓力量像熊熊火焰直竄下他的背脊和腰部，令他的精神為之重振。她突然彎下腰去吻他的手。這時候，克里夫梳得光滑油亮的後腦勺一動也沒動，就在他們前面。

到了山頂，他們停下來稍作休息，康妮很高興的放了手。她曾經有過一時的幻想，希望這兩個男人能夠結為朋友：一個是她丈夫，一個是她孩子的父親。現在她卻覺悟到這個幻想有多麼荒誕不經了。這兩個男人根本是勢同水火，互不相容，彼此都想把對方徹底毀滅掉。她也生平頭一次體會到「恨」這東西的微妙難解，同時又確切地感受到：她恨克里夫，絲毫不假；她恨他恨得巴不得這人給徹底從地面上剷除掉。真是怪事呀，承認自己恨他，竟讓她有如釋重負的感覺，而且還充滿了生機。她心中油然出現這樣一個念頭——既然我恨他，我自是無法再和他一起過日子了。

到了平坦之處，守林人便可以獨立推輪椅，不需康妮協助。克里夫故意和她聊些有的沒的，表示他若無其事。他提到住在里坡的愛娃姑姑；提到她父親寫來一封信，問到康妮要不要搭他的車一道去威尼斯，或者和姊姊希爾黛搭火車同行。

「我比較喜歡搭火車。」康妮說：「我不喜歡開車做長途旅行，尤其路上有風沙的時候。不過我還是要看看希爾黛的意思。」

「她會想自己開車帶妳去。」他說。

「有可能！這會兒我得幫忙了，你不知道這輪椅有多重。」

她走到輪椅後面去，和守林人肩並肩吃力地把輪椅推上粉紅色小徑。她顧不得被什麼人看見了。

「何不讓我在這兒等著，妳去把費德找來。他夠力氣來推輪椅。」

「都這麼近了。」她喘著說。

可是她和梅勒斯把輪椅推到了山坡上方時，兩人都汗流滿面，不住地流汗。很奇怪，就這麼合力做了一件小事，兩人一下變得比過去要更親暱許多。

「太謝謝你了，梅勒斯。」到了門口，克里夫說。「我一定要換另一種馬達，就這樣。你要不要到廚房吃個飯?也該是吃飯的時間了。」

「謝謝你，克里夫爵爺。今天是星期天，我要回我母親那兒吃飯。」

「隨你便。」

梅勒斯套上大衣，望著康妮行了個禮，然後走了。

康妮怒氣沖沖地上樓去。用午餐時，她爆發了。

「為什麼你這麼不能體諒別人，克里夫?」她質問他。

「體諒什麼人?」

「那守林人!如果這就是你所謂統治階級的作風，那我真替你覺得可恥。」

「為什麼?」

「人家生過病，體力不濟啊!老天，要是我是下人，我會讓你在那兒等著，等到你吹鬍子瞪眼睛!」

「這我完全相信。」

「如果瘸了一雙腿，坐在輪椅裡的人是他，而且表現得像你今天一樣，你會為他做什麼?」

「我親愛的佈道家，把販夫走卒和名流人士混為一談是不對的。」

「你那種要大家都同情你的心態，才真是的無聊、可厭，糟糕之至!說什麼高尚，說什麼道義，全是你和你那統治階級騙人的大話!」

「我該去對什麼人盡道義?去對我的守林人關愛有加嗎?免了，我把那些都交給佈道家去做。」

「好像你是人，而他不是人似的，我的天！」

「他不過就是我的守林人罷了，我一週付他兩鎊薪水，還供他一間屋子住。」

「付他？你以為你一週付他兩鎊薪水，給他一間屋子住是為了什麼？」

「要他做事。」

「哈！換成是我，我會叫你自己留著那一週兩鎊錢和屋子。」

「也許他想那樣做，可惜沒那個命！」

「你還談什麼統治！」她說：「你根本沒統治什麼，別自鳴得意了！你只不過握有一些超出本分的錢，就叫別人來替你做牛做馬。一週給個兩鎊，否則就用餓死他們來嚇唬他們。統治！你的統治給人什麼好處？你已經窮途末路了，如今只是用錢來作威作福，像猶太人一樣！」

「妳的演說非常精采，查泰萊夫人！」

「我敢保證，你在樹林的那番表現才真的精采萬分，我實在為你感到丟臉！我父親比起你來，都要像樣個十倍！你這如假包換的紳士！」

他伸手拉鈴叫包頓太太，臉都氣黃了。

她氣呼呼地上樓回房間，自言自語道：「讓他去買其他人好了！他買不了我，我也沒必要跟他耗！沒心沒肝的紳士，跟死魚一樣！他們真行，拿那套繁文縟節、虛情假意來騙人，其實感情跟樹脂塑膠一樣冷硬。」

她訂下這天晚上的計畫，決心不甩克里夫了。她並不想恨他，不管哪一種情緒，她都不想再和他糾纏不清。她不想讓他知道她任何事，特別是她對守林人的感情。他們為了她對下人的態度而吵架，這也不是第一次了。他認為她太隨便，而她覺得他對待別人的方式總是冷酷、無情得不像話，跟橡膠一樣冥頑不靈。

夜晚時分，她不動聲色地下樓，舉止莊重如常。他的臉色還是黃黃的；他大動肝火的時候，肝病就會發作。他在看一本法文書。

「妳讀過普魯斯特的作品沒有？」他問她。

「我試過去看，可是他的東西好煩人。」

「他真的相當不凡。」

「可能吧！可是我覺得他很煩，通篇都是詭辯！他筆下沒有感情，只有一長串的感情辭彙。我討厭那種自尊自大的人心。」

「那麼妳寧取自尊自大的獸性？」

「也許！人只要不自大，說不定可以有所領悟。」

「唔，我喜歡普魯斯特精妙的言論，還有他無政府主義的崇高主張。」

「那會讓你死氣沉沉，說真的。」

「我的小佈道家太太又說教了。」

他們又要鬧，又要鬧了！可她就是不能不跟他開戰。他坐在那兒像具骷髏，發出骷髏那種陰沉沉、冷森森的意志來壓制她。她幾乎可以感覺到這骷髏把她死死地壓在它一排排肋骨上，要掐死她。他真的也是一副全副武裝的樣子——她有點怕他了。

她不忙不迭地上樓，早早地上床去。不過九點半時，她起身到房間外傾聽。屋子靜悄悄的。她套了睡袍下樓。克里夫和包頓太太在玩牌賭錢，兩個人大概會一直玩到半夜。

康妮溜回房間，把睡衣往凌亂的床榻一扔，換了件薄一點的睡衣，再罩一件羊毛衫，套上膠鞋，再加薄外套。準備就緒。萬一撞見人，她就說她只是想出去蹓幾分鐘。明天早晨回來時，她則說她只是破曉前出門散了一會兒步，她常常在吃早點前出去散步的。剩下來唯一的危險是半夜有人到她房間，但那幾乎不可能，百分之一的可能性都沒有。

貝茲尚未鎖門。他通常晚上十時鎖門，早上七時再打開來。她無聲無息悄溜出去，沒被人看見。她身上著深灰外套，天上半輪月亮略微照亮了地面，又不致使她露了形影。她匆匆穿越花園，內心感覺不是趕赴幽會的興奮情緒，反倒是一股燃燒的憤怒和叛逆。她那心情不像去與情人約會，卻像要上戰場！

14

她接近園門之際，聽見門閂卡嚓響了一聲。那麼他人已經在那兒了，在林深處，而且瞧見了她！

「很好，妳早到了，」他在黑暗中說道。「一切還好吧？」

「容易得很。」

她穿過園門之後，他把門推上，在黑漆漆的地面上照亮了一團光，照見了一朵朵夜裡還開著的花，黯淡而無色。兩人分開走，默不作聲。

「你今天早上推輪椅真的不要緊？」她問。

「沒事、沒事！」

「你得過肺炎，對身體可有什麼影響？」

「哦，也沒什麼！只是心肺功能不再那麼強韌自如了，不過那也是正常的。」

「那麼你就不該有激烈的勞動了？」

「不常那樣子。」

她悶悶生氣，腳步沉重。

「你會痛恨克里夫嗎？」末了，她問道。

「痛恨他？不會！我見過太多像他那種人，才懶得對他動怒。我老早曉得我和他那種人格格不入，我不當一回事。」

「什麼叫『他那種人』？」

「嘿，妳比我還清楚。那種帶點娘娘腔的小紳士，根本沒蛋蛋的。」

「什麼蛋蛋？」

「蛋蛋！男人的蛋蛋嘛！」

她深入去想他的話。

「可是，會是那個問題嗎？」她問，有點摸不著腦。

「一個人笨，妳會說他沒頭腦；一個人壞，妳會說他沒良心；一個人懦弱，那他就是沒膽子。所以當一個男人沒有男人那股生龍活虎的勁道，妳就會說他沒蛋蛋──在他表現得沒骨氣的時候。」

她深入思索他這番話。

「克里夫沒骨氣嗎？」她問。

「又沒骨氣，又彆扭，這種人纏上時，都是那副德性。」

「你認為自己就有骨氣？」

「多少有一點！」

終於，她看見遠處那黃色的燈光。

她站住了不動。

「那是燈光嗎？」

「我一向會在屋子裡留盞燈。」他說。

她再度和他並肩走，但保持點距離，心想她到底怎麼會和這個人走在一塊兒的？

他開了門鎖，兩人進屋子裡，他隨後把門上鎖。她忍不住想，這好像監獄！水壺在紅爐上唧唧叫，桌上擺有茶杯。

她往爐火邊的木頭扶手椅坐了下來，剛從寒意逼人的外面走進來，便覺得屋子裡好暖。

「我想把鞋脫下來，它們都溼了。」她說。

她坐著，把穿襪子的腳踩在亮晶晶的壁爐銅罩上。他逕自到儲藏室拿吃的，有麵包、奶油和醃牛舌。她覺得暖和了，便脫了外套。他把它掛在門上。

「妳要喝可可、茶，還是咖啡？」他問。

「我什麼都不喝。」她回道，瞄了瞄桌子，「你吃你的。」

「不，我也不想吃，我只是要餵狗。」

他用他向來沉沉的步伐走過磚地板，把狗食放入一只棕碗。那長耳狗坐立不安的望著他。

「是啦，這是你的食物，別這麼一副吃不到東西的可憐相！」他對狗兒說。

他把碗往樓梯口的墊子一擱，便在靠牆的一張椅子坐下來，脫掉綁腿和鞋子。那狗兒卻不吃，反而又來到他身邊坐下，不安地望著他。

他慢條斯理地解他的綁腿。狗兒悄悄挨近了些。

「你是怎麼一回事？是不是這兒有別人，讓你不自在了？她是母的，怕什麼！去吃你的東西。」

他伸手去撫弄狗兒的頭，狗兒側頭挨著他，他輕輕拉牠滑溜溜的長耳朵。

「去吧，去吧！」他說。「吃你的東西，去！」

他把椅子一傾，朝向墊子那只碗，那條狗乖乖的過去吃了。

「你很喜歡狗？」康妮問他。

「不，其實不怎麼喜歡。狗太聽話，太黏人了。」

他已把綁腿卸下來，正在解他那厚重靴子的帶子。康妮從爐火之前轉過頭，這小房間多麼空洞！可是就在他頭頂上方的牆角上，卻懸了一幅很不相稱的放大照片，是對年輕夫妻，一看就知道是他，以及一個大餅臉的女人，無疑是他老婆。

「那是你嗎？」康妮問他。

他扭頭看他頭頂上那幅大照片。

「是呀！我們快結婚時拍的，那時我二十一歲。」他看著它，沒什麼感情。

「你喜歡這照片？」康妮問他。

「喜歡？才不！我壓根兒不喜歡。可是她自己硬把它弄好了掛上去，我也沒輒。」

他轉過身去脫靴子。

「如果你不喜歡，幹嘛還讓它一直掛在那兒？也許你太太會想要。」她說。

他忽然抬起頭來，對她咧嘴一笑。

「她把一屋子值錢的東西都運走了，」他說：「卻留下了那幅照片。」

「那你幹嘛還留著它？是為了感情因素嗎？」

「不是，我根本看都不看它，幾乎忘了它掛在那兒，打我們搬到這地方，它就掛在那兒了。」

「你為什麼不乾脆把它燒了？」她說。

他又扭過頭去瞧那張放大照片，照片配了棕色鍍金的框，醜死了。照片上的男人臉刮得乾乾淨淨，看來很年輕，也很機靈，打著高高的領子。而那大餅臉的年輕女人，胖胖的，一頭蓬髮，穿一件深色的緞子衣裳。

「這主意倒不壞。」他應道。

他脫了靴子換上一雙拖鞋，站到椅子上把照片拿下來。綠色壁紙上留下一大片空白。

「現在也沒必要撣灰塵了，」他一面說，一面把照片倚著牆放著。

他到了水槽那兒，拿了鐵鎚和鉗子回來。他坐在剛剛坐的地方，動手撕裂相框後面的紙板，把固定紙板的彈簧拉出來，手腳俐落，專注而入神；他做事一向如此。

很快他便把釘子拔出來了，然後扯開紙板，接著是襯在白紙板上的放大照片。他有趣地打量那照片。

「看得出來我以前的樣子，活像個小助理牧師。也看得出來她過去那副潑辣德性。」他說。「一個正經男人和一個潑婦！」

「讓我看看！」康妮說。

他真的是一臉白淨，整個人清清爽爽的，是二十年前一位純潔的年輕人。不過即使在照片上，他的眼神依舊顯得大膽而機靈。而那女人也不全然是潑婦相，雖然下巴生得粗蠢了點，卻還有幾分媚態。

「這些東西根本不該留。」康妮說。

「是不該留！根本就不該拍的！」

他把紙板和照片放在膝蓋上扯裂它們，扯到夠小片時，就丟進火堆裡。

「不過它可會把爐火弄污了。」他說。

玻璃和框子他小心地拿到樓上去。

框子被他幾下大槌槌裂了，上頭的灰塵四濺。之後，他把碎片丟進了水槽。

「我們明天再燒，」他說。「上頭糊了太多灰泥。」

收拾好一切，他坐下來。

「你愛過你太太嗎？」她問他。

「愛？」他道。「妳愛克里夫爵爺嗎？」

她可不許他把這問題搪塞掉。

「你至少在乎過她吧？」她追問著。

「在乎？」他咧嘴一笑。

「也許你到現在還在乎她呢！」她說。

「我！」他瞠了瞠眼。「哦，不，我沒辦法想到她。」他口氣平靜。

「怎麼說？」

他卻搖頭不語。

「那你為什麼不離婚算了？否則她總有一天又會回來找你。」康妮說。

他抬頭銳眼看她。

「我在的地方，方圓一哩之內，她絕不會接近的。她恨我遠遠超過我恨她。」

「她終究會回來找你，你看著好了。」

「打死她都不會。我們已一刀兩段。再見到她，我會反胃。」

「你會再見到她的。你們連法定的分居手續都沒辦，對不對？」

「是沒有。」

「好了，這樣她一定會回來的，你也不得不收留她。」

他眼睛眨也不眨一下的看住了康妮，然後滿不在乎地甩了一下頭。

「妳可能說的對。我是呆子才會回來。可是那時候我實在是不知如何進退，非得有個去處不可。做人真慘，老像流浪漢似的，到處漂泊。不過妳說的對，我會去辦離婚，做個了斷。這些麻煩事，像死亡、官員、法庭、法官什麼的，我都很討厭。不過這件事我必須面對。我會離婚的。」

見他下了決心，她暗自覺得高興。

「我想喝茶了。」她說。

他起來沏茶，然而表情嚴肅。

他們坐到桌前時，她又問了：

「你當時怎麼會和她結婚的？她比你不起眼多了。包頓太太跟我提過她，她一直搞不懂你怎麼會和她結婚。」

他直視她。

「我說給妳聽吧。」他開口道：「我十六歲時認識一個女孩子，她是我第一個交往的女朋友。她父親是歐樂頓一所學校的校長。她人長得很美，真的是天生麗質。我是雪菲爾德中學來的，被人家認為是那種聰明的小子，能秀上一點法語和德語，一副目中無人的樣子。而她是風花雪月那一型的，最討厭粗魯不文。她慫恿我讀書作詩；從某個方面來說，她使我長大，成為男人。就為了她，我卯足了勁讀書、思考。那時候，我是巴特利公司的一個小職員，生得白白瘦瘦的，讀到什麼東西都要吹噓一番。我跟她也什麼都談，上至天文下至地理，無所不包。我們稱得上是十郡以內文化水準最高的一對了。我對她是如痴如醉，真的如痴如醉，連自我都化於無形了；而她也十分鍾愛我，但是我和她之間，性的誘惑卻是個危機。不知道什麼緣故，她就是沒有一點性趣，至少，在該有的時候她沒有。我變得越來越瘋狂，人也越來越瘦。後來，我對她開口要求，我說我們必須成為愛人，我跟平常一樣一直遊說她，她答應了。我興高采烈地，她卻沒啥反應，她就是不想要。她喜歡我，喜歡我親她，跟她說話，那樣的話，她對我就會現出一點熱情，可是別的她就是不要。有很多女人和她一樣，可是我要的正是另一方面，所以我們分手了。我很絕情地離開了她。後來我認識了另一個女孩，她是個教師，曾經和有婦之夫鬧過緋聞，那男人差點被她弄瘋了。她皮膚很白，是小鳥依人那一型的，年紀比我大，會拉小提琴。她是個魔鬼，和愛有關的一切她都愛，除了性以外。她抱你、摸你，千方百計討好你，可是如果你硬和她做愛，她就會咬牙切齒，恨恨不平。我強迫她，她因此恨我，我的熱情就這麼變麻木了。所以我又踢到鐵板。我恨死了這一切。我一心想要一個女人，要我，也要那件事。」

「然後，柏莎・古茲出現了。我小時候，她家就住我家隔壁，所以我對他們很熟。他們是普通人。呃，柏莎後來離家到伯明罕什麼地方，她自己說是去做一位貴夫人的伴從，但人家卻說她是在旅館做女侍或什麼的。總之，那年我二十一歲，正好被另一個女孩搞得煩死了，而柏莎回來了，搔首弄姿、衣著入時、人比花嬌，有一種偶而你會在女人或是妓女身上看到的風情。那時候我心煩得想殺人。我扔下了巴利特的工作，因為我覺得在那兒出不了頭。我到泰窩村去當鐵匠，大都在釘馬蹄鐵。那是我父親的老本行，以前我總跟著他跑。我喜歡那份工作，照顧馬匹，我幹得很輕鬆。所以我也不再『好好』說話了，不再用那種人家說的正經英語。我在家還看書，但是我做個鐵匠，有一輛雙輪馬車，已經夠逍遙自在了。我父親死時留下三百鎊給我，所以我和柏莎好上了，很高興她是個普通女人。我就是希望她普普通通，也希望自己普普通通。最後，我跟她結婚了，她表現得不賴。別的那些女人差不多讓我氣概全失，而她那方面卻好得很。她要我，一點躊躇也沒有，我樂壞了，那正是我一心巴望的：一個要我幹的女人，於是我就像條好漢地幹。就因為我對那事兒那樣子滿意，三不五時為她把早餐端上床，我猜她因此有點看扁我了。家裡的活兒她全撇下不管，我下工回家，也沒頓像樣的飯可吃。我要說她點什麼，她就大發脾氣，拿東西砸我。我也砸回去，鎚子、鉗子都有。她向我扔茶杯，我就掐她脖子，要她的小命。鬧成那樣，她還是沒把我當一回事，弄到後來，我想要她時，她就死也不肯，死也不肯，總是對我推三阻四，說多賤就有多賤。等到我也被她弄煩了，懶得再理她時，她就又羞答答地來找我，我一定迎合她。可是我們在一起時，她從來不在我到高潮時，她也到高潮的。從來沒有過！她就是等著，我要是撐半小時，她就撐更久。等到我到高潮，完事了，她就開始活動，我得停在她裡面，等著她自己達到高潮。她扭呀、叫呀，自己夾著下面那裡夾得緊緊的，然後欲死欲仙地到達高潮。她會說：剛剛好爽呀！我漸漸感到厭倦，她卻變本加厲。她越來越難得到滿足，下面那兒像只鳥喙，不斷在撕裂我。我的天，你以為女人那兒軟綿綿的，像無花果，但是我告訴妳，那母獅子的兩腿中間生了利喙，它一直啄你，會把你啄爛掉。自私！自私！自私！完全是自私的心態，又啄又叫的。人家老說男人唯我獨尊，可是我懷疑那是不是能夠和女人情欲大發，像鳥喙的樣子相比。根本就像個老娼！我和她談過，跟她說我痛恨那樣，可是她控制不了自己。她也試過，她躺著不動，由我來搞。她試過，可是沒有用；由我來搞的話，她沒感覺。她一定得自己來，自己搞。她什麼都顧不了，像餓鬼似的，撕扯、撕扯、撕扯，好像她除了用那只利喙最尖最頂端的那裡又磨又啄之外，其餘的都沒感覺了。男人們說老娼就是那副德性。她有一種自我意志，很下賤、很狂野，像酗酒的女人。到最後，我終於受不了了。我們分開睡。這一切是她先搞的。有次她罵我對她霸道，想把我甩了，她開始到別的房間睡，到最後，我也不再讓她到我房間來。我不肯。」

「我恨那樣子。而她恨我。老天，那孩子出生前，她恨我到什麼地步！我常覺得她是因為恨意才懷孕的。總之，生了孩子之後，我就不再理會她，然後開始打仗，我就入伍了。直到我知道她和史泰克門那傢伙搞上了，我才回來的。」

他突然頓下來，臉色有點蒼白。

「史泰克門那傢伙是怎樣一個人？」康妮問。

「一個幼稚的老粗，嘴巴很髒，她欺壓他，兩個人都喝酒。」

「老天，萬一她回來！」

「是呀，老天爺！我會走掉，再一次消失不見。」

一陣靜默。火中的紙板已燒成灰燼。

「所以，當你得到一個要你的女人時，」康妮說，「你反而消受不起。」

「是呀！似乎如此！但即使在那時候，我還是情願要她，不要那些死也不要的女人：我年輕時代那個純純的愛人，或那個有毒的百合花，還有其他那些女人。」

「其他那些怎麼樣？」康妮問。

「其他那些？沒有其他的。只是就我的經驗，我發現絕大多數女人是這樣的：她們大都要一個男人，卻不要性，不過她們會把它當成契約的一部分，而接受它。老派那一型的女人就躺在那兒，事不關己似地由著你做。事後她們也不會放在心上，後來甚至還能喜歡你。那件事本身，她們倒不介意，頂多感到有點沒品味。大部分男人喜歡那樣子，可是我卻很討厭。有一種精明型的女人，明明不喜歡性，卻會假裝喜歡，她們裝得很熱情、很興奮，但那全是在騙人，是她們裝出來的。另外還有一種女人，什麼都喜歡，每一種感覺、擁抱和親熱，每一種，偏偏就不喜歡順其自然。她們總是讓你還沒到那要緊地方就敗倒下來，敗倒在不要緊的地方。另外就是男人婆那一型的，像我老婆，她們一定要自己搞，要做控制者。還有一種裡面已經死僵了，沒知覺了，她們也明白。還有一種會在你還沒真正爽到之前，冷不防地把你的熱情撲滅，然後抵著你的大腿，自己猛扭來達到高潮。不過她們很多是同性戀。女人那種同性戀的傾向，不管有意識或無意識，都教人吃驚。在我看來，她們幾乎全是搞同性戀的。」

「你很看不慣嗎？」康妮問。

「我真想結束了她們。我要是碰上一個真正的女同性戀，心裡面一定會抓狂，恨不得結束了她。」

「那時怎麼辦？」

「只好逃之夭夭。」

「你覺得女同性戀比男同性戀糟糕？」

「我是這麼這麼覺得！因為她們對我的折磨更大。理論的東西我不懂，我只知道我只要碰上搞同性戀的女人，不管她自己知不知道自己是同性戀，我都會發狂。不，不了！我希望再也不要和任何女人有牽扯了。我只想要一個人過日子，保有隱私，獨善其身。」

他眉頭深鎖，臉色顯得有些慘淡。

「我出現的時候，你會覺得不開心嗎？」

「我是一則以喜，一則以憂。」

「現在感覺又是如何？」

「從外在環境來說，我是憂心的。早晚那些複雜、醜惡和指責的情況都會到來。那是我心情沉重，感到沮喪的時候。可是等我心情一揚昇，我又會開開心心的，甚至還感到得意洋洋。我的性子真是越來越苛了，我覺得已沒有真正的性愛存在，沒有哪一個女人能自自然然和男人一起達到高潮的。黑女人雖然還可以，可是不管怎麼說，我們是白人，她們就有點像泥巴。」

「那麼現在，有我，你會高興嗎？」

「會！我能把一切忘掉的時候，我會高興。忘不掉時，我就會想鑽到桌子底下死掉！」

「為什麼要鑽到桌子底下？」她問。

「為什麼？」他大笑，「我想，是要躲起來吧。寶貝！」

「你和女人在一起的經驗，真的好像很不好。」她說。

「妳知道，我沒辦法自欺；這是很多男人會用的方法，他們會有一種態度來接受謊話。但我就是沒辦法自欺；我很清楚自己想從女人身上得到什麼，當我沒得到時，我絕不會說我得到了。」

「如今你得到了嗎？」

「看來好像有可能得到。」

「那為什麼你這麼陰沉沉的？」

「因為滿腔的回憶。也可能是怕自己。」

她靜靜坐著不說話。夜已漸深。

「男人和女人在一起這種事，你真的覺得很重要？」她又問他。

「對我來說是的。對我來說，它是生命的核心！我必須和一個女人有著穩當的關係。」

「要是沒有呢？」

「那我也認了。」

她再度想了一想，然後才說：

「你覺得你和女人的關係一向穩當嗎？」

「老天，才不是！我老婆變成那樣子，大部分是我的錯。我寵壞了她，而且我這人多疑，妳可要有心理準備。要我打從心底信任一個人，那得要好長一段時間。所以我可能也是騙子一個——我對人不信任。但對於溫存之情，實在不該不信任的。」

她看著他。

「你在血脈賁張的時候，不會不相信自己的身體。」她說：「那種時候，你不會不相信，是不是？」

「啊，不會！就因為這樣，我才惹出那許多麻煩，我心裡才會什麼都不相信。」

「讓你的心去懷疑吧！這有什麼大不了的？」

那狗兒在墊子上不舒服地哼了哼。爐裡的灰燼掩蓋了火光。

「我們是一對被擊敗的戰士。」康妮說。

「妳也被擊敗了嗎？」他放聲笑，「而這會兒我們又要重返戰場了。」

「是啊，我真的很怕。」

「是啊！」

他站起來把她的鞋拿去烘乾，然後擦乾淨他自己的靴子，再放到火爐旁邊。明兒一早，他再上鞋油。他把紙板燒成的灰燼用力撥開。「就算燒了，還是髒東西。」他嘀咕。隨後他去搬了一些木柴堆在架上，準備明早要用，接著他牽狗出去了一會兒。

他回來時，康妮說：

「我也想出去一下子。」

她一個人步入黑暗中。滿天星斗在頭上，夜裡的空氣聞得到花香味，她的溼鞋子沾得更溼了。她彷彿感到自己已經遠颺，離開了他和所有人。

天氣相當冷，她打著哆嗦兜回屋子去。他坐在低微的爐火前。

「哇，好冷呀！」她顫抖地說。

他把木柴扔進火裡，又去搬了一些回來，直到柴火燒得嗶啵作響，煙往煙囪直竄。搖曳生動的黃色火光讓兩個人看了很開心，他們的臉蛋被烘暖，心也暖了。

「不要太在意！」她說，去握他的手。他落寞地坐在那兒。「人總是盡了力就好了。」

「是啊！」他嘆一口氣，擠出一個笑容。

他坐在爐火之前，她滑入他的臂彎裡。

「那就忘了吧！」她悄聲說：「忘了吧！」

在綿綿不斷的溫暖火光中，他把她緊緊擁住了。火焰本身就好像一帖忘憂草。而她的嬌軀更是溫香軟玉！他的情緒慢慢轉變了，那股擋不住的活力再度回復過來。

「也許那些女人是真的想留下來，好好愛你，只可惜心有餘而力不足。也許，不全是她們的錯。」她說。

「我明白。妳以為我不知道我自己是一條給踩斷了背脊的蛇，落到什麼淒慘的地步嗎？」

她突然緊抱住他。她其實無意又重新挑惹起這些，但某種特殊的氣氛使她這麼做。

「可是，你現在不是了，」她說：「你現在不是了，不是一條被踩斷背脊的蛇了。」

「我不知道我是什麼，反正倒楣的日子還在前頭。」

「不會的！」她抱著他，抗議起來：「為什麼？為什麼這麼說？」

「人生在世，誰都有倒楣日子要過。」他用一種先知的口吻陰鬱地說。

「不會！你別這麼說！」

他不作聲了，但她感受得到他內心那空洞、陰暗的絕望感。那表示欲望空了，情愛滅絕了。這樣的絕望在人心裡面好比黑洞，吞噬了人的精神。

「你談到性的時候好冷漠，」她說：「好像你只顧著自己的愉悅和滿足。」

她忐忑不安的對他提出抗議。

「不是！」他說：「我雖然想從女人身上得到愉悅滿足，卻老是得不到，因為只要女人沒辦法同時從我身上得到愉悅滿足，我就是白搭。這種事需要兩人配合，而我總是落寞。」

「那是因為你對自己的女人不能夠相信，你甚至對我也不能夠相信。」她說。

「我不懂，什麼叫相信女人。」

「你瞧，你就是這樣！」

她仍舊蜷身在他懷裡，然而他悶悶不樂，而且魂不守舍，心不在她這兒。不管她說什麼，都只是把他趕得更遠。

「那麼，你到底相信什麼？」她追根究底地問。

「我不知道。」

「什麼也不相信，和所有我認識的男人一個樣子。」她說。

兩人都安靜下來，然後他打起精神來說了：

「不，其實我是有一點信仰的。我相信做人要有一顆熱誠的心，特別在談感情的時候要有熱誠，在性交的時候要有熱誠。我相信性交時，只要男人能夠帶著熱誠去幹，女人帶著熱誠來接受，那麼一切都會美好圓滿。是那種冷淡麻木的性使人感到心灰意冷，跟白痴一樣。」

「可是你和我相好時，並不是冷淡麻木的。」她抗議道。

「我本來一點也不想和妳相好。像現在，我的心涼得像個冰冷的馬鈴薯。」

「哦，」她說，挑逗地親他，「讓我們來把它下鍋炒一炒吧！」他大笑，坐正起來。

「我說的是真的！」他開口道：「做什麼事都得拿出一點熱誠來。可惜女人不喜歡這一套。連妳也不見得喜歡，妳喜歡的是痛快、俐落、有勁，但是沒什麼真心誠意地幹一場，然後假裝它甜蜜得很。妳該給我的溫存在哪裡？妳猜忌我，就像貓見到狗一樣。我告訴妳，就算要溫存和熱誠，也得兩人同心協力。妳喜歡性沒錯，可是妳卻希望把它說成是又尊貴、又神祕的事，好滿足妳自己那種自尊的心態。妳的自尊比任何男人，或和任何男人在一起要來得重要，重要個五十倍都有。」

「這正是我對你的說法，你才把自己的自尊心看得比什麼都重要。」

「是吧！那麼，好吧！」他說，挪動身子好像想站起來。「讓我們保持距離吧！我寧可死，也不要再和人冷冰冰地搞了。」

她從他懷中滑開來，而他則站起身。

「你以為我想要這樣？」她問。

「但願妳沒興趣。」他回道：「不過不管怎樣，妳睡床上，我就睡這裡。」

她瞅著他看。他面容蒼白，雙眉緊蹙，像根冷竹竿似地退得老遠。男人全是這副死樣子。

「我得到天亮才能回去。」她說。

「不要現在走。到床上去睡。現在要再過十五分才一點。」

「我才不到床上睡。」她說。

他跨過去，拿起他的靴子。

「那麼我出去。」他說。

他開始套靴子，她直勾勾看他。

「等等，」她顫聲說：「等等！我們是怎麼了？」

他彎著腰在繫鞋帶，並沒有回答。時間一秒秒的過去，她感到眼前發黑，好像要昏倒了。她失去所有的知覺，傻站在那兒，一雙眼睛瞪得大大的，茫茫然看著他，其他的什麼都不知道了。

因為太安靜了，他抬起頭來，見她張著眼睛，失魂落魄的模樣。他彷彿被一陣風給颳起來，一腳穿著靴，一腳是光的，一跛一跛向她跳來，把她納入懷裡緊緊抱在胸前。不知怎地，就是胸口那地方有種痛楚。他就那樣子抱著她，而她就那樣子讓他抱著。

直到他的手盲目向下滑行，觸摸著她，觸及衣服底下她那溫熱滑潤的地方。

「我的甜心！」他喃喃說道：「我的小甜心！我們別吵了，我們永遠別吵了！我愛妳，我喜歡摸妳。不要和我鬥嘴了，不要！不要！讓我們在一起吧！」

她昂起臉兒看他。

「那你就不要心煩了，」她沉穩地說：「心煩也沒有用。你真想跟我在一起嗎？」她的眼睛張得很大，眼神穩穩地直看著他。他頓了一頓，突然靜止下來，把臉別開。他整個人聞風不動，然而不曾退縮。

然後他揚起頭，凝視她雙眸，帶著他那種與眾不同的微諷笑意說：「是的——是的！讓我們起誓永遠在一起。」

「你是說真的？」她問，滿眶淚水。

「是真的！我以心臟、肚子和陰莖起誓。」

他仍然低頭對她微笑，可是眼中掠過一絲諷刺和痛楚。

她無聲地啜泣。他和她在壁爐前的地毯上躺了下來，就地進入她體內，於是兩人都心平氣和了。之後他們很快地上床去，因為彼此把對方都搞累了，而且天氣也越來越冷了。她依偎著他，感覺自己分外嬌小，整個被他擁抱住。他們馬上就睡著，沉睡在同一個夢鄉，兩個人並排躺著，一動不動地直睡到第二天早晨，旭日上了樹梢。

他醒過來望著窗口，窗簾低垂著。他聽著鶺鳥和畫眉在林中高亢啼叫。五點半，是他起床的時間。今天早上一定會是個好天氣。昨夜他睡得多熟！多麼清新的一天！那女人蜷著身子，嬌嬌柔柔的，還睡著呢！他的手在她身上輕移，她張開惺忪的藍眼，不知不覺對他微笑。

「你醒了？」她對他說。

他深深注視她，微微一笑，吻她。她猛地一醒，坐了起來。

「我居然在這兒！」她說。

她四下張望，這間小臥室粉刷成白色，有斜斜的天花板，山型的窗戶，白色窗簾已經拉上。房間裡空空的，只有一座黃漆的小衣櫃，一把椅子，和兩人並躺的那張白色小床。

「我們倆居然會在這兒！」她說，低頭瞧他。而他躺著，看著她，一面在單薄的睡衣底下撫弄她的胸脯。他在溫和、有熱誠的時候，人看起來又年輕、又英俊；他的眼神可以那麼熱情洋溢。而她則是清新、嬌嫩得像一朵花。

「我要脫掉妳身上這一件！」他說，把她單薄的睡衣往上提，拉過她的頭之後脫掉了。她坐在那兒，裸露出雙肩和顯得有些黃潤的長乳房。他喜歡把她那對奶子弄得晃來晃去，像鐘擺一樣。

「你也要把你的睡衣脫掉。」她說。

「呃，不要！」

「要！要！」她命令著。

於是他脫掉了他那棉布的舊睡衣，拉下褲子。他除了雙手、雙腕、臉部和頸子之外，全身膚色都白皙得像牛乳，肌膚細緻又結實。在康妮眼中，他忽然又英俊撩人了，就像那天下午她看到正在洗澡的他那樣。

燦爛的陽光照到了拉上去的白窗簾，她覺得好像陽光想穿窗而入。

「哦！我們把窗簾拉開吧！鳥兒叫成那樣子！我們讓陽光進來吧！」她說。

他轉過身去，下了床，赤裸著潔白而瘦削的身子走到窗前，彎了彎身拉開窗簾，朝外面看了一會兒。他的背部修長、白皙，臀部雖小，但線條優美，有種男性的美感。他的頸背曬成古銅色，頸子雖細卻很強壯。

那副優美、纖細的軀體有種穩而不露的力量。

「你好英俊呀！」她說：「這麼純潔和美好！來嘛！」她伸出雙臂來。

他不好意思轉過來面對她，因為他渾身赤條條，而且已經勃起了。

他只好從地上拾起他的襯衫遮在身上，走向她去。

「不要遮住！」她說，下墜的乳房兩邊，一雙玉臂仍然伸著，「讓我看看你！」

他扔下襯衫，站得直直的不動，看著她。陽光從低低的窗口透了一道光芒進來，映照在他的細腰、雙腿和挺立的寶貝上。那寶貝在一小簇鮮明金紅的體毛中豎然而立，看起來黝黑、灼熱，令她心驚膽顫。

「好奇特呀！」她慢慢說：「它挺立在那兒好奇特！那麼碩大！那麼黑，又神氣十足！它真的那樣子嗎？」

那男人從他清瘦白皙的身體往下看，然後大笑起來。他薄瘦胸膛間的毛髮，顏色很深，近乎黑色。可是小腹下面，那碩大、弓起的寶貝屹立之處，卻是金紅鮮明的一簇毛髮。

「好驕傲！」她喃喃低語，頗不自在，「好威風哪！現在我總算明白，為什麼男人都那麼驕傲自大了！但它真的很可愛，像另一種生命！有點怕人，可是真的又好可愛！它朝我來了！」她咬住下唇，又覺得心慌，又覺得興奮。

那男人沒說話，低頭瞧了瞧那在繃張狀態中的寶貝，它絲毫未變。「是呀！」最後他低聲開口道：「是啊，我的小兄弟，真的是你。是，你是該抬頭挺胸的！你是唯我獨尊的，不把任何人看在眼裡！約翰．湯瑪士，你啟發了我。我是我自己的主子？哈，你廢話不多，倒比我神氣。約翰．湯瑪士！想要她？想要我的珍夫人？你又拖我下水了，真要命。你抬著頭笑咪咪的。行，問她吧！問珍夫人！說：讓妳的門扉大張，好使榮耀之王進入。對，厚著臉皮說吧，洞洞，那就是你要的。告訴珍夫人，你要洞洞。珍夫人的洞洞！」

「哦，別開它玩笑了。」康妮說，用雙膝在床上爬，爬到他身上，伸臂抱住他白皙而纖細的腰身，把他抱緊了。因而她懸垂的雙乳碰到了他挺立、跳動的寶貝頂端，給沾溼了。她把這男人抱得好緊好緊。

「躺下來！」他說：「躺下來！讓我來！」

他這會兒可是迫不及待了。

結束之後，當兩人完全安靜下來，這女人又非把男人掀開來，看看他那奇妙的寶貝玩意兒不可。

「它現在好小、好軟，像生命的小苞芽！」她說，捧住那軟軟的小寶貝，「它這樣子也還是好可愛！那麼有個性，那麼奇特！而且純真無邪！它進到我體內，進得那麼深！你永遠不能夠污辱它，你曉得，它不只是你的，它也是我的。是我的！這麼純真、可愛！」她輕輕把那陰莖握在手裡。

他大笑起來。

「但願令我們永結同心的那份愛的力量，永遠常在。」他說。

「那當然！」她說。「即使它現在又小又軟，我還是為它癡迷。而且，你這邊的毛好可愛！真的很不一樣！」

「那是約翰・湯瑪士的毛，不是我的！」他說。

「約翰・湯瑪士！約翰・湯瑪士！」她飛快親了那軟軟的寶貝一下，它又開始蠕動了。

「不錯！」那男人回道，一邊痛苦似的伸展身體。「它根植在我的靈魂裡，有時我真不知道拿它怎麼辦。是的，它有自己的意志力量，很難稱它的心。不過我絕不會毀了它就是。」

「難怪男人老對它提心吊膽的！」她說：「它真的很可怕。」

意識的流向又改變了，向下湧注，這男人的身體起了一陣震顫，他著實無能為力。那寶貝兒慢慢柔和地起變化，脹大，變強，堅挺而起，成為那高塔般的特殊姿勢，強硬而傲視一切地聳峙在那兒。這女人定睛看著它，也不禁微微顫抖了。

「那兒！接受它吧！它是妳的了。」男人說。

她嬌顫，整顆心溶化了。他進入她體內時，一波波無法形容的快感又激烈，又柔和地湧向她，跟著是那種熾熱的、神奇無比的興奮感開始擴展、擴展，直到最後被那極致的愉悅快感帶入心醉神迷的境地去。

他聽見遠處史泰克門七點鐘的汽笛聲。是星期一早晨了，他微微哆嗦了一下，把臉埋入她的雙峰之間，讓她的酥胸壓上他的耳朵，擋掉了聲音。

她甚至沒聽到汽笛聲。她躺著不動，心靈沖刷得剔透明淨。

「妳得起來了吧？」他低聲問。

「幾點了？」她軟綿綿問道。

「七點的汽笛剛剛響過。」

「那我想我是該起來了。」

她討厭，一向就討厭外界來的強制力量。

他坐起來，視而不見望著窗外。

「你真的愛我，是不是？」她平和地問他。

他低頭看她。

「妳都已經知道，何必再問！」他道，有點心浮氣躁的。

「我要你把我留住，不要讓我走。」她說。

他的眼眸彷彿充滿了一種令人難以想像的柔情，溫暖而優柔。

「什麼時候？現在嗎？」

「現在你只要把我放在心上就行了。然後，我希望在很短的時間內能永遠和你在一起。」

他赤身坐在床上，低垂著頭，沒法子思考。

「你不希望這樣嗎？」她問。

「我希望！」他回道。

同樣那雙眸子，這時因為另一股火熱的意識而變得朦朦朧朧，幾乎像睡著了。他注視著她。

「現在不要問我。」他說了：「就讓我維持原狀。我喜歡妳。妳躺在那兒的時候，我愛妳。女人好好地被幹，那模樣可愛得很；洞洞這玩意兒很妙。我愛妳，妳的腿、妳的曲線，和妳的風情。我愛死了妳的味道，一顆心都獻給妳了。但是現在不要問我，不要逼我回答，讓我現在這個樣子，在還能打住時打住。將來妳要問我什麼都可以，現在，讓我維持原狀，讓我維持原狀！」

他輕輕把手放在她的私處，她深棕色的柔毛上，自己則赤身裸體，坐在床上聞風不動，臉上沒有表情，一張肅然，宛如佛相。他聞風不動，手放在她身上，在另一種無形的熱情中，等著自己的情緒平定。

片刻之後，他伸手去拿襯衫穿了上去。他沒說話，迅速穿好衣服。而她依然一絲不掛躺在床上，微微泛著金光，像一朵名叫「里昂之光」的玫瑰花。他瞧一瞧她，然後走了。她聽見他下樓開門的聲音。

她依然躺在那兒想呀，想呀；要走、要離開他的懷抱真難。他在樓梯口喊：「七點半了！」

她嘆口氣起了床。這空盪盪的小房間！除了那座小衣櫃和小床別無他物；地板倒刷得很乾淨；山形的窗戶，一旁角落有個書桌，擱了幾本書在上面，有些是圖書館借來的。她端詳著，有幾本是有關俄羅斯的布爾什維克分子的，有幾本是遊記，一本講原子、電子，另一本講地心成分和地震的來由，再來是幾本小說，然後有三本關於印度的書。這麼說，他到底是個讀書人。

陽光透過山形的窗子，照在她光溜溜的肢體上。她瞧見狗兒蘿西在外頭跑來跑去。榛樹林下的綠色、墨綠色山本藍霧氣迷離的。這是個清爽之至的早晨，鳥兒精神昂揚地飛舞、啼唱。如果她能留下來不走有多好！如果沒有那個鐵灰瀰漫的可怕世界有多好！如果他能夠為她造一個世界有多好！

她走下樓，走下那道狹窄、陡峭的木樓梯。但只要這小屋能自成一個世界，她還是會心滿意足，安然守在這裡。

他已經梳洗過了，神清氣爽的。爐火正旺。

「妳要吃點什麼嗎？」他問。

「不了！借我一把梳子就行了。」

府。

她跟著他到洗碗槽那兒，對著後門旁邊那面僅一手之寬的鏡子梳頭髮。然後準備打道回府。

她立在屋前的小花園中，望著佈滿露珠的花兒，灰色的園圃裡都是粉紅色的花苞。

「真希望這個世界其他的東西都消失掉，」她說，「我好和你在這裡生活。」

「它們是不會消失掉的。」他說。

他們穿過掛滿露水的美麗樹林，幾乎不交一語。但他們好歹是在自己的天地裡。

向前行，回薇碧山莊，對她是件苦事。

「我希望很快就回來，和你一起生活。」兩人分手之際，她這麼說。

他笑了笑，沒有回答。

她神不知、鬼不覺地回到家，逕自上樓回房間。

15

早餐托盤上擱著一封希爾黛寫來的回信：「老爸這星期就要到倫敦。我會在六月十七日星期四這天去找妳，妳務必先打點妥當，我們好直接上路。我不想把時間耗在薇碧山莊，那地方太可怕。我也許在雷特夫的柯家待一晚，那樣星期四中午，我就可以和妳會合，一塊吃中飯。然後咱們在下午茶時間出發，晚上也許在克蘭山過夜。花一個晚上的時間陪克里夫沒什麼意義，如果他不高興妳出門，咱們陪他，他也不會痛快的。」

瞧！她又和棋盤上的棋子一樣，被推著團團轉！

克里夫不高興她出門，只因為她不在家，他就覺得沒安全感。不知什麼緣故，只要她在，他就有安全感，可以無後顧之憂地去忙他熟悉的事。他投下大量精神搞礦場，絞盡腦汁在那些根本沒搞頭的問題上，拼命想著如何用最經濟的法子把煤挖出來，然後賣出去。他知道他得設法把煤用掉，否則也要把它們轉化成別的物質，這麼一來，他就不必賣煤，或者賣不掉時還得煩惱怎麼辦了。但是假如他把煤轉化為電力，是否有用處，是否賣得掉？要把煤轉化成油，現在成本還是太高，技術還太複雜。為了讓工業生存下去，就得發展更多工業，這簡直是瘋病。

正因為是瘋病，所以需要瘋子來把事情搞起來。沒錯，他是有點瘋，康妮這麼認為。在她感覺，他對礦場的事那麼敏感、起勁，就是發瘋的跡象；他那些奇思異想正是精神異常下的念頭。

他把一堆重大計畫一一告訴她，她聽得頭昏腦脹，但由著他說下去。然後，滔滔不絕嘎然而止，他掉頭搞音響喇叭去了，什麼都忘了。顯然在這種時候，他那一堆計畫盤繞在腦中，把他弄得像在作夢一樣精神恍惚。

現在，他每天晚上都要拖著包頓太太玩英國大兵玩的那種紙牌，一次賭六便士。賭得起勁時，他就又像進入一種無意識的狀態中，可以說是茫然的沉醉，或是沉醉的茫然，反正稱做什麼都可以。康妮受不了見到他那副樣子。待她上床之後，他和包頓太太準會賭得人事不知，直到清晨兩、三點鐘。包頓太太和克里夫一樣，沉溺在這種賭癮裡，比他還嚴重，因為她差不多老是輸。

一天，她同康妮說：「昨兒晚上，我輸給克里夫爵爺二十三先令。」

「他真拿了妳的錢？」康妮吃驚的問。

「那當然，夫人！賭債可賴不得！」

康妮對兩個人都很生氣，大大說了他們一頓。結果是，克里夫爵爺給包頓太太加了一百先令的年薪，她可以拿它來賭。到了這個地步，在康妮看來，克里夫真的是沒救了。

她終於跟他說她十七號要動身了。

「十七號！」他道：「那妳什麼時候回來？」

「最晚七月二十號回來。」

「是嗎！七月二十號。」

他瞧著她，眼神空洞古怪，有著孩子似的無知，又有老頭子那種呆滯的狡猾相。

「妳不會讓我失望吧，是不是？」

「怎麼說？」

「妳走了，我是說，妳一定會回來吧？」

「我當然一定會回來。」

「好，好的！七月二十號！」

他直瞅著她，眼神好怪。

然而，其實他是希望她去的。那種心態很矛盾，他真的希望她去，去搞點小桃花，也許懷個孩子回家來，那樣就好。但同時他又怕她走。

她去找守林人談她出國之事。

她膽顫心驚，在注意一舉甩掉他的絕佳機會，在等候她和他都完全準備好的時機。

「等到我回來時，」她說：「我就可以對克里夫說我必須離開他。你我一走了之，他們根本不必曉得是你。咱們可以到別的國家去，好不好？去非洲或是去澳洲。好不好？」

她被自己的計畫弄得興奮不已。

「妳從來沒去過這些殖民地，是吧？」他問她。

「沒有！你去過？」

「我到過印度、南非和埃及。」

「咱們何不到南非去？」

「可以啊！」他慢吞吞說。

「還是你不想去？」她問。

「我無所謂，我做什麼都無所謂。」

「這計畫沒有讓你高興嗎？怎麼呢？咱們不會餓著的，我寫信問過了，我一年差不多會有六百鎊的收入，這數目不算多，可是也夠生活了，不是嗎？」

「對我來說那已經是筆財富了。」

「哦，日子會有多棒！」

「可是我得要離婚，妳也是，否則我們會出問題的。」

必須打算的事情不少。

又有一天，她問到他的事。那時，他們倆在小屋，外頭打雷下雨。

「你當了上尉，成了軍官和紳士，你不高興嗎？」

「高興？馬馬虎虎啦！我和我的上校倒是處得很不錯。」

「你很喜歡他？」

「是的，我是很喜歡他。」

「他對你很好？」

「不錯，從某一方面來說，他的確對我很好。」

「把他的事情告訴我。」

「有什麼可以說的？他是由大兵晉升軍官的，喜歡軍旅生涯，從沒結過婚。他年紀大我二十歲，是個相當睿智的人，好漢一條，在軍隊中獨來獨往，很有他自己的慷慨作風，是位非常聰明的長官。我和他在一起時很崇拜他，對他言聽計從的，從沒後悔過。」

「他死時你很傷心嗎？」

「我自己也幾乎沒了命。我醒來之後，就曉得我的另外一部分完結了，不過我老早心裡有數，死亡會把這一部分結束掉。照理來說，萬事萬物皆如此。」

她坐著深思。外頭雷電交作，他們彷彿在洪水中的一葉方舟裡。

「你好像歷盡滄桑似的。」她說。

「是嗎？感覺我好像已經死過一、兩次了，不料人還拴在這兒，招惹更多麻煩。」

她用心思考著，卻也一邊聆聽狂風暴雨聲。

「上校死了後，你又當軍官又當紳士，難道不高興？」

「不高興，那群傢伙壞得很。」他猛地放聲大笑，「上校常說：『小子，英國中產階級每吃一口東西，都得嚼上三十遍，因為他們的肚腸很窄，芝麻豆大的東西都會把他們堵住。他們是創世紀以來最壞的一群娘娘腔，自大得要死，可是連鞋帶沒繫好都要害怕，腦袋瓜子腐敗得像臭掉的獵物，但事事都是他們對。』這就是我走人的原因：磕頭、拍馬屁、舔屁股，舔到舌根都僵了，依然都是他們對！最可惡的就是裝模作樣。一群裝模作樣的娘娘腔，一個個都只有半粒蛋蛋——」

康妮大笑。大雨傾盆而下。

「他恨死他們了！」

「不！」他說：「他才懶得理他們，他只是不喜歡他們，這不大一樣。因為，他說過，連大兵們也是越來越裝模作樣，肚腸狹小，只剩半粒蛋蛋。變成那樣子，是人類的命運。」

「一般平民百姓是，勞工階級也是嗎？」

「全都一樣。他們的膽子全沒了，最後那一點點的膽色被汽車、電影和飛機吸得光光的。我告訴妳，每一代繁衍出來的下一代比兔子生的還要多，他們長得橡膠管的腸子，錫的腿和錫的臉。錫人！全是那崇拜機械、打死不變，把人類毀了的布爾什維克主義。錢，錢，錢！現代所有人都覺得把人類舊有的感覺毀滅了那才是真刺激，把老亞當和老夏娃剁成了肉醬。他們全都一樣，整個世界都一個樣子。毀掉人類的本體，一鎊金子一只包皮，兩鎊金子一對蛋蛋。洞洞不過是給機器幹的！都一樣。給他們錢好把世界給閹了。給他們錢，錢，錢，好取走人類的膽量，留下一切轉來轉去，沒完沒了的小機器。」

他坐在小屋裡，拉長臉諷刺世界，但即使如此，他依然豎起了一隻耳朵，傾聽橫掃過樹林的暴風雨。那使他備感孤獨。

「這種情形難道沒有個了結嗎？」她問。

「會，會結束的。它會自己救自己的。等到最後一個真正的人終於毀滅，他們都成了孬種，不管是白皮膚、黑皮膚的、黃皮膚，或其他顏色，全成了孬種，所有人都瘋了，喪失『理智』的時候。理智的根源來自於那對蛋蛋。等他們全部喪失理智，他們就會轟轟烈烈地做出最後判決。妳知道所謂最後信仰的意思就是『行動的信仰』。對啦，他們會決定他們自己轟轟烈烈的信仰行動。他們會相互把對方奉獻出去。」

「你的意思是相互殘殺？」

「正是，小可愛！如果咱們照目前的速度搞下去，那麼不到一百年，這座島上就剩不到一萬人，搞不好十個人都不到。他們會甜甜蜜蜜的把對方幹掉。」遠處雷聲隆隆。

「太妙了！」她咕噥。

「的確很妙！想想人類滅絕久久之後，其他族類才會出現，你就會冷靜下來。這可比什麼都要管用。只要我們照這樣子胡搞下去，每個人——知識分子、藝術家、政府官員，還有工人，全都瘋狂地在摧毀人類最後的感覺，他們最後那一點直覺，最後健全的本能。如果情況像現在這樣，是代數級地在進行，那麼結果就是完蛋了，人類！再會了，親愛的！大蛇吞噬了自己，留下一片空白，一團混亂。不過好在還不是不能挽救的。太妙了！等到野狗在薇碧山莊狂叫，小火車兇猛地壓碎泰窩村礦場的那時候，咱們就要讚美主了。」

康妮笑了，然而不怎麼愉快。

「那你該高興才對，他們全是布爾什維克一夥的，」她說道：「你該高興他們迫不及待地往終點衝。」

「我是高興。我不會攔著他們的，因為就算我想攔也攔不住。」

「那你為什麼一肚子牢騷不滿？」

「才沒有！就算我的命根子在做垂死的呼喚，我也不管。」

「但是萬一你有孩子呢？」她問。

他垂下頭來。

「這個，」最後他開了口：「對我來說，把孩子帶入這世間，是件錯誤、糟糕的事。」

「不！不要這麼說，不要這麼說！」她懇求道：「我是打算要有孩子的，說你會開心。」她把手擱到他手上。

「我開心是為了要讓妳開心。」他說：「只是我卻覺得對那未出世的生命，似乎是個莫大的背叛。」

「哦，不！」她激動道：「這麼說你就不是真的想要我！你不可能要我，如果你是那樣想的話！」

他又不吭聲了，臉垮下來。屋外只有傾盆大雨的聲音。

「那不完全對！」她低聲道：「那不完全對！還有其他的原因。」她覺得他現在之所以不和悅，部分是因為她要離開他，故意跑到威尼斯去。這一點使她一半感到愉快。

她拉開他的衣服，讓他露出腹部，然後她親他的肚臍。她用臉頰去貼他的肚皮，伸手抱住他溫熱、挺直的腰身。滾滾濁流中，只有他們倆了。

「告訴我你想要孩子，你期待著！」她喃喃地說，臉貼在他肚子上。「告訴我你真的想要！」

「唉！」最後他終於說了。她感覺到他身上一陣輕微的顫動，他的心思改變，人也放鬆了。「我有時候也想，人只要肯嘗試，和礦工待在這兒，也可以有所為！他們現在做得很苦，賺得卻很少，要是有人能開導他們，別一味想到眼前的錢。談到錢，其實咱們所需不多，咱們不要為錢而活——」

她用臉頰在她肚子上輕摩，把他的蛋蛋握在手裡。那寶貝根微動了動，有一股奇異的生命力，不過並未勃起。屋外的大雨狂洩。

「讓我們為別的東西而活吧！讓我們不要為了賺錢而活；不為自己，也不為別人這麼做。雖然眼前我們迫於現實，不得不為自己掙一點錢，為主子賺大把鈔票，可是讓我們抵擋它，一點一點地阻止這種現象繼續下去。我們犯不著暴跳如雷；我們一點一點地做，拋掉整個工業生活，反璞歸真。錢不必多，也可以甘之如飴，對每一個人來說，你、我、老闆主子，哪怕是天皇老爺都一樣，錢不必多，大家都甘之如飴。只要下決心，你就可以從這場混亂中掙脫出來。」他頓了頓，接著又滔滔說下去。

「我要對他們說：看！看看喬！他的動作多可愛！看看他是怎麼舉手投足的！又靈活又敏捷！他真帥！看看小丘！他是醜八怪，笨手笨腳的，因為他委靡不振。我要對他們說：看！看看你們自己！一肩高一肩低，兩腿扭曲，結瘤累累！幹著那種要命的工作，結果把自己搞成什麼樣子？把自己都毀了！根本沒必要那樣賣命。脫掉衣服看看自己，你們本該活得漂亮有生氣，現在卻成了個半死不活的醜八怪。我就要這樣對他們說。我要鼓勵男人換上不同的衣服：紅色緊身褲，大紅的，還有白色的短上衣。呵，男人只要一雙腿還是結實有血色的，那麼光是這點，一個月內他們就可以改頭換面。他們就會開始恢復男兒本色，成為男子漢！至於女人高興怎麼打扮就怎麼打扮。因為，只要男人穿上大紅緊身褲，在白色短衣之下露出個翹屁股，大搖大擺走路，那麼女人就會又開始像女人了。都因為男人不像男人，女人也才變了樣。到時候就拆了泰窩村，蓋幾棟漂亮的建築物，那也足夠咱們遮風蔽雨了。再把鄉郊整理起來，孩子不要生太多，因為世界上已經人滿為患了。」

「我是不會對男人們說教的，只要剝光他們的衣服，對他們說：看看你們自己吧！這就是為錢工作的結果。聽聽你們自己，這就是為錢工作的結果！瞧泰窩村那副光景，太嚇人了！那就是因為你們為錢工作的心態，才把它建造成那樣子的。看看你們的馬子，她們不關心你們，你們也不拿她們當一回事，因為你們把時間耗在工作上，耗在為錢瘋狂上！你們話說不好，路走不好，日子也過不好，也許連和女人在一起都成問題。你們根本不算活著，看看自己的鬼樣子！」

一陣沉寂。康妮沒有用心聽，倒是專注於把幾朵她剛才來小屋的路上採到的勿忘我插在他下腹的體毛之中。外面的世界靜止了，有點冰冰涼涼的。

「你身上有四種毛，」她對他說：「胸部上的毛差不多是全黑的，頭上的髮色卻沒那麼深；你的鬍鬚很硬，是暗紅色的；而你這邊的毛，你的愛情之毛，像一叢鮮豔的金紅色槲寄生，它是所有毛毛中最迷人的！」

他低頭一瞧，他腿間的毛叢中插著乳白色的勿忘我。

「對！那兒是安放勿忘我的所在，豎在男人或女人的毛裡。但是，妳對未來難道不在乎？」

「哦，我在乎啊，在乎極了！」她說。

「我總感覺到人類世界是注定要毀滅了，被人自己野蠻的劣根性搞到完蛋了。我常會覺得逃到殖民地還不夠遠，連月球都不夠遠，因為即使你爬上了月球，回頭看見的還是地球，那麼骯髒、糟糕，了無生趣的夾雜在眾星球之中，它已經讓人類糟蹋了。那時我會覺得好像生吞了苦膽，它在腐蝕我的五臟六腑，我逃得再遠也逃不掉。可是等我腦筋一轉，我就又會把一切忘光光。這幾百年人類的遭遇委實太不堪了：男人除了做牛做馬之外，變得一無是處，男子氣概消磨殆盡，再也不能過像樣的生活。我真恨不得把地球上的機器一舉清除掉。工業時代大錯特錯，就把它徹底結束了吧！不過我力有未逮，想必別人也無能為力，我只能苟且偷安，獨善其身，只管過自己的生活——如果我還有生活可過的話——這點我真的很懷疑。」

外面的雷聲已歇，然而剛變小的雨卻猛地又狂打起來，夾帶著暴風雨將離開時那苟延殘喘的雷電聲。康妮坐立不安地。他喋喋不休到現在已有一會兒了，而事實上他是在自言自語，並非對著她說話；他整個人似乎陷入絕望之中。她反倒暗自竊喜；本來她是很討厭絕望氣氛的，可她知道，就因為她要離開他，他心裡瞬時體認到這點事實，他的情緒才會陷入這股低潮之中。為此，她內心略有點得意。

她打開門，望著筆直傾注而下的大雨，有如一道鋼幕。她突然有股要奔入雨中，逃開一切的衝動。她站起來，開始飛快脫掉褲襪，然後是衣服和內衣。他屏住了氣息。她移動之際，那對尖挺敏感的乳房也隨之搖擺、晃動。在青色的光線下，她泛著象牙色。她又把膠鞋套上，發出一聲有點狂野的笑聲，她高舉雙臂，跑了出去，向著大雨挺起了胸脯，邊跑邊舞著早年她在德勒斯登學過的體操舞姿；那白皙美妙的身段兒時而跳上，時而躍下，時而曲折，雨打在她的腰枝上，晶瑩閃動。一會兒她又旋轉起來，抬起小腹穿越雨幕，然後彎下腰去，所以看來倒像用一副腰枝、屁股在向他行禮，不停在大搖大擺地敬著禮。

他無奈地笑了，也把衣服脫了；他實在抵擋不了。他赤條條、白溜溜的，微微打顫地一躍而入大雨之中。蘿西狂吠一聲衝到他跟前。康妮掛著一頭溼淋淋的頭髮，灼熱的臉轉過來看到他，她轉身便跑，藍眸閃閃生輝，用一種特殊的衝刺動作，奔過空地到小路。帶雨的樹枝拍打著她。她跑著，他什麼都沒有看到，就只看到她溼了的頭，溼了的背部，還有閃光的屁股，一直往前奔去。那是一副跑著、顫抖著的女性美麗胴體。

在她快跑到大馬路時，他追上來，伸出裸露的胳臂一把圈住她溼軟的腰身。她尖叫一聲，把身子挺直了，她柔嫩、冰涼的肌膚貼到他身上。他瘋狂地把她抱緊了。一經接觸，那柔嫩、冰涼的女性胴體一下火燙起來。大雨打在他們身上，都冒出雨煙了。他一手一邊的抓住她可愛的屁股，拼命往自己身上貼。他在發抖，但一動不動地站在雨中。突然間他把她一推，和她一起倒在小路上，在震耳欲聾卻又寂然無聲的大雨中，又快又猛的擁有了她，又快又猛的完了事，像生猛的野獸。

他很快就站起來，抹去眼中的雨水。

「進去吧！」他說，兩人開始跑回屋子。他不喜歡淋雨，快步直跑。可是她落後一些，一邊跑個幾步，一邊採著勿忘我、剪秋蘿和風鈴草，看著他越跑離她越遠。

等她拿著花兒喘吁吁進了屋，他已經把火升上來了，樹枝嗶撥響。她凸出的胸脯上下起伏，頭髮被雨打得溼透，臉孔紅通通的，身子水光閃爍，淌著雨珠子。她眼睛睜得大大的，上氣不接下氣，小頭溼溼的，滴水的腰身豐腴優美，模樣兒看起來很不一樣。

他拿了舊床單，把她從頭往下擦，她像個小孩子似的站著。然後他去關了屋門，這才擦拭自己。火越燒越旺，她把頭鑽進床單另一頭，擦她的頭髮。

「咱們用同一條毛巾擦身子，將來會吵架！」他說。

她抬眼看了看，髮上全是毛毛屑屑。

「不會！」她張大眼睛道：「這又不是毛巾，是床單。」

她繼續忙著擦她的頭，他也忙著擦他的頭。

因為剛剛花了太大力氣，兩個人仍然氣息未定，各自裹著一條軍毯，但前身敞開，並肩坐在一塊木頭上烤火、歇息。康妮不喜歡軍毯在皮膚的感覺，可是床單已經溼透，沒法用了。

她拿掉毯子，在泥砌的壁爐前面跪下去，頭伸向火焰，甩著頭髮讓它乾。他欣賞她腰臀之間的曼妙曲線，感到心蕩神馳。那道直下豐臀的曲折線條，是多麼動人！

他伸手輕撫她的屁股，細細品味那珠圓玉潤和曲線之美。

「妳的屁股真美，」他嘶啞、愛憐地操土話道：「妳有比誰都要美妙的屁股，它是女人之最！每一吋都有女人味，絕對的女人味。妳不像那些屁股長得像鈕扣似的娘們，那根本應該是男孩子的屁股！妳有的是真正軟嫩、玲瓏的屁股，是男人夢寐以求的。它可以撐起這個世界來，真的！」

他一面說，一面在她渾圓的臀部上輕攏慢撫，直到彷彿有一道火苗溜呀溜地竄到他手上。他一遍又一遍觸碰她身上那兩處祕密的開口，指尖帶著小小的火苗。

「妳要是又拉屎又拉尿，我會叫好。我可不要一個不會拉屎拉尿的女人。」

康妮忍不住驚異，噗哧一笑；而他不為所動地滔滔說下去。

「妳是實實在在的，真的實實在在，而且還有一點兒浪蕩勁兒。妳從這兒拉屎，從這兒尿尿，我一手就可以摸到它們，這使我爽快，使我喜歡妳。妳有副實實在在的、女人的屁股，它以自己為榮，一點也不會害臊，一點也不呢！」

他的手緊緊按在她那神祕之處，像是在與它親熱地寒喧。

「我喜歡它，」他說：「我喜歡它！如果我只剩十分鐘好活，只要能摸到妳的屁股，熟悉妳的屁股，那我也會覺得自己活了一輩子了！是不是工業制度都一樣！這就是我的人生。」

她轉身爬到他腿上，緊緊抱住他。「吻我！」她耳語道。

她曉得他們兩個人心裡都盤著將要離別的事，她終於感到心酸了。

她坐在他的大腿上，頭貼著他的胸膛，她一雙晶瑩如象牙的腿微微開張著。火光映在他們身上，明暗閃爍。他低著頭，凝視火光下她的胴體，那曲折處，她大腿敞開處的那一小叢棕色的柔毛。他手伸到後面的桌上，拿起她採回來的那束花，花兒仍然溼漉漉的，上面的雨珠滴落在她身上。

「花兒終年露宿在外，」他說：「沒有遮蔽之處。」

「連一片屋頂都沒有！」她喃喃說。

他閒閒地把幾朵勿忘我插入她陰阜上的棕色細毛裡。

「行了！」他說：「這些勿忘我適得其所。」

她低頭看著在她下體棕色細毛裡的白色小花。

「看起來好漂亮！」她說。

「的確是漂亮。」他答道。

他又把一朵粉紅剪秋蘿插入毛之中。

「看！那是我，在妳不會忘記我的地方！好比躺在紙草籃子裡的小摩西。」

「我要走了，你不在乎吧？」她抬眼看住了他，期盼地問。

然而他濃眉壓得低低的，面孔莫測高深，不露一絲表情。

「妳高興怎樣就怎樣。」他說。

出口的是正統英語。

「可是，你要是不希望我去，我就不去。」她攀緊了他道。

一陣沉寂。他傾了傾身，丟了一塊木頭到火裡。火光照在他僵僵的、空洞的臉上。她等著，他卻一言不發。

她又開口道：「我只是覺得這是個好法子，可以開始和克里夫切斷關係。我真的想生個孩子，這次給了我一個機會去，去——」

「去讓人家產生一些錯覺。」他說。

「是的，這也是個原因。難道你希望人家知道真相？」

「我不在乎別人怎麼想。」

「我在乎！我不會希望我人還在薇碧山莊的時候，就被人家冷眼對待。等我真的走了之後，他們愛怎麼想就隨他們去了。」

他默不作聲。

「可是，克里夫爵爺是巴望著妳回他身邊的？」

「哦，我是得回來沒錯。」她說。又是一陣寂靜。

「妳會在薇碧山莊把孩子生下來嗎？」他問。

她伸臂去環抱他的脖子。

「如果你不帶我走，我只好如此了。」她說。

「帶妳去哪兒？」

「哪兒都可以！只要走就是了，離開薇碧山莊。」

「什麼時候？」

「哎，等我回來的時候。」

「既然妳要走了，幹嘛又回來，多此一舉呢？」他問。

「哦，我得回來的，我答應過了，誠心誠意地。再說，我其實是要回你身邊的。」

「回妳丈夫的守林人身邊？」

「我不覺得那有什麼大不了的。」她說。

「沒什麼大不了嗎？」他思索了一會兒，「那，妳打算什麼時候再度走人，一去不回頭？篤定在什麼時候？」

「這我不知道。我會從威尼斯回來，那時咱們再打點一切。」

「怎麼打點？」

「哦，我會告訴克里夫的。我得對他說。」

「真的!?」

他不出聲了，她用雙臂摟住他的脖子。

「別讓我為難嘛！」她懇求道。

「為難什麼？」

「害我不能到威尼斯去做安排。」

他半露出牙齒，一抹笑意掠過他臉上。

「我不是要為難妳，」他說道：「我只是想搞清楚妳到底要些什麼，可是連妳都搞不清楚真正的自己。妳是想拖時間，離開一下，把整件事情看個明白。我不怪妳，我反而覺得妳夠聰明。最後也許妳還是寧可待在薇碧山莊做女主人，我真的不怪妳，我又沒有薇碧山莊可以給妳。事實上，從我這裡得到的是什麼，妳很清楚。真的、真的，我想妳做得對！我是真的這麼想！我可一點也不希望靠妳過日子，讓妳來養。這也是個問題。」

不知怎地，她覺得他有點在和她互別苗頭。

「可是你要我，不是嗎？」她問他。

「那妳要我嗎？」

「你明知道我要！看都看得出來。」

「是沒錯！那麼，妳到底什麼時候才要我？」

「你知道，要等我回來之後，我們才可以打點一切。我跟你說得已經喘不過氣來了，現在我得冷靜一下，恢復一點腦筋。」

「沒錯！冷靜下來，恢復腦筋。」

她有一點生氣了。

「你到底相不相信我？」她問。

「哦，那當然。」

她聽出他話裡的諷刺味兒。

「好，那你告訴我，」她心灰意冷地說：「你是不是認為我不要去威尼斯比較好？」

「妳去威尼斯肯定會比較好。」他回答，聲調冷冷的，帶點嘲諷。

「你知道，我下週四走？」她問。

「知道！」

這下她開始沉思。末了她開口道：

「等到我回來時，我們應該會更清楚我們倆的立場，是吧？」

「當然！」

一道不尋常的沉默之溝橫在他們之間。

「我找律師問過我離婚的事情。」他說得有點僵。

她打了哆嗦。

「真的？」她道：「律師怎麼說？」

「他說，我之前就該把離婚手續辦好的；現在也許會有點困難，不過好在當時我人在軍中，他想應該還是可以辦得成，只要她不會因此跑來大鬧特鬧的話。」

「非得讓她知道嗎？」

「是的！她會收到通知的。和她同居的那男人是共同被告，也會有一只通知。」

「好煩人，又是這一套！我想我和克里夫也必須經過這些把戲。」

一時兩人又是默然不語。

「還有呢！」他說：「接下來六到八個月當中，我必須規規矩矩地過日子。所以如果妳到威尼斯去，那我至少有一、兩個月免於再受到誘惑。」

「我是你的誘惑！」她輕撫他的臉說：「我好開心，我會是你的誘惑！咱們別再提這件事了。你一開始想事情我就怕，好像你一把推開了我。咱們別再為這件事傷腦筋了。咱們分開時，可以想的事情多的是。那才是重點！我一直在考慮，我走之前，一定要再來你這兒待一宵，我一定要再來小屋一回。週四晚上我來，好不好？」

「那天妳姊姊不是來了嗎？」

「是的！不過她說下午茶時分要出發，所以我們會在下午茶時走，然後晚上她睡別的地方，我則來你這兒過夜。」

「那樣她就會知道我們的事了。」

「哦，我會告訴她的。我已經多少對她說了一些。我必須和希爾黛全盤商量這件事，她通情達理，會幫忙的。」

他盤算著她的計畫。

「所以，妳們在下午茶時分從薇碧山莊出發，裝做要去倫敦？妳們走哪條路？」

「走諾丁罕和葛蘭山莊那條路。」

「然後，妳姊姊在半途放妳下來，妳再走路或搭車回這兒？我覺得這點子聽起來有點冒險。」

「真的？要不然叫希爾黛送我回來好了。她可以在曼斯菲爾過夜，晚上送我過來，隔天早上再來接我。這容易得很。」

「給人家看到妳呢？」

「我戴眼鏡、蒙面紗。」

他沉吟了片刻。

「好吧，」他說了：「妳高興就做吧，和平常一樣。」

「你不高興嗎？」

「哦，高興！我高興得很，」他有點冷言冷語地：「我乾脆也來個打鐵趁熱。」

「你曉得我想到了什麼？」她頓時說：「我突然想到，你好比是『熱杵騎士』！」

「正是！那妳呢？妳會是『火臼夫人』嗎？」

「對了！」她說：「對了！你是杵騎士，而我是臼夫人。」

「很好，那我是堂堂的騎士了。約翰・湯姆士騎士，而妳是珍夫人。」

「沒有錯！約翰・湯姆士受封為騎士！我則是我的陰毛夫人，你身上也一定要戴花。對！」

她把兩朵紛紅剪秋蘿插入他寶貝兒上方的金紅毛叢中。

「看！」她說：「好迷人！好迷人！約翰爵士！」

她又插了一小把勿忘我在他的黑色胸毛裡。

「你那兒不會把我忘了吧？」她親他的胸膛，在他乳頭上各放了兩把勿忘我，再次親他。

「把我做成日曆了！」他說，哈哈大笑，把胸口上的花兒笑震了下來。

「等一下！」他說。

他起身，打開屋門。躺在廊上的蘿西站起來，望著他。

「是我！」他說。

雨已停歇，屋外一片潮溼、沉凝的寂靜，含著幽香。時近黃昏了。

他出去，沿著和騎馬道路反向的小徑而去。在康妮眼中，他削瘦、白皙的身影子像條鬼魂，一具漸行漸遠的幽靈。

等她再也看不見他的身影時，她的心沉了下去。她佇立在小屋門前，身上裹了條毯子，凝目望著那一片溼透的，了無動靜的沉寂。

他總算回來了，拿著花，慢條斯理的步伐。她忽然有點畏懼他，彷彿他其實不是個人。待他走近，與她四目相接，她卻不能體會他眼神中的含意。

他採回來樓稻葉、剪秋蘿、新鮮的草秣、剛冒芽的橡樹枝條，和忍冬的小花蕾。他把軟軟的橡樹枝條圍在她的胸脯上繫住了，再插一小簇風鈴草和剪秋蘿，在她肚臍眼上，他則放了粉紅剪秋蘿，綴在她陰毛上的則是勿忘我和香車葉草。「這是妳絕美的時刻，」他說：「珍夫人與約翰爵士行結婚大典。」他把花插在體毛裡，用一節蔓籐纏在那寶貝上，肚臍則塞入一朵鐘形風信子。她饒富興味地看著他打扮，他特別有一種專注的模樣。她插了一枝剪秋蘿在他的鬍髭裡，它卡在那兒，在他鼻子下盪來盪去。

「這是約翰爵士和珍夫人在行婚禮，」他說道：「我們要叫康斯坦絲和奧立佛走開。也許——」

他張開手來，擺出手勢，不料卻打了個噴嚏，把鼻前和肚臍上的花都震落了。他又打個噴噓。

「也許什麼?」她追問,等著他說下去。

他有點莫名其妙看著她。

「呃?」他說。

「也許什麼?繼續說你要說的話呀!」她堅持著。

「哦,我剛才要說什麼?」

他忘掉了。他沒把那些話說完,會是她的一個人生遺憾。

一道黃色夕暉投射到樹上。

「啊!」他喊道:「妳該走了。時間,我的夫人,時間到了!什麼東西好像蒼蠅一樣,可是沒翅膀的,夫人,時間!就是時間!」

他伸手去拿襯衫。

「跟約翰爵士道晚安。」他低頭看自己的寶貝說:「它在蔓騰的懷抱裡可真安穩!可惜這會兒可不怎麼像熱杵了。」

他把法蘭絨襯衫往頭上套。

「男人最危險的時刻——」他的頭鑽出來之後說:「就是套進襯衫的時候。那一刻,他就像把自己的腦袋裝進袋子。所以我才會比較喜歡美國襯衫,穿美國襯衫像穿外套。」她一直還站著在看他。他套上了短褲,扣在腰間。

「瞧瞧珍!」他說:「全身繁花似錦!明年為妳裝飾花草的會是誰?珍?是我,還是另有他人?『再見,我的風鈴草,再見了!』——我討厭這首歌,它是戰爭剛開始的時候流行的。」

他邊說邊坐下來，穿上褲子。她依然文風不動站著，他把手擱在她的臀部上。「俏麗的小珍夫人！」他說：「也許到了威尼斯，妳會碰上一個把茉莉花安在妳的體毛裡，或把石榴花安在妳肚臍裡的男人。可憐楚楚的小珍夫人！」

「不要說這些有的沒的！」她道：「你只是故意說這些來傷我的心。」

他垂下頭來，然後操土語說：

「唔，也許我是吧！好吧，那我現在聲明，我不再說那些了。不過妳必須穿戴整齊，回妳那氣派的英國宅邸去了。它多麼壯麗！時間到了，約翰爵士和小珍夫人的時間到了！把妳的裙子穿上，查泰萊夫人！妳可能是任何人，站在那兒要出去了，即使身上只有裙子和幾朵花點綴著。但是現在，就在這裡，我要把妳剝個精光，妳這短尾的小畫眉鳥。」說著，他把她髮上的葉子拔掉，吻她溼溼的頭髮，再拔她胸脯上的花朵，吻她的雙峰，吻她的肚臍，吻她的陰毛，但讓插在那裡的花兒留著。「它們要適得其所。」他說：「看吧，妳又是一絲不掛了，這會兒只不過又是個光屁股的女人，帶著一點珍夫人的味道！現在把妳的裙子穿上了吧，妳好走了，否則查泰萊夫人趕不及回家吃晚餐，人家要問漂亮的女人，妳到哪裡去了。」

每次他土話連篇的時候，她都不知道怎麼接口，所以只好穿了衣服，有點垂頭喪氣地準備回薇碧山莊。也許給她這般感覺的，是那個有點垂頭喪氣的家。

他會陪她走到大路。他那些小雞穩穩當當地待在棚子下。

他們走到馬路之際，見包頓太太臉白白地，遲疑地向他們走來。

「哦，夫人，我們還想妳是不是出了什麼事！」

「沒有！什麼事也沒有。」

包頓太太瞅住那漢子的臉——有一股戀愛中的容光煥發。她和他那半諷半笑的眼睛相接，他一向憤世嫉俗，但此刻他卻挺和善地看著她。

「晚安，包頓太太！妳家夫人這會兒沒問題了，我也可以放心走了。夫人再見！包頓太太再見！」

他行個禮，轉身而去。

16

回到家，康妮被盤問了一場。克里夫在喝下午茶時出去過，在暴風雨前及時回來，但是夫人在哪兒？沒人知道，只有包頓太太推測她是到樹林散步去了。在這種狂風暴雨到樹林去！克里夫馬上大發雷霆，又驚又怒。每一道閃電打下來，他就嚇一跳；每一陣雷聲響起來，他就打哆嗦。他瞪住了那冰霜雷雨，好像它就是世界末日一般。他愈來愈惶恐不安。

包頓太太力圖安撫他。

「她會到小屋避一避，直到雨停的。別擔心，夫人不會有事。」

「我不喜歡在這種風雨天她人在樹林！我根本就不喜歡她到樹林去！她已經去了兩個多小時了。她打哪時候出去的？」

「您回來前不久。」

「我沒在樹林裡看到她，天曉得她人在哪裡，會出什麼事。」

「哦，她什麼事也不會有。您看著，等雨一停，她馬上就會回來的。她只不過是被這場雨困住罷了。」

然而雨停後，夫人並沒有馬上回來。事實上時間一直過去，太陽露臉放出最後黃色的一瞥，而她的蹤影始終不見。太陽終於下山了，天色漸暗，開飯的第一道鑼響聲過了。

「沒有用的！」克里夫暴跳如雷叫道：「我要叫費德和培茲去找她。」

「哦，不要那麼做！」包頓太太急道：「他們會當成鬧自殺還是什麼的。哦，千萬不要惹出一堆閒言閒語來——讓我悄悄到小屋看她在不在那兒，我會找到她的。」

於是，在一番遊說之後，克里夫答應她出來。

所以康妮才會在車道碰到她，臉色發白，自個兒走來走去。

「夫人，妳可千萬別介意我出來找妳！因為克里夫爵爺急成那樣子，認定妳準是被雷擊中了，或給倒木壓著了，一定要喊費德和培茲到林子找屍首。所以我才想最好我出來看看，免得弄得所有僕人雞飛狗跳地。」

她連珠炮般地說。她可以看出康妮臉上仍留有那幽幽柔柔、半似作夢的激情之色，也感受得到夫人對她不高興。

「是嗎！」康妮應聲。她再也沒話可接了。

兩個女人蹣跚走過這潮溼的世界，沉默無言。樹林裡大雨滂沱直下，爆炸一樣。她們進園子時，康妮太太走在前頭，包頓太太已經有點喘息不定。她越來越胖了。

「克里夫真蠢，大驚小怪的！」康妮到底發了脾氣說；其實是在自言自語。

「哦，妳知道男人是什麼樣子！他們喜歡把自己搞得天翻地覆的。可是他只要看到夫人妳，馬上就會氣消啦。」

康妮很氣包頓太太曉得了她的祕密：因為她肯定是曉得的。

猝然間，康妮在小徑上站定了。

「居然跟蹤我起來，實在太可惡了！」她說，雙眼噴火。

「哦！妳可別這麼說，夫人！他本來一定要叫那兩個男人過來，他們一定會直接趕到小屋去的。我不知道小屋在哪裡，真的。」

話裡別有所指，康妮氣得臉更紅了。可是激情痕跡仍在，她騙不了人，她甚至也假裝不了她和守林人之間沒有牽連。她盯著另一個女人看——那女人垂首而立，囁嚅而語，一派狡猾相，但不知何故，就因為她是女人，她是個盟友。

「哦，很好！」她說：「如果是那樣，就那樣。我不在乎！」

「啊，沒事的，夫人！妳只是在小屋避個雨，根本沒什麼。」

她們回家去。康妮大步跨入克里夫的房間，對他火冒三丈，對他那張無盡蒼白、絞盡腦汁的臉孔和一雙暴眼火冒三丈。

「我非說不可，我不覺得你需要叫傭人去找我！」她吼道。

「我的天！」他炸開來；「妳跑到哪裡去了，女人？妳在這種風雨天出去了好幾個、好幾個小時！妳沒事跑到那座要命的樹林子幹什麼？妳在搞什麼？雨停到現在也好幾個小時，好幾個小時了！妳曉得現在什麼時候了？妳真會把誰都急瘋。妳上哪兒去了？妳到底在搞些什麼鬼？」

「如果我不打算告訴你呢？」她摘掉帽子甩頭髮。

他瞪著她看，眼珠子像要暴出來，眼白都泛黃了。他發這麼大的火實在不好，往後幾天包頓太太侍候他可要累了。康妮突然感到良心不安。

「可真是的！」她說，語調溫和了些：「誰都會想到我是迷了路！下大雨時，我就只是坐在小屋裡，替自己升了個小火，開心得很。」

她現在口氣婉轉多了。畢竟，何必再去刺激他！他疑心地瞧著她。

「看看妳一頭溼淋淋的！」他說：「看看妳一身溼淋淋的！」

「是啊，」她從容說：「我脫光了衣服在雨裡面跑嘛。」

他啞口無語瞪著她。

「妳一定是瘋了！」他說。

「為什麼？就為了喜歡在雨中淋浴？」

「妳怎麼把自己弄乾的？」

「用一條舊毛巾，加上烤火。」

他依然發愣地瞪著她。

「萬一有人跑來——」他說。

「誰會來？」

「誰？誰都有可能？還有梅勒斯。他去了嗎？他每天傍晚都會過去的。」

「是啊，他後來去了，在天晴之後，去餵雞吃玉米。」

她說的出奇得冷靜，躲在隔壁房間的包頓太太聽得欽佩萬分。這種事一個女人竟能夠這樣應付自如！

「萬一他來的時候，撞見妳像瘋子似的，光溜溜在雨中跑？」

「我想他一輩子沒有這樣被嚇過，一定拔腿就跑。」

克里夫還是呆愣愣地瞪著她。他下意識在想些什麼，他自己根本不知道。而他又因為過度震驚，上層意識紊亂，無法有個清晰的念頭。他腦筋空白，她說什麼，他就只能接受什麼。而且他佩服她，不由自主地佩服她。她看起來氣色明艷，俊俏光采：戀愛中的光采。

「至少……」他說，漸漸平心靜氣了，「妳要是沒得重感冒，算妳幸運。」

「哦，我不會感冒的。」她答說。心裡想著另一個男人的話：妳有比誰都要美妙的屁股！她希望，她真希望能告訴克里夫，在那場過癮的暴風雨之中，人家對她說的這句話；但是她沒有。她裝做像個受了氣的皇后，上樓更衣去了。

這天晚上，克里夫想要討好她。他正在讀一本科學和宗教相關的新書。他有一種不太實在的宗教觀，非常自我中心的，為自己的未來牽腸掛肚。靠著書來和康妮製造話題似乎已成他的習慣，因為他們之間的談話必須去製造，像化學程序一樣。他們幾乎像必須經過化學方式，在腦子裡調製出談話內容。

「對了，妳覺得這段話怎麼樣？」他說，伸手去拿書：「只要我們再經歷幾代長期的進化，妳就不需要再衝進雨中去沖洗發燙的身體了。哦，在這兒！『宇宙向我們呈現了兩個層面：一面是形體上的耗損，另一面是精神上的揚昇。』」康妮聽著，以為克里夫會唸下去，不料他卻等著她反應。她很意外地看著他。

「如果宇宙的精神是在揚昇……」她說：「那麼留在下層的，在從前它的尾部存在的那地方，那是什麼？」

「這個！」他說：「如果他所指的是人，那麼我猜，揚昇是他所謂耗損的反面。」

「這麼說，是精神爆掉囉？」

「不是，說真的，不開玩笑，妳覺得這話多少有點道理嗎？」

她又瞅著他看。

「形體耗損嗎？」她說：「我看你是越來越胖。至於我也沒啥耗損的。你覺得太陽有比從前縮小嗎？我看是沒有。而且我想當時亞當採給夏娃吃的蘋果，就算比咱們現在的橘子蘋果大一點，也不會大到哪裡去，你認為對嗎？」

「妳聽他怎麼說下去：『它因此緩慢地過去，速度之緩慢是我們的時間計算單位無法計出的。它進入一種創新的狀況之中，在那狀況之中，我們目前所知的形體世界，將變成一個接近沒有實體的漣漪。』」

她聽著，感到幾分有趣。所有的訛誤都是從訛誤中來的。她因此說：

「鬼扯什麼嘛！好像他胡思亂想一通，真的能弄通這緩慢進行的一切！那番論調只表示他在地球上做人是失敗的，所以他想把整個宇宙都說成是失敗者。沒頭沒腦的廢話，還自以為了不起！」

「哦，可是妳聽！別打斷這位大人物的高言：『現今世界的秩序形式乃源於無從想像的過去，也將在無從想像的未來滅亡。屆時留存下來是廣博無比的抽象形體之領域。在此領域中的成員具有日新又新、變化無窮的創造力，還有上帝，一切形體的秩序皆仰賴祂的大智慧而得以維繫。』看，這就是他的結論。」

康妮不屑地坐著聆聽。

「他的精神爆掉了……」她說：「好一番口沫橫飛。無從想像、滅亡的秩序形式，抽象形體領域，變化無窮的創造力，還有和形體秩序混成一團的上帝！哈，真是白癡！」

「我必須說，他這番話是有那麼一點含糊不明，組織不當。」克里夫說道：「不過，我還是覺得他在『宇宙在形體面耗損，在精神面揚昇』這一層上是有些道理的。」

「是嗎？那就讓它揚昇吧！只要它讓我的形體安安全全、實實在在地留在底下這裡就成了。」

「妳喜歡妳的形體？」他問。

「我愛死了！」她心裡閃過那句話：那屁股是女人之最！

「可是妳這麼想真的少見，因為不容否認的形體是個累贅。不過話說回來，我想女人並不把精神生活當做是個至高享受。」

「至高享受？」她問，仰起頭來看他：「那種白痴論調就是精神生活至高享受？不，謝了，給我肉體。我相信當肉體真正地甦醒時，肉體生活要比精神生活實在多了。可是有太多太多的人就像你那把有名的風力機一樣，只能把性靈附著在僵死的肉體上罷了。」

他看她，吃驚不已。

「肉體生活……」他說：「只是畜生的生活。」

「也強過那種僵死到底的生活。但你這麼說是不對的！人類的肉體才剛剛恢復生命。希臘人曾經讓肉體驚鴻一瞥，之後，柏拉圖和亞里士多德扼殺了它，基督索性結束了它。不過如今肉體是真正恢復了生氣，真正爬出墓穴了。肉體人生會成為美妙宇宙之中，最美妙、最美妙的生活。」

「親愛的，妳說得好像是妳把它通通引進來的！是，妳是要出門去渡假了，但也不要得意忘形到這種地步。相信我吧，不論天地間存在著什麼樣的上帝，祂都在慢慢淘汰人類的內臟和消化系統，讓人進化為更高層次、更具性靈的生物。」

「我為什麼要相信你？克里夫，明明我覺得不論天地間有什麼樣的上帝，祂終於在我體內，你所謂內臟的那部位甦醒了，它正在那兒波光蕩漾，像黎明破曉一樣。我的感覺有這種天壤之別，我為什麼要相信你？」

「哦，對極了！是什麼讓妳有這麼不平凡的改變？一絲不掛在雨中跑，扮演酒神的女祭司？是飢渴之心，還是為了要到威尼斯預先做準備？」

「都有！我這麼興高采烈的要出門，你覺得很可怕嗎？」

「更可怕的是妳表現得這麼露骨。」

「那我把心情隱藏起來好了。」

「哦，不必費事了！妳幾乎把那股子興奮傳染給我了，我幾乎覺得是我要出門呢。」

「那你為什麼不去？」

「這個我們已經說了又說。事實上，我猜妳最興奮的一點是能夠暫時和這裡的一切說再見。這個時候，再沒有比『一切拜拜』更樂的了！可惜每一個離別就代表另一場在他處的邂逅，而每一場邂逅就是一個新的束縛。」

「我不會陷入任何一個新的束縛。」

「別說大話了，神在聽呢。」他說。

她打斷他的話。

「不！我才不是在說大話！」她說。

然而她的確為了出門而興奮，感覺把一切束縛都切斷。她興奮難以自抑。

克里夫睡不著覺，和包頓太太賭了一整夜，把她睏得差點要死了。

希爾黛要來的日子快到了。康妮和梅勒斯約定好，如果一切順利的話，他們能夠共度春宵，她就會在窗口掛上一條絲圍巾，萬一有麻煩，就掛紅的。

包頓太太幫康妮整理行李。

「換換環境對夫人大有好處的。」

「我想是的。妳不介意獨力照顧克里夫爵士一段日子吧?」

「唔,不介意!我很可以應付他的。我是說,他需要我做的事我都做得到。妳不覺得他現在要比過去好一些嗎?」

「哦,好得太多了!妳把他照顧得好極了。」

「真的嗎?不過男人嘛,全一個樣子,像娃娃似的。妳就得對他們說好話、哄他們,讓他們覺得都照他們的意思做了。妳沒發現是這樣子嗎,夫人?」

「我怕我是沒有太多經驗。」

康妮停下手上正忙的事。

「連妳丈夫,妳都得應付他,把他當娃娃來哄嗎?」她看著另一個女人問。

包頓太太也停下來。

「沒錯!」她答道:「對他我也得費上好一番甜言蜜語。只是他總知道我要什麼,憑良心說,他常常會讓我。」

「他從來不會一副大男人當家的模樣?」

「不會的!只是有時候他會出現某種眼神,那時我就知道我必須讓步了。不過通常都是他讓我。不會,他不會大男人模樣;但是我也不會大女人啊。我曉得什麼時候再逼他也沒用,那時我就讓步,雖然有時候我也吃了不少虧。」

「如果妳非和他爭到底呢?」

「哦,我不知道,我從沒那麼做過,哪怕是他錯了,只要他決定了,我就讓步。妳知道,我從來不想壞了我們之間的關係。如果妳真的橫了心和男人唱反調,那麼你們就完了。要是妳在乎一個男人，一旦他真的下決心，妳就得讓步，不管妳對或不對，妳都得讓步，否則妳就會斷了兩人之間的感情。不過我必須說，在我決定了一件事，而且有時候還錯了，但泰德也會讓我。所以我想這是雙方面的事。」

「妳也這樣對待妳每一個病人的嗎？」康妮問。

「哦，那不一樣。雖然對待的方式相同，但我可壓根兒不當一回事。我知道什麼對他們好，或者說，我努力去了解，然後本著為他們好的一份心，和他們打交道。這和對待妳真正喜歡的人是不一樣的，很不一樣。一旦妳真正愛過一個男人，妳幾乎有能力對任何一個男人好，只要他是需要妳的。不過那是不同的一回事，妳不是真正在乎。其實我很懷疑。當妳真正在乎過之後，妳是不是還能這麼在乎？」

這番話把康妮嚇一跳。

「妳覺得人只能在乎一次？」她問。

「或者說根本從來沒在乎過。大部分女人從來沒在乎過，也永遠不會去在乎。她們不懂那種意義。男人也一樣。不過，每每我見到一個女人在乎時，我就會護著她。」

「妳想男人是不是很容易生氣？」

「沒有錯！妳要是傷了他們的自尊心的話。女人不也一樣？只不過咱們這兩種自尊心不大一樣。」

康妮細想這些話。她又開始為自己要離開而感到歉疚了。畢竟，是她要向她的男人說拜拜的，雖然拜拜的時間並不長。他心裡明白，所以他才會這麼陰陽怪氣，尖酸刻薄。

週四早上，希爾黛適時的到來了，駕著一部輕巧的雙座汽車，行李箱牢牢繫在車後座。她看起來永遠是一派端莊溫婉，但卻也有她自己的意志。她的自我意志強悍得很，這點她丈夫已經領教了。他正在跟她辦離婚。沒錯，她甚至方便他去辦這件事，雖然她並沒有情人。現階段，她和男人保持距離。她相當滿意自我掌控，以及掌控她兩個孩子的生活，她要把兩個孩子「適適當當」地養大，不論她的「適適當當」是個什麼意思。

康妮也是只許帶一只行李箱，不過她已經把一只箱子運到她父親那兒去了，他準備搭火車。把車開到威尼斯去不恰當，七月的義大利太熱，坐在車裡不舒服。他要舒舒適適的搭火車去。他才剛從蘇格蘭南下。

所以，希爾黛像個一板一眼的陸軍元帥，安排本次旅行的實際事宜。她和康妮坐在樓上房間談著。

「可是，希爾黛！」康妮有點忐忑不安道：「我今晚要在這附近過夜，不是這裡，而是這裡附近！」

希爾黛拿那雙莫測高深的灰眼睛打量她妹妹。她看來非常平靜，但其實是在大發脾氣。

「這附近的什麼地方？」她柔聲問。

「呃，妳曉得我愛上一個人了，是不是？」

「我就知道有什麼。」

「呃，他就住在附近，我想利用今天這最後一晚和他在一起。我一定要！我答應他了。」

康妮變得執拗起來。

希爾黛低下她那智慧女神般的頭不發一語。之後，她才又抬頭看。

「要不要告訴我他是誰。」她問。

「他是我們的守林人！」康妮說得結結巴巴，一張臉紅咚咚像個羞愧的孩子。

「康妮！」希爾黛喊，嫌惡地抬著鼻尖，一個得自她母親的動作。

「我知道。可是他真的很可愛，真的很溫存貼心。」康妮說，力圖為他辯護。

希爾黛，這會兒滿面通紅的，像戰爭女神雅典娜，低頭思量。她委實氣壞了，但不敢表露怒意，因為康妮和她父親一樣，會立刻大吵大鬧，無以控制。

希爾黛不喜歡克里夫，這是真的，她不喜歡他那種自以為了不起和冷漠的性子！她老覺得他是毫不知恥的在利用著康妮，她也希望她妹妹會離開他。然而，身為道地的蘇格蘭中產階級，她更恨任何會使自己、或家族「降級」的事。她終於昂起頭。

「妳會後悔的。」她說。

「我才不會！」康妮脹紅臉叫：「他與眾不同，我真的愛他，他是可愛的情人。」

希爾黛還在全神思考。

「妳很快就會對他膩了……」她說：「然後為他一輩子丟臉不已。」

「我會！我希望懷他的孩子。」

「康妮！」希爾黛喊一聲，像一記榔頭那麼強硬，氣白了一張臉。

「如果我能懷孩子，我會懷他的孩子，而且歡天喜地的。」

和她講道理是無用的，希爾黛心忖。

「克里夫不會懷疑妳嗎？」

「哦不會！他為什麼要懷疑？」

「恐怕妳已經給他太多懷疑的地方了。」希爾黛說。

「才沒有。」

「今天晚上這椿十足就是件蠢事。那個人住哪兒？」

「樹林另一端的小屋。」

「他單身一個人？」

「不是！他老婆跑了。」

「多大年紀？」

「我不知道。比我年紀大。」

每一個回答都讓希爾黛愈發火大，同她母親從前發火一樣，彷彿要爆炸般的。但她依然把怒意隱藏著。

「如果我是妳，我會放棄今晚的胡搞。」

「我沒辦法！我今晚一定要和他在一起，否則我根本去不了威尼斯。我就是沒辦法。」

希爾黛面對的人好像又是她父親似的，出於一種策略運用，她讓了步。他同意開車到曼斯菲爾德，姊妹倆一道，吃過晚餐，等到天黑送康妮到小路底，隔天早晨再到小路底接她。她自己則在曼斯非過一宵。那裡只有半小時的路程，來去方便。不過她氣得要死，嘔她妹妹的氣，氣她破壞她的計畫。

康妮把一條翠綠色的圍巾掛上了窗台。

由於一肚子氣，希爾黛對克里夫的態度反而親切起來了——他到底還有腦筋；就算從功能上來說，他少了性能力——那反倒好，如此一來衝突就少多了！希爾黛再也不想沾上「性」那檔子事；「性」字頭上，男人都會變得淫邪、自私、又討人嫌。康妮比許多女人要少忍受這方面的悶氣，如果她能領略到這點的話。

而克里夫也認定希爾黛畢竟是真正的聰明女子，會是男人最得力的夥伴，如果他有心往政壇發展的話。不錯，她不像康妮那麼呆，康妮像個天真的小孩子，你得幫她找藉口，她不是那麼可靠的。

下午茶提早在大廳喝，大門敞開，讓陽光透進來。每個人似乎都有點在期待什麼。

「再見了，康妮丫頭！要安好地回到我的身邊來。」

「再見了，克里夫！是的，我不會去太久的。」康妮簡直是溫柔地。

「希爾黛再見！妳會好好盯著她吧？」

「我甚至會用兩隻眼睛盯住她。」希爾黛說：「她迷路也不會迷太遠。」

「妳說的喔！」

「包頓太太，再見，我相信妳會仔細照顧克里夫爵爺的。」

「我會盡力的，夫人。」

「有什麼新聞，寫信給我，把克里夫爵爺的情形告訴我。」

「好的，夫人，我會照辦。希望妳玩得開開心心回來，讓我們也開心。」

大家都揮手道別。車開了，康妮回頭看著台階上坐輪椅的克里夫，內心不免有點感慨。不管怎樣，他總是她丈夫，薇碧山莊是她的家……或者一切並不是環境造成的……？

錢伯恩太太拉開園門，祝福夫人假期愉快。汽車駛出園林遮天蔽日的陰暗樹林，上了公路，沿路有步行回家的礦工。希爾黛把車轉向克羅西路，這不是主線道，但直通曼斯非。康妮戴上黑眼鏡。她們沿著鐵道直馳、鐵道開在她們下方的路塹裡，然後，她們從一座橋上越過了鐵道的路塹。

「那是往小屋去的小路！」康妮。

希爾黛不耐煩地瞥了那小路一眼。

「真可惜我們沒法子直接上路！」她說；「要不然晚上九點鐘我們就可以到倫敦的巴摩大街了。」

「我很抱歉。」康妮在她的黑眼鏡後面說。

她們很快便到了曼斯菲爾德，這個一度相當有浪漫氣息，如今卻教人看了心碎的煤礦城。希爾黛把車停在一家名列汽車旅遊指南書上的旅館之前，登記了房間。事情整個變得無趣之至，她惱怒得都不想說話了。可是，康妮忍不住要把男人的來龍去脈告訴她。

「他！他！妳是怎麼叫他的？妳一直只說『他』。」希爾黛說。

「我從沒叫過他什麼名字，他也沒叫過我的名字，想起來也蠻奇怪的。我們就只用珍夫人和約翰爵士來互相稱呼。他的名字是奧立佛・梅勒斯。」

「而妳願意放棄查泰萊夫人的頭銜，去當奧立佛・梅勒斯太太？」

「我非常願意。」

康妮已經沒救了。不過，要是這男人曾在印度幹了四、五年軍官，那麼他多少有點本事，顯然也很有個性。希爾黛開始鬆動了一些。

「要不了多久，妳就會和他吹了。」她道：「然後妳會覺得和他有過一腿很丟人。咱們和勞工階級是混不來的。」

「可是妳那麼主張社會主義！妳一向站在勞工階級那一邊。」

「發生政治危機時，我或許站在他們那邊，也就因為如此，我才了解咱們要和他們打成一片有多困難。不是我勢利，而是整個格調根本格格不入嘛。」

希爾黛曾經和真正搞政治的知識份子混過，所以康妮駁不到她。

在旅館裡，這百無聊賴的晚上延延挨挨地過去，最後她們百無聊賴地吃過了晚餐。康妮把幾件東西丟進一只小絲袋，重新梳頭。

「愛情終究是美好的，希爾黛。」她說道：「在戀愛時，妳會覺得妳是活生生的，而且是活在天地之中。」她那口氣像在自吹自擂。

「我想每隻蚊子也都有這種感覺。」

「妳覺得牠們也有這種感覺？那牠們真幸福！」

夜色清朗無比，而且天氣一直很好，連在小鎮也一樣。今天一整晚都會有月光的。希爾黛不悅地扳著臉，像戴了副面具，再度發動汽車。她們加速上路。穿過包士福，走另外一條路。

康妮戴黑眼鏡和遮掩的帽子，坐在車裡沉默不言。希爾黛越反對，她越護著她那男人。她會跟著他一起排除萬難的。

她們亮著車燈，在經過克羅西路的當兒，火車嘟嘟通過了。燈光暗淡，使夜色顯得更甚幽微。希爾黛算好了在橋尾拐彎開進小路。她一下子的減速。岔出路面，車燈白光閃閃的射入雜草叢生的小巷子。康妮往車外看，見到一道人影子，她開了車門。

「我們到了！」她輕聲說。

希爾黛則已關掉車燈，集中注意力在倒車和轉彎。

「橋上沒東西吧？」她簡潔地問一句。

「妳可以倒車。」那男人出聲道。她倒車上橋，轉過來，沿著馬路往前走了一段路，再倒入小巷子，輾著地面上的草和蕨，停在一株山榆樹底下。最後，車燈盡熄，康妮下了車。那男人立在樹下。

「你等很久了嗎？」康妮問他。

「沒很久。」他回道。

兩人一起等候希爾黛下車，可是希爾黛拉下車門，緊坐不動。

「這是我姊姊希爾黛，你不過來和她說說話嗎?希爾黛，這位是梅勒斯先生！」

守林人用手提了提帽子，卻未走近。

「陪我們走到小屋吧，希爾黛！」康妮懇求道：「不會太遠的。」

「車子怎麼辦？」

「常有人把車停在小路，妳可以把車鎖上。」

希爾黛沒吭聲，在那兒想著。然後回頭望了望路底。

「我能不能繞過樹叢倒車？」她問。

「哦，可以的。」守林人說。

她繞著轉彎道慢慢倒車，一直到離開了路面，再也看不見路為止，然後再鎖了車下來。入夜了，然而天空還有些亮度。荒涼的小徑，樹籬長得又高又亂，顯得十分漆暗。空氣中飄著些淡淡的香氣。

守林人走在前頭，再來是康妮，而希爾黛尾隨其後，大家都沒說話。在崎嶇的路段上他用手電筒照亮，三人繼續往前走，一隻貓頭鷹在橡樹間一直呼呼低鳴，蘿西安靜地跟著。沒人有話說，實在也沒什麼好說的。

好容易康妮總算看見小屋昏黃的燈光了。她心跳了起來，感到有點忐忑。他們仍然走著，一個接一個。

他打開鎖著的屋門，在她們之前跨入那雖然溫暖，但四壁精光的小屋子。壁爐裏火紅而低，桌上首度端端整整的鋪上雪白的桌巾，擺著兩只餐盤，兩只玻璃杯。希爾黛把頭髮一甩，四下打量這間空空盪盪、不怎麼上相的屋子。然後她一鼓作氣地抬頭盯住那男人看。

他中等高度，身材瘦瘦，相貌倒生得不錯。他靜靜的，和人隔了段距離，好像壓根兒不想開口說話。

「坐嘛，希爾黛。」康妮倒說了。

「坐！」他說：「要不我幫妳沏杯茶或什麼的，還是妳想來杯啤酒？涼的哦。」

「啤酒！」康妮說。

「請給我啤酒。」希爾黛說，故作矜持的樣子像在嘲弄。他望著她，眨眨眼睛。

他抄起一只藍色的壺子，慢吞吞走到廚房的水槽。等他端了啤酒回家時，臉上的表情又換了一個樣子。

康妮靠門邊坐著，希爾黛卻往他的椅子坐下來，背對著牆，靠著窗戶角落。

「那是他的椅子。」康妮悄聲說。希爾黛像給燒著了似的彈起來。

「妳坐，妳坐！想坐哪裏就坐哪裏，咱們當中沒什麼大人物。」他若無其事說。

他為希爾黛拿了一隻杯子過來，用藍壺子先給她斟了一杯啤酒。

「至於香菸……」他說：「我是沒有，不過也許妳碰巧帶著。我自已是不抽菸的。妳要吃點什麼嗎？」他轉向康妮：「如果我拿東西出來，妳會吃一點嗎？妳平常都會吃一點的。」他操土腔說，有一種出奇的平靜自在，好像他是個客棧老闆。

「有什麼吃？」康妮問，臉紅紅的。

「妳要是想吃的話，有煮火腿，乳酪，醃漬的胡椏——東西沒有很多。」

「我就吃一點。」康妮說：「妳要不要，希爾黛？」

希爾黛卻抬頭去看他。

「你為什麼講約克郡話？」她輕聲問他。

「那個！那不是約克郡話，是德貝郡話。」

他也看著她，帶著那種疏遠的笑容。

「好，就算是德貝郡話好了！你為什麼說起德貝郡話來了？你最先是說普通英語的。」

「哦，是嗎？我想換個方言說說不可以嗎？別這樣，讓我說德貝郡話，只要我爽快就行啦。希望妳不反對。」

「那種調調聽起來有點做作。」希爾黛說。

「呀，是這樣子啊！那妳的調調在泰窩村聽起來也會很做作。」他再度看著她，顴骨邊上故意現出一股冷漠色，好像在說：喲，妳算什麼人呀？

他慢條斯理踱到儲藏室去拿吃的。

姊妹倆對坐無言。他另外又拿來一副刀叉和盤子。然後說：「要是妳們覺得沒什麼差別的話，我想把外套脫掉，像平常那樣。」

說著他就把外套脫了，掛在鉤子上，然後只穿著襯衫，一件奶油黃的法蘭絨薄襯衫，往桌前一坐。

「自己動手！」他道：「自己動手！別等人家問！」

他切了麵包，之後便坐著不動。希爾黛也和康妮以前一樣，感受到他沉默和疏離的力量。她看到他擱在桌上那小而細緻、放鬆的手。他不是個普通的工人，他不是。他是在演戲！在演戲！

「話雖如此。」她拿了一些乳酪開腔道：「如果你跟我們姐妹倆說普通英語，不是土語，感覺會自然點。」

他覷著她，覺得她意志強悍。

「會嗎？」他用普通英語說：「會嗎？妳我之間有什麼會比妳對我說：妳巴望妳妹妹再見到我之前，我已經下地獄去了，或是我也說了差不多一樣不爽的話來回敬妳，更自然的？別種話會更自然嗎？」

「哦，是的！」希爾黛說：「光是有禮貌就會自然了。」

「這麼說，是種習慣囉！」他道，哈哈大笑起來。「算了。」他說：「我不耐煩講禮貌，就讓我保持這個樣子吧！」

希爾黛顯然是吃了癟，一肚子怒氣。再怎麼說，他也可以裝出他曉得人家給了他面子，可他不但沒有，反而還假惺惺地在演戲，擺出一副他是老大的架子，倒像是他在賞人家面子。簡直不要臉到家了！可憐的迷糊康妮，給那男人掌控得死死的！

三人吃著，不說一句話。希爾黛倒要瞧瞧他的餐桌禮儀是怎樣。她不能不發覺到他天生要比她斯文、高雅。她有那種蘇格蘭人的笨拙，他卻有英格蘭人的沉著、自信，舉手投足都一絲不苟地。想要凌駕他絕非易事。

但他也扳不倒她。

「你真的認為，」她說，口氣略略親切了點：「值得冒這個險？」

「什麼值得冒什麼險？」

「和我妹妹胡搞。」

他咧開他那令人咬牙的笑臉。

「這妳得問她！」

說著，他掉眼看康妮。

「妳是自己來的吧，妞兒？不是我強迫妳的吧？」

康妮看希爾黛。

「妳可別隨便怪罪別人，希爾黛。」

「我當然不想這樣，可是總得有人用點腦筋。妳這輩子有些事是要持久的，不能想胡搞就胡搞。」

一陣安靜。

「哈，持久的！」他開了腔：「什麼是持久？妳這輩子又有什麼是持久的？我想妳正在辦離婚吧。那叫什麼持久？妳自己持久的頑固性子，這點我倒看得很清楚。那對妳有什麼好處？在妳老掉牙之前，就會被自己的頑固性子煩死了。一個頑固女人和她的自我意志？是呀，這兩者倒是有極強的持久性，真的如此。謝天謝地，要對付妳的人不是我！」

「你有什麼權利這樣對我說話？」希爾黛道。

「權利？妳有什麼權拿好的持久來約束別人？讓別人去搞他們自己的持久事兒吧。」

「拜託，你還以為我是關心你嗎？」希爾黛壓著嗓子說。

「是啊，」他答道：「妳是。可這是出於情勢所迫，妳差不多算是我的大姨子了。」

「還差得遠呢，我跟你保証。」

「沒差很遠我跟妳保証。我自有我的一套持久法則，妳回去管自己的生活吧，我每天都過得和妳一樣痛快。如果妳坐在那兒的妹妹來找我，是為了那點痛快和溫情，那是因為她清楚自己要什麼。是她上過我的床，不是妳，感謝老天，多虧了妳那種持久性——」在一陣死寂後，他接下去說：「哼，我穿褲子可是把褲襠穿在前面的；要是有飛來的豔福，我會慶幸自己好運氣。坐在那兒那女人能帶給男人的樂子，遠遠比妳這種女人要多太多了。很可惜，因為妳也可能是一只香甜的蘋果，而不只是外表好看的酸蘋果。像妳這種女人需要好好的接枝。」

他若隱若現地笑著看她，露出一點色相和欣賞的意味。

「像你這種男人，」她說：「應該給隔離起來！竟然還對自己的低級趣味和色欲振振有辭。」

「喲，夫人，像我這種的男人可只剩下碩果僅存的幾個了。不過妳是活該落得孤伶伶自己一個人。」

希爾黛已經起身走到門口了，他也站起來從鉤子上抄下外套。

「我自己就可以找到路。」她說。

「我相信妳可以。」他悠悠哉哉地說。

他們又很好笑地排成一列走出小路，沒人說話。一隻貓頭鷹還在嗚嗚直叫。早知道他該把牠槍斃。

車子安然在那兒，沒有人動過，沾了點露水。希爾黛上車發動引擎，另外兩個人等著。

「我的意思就只是，」她在她的堡壘裡發言道：「我懷疑你是不是會考慮到這麼做值不值得，你們兩個都是！」

「一個人大塊吃肉，對另一個人可能像在吞毒。」他在黑暗中說：「不過對我而言，那是佳餚美酒。」

車燈霍地亮了起來。

「康妮，明兒早上別讓我等。」

「不，不會的。再見！」

汽車慢慢爬上公路，迅速而去，留下靜悄悄的夜。

康妮害羞地抓著他的胳膀，兩人走回小路。他沒出聲，最後她把他拉住了。

「吻我！」她喃喃說。

「不，等一下！讓我把心情定一定。」

她覺得他這話很有趣。她仍然抓著他的胳膀，兩人悄然在小路上走。此時此刻，她真高興和他在一起。她打寒顫，曉得自己很可能會被希爾黛硬給拖走。他則不出一聲，高深莫測。

等他們再次進了小屋，她高興得簡直要跳躍。她擺脫掉她姊姊了。

「你對希爾黛真的很壞。」她對他說。

「該有人適時給她一巴掌。」

「為什麼？她那麼好。」

他沒作答，一樣一樣地做好晚間的雜事，動作沉穩而又俐落。他臉上有怒色，不過不是生她的氣。康妮是這麼覺得的。怒色使他顯得格外的英俊，又有一種靈氣和神采，挑動得她四肢都酥軟了。

可是，他一直沒理睬她。

直到他坐下來，開始鬆開鞋帶，這時才從因為發怒緊繃的雙眉底下抬起眼來看她。

「妳不上樓去嗎？」他說：「那兒有根蠟燭！」

他扭過頭去，指指桌上那點燃的蠟燭。她聽話秉燭上樓，他則盯著她豐滿起伏的屁股看。

那是個充滿肉欲的激情之夜，她有些被那種激情嚇到了，幾乎不大情願耽溺其中。然而衝刺所帶來的強烈快感非常猛烈，非常不同，比之柔情帶來的興奮要更令人心醉。儘管有點心驚膽顫，她還是任著他為所欲為，那種把什麼都豁出去了的淫浪，讓她震撼到了極點，將她剝得精光，變成一個全然不同的女人。那不是柔情蜜意，也不是男歡女愛，而是一種烈火般熊熊燃燒的肉欲，把人的靈魂燒成了灰燼。

就在那最最私密之處，把人心最古板、最頑強的羞恥感燃燒殆盡。她是掙扎到最後才肯讓他為所欲為，盡情盡性的。她被動而順從，像個奴隸，一個獻出了肉體的奴隸。然而那股激情之火蔓延到她全身，像要燒盡一切。那熊熊之火傳過她的胸膛、她的五臟六腑的時候，她真以為自己就要死了，但那是一種如火如荼，妙不可言的死。

阿貝拉曾說，在他和海樂思熱戀的歲月，他們嘗遍激情的各種層次和妙處。康妮以前總是不大明白阿貝拉的言下之意。其實都是同一回事，一千年、一萬年前都一樣！希臘古瓶上所描繪的，到處都一樣！美妙的激情，放縱的激情，是人生的需要，而且永遠都需要，需要它去把那些做作的羞恥感通通都燒掉，把肉體這副最粗獷的原石焠煉到精純的地步；用那把欲火去焠煉。

她在這短促的夏夜裏，有這麼大的收穫。她本以為激情的女人會羞愧而死，但死的反而是羞愧。羞愧，伴隨而來的是恐懼，那天生的羞恥感，那根深蒂固的對肉欲的恐懼，深深地潛伏在我們體內的根源，唯有激情之火可以把它趕走。最後在男人陰莖的搜求下，她的情欲醒過來了，有了方向，她成為自我的中心點，此刻感覺她已經走到了本性的根底，基本上已是不羞不恥了。她即是那個情欲的本身，赤身裸體，無所謂羞恥。她感到得意，甚至是自負。原來如此！這就是生命，就是這麼一回事！人的本性就是如此！沒有什麼可以矯飾或羞愧的。她和一個男人，另一個人類，分享她赤條條的肉體。

而這男人實在是個不顧一切的魔種！真的像魔種！一個女人也得夠強悍才承受得了他。他的寶貝長趨直入她肉體的核心，那天生的羞恥感所在的最深、最底部的洞窟。陰莖一來，它就暴露無遺了。他何其勇猛地闖入了她體內！

從前她心存恐懼時，她好討厭男人的那玩意兒；但其實她對它是渴望之至的，如今她已明白。在她靈魂深處，根本她就是需要這陰莖來探索。她一直偷偷地在渴望它，本來還以為自已永遠得不到它的；現在，它忽然就在眼前，一個男人和她分享她一絲不掛的肉體，她全無羞恥感。

詩人和芸芸眾生撒了多大的謊話。他們讓人以為人要的是感情，但其實人最大的渴求，卻是這種直刺刺、火騰騰，幾乎是驚世駭俗的男女激情。這必須找到有膽這麼幹的男人，他不覺得可恥，沒有罪惡感，最後也不會不安！要是他事後感到羞慚，弄得另一個人也跟著羞慚起來，那真是大煞風景！就可惜絕大多數男人都是這麼死腦筋，靦腆的一臉羞色，像克里夫！甚至麥克里斯也一樣！兩個人都放不開。抬不起頭來。什麼心靈上的樂趣。對一女人來說，那有什麼意義？甚至對男人來說，又有什麼意義？他徹徹底底地成了死腦筋，連他的心也變得又硬又臭。即便是人類的心靈，也需要性的力量來使之精純，活化。是轟轟烈烈的性，而不是又硬又臭的死腦筋。

哦！上帝，男人真是一種稀奇好玩的生物！全是一副狗樣子，跑來跑去，到處亂嗅，到處交尾。要找到一個不愧又不懼的男人，實在太難得了！她看著沈睡得像野生動物的他，悠悠而去，去到一個悠遠的境地。她依偎著他，不忍分離。

直到他起來，她才完全清醒。他坐在床上，低頭凝看她。在他眼底，她見到赤裸裸的自已，隨即意識到自已的存在。而透過他一雙眼睛，男性意識下盈盈如水的她，彷彿在她身上流動起來，春情蕩漾將她包圍住。哦？四肢百骸半昏半醒，慵慵懶懶的，充滿春情，這感覺多麼撩動人心，多美呀。

「該醒了嗎？」她說。

「六點半了。」

八點鐘她必須到小路底。總是這樣身不由己。

「我去做個早餐，然後端上來，好不好？」

「哦，好呀！」

蘿西在樓下哼哼唧唧。他起身撥開睡衣，用一條毛巾擦身子。一個人渾身活力，充滿勇氣時，顯得多麼動人！她靜靜看著他，心裏這麼想。

「好不好把窗簾拉開？」

清晨的陽光已然照射在嫩綠的枝葉上，附近的樹林泛著薄薄的藍光。她在床上坐起來，做夢似的從老窗望出去。她裸露的兩條手臂把裸露的雙乳壓在一起。他正在穿衣服。她做著白日夢，想像和他一起過日子，單單純純地就是過日子。

他要走了，避開她蜷曲、誘人的胴體。

「我的睡衣不見了嗎？」她問。

他把手伸到被窩裏面，拉出那塊細薄的絲料子。

「我的腳有碰到絲料子的感覺。」他說。

但是那件睡衣差不多已裂成兩半了。

「算了！」她說：「它屬於這裏，真的。我要把它留下來。」

「哦，留下來吧，晚上我可以把它夾在腿中間，做個伴兒。上面沒名字記號吧？」

她套上那件撕裂了的睡衣，惺惺忪忪坐著看窗外。窗戶是開著的，清晨的空氣飄進來，伴隨著啾啾的鳥語。不斷有鳥兒飛過去。然後她瞧見徜徉而出的蘿西。好一道晨光。

她聽到他在樓下起火，打水，走出後門的聲音。沒多久，燻肉的香味飄了上來。最後，他端著一個剛好可以通過門口的漆黑大托盤上樓來。他把盤子擱在床上，倒了茶。康妮穿著破睡衣蹲坐在床，飢腸轆轆地吃了起來。他則坐在唯一一張椅子上，餐盤擱在膝上。

「真好！」她說：「能一起吃早餐真好。」

她默默吃了一會兒，心頭想著時間過得真快。這提醒了她。

「哦，我有多希望把薇碧山莊丟到百萬哩以外，然後留在這兒和你在一起！我要離開的其實是薇碧山莊，這你明白，是吧？」

「是的。」

「你答應我，我們會一起生活，共度人生，就你和我！你答應我的，對不對？」

「是啊！等我們能夠的時候。」

「對！我們會的，我們會的，對不對？」他傾身向前去抓他的手，碰得茶水都濺出來了。

「對！」他答道，一面擦拭茶水。

「現在我們是不可能不一起過日子，是吧？」她乞求般道。

他一笑，抬頭看她。

「沒錯！」他說：「只是妳得在二十五分鐘內上路了。」

「是嗎？」她大叫。突然他「噓」一聲警告她，跟著站了起來。

蘿西先是短促叫了一聲，然後吠了三大聲警告著。

悄悄地，他把餐盤放回托盤，隨即下樓去。康斯坦絲聽著他走到花園小徑。外頭有部腳踏車的車鈴在響。

「早呀！梅勒斯先生！掛號信！」

「哦，好！有鉛筆沒有？」

「這兒！」

停頓片刻。

「加拿大來的！」那陌生人說。

「是的！是一個在英屬哥倫比亞的朋友。不知道是什麼，他還用掛號的。」

「很像是給你寄了大把鈔票來。」

「更像是來要東西的。」

靜止。

「行了！又是個好天氣！」

「可不是！」

「再見了！」

「再見！」

過了一會兒，他又回樓上來，梯子有點不對勁。

「郵差！」他說。

「來得好早！」她答道。

「跑鄉下的，如果有信件的話，他常常七點鐘就來了。」

「是你的朋友給你寄了大把鈔票來？」

「才不是！不過是幾張相片和哥倫比亞當地的一些資料。」

「你要去那兒？」

「我想也許咱們可以去。」

「好啊！我相信這是好點子！」

可是他卻為郵差來過而不高興。

「那些該死的腳踏車，你還沒弄清楚自己在哪兒，他們已經橫在你面前了，我希望他沒發現什麼。」

「他究竟能發現什麼嘛！」

「你現在得起來了。準備準備，我先出去繞一圈看看。」

她看他走到小路去探查，帶了狗和槍。她下樓梳洗，他回來時，她已經準備好了，幾件東西都收進小絲袋裡了。

他把門鎖了，兩人上路，不過是穿越樹林，不走小路。他小心翼翼的。

「你覺不覺得人是為了像昨晚那種時光而活的？」她對他說。

「是的！可是人還有其他的時候需要好好的思考。」他簡短地答了一句。

他們在雜草叢生的小徑上蹣跚而行。他在前，緘默不語。

「我們會住一起，共同生活，對不對？」她懇求似地問。

「對！」他回答，大步向前走，沒有回頭：「等時機到了就可以！而現在呢，妳要去威尼斯或什麼地方。」

她悶悶跟著他走，心情往下沉。哦，此刻她得走了！

最後他終於停了下來。

「我從這裡穿過去。」他指著右邊說。

她雙手猛一伸勾住他的脖子，緊緊摟住他。

「你會為我留住這份柔情吧？」她低語：「我好愛昨天晚上。你會為我留住這份柔情吧？」

他吻她，久久地擁抱她，然後他嘆了嘆，再度親吻她。

「我得去看看車子是不是來了。」

他大步踩過地上的荊棘和蕨類植物，在羊齒葉間留下了一道腳印。走了一、兩分鐘後，他又大步走回來。

「車還沒來。」他說：「不過路上有輛賣麵包的推車。」

他神色焦慮不安。

面。

「聽！」

他們聽見汽車開近，輕嗚喇叭的聲音。它緩緩上了橋。

她悽悽惻惻地鑽進羊齒叢，踏在他踩出來的印子上，來到一大片冬青樹籬邊。他就跟在她後面。

「到了！往那兒穿過去吧！」他指著一處縫隙：「我不過去了。」

她看著他，絕望萬分，然而他只是吻她，把她推走。她傷心地爬進冬青叢裡，穿過木籬笆，跌跌蹌蹌跨過小水溝，到了小路底。在那兒，希爾黛正好急急躁躁地下車來。

「啊，妳來了！」希爾黛說：「他呢？」

「他不來了？」

康妮帶著小絲袋爬上車，滿臉全是淚。希爾黛抄起可遮掩面目的帽子和眼鏡，「戴上去！」她說。康妮戴上這些偽裝用品，又穿上長風衣，這才坐住了，她成了個架著眼鏡、無法辨識，不像個人的生物。希爾黛一板一眼地發動車子，她們駛出巷子，上了公路。康妮回頭張望，但不見他的影子。走了！走了！她坐在那兒滔滔地流淚。這別離來得這樣倉皇、意外，就像死亡一樣。

「謝天謝地，妳要離開他一陣子了！」希爾黛說，車子轉個彎，避開了克羅西村。

17

「妳知道，希爾黛！」康妮說，在她們用過午餐到倫敦的時候：「妳既不懂真正的柔情，也不懂真正的激情。要是妳嘗過箇中滋味，而且對象是同一人，那會變得完全不一樣。」

「饒了我吧，別吹噓妳那些經驗了！」希爾黛說：「我這輩子還沒見過能和女人親密無私，把自己奉獻給對方的男人。我要的是這種男人。至於男人自鳴得意的性能力和多情，我可沒興趣。我才不想當任何男人的享樂工具或小甜心。我所嚮往的是男女間的親密無私，可是一直得不到，也就算了。」

康妮思量她這番話。親密無私的男女之情！她猜想那指的是把妳自己的一切全透露給對方知道，而對方也把他的一切一五一十的全讓妳知道。可是那太無聊了。那套教人不耐煩的男女意識！那是一種病！

「我覺得妳一直都是太過於在乎自己了，和誰在一起都一樣。」她對姊姊說。

「至少我沒有奴隸天性。」希爾黛說。

「也許妳有！也許妳是妳自我意識的奴隸。」

聽了康妮這丫頭說出這前所未有的魯莽之語，希爾黛悶不吭聲地開了一陣子車。

「至少，我不會被別人對我的看法所奴役，而那個人還是我丈夫的一個下人。」她終於怒氣沖沖地反擊了。

「妳知道事情不是這樣的。」康妮心平氣和道。

她向來受姊姊的支配，現在，雖然她內心某處在飲泣，可是她卻不再受別的女人支配了。啊，這真是一大解脫，簡直像得到重生似的：擺脫了別的女人的支配和操縱。女人哪，她們真可怕！

她很高興和父親在一起，他一向疼愛她。她和姊姊住巴摩街附近一家小旅館，李德爵士則待在他的俱樂部。不過當晚他帶了兩個女兒出去，她們也高興和他一起出去。

他依舊英俊、健壯，只不過對於忽然在他四周冒出來的新世界有點惶恐。他在蘇格蘭又討了個太太，比他年輕，比他有錢，可是他仍極力避開她，老是出外去渡假，就像他和元配在一起時一樣。

在劇院，她坐他身邊。他不算太胖，大腿粗粗的，依舊健壯結實，是個身體健康，懂得享受人生的男人的大腿。康妮感覺到，他爽快的自我主義，強固的獨立性，以及從不懷疑地追逐聲色，在在可以從他一雙強健、挺立的大腿看出來。他堪稱是個男人！而今卻逐漸老去，著實可悲呀。因為他那雙強壯、厚實的男性大腿，已不見靈敏犀利和柔情的力道，而這兩者正是青春的精髓，那是一旦有了，就不會再消逝的。

腿的存在，使康妮有所醒悟。在她覺得，腿變得比臉孔還重要，因為臉孔已不再完全如實了。擁有一雙活潑、矯健雙腿的人何其少！她打量坐在劇院一樓特別座的男人，不是包在黑布裡的大布丁腿，就是裹在葬禮穿的黑褲裡的木柴腿，或是形狀姣好，卻沒什麼意義的年輕人的腿，既不性感，也不優美，也不靈敏，只是大刺刺地走來走去，普通之至的腿罷了。甚至連幾分她父親那種性感也沒有。全是些畏縮不前的腿，畏縮得幾乎不存在了。

女人倒是不畏縮，但大部份女人的腿卻像磨坊柱子那麼難看！真是嚇人，讓人覺得可以名正言順把她們殺了！要不然就是那種瘦巴巴的腿！或是端端正正裹在絲襪裡，但一點生氣都沒有的腿！太可怕了，成千上萬毫無意義的腿，毫無意義的在那兒走過來，走過去。

她在倫敦不大開心。那邊的人看起來怪異而茫然，不論他們的樣子有多活潑、時髦，他們都欠缺一股生氣和快樂感覺。事情整個地很無趣，但康妮還是抱有女人企求快樂的盲目渴望，深信快樂的存在。

在巴黎，她至少覺得還有那麼一點情色的調調。只是那種情色味兒卻多麼無聊、可厭，而且老套。老套是因為欠缺感情。哦！巴黎好悲哀。最最悲哀的城市，它如今已成機械化的情色調調令人生厭；它那除了要錢，還是要錢的壓力令人生厭。連在此地感受到的憤懣和厭倦都令人生厭，令人簡直要厭煩到死了。這城市只是還沒有美國化或倫敦化到大跳機械般的捷格舞，藉此掩飾它的倦容。哦，這些自命為男人的男人，這些流氓混混，這些色迷迷的人，這些老饕們！他們多令人生厭！連一點點感情也不施，也不受，因而腐化，令人生厭。那種有效率，有時看來也頗迷人的女人，對於情色之事倒略知一二，她們比那些跳捷格舞的英國姊妹要來得有魅力，然而她們卻更不懂感情，冷心冷腸，一味冷下去；她們也漸漸在腐化了。人類世界就這樣一步步腐敗掉。也許它會變成一種很強的破壞力，形成無政府狀態！克里夫和他保守的無政府狀態！也許保守也維持不了多久，一切便會演變到激進的無政府狀態。

康妮發現自己也在畏縮、害怕這個世界。當她走在林蔭大道、波怡思，或盧森堡公園時，偶爾會感到片刻的開懷。可是巴黎已到處可見美國人和英國人、奇裝異服的美人或怪胎，以及往往失魂落魄，沒什麼指望地來到城外的英國人。

她很高興她們繼續開車上路。天氣驟然變得熾熱。於是希爾黛穿過瑞士，越過布倫那關口，然後過了多洛米提山脈，直下威尼斯。希爾黛喜愛一切的真理，喜歡掌控和主宰大局。康妮則絕對是心甘情願地保持沉默。

這趟旅行真的很棒。只是康妮卻一直在問自己：怎麼我並沒有真心在乎？怎麼我不曾真正感到興奮雀躍？好可怕，我不再真正欣賞這些湖光山色了，我不再在乎了！這實在可怕。我就好比聖伯納，泛舟於盧森湖卻無視於青山綠水的存在。我對青山綠水再也無動於衷了。人幹嘛來欣賞山水？何必呢？我連看也不要看。

沒錯，在法國，在瑞士，在提洛爾，在義大利，她都覺得一無是處。她不過是行車經過罷了。這些地方比薇碧山莊還不真實，比可怕的薇碧山莊還不真實！就算她再也見不到法國、瑞士或義大利，她也不在乎。那些地方會繼續存在。薇碧山莊要來得實在多了。

至於人！人全是一個樣子，差別小之又小。他們都想從你身上弄到錢。但，如果他們是遊客，他們要的則是享受，非要不可，強蠻得像要從石頭上搾出血來似的。可憐的山水！可憐的風景！全被人們壓搾再壓搾，好提供歡欣，提供享樂。人們一心一意只求享樂，其意義何在？

不！康妮對自己說，我寧可待在薇碧山莊，在那兒，我可以到處蹓躂，自自在在的，不必瞪著什麼看，也犯不著裝出什麼形象來。觀光客裝做樂在其中的樣子，實在太可笑了：裝得一點都不像。

她想回薇碧山莊，甚至回克里夫，那可憐殘廢的克里夫身邊去。他至少不像這一大群擠來渡假的傻子。

不過在他內心深處，她是在和另一個男人保持聯繫的。她萬萬不能和他斷了這份聯繫，哦，萬萬不能，否則她會迷失，整個消失在這票揮金如土，像豬一般好享受的人潮裡。啊，像豬一般好享受的人！「好好享樂吧」這句話，又是一種現代人的毛病。

她們把車停在馬斯特一座車庫裡，搭一班輪船到威尼斯去。那是個清爽的夏日午后，湖上漣漣輕泛，亮麗的陽光使得在水那方背對著她們的威尼斯顯得迷迷濛濛的。

她們在碼頭改搭小船，地址給了船伕。那是個普通的船伕，身穿藍白上衣，長相稱不上英俊，一點都不搶眼。

「是！伊斯梅達別墅，是，我知道這地方！我替那兒一位先生做過船伕。不過，可有段距離的喲！」

他看來有點孩子氣，心浮氣躁的一個傢伙，他划船的動作也很急躁，很誇張，穿過陰暗的支道，兩旁是又黏又綠，蠻可怕的牆壁。運河所經之處都是較窮的地區，隨處可見掛滿衣物的一根根繩索，臭水溝味兒有時弱，有時強。

總算他划到一條寬敞的水道，兩邊有人行道，而旁邊有一座座拱橋橫跨在這條大運河之上。兩個女人坐在小布棚子下，船伕在她們後面，位置高一些。

「小姐會在伊斯梅瑞別墅待很久嗎？」他問，一邊輕快的划著船，一邊拿了條藍白相間的手巾揩滿頭臉的汗水。

「大約二十天吧！我們兩個都結婚了。」希爾黛用她那種平平緩緩的腔調說話，使她的義大利話聽來外國腔很重。

「喲，有二十天！」船伕道。頓了一會兒，然後他問：「太太待在伊斯梅瑞別墅這二十天要不要雇一艘小船？要按天，或按星期算錢？」

康妮和希爾黛盤算著。在威尼斯自己有艘小船總是方便些，這好比在陸上有輛車會方便些是一樣的。

「別墅那邊有什麼交通工具？什麼船？」

「那邊有艘遊艇，和一艘小船。不過——」這個「不過」的言下之意是：那兩艘船也不是妳們的。

「你的價錢怎麼算？」

差不多是一天三十先令，或一個星期十鎊。

「這是一般行情嗎？」希爾黛問。

「比較便宜的，太太！比較便宜。一般行情是——」姊妹倆考慮著。

「好吧！」希爾黛說：「你明天早上來，我們再安排。你叫什麼名字？」

他叫喬凡尼，他想知道他該什麼時候到，該說他等的客人是哪一位。希爾黛沒有名片，康妮給了他一張她的名片。他飛快瞄上一眼，用他那雙南方人的熱情藍眼睛，然後又看一眼。

「哦！」他開懷起來，說：「夫人！夫人，對不對？」

「康斯坦絲夫人！」康妮說。

他點點頭，又唸了唸：「康斯坦絲夫人！」然後仔細把名片收入上衣口袋裡。

伊斯梅瑞別墅的確有段路，它座落在面向著喬奇亞鎮的湖邊。不是古舊的屋子，很舒適，有觀海的大陽台，下面則是座大花園，林木蔥鬱環繞著湖邊。

別墅主人是個體態笨重的蘇格蘭老粗，戰前在義大利發了財，戰時因為特別愛國而封了爵位。他老婆瘦而白，是那種精明的女人，但自己手上沒本，而且不幸的老是在抓她那風流老公的姦。他對待下人的態度十分惡劣，不過因為冬天裡稍微中了風，他現在容易對付多了。

屋子裡住的滿滿的。除了李德爵士和兩個女兒之外，還有七名客人，一對蘇格蘭夫婦，也跟著兩個女兒；一位年輕的義大利伯爵夫人，是個寡婦；一個年輕的喬治亞王子；加上一名看來很年輕的英國牧師。那王子是個窮光蛋，長得很俊，可以做個一流的私人司機，有他那種不可一世的傲慢和氣焰！伯爵夫人則是文文靜靜的小貓咪，深藏不露。牧師來自白金漢郡教區，是個簡樸的男子；幸好他把太太和兩個孩子留在家裡了。古瑞德那一家四口，堪稱是道地優良的愛丁堡中產階級，實實在在地享受一切，嘗試一切，一點也不冒險。

康妮和希爾黛立刻把那個王子排除掉。古瑞德一家子和他們多少是同類的，有點錢，可是乏善可陳，再說，那兩個女兒是來找丈夫的。牧師這人倒不壞，可是太過於畢恭畢敬了。亞歷山大爵士在輕微中風之後，尋歡時更顯得笨重遲鈍，可是有這麼俊俏的女人在，還是令他樂不可支。古柏夫人像貓一般靜靜、陰陰的一個人，因為生活不幸福。真可憐。她冷冷監視其他每一個女人，這已是她的第二天性。她儘說些刻薄、尖酸的話，顯示她對於人性的評價其低。而且康妮還發現，她對待傭人充滿惡意，頤指氣使地，只不過是悄悄地在做，不為人知罷了。她又善於巴結，使得腦滿腸肥，自許為親切，講一口無聊笑話（希爾黛則覺得滑稽）的亞歷山大爵士覺得自己是大人物，是萬聖之尊。

李德爵士在畫畫。是的，他三不五時的，仍舊會拿起筆來，畫張威尼斯湖景，好和他的蘇格蘭陸景比較比較。所以一大早，他帶一大塊畫布，乘船到他的寫生地點去。過一會兒，古柏夫人則帶素描本和水彩乘船到市區。她是個有畫癖的水彩畫家，一屋子全是她畫的玫瑰色宮殿、幽暗的水道、搖晃的橋、中古時代的建築，還有一些有的沒的。再過一會兒，古德瑞一家人、王子、伯爵夫人、亞歷山大爵士，有時再加上那個牧師林得先生，會一起去麗都泡泡海水，一點半再回來吃逾時的午餐。

以一個屋子的聚會而言，著實無聊極了。不過姊妹倆倒不以為意；她們從早到晚在外面。她們的父親帶她們去看畫展——令人生厭的畫一哩接著一哩。他帶她們到路奇思別墅見他所有的故交好友。悶熱的黃昏，他在富羅安餐廳訂了位子，陪她們坐在廣場上。他帶她們上劇院看郭多尼的喜劇。五光十色的水上慶典也有，舞會也有。這裡是渡假勝地中的勝地。麗都好幾畝大的海灘擠滿了爬上岸來求偶、數也數不清的海豹。廣場上擠了太多人；麗都海灘也擠了太多人手人腳和人體，小船太多遊艇太多，汽船太多，鴿子太多，冰淇淋太多，雞尾酒太多，伸手要小費的男服務生太多，各式各樣、吵吵鬧鬧的語言太多，實在太多了！太多陽光，太多威尼斯的氣味，太多成批批運進來的草莓，太多絲巾，太多大片大片生牛肉色的西瓜擺在攤子上：太多的享受，實在是太多太多了！

康妮和希爾黛穿著明艷的洋裝出去，好幾打人她們都認識，也有好幾打人認識她們。麥克里斯很煞風景地出現了——「嗨！妳們待在哪兒？過來一起吃個冰淇淋或什麼的！到我的小船來，咱們到那兒去逛逛。」連麥克里斯都差不多曬黑了——雖然就大部份人的肌膚來看，說他們是被烤熟了還比較貼切。

從某個方面來說，這一切是很令人愉快的，根本就是享受。然而，所有那些雞尾酒，那些躺在熱熱的海水裏，躺在艷陽下做日光浴，在悶熱的夜晚把肚皮貼在某個男人身上跳爵士舞，吃冰淇淋求涼快的這些事，說到底根本是一整套麻醉劑。天下人要的就是這一套，一種麻醉劑。波動的流水是麻醉劑，陽光是麻醉劑，爵士舞是麻醉劑，香煙、雞尾酒、冰淇淋、白葡萄酒，無一不是。大家都被麻醉了，只求享樂！享樂！

希爾黛可是非常喜歡被麻醉。她喜歡打量每一個女人，多方去揣測人家。女人對女人是全神貫注的感到興趣：她長得怎樣？她釣上了什麼樣的男人？她從中得到什麼樂趣？——男人好比穿白色法蘭絨長褲的大狗，等著人家去拍撫，等著沉淪酒色之中，等著把自己的肚皮貼在某個女人肚皮上跳爵士舞。

希爾黛喜歡爵士舞，因為她可以和某個稱之為男人的傢伙，肚皮貼著肚皮，由著他從肚腸之中來牽制她的動作，在地板上來來回回地舞動，之後，她便甩掉他，不再理會「那生物」。他只是被利用而已。可憐的康妮著實很不快樂：爵士舞她跳不起來，因為她就是沒辦法把自己的肚皮往別的「生物」的肚皮上貼；她也討厭麗都海灘上近乎赤裸的人肉兵團，海水根本就不夠他們每一個人泡；她不喜歡亞歷山大爵士和古柏夫人；她不要麥克里斯和其他任何人對她窮追不捨。

她最高興的一次，是她哄希爾黛和她越過湖泊，去到遠遠的對岸一處不見人煙的碎石子沙灘。她們在那兒泡水，完全不受干擾，小船則停泊在沙洲內側。

那回看喬凡尼找了一個別的船伕當他的幫手，因為水路太遠，他在太陽下汗流浹背，辛苦異常。喬凡尼人很好，和一般義大利人一樣，有感情，卻沒有一點熱情。義大利人不具熱情，熱情是可以深沉有餘的。他們易受感動，往往很有感情，然而他們少有持久不變的熱情。

所以說，喬凡尼對這兩位夫人已經是全心全意了，正如過去他也是全心全意對待那一船船的夫人。他已完全準備好要把自己賣給她們，只要她們要他：他私底下巴望她們要他。她們會送他一份大禮，這禮來的正是時候，因為他正準備成家。他告訴她們他的婚事，她們很有興趣。

他料想這趟跨過湖泊到沒有人煙的對岸去，八成表示要做買賣了：買賣的是愛情。所以他找了個夥伴來幫忙，因為路程很遠，再說夫人有兩位。兩位夫人，兩尾鯖魚！划算得很，而且還是相當美的夫人哩！他十足以她們為榮。雖然是年長的那位付他錢、吩咐他做事的，他卻希望是年輕的那位挑上他當愛人。她出手也會大方一點。

他找來的幫手名叫丹尼爾，他不是正式的船夫，所以沒賣身乞討的味道。他划大船，專從各島運送蔬菜水果過來。

丹尼爾長得帥，高個子，身段好，一頭淡金黃的鬈髮，一張俊男的面孔，有點像獅子，一對相隔很遠的藍眼睛。他沒有喬凡尼那麼興沖沖、好說話和好喝酒。他沉默寡言，划船時輕鬆有勁，好像在水裡的只有他一個人。夫人就是夫人，和他沒關係，他甚至看都不看她們。他看著前方。

他是個真正的男人。當喬凡尼喝了太多酒，長槳亂揮，東倒西歪地划船時，他有點生氣。他正是梅勒斯那種不出賣自己的男人。喬凡尼不知檢點，康妮同情他的老婆，不過丹尼爾的妻子會是人們現在還看得到的那種甜蜜蜜的威尼斯姑娘，溫婉賢淑，像城中迷宮似的後街裡的一朵花。

啊，多可悲的一件事，男人帶頭向女人賣身，接著女人向男人賣身。喬凡尼一心一意要賣身，狗也似的淌口水，想把自己賣給一個女人。圖著錢財！

康妮遙望在遠處的威尼斯，倒映在水中泛著玫瑰色。用金錢打造，因金錢而繁榮，也因金錢而衰亡。金錢等於衰亡！錢、錢、錢，不外乎賣身和衰亡。

不過還有丹尼爾堪稱是個男人，能夠憑自己決定效忠的對象。他沒穿船伕的上衣，只套了件藍色的針織運動衫。

他有點狂妄、粗獷和驕傲。如此他受雇於醒目的喬凡尼，而喬凡尼受雇於兩個女人。就是如此！當耶穌拒收魔鬼的金錢時，他像猶太銀行家似的，主掌全局，甩下魔鬼走了。

康妮從瀲艷的湖光中恍恍惚惚地回來，發現家裡來了信。克里夫按時寫信來。他的書信相當優美端整，全像印在書上的。正因為如此，康妮覺得那些信不怎麼有趣。

她恍恍惚惚活在湖的波光裡，一波波的鹹水，寬闊、空蕩、空無所有，然而卻是健康，無憂無慮地健康。這種自然態狀令人心滿意足，她沉醉其中，什麼都不放在心上。而且，她懷孕了，她現在已經知道。所以，陽光、湖鹽、海水浴，躺在碎石子沙灘上尋找貝殼，坐在小船上任其漂流，加上懷孕，都成為一種恍恍惚惚的感覺充塞在她心中；另一種充實的健康，使人感到滿足又有點茫然。

她在威尼斯已經逗留兩星期了，準備再待上十天或兩星期。天天都是陽光燦爛的日子，身體的健康和充實感使她把一切都忘了。她在一種安逸之中，無知無覺的。

克里夫的一封信卻把她從安逸中打醒過來。

咱們這小地方也起了個小小的趣事。似乎是守林人梅勒斯私奔的老婆回到了小屋，發現自己不受歡迎。他把她打發掉，而且把門都鎖了。可是，人家說，當他巡園回去之後，卻發現他那位不再嬌美的老婆四平八穩的躺在他床上，純裸地，或者該說是不純的裸體。她敲破一扇窗進屋子去的。他沒能夠把那位粗魯的維納斯從床上趕走，只得自己逃走；據說是逃回泰窩村他娘那兒。而那位史泰克的維納斯就此在小屋定居下來，她聲稱那是她的家。至於阿波羅，顯然就在泰窩村落腳了。

這些我乃根據傳聞轉述，因為梅勒斯本人尚未來見我。這件詳細的地方八卦來自咱們的垃圾鳥，咱們的朱鷺，咱們四處覓食的禿鷹——包頓太太。要不是她在嚷嚷——那女人要是在那裡混著，以後爵士夫人就不會再到樹林去了——我才不會告訴妳這種事！

我喜歡妳對李德爵士的描繪，白髮紅顏，大搖大擺跨進大海的架勢。我嫉妒你們那種好陽光。這裡下著雨。可是我不欣賞李德爵士他那種無可救藥、沉迷女色的老癮頭。但這倒和他的歲數相當。顯然人愈老，就愈不顧老命，愈老不羞。只有青春有一種永恒不朽的味道。

這個消息使得康妮那迷迷糊糊的安逸受到影響，她的心情變得煩躁，再變成憤怒。現在，她不能不被那潑辣女人干擾到了！現在，她不能不感到震驚、憂慮了！梅勒斯沒給來信，他們本來約好不通信的，但現在她盼著能得到他親自捎來的信息。他到底是她腹中胎兒的父親。讓他來信吧！

不過，好可恨哪！現在所有事都搞得一團糟了。這些低階層的人真是討厭！比起英格蘭中部那亂七八糟、陰沉沉的地方，這裡陽光亮麗，與世無爭的，讓人多舒服！畢竟，人生裡最要緊的事，莫過於擁有一片晴朗的天空。

她甚至沒把自己懷孕的事告訴希爾黛。她只寫信去向包頓太太打聽詳情。

他們一個藝術家朋友，杜肯·傅比思，從羅馬北上，來到伊斯梅瑞別墅。現在，他成了她們這艘小船的第三個乘客，做她們的護花使者，陪她們在湖對岸泡水。這個小伙子相當安靜，幾乎不開口。他的藝術作品很前衛。

她收到包頓太太的回信：

「夫人，我有把握等妳看到克里夫爵爺時會很高興。他賣力工作，神采飛揚，而且滿懷希望。當然，他一直期待著妳重返我們的生活。少了夫人妳，這宅子黯淡無光。我們每個人都歡迎妳回來。

關於梅勒斯先生的事，我不知道克里夫爵爺跟妳說了多少。似乎是一天下午，他太太突然跑回來了。他巡園回來時，發現她坐在門階上。她說要回他身邊，和他一起生活，因為她是他合法的妻子，他不能把她離掉——好像是梅勒斯先生想要離婚的樣子。可是他再不願意和她有任何牽扯，不肯讓她進屋子去。他自己也沒進門，掉頭就進樹林去，連門都沒開。

可是天黑之後，他再回去，發現有人闖入屋子，所以他上樓去看看她搞了什麼鬼，結果見到她脫得精光赤條的，橫在他床上。他要給她錢，她偏說她是他老婆，他一定要接納她回來。我不清楚當時他們吵成了什麼樣光景。這事是她娘告訴我的——老太太煩心得不得了。反正他告訴那女人，他情願死掉也不要再和她過日子，所以東西一提，直接回泰窩村他娘那兒去。他在那兒過夜，第二天穿過園子到森林，沒走近小屋一步。那天他好像沒跟他老婆碰上。可是第三天，那女人跑到寶加村去找她兄弟丹恩大吵大鬧，說她是他的合法妻子，說他在小屋和女人亂搞，因為她在抽屜發現一隻香水瓶，還有菸灰屑上留有金嘴菸蒂，還有什麼，我不知道。又好像聽說，郵差小柯一天清早聽到梅勒斯先生房間裡有人說話，而且小路底停了一部車子。

梅勒斯先生住在他媽媽的地方，照樣穿過園子到森林，而那女人似乎就在他屋子待下來了。哎，閒話傳個沒完。所以，梅勒斯先生終於找了湯姆．菲利浦到小屋去，搬走大部份傢俱和床鋪，還拆掉抽水機的把手，她因此不得不離開。不過她沒回史泰克，反倒到寶加村那個史元太太家裡住下來，因為她兄弟丹恩的太太不肯收留她。她不停到梅勒斯他娘那兒，想逮住他，而且開始一口咬定他和她在小屋上過床。她還去找一個律師，想從老公那兒弄生活費。她長胖了，比以前更粗俗，壯得像頭牛。她到處說他壞話，都是些不忍卒聽的話，說他怎麼在小屋和女人搞，說他們剛結婚時，他對她如何如何，做出低級、浪蕩的動作，我不知道還有什麼。女人一旦開口胡言亂語，我敢說那造成的風波一定不堪設想。不管她有多低級，還是會有人相信她，有的醜聞揮之不去。我相信她把梅勒斯先生說成是那種對女人下流、淫蕩的男人，只不過想引起嘩然。人實在太容易相信別人的壞話，特別是那種事。她宣稱只要他活著，她就不會放過他。不過我想說的是，要是他真的對待她那麼卑劣，她幹嘛巴著不放？不過她的確快到更年期了；她比他大上好幾歲。這些低俗、粗暴的女人一到更年期總是特別瘋狂。

這事對康妮是嚴重的打擊。那種骯髒下流的事兒居然落到她頭上來。她生他的氣，因為他沒能和柏莎．古茲斷得乾乾淨淨，哦，甚至因為他娶了她！也許他真有下流的癖好也不一定。康妮想到和他在一起那最後的一夜，忍不住打顫。他對男歡女愛那一套瞭如指掌，甚至和柏莎．古茲玩遍了！想來真是噁心透頂了。最好甩掉他，完全擺脫他。他也許真是個下流胚子。

她被這件事情弄得反感之至，幾乎羨慕古德瑞家兩女那種嬌羞青澀。她如今一想到可能會有人知道她和守林人的姦情，心裡就怕死了。真有說不出來的丟臉！她感到厭倦、恐懼，又渴望別人絕對尊重她，甚至是古德瑞兩女那種膚淺、教人喘不過氣的尊重。萬一讓克里夫知道了她這場外遇，教她一張臉往哪裡放？她擔心、恐慌來自社會的壓力和難聽的批評。她幾乎想把孩子打掉算了。那就完全沒問題了。簡單說一句，她是陷入驚惶狀況之中了。

說到那隻香水瓶，那是她自己弄出來的蠢事：她忍不住在抽屜裡他的一兩條手帕和襯衫上灑香水，完全是孩子氣，又把那瓶用了一半的柯蒂紫羅蘭香水放在他衣物當中。她要他一嗅到香水味兒就想到她。至於那些菸蒂，那是希爾黛的。

她不自禁向杜肯・傳比思透露一點祕密。她沒說她是守林人的情婦，只說她喜歡他，並且把他的過去說給杜肯聽。

「哦！」傳比思說：「妳等著瞧，他們不把這個人打倒、打垮是不會罷休的。如果他是那種勇於為自己的情欲辯駁的人，他們一定會打壓他的。他們唯一不許你做的是，直接坦白地表露你的情欲。私底下，你要做得多浪蕩都隨你；事實上你在性方面愈是浪蕩，他們覺得愈爽。可是如果你堅持自己情欲的表現，又不願意它遭到污蔑，那他們就要把你打倒。這是一項莫名其妙的禁忌。其實性是自然而必要的。人們自己嚐不到箇中滋味，又在你享受到之前就把你扼殺了。妳看著好了，他們會壓迫那男人的。可是說到底，他又做了什麼？就算他使出各種花招和他老婆翻雲覆雨，他沒權利那麼做嗎？她該感到光榮才對。可是妳看看，連那種低級貨色都跟他唱反調，利用群眾反對性愛那種豺狼般的力量來打壓他。在社會容許你享有任何一點性的樂趣之前，你在這方面都得裝得假惺惺的，而且要有罪惡感或敬謝不敏的態度。哦，他們會迫害那不幸的傢伙的。」

現在，康妮的反感轉了一個方向。畢竟，他做了什麼？除了給她無上的歡愉，給她自由奔放的感受以及生命的活力外，他對她，康妮，做了什麼？他讓她痛快、自然地展現了感情和欲望。就因為如此，他們就要迫害他。

不、不，那是不應該的。她眼前浮現他的形象：黝黑的面孔和雙手，但有副潔白的裸體；他低頭看著他豎直的寶貝，對它說話，彷彿它是另一個生物，臉上一逕是若隱若現有意思的笑容。

她再度聽見他在說：妳有比任何女人都要美妙的屁股！她再度感受到他的手輕輕地、熱呼呼地按在她臀上，她的私處，祝禱似的。那股暖意傳過她的小腹，她的膝間燃起小小的火苗，她喊道：哦，不！我不能背叛它！我不能背叛他！我必須對他，及他給予我的一切忠心耿耿。沒有他，我就沒有熱情燦爛的生命。我不會背叛它的。

她貿然地做了一件事。她寫了一封信給包頓太太，附了一只給守林人的短箋，要包頓太太轉交給他。她寫給他的是：「聽到你太太給你製造這麼多的麻煩，我非常難過。不過不要放在心上，那只是一種神經病，來得急去得也快。但我實在很遺憾發生這種事，真的盼望你不要太過在意，總之是不值得的。她只是個發了神經的女人，想傷害你罷了。我十天之內會回家，真心希望一切沒有問題。」

幾天後，克里夫來了一封信；他顯然很煩躁。

我很高興聽到妳準備十六號離開威尼斯的消息。不過如果妳玩得愉快，也不必急著回來。我們想念妳，薇碧山莊想念妳。可是重要的是，妳應該盡量享受陽光，『陽光和睡衣』——就像麗都廣告上說的。所以妳大可再逗留一段時日，只要那兒讓妳開心，而且讓妳能夠準備好渡過咱們家鄉嚴酷至極的冬天。即使今天都還下著雨呢。

我被包頓太太照顧得妥妥貼貼的。她是個怪人。我愈活愈能體認到人是多麼奇怪的生物。有的人該有一百隻腳，像蜈蚣，或有六隻腳，像龍蝦。你期望別人言行一致，有為人的尊嚴，但是這兩種品質似乎已經蕩然無存了。人甚至自己都會懷疑自己具有多少這些品質。

守林人的醜聞方興未艾，像滾雪球一樣愈來愈大。包頓太太繼續在向我提供消息。她讓我想到一種魚，雖然痴痴呆呆的，但只要它游動著，似乎它就會用腮把閒話吐來吐去；什麼都從鰓縫中濾過去，什麼都嚇不倒她。那些東家長西家短的閒話，好像她生命裡不可或缺的氧氣一般。

她對梅勒斯的醜聞關心無比，只要我讓她打開話匣子，她就會把我拖入滔滔不絕的深淵去。她對梅勒斯的老婆——她老是直呼其名柏莎·古茲——有著莫大的憤慨，她那憤慨也像女主角在演戲似的。我墜入世界上像柏莎·古茲這種亂七八糟之人的深淵裡去。等到我從閒言閒語的水流中脫身而出，慢慢再浮上水面時，我總望著日色懷疑事情該是怎樣的。

我真的感覺到，這個世界，我們眼睛見到只是一切事務的表面，而它其實深奧如海底；我們所有的樹都生長在海底，我們是奇特的海底動物，長著鱗片，吃碎屑維生，像蝦子一樣，只是偶爾靈魂會喘咻咻的穿過我們生活所在那片深不見底的地方，浮上有新鮮空氣的大氣表層。我很相信我日常呼吸的空氣是一種水，而且，男人女人都是一種魚類。

不過靈魂在海底苦苦困了一段時間之後，有時會奮力往上爬升，像三指鷗振翅衝入光明之中。我想，在道義上，我們終免不了要為人類活在弱肉強食的海底叢林中的命運而憂慮。但我們不變的命運只是暫時逃避，在我們吞食了水中浮游的獵物，就會再度爬升到明亮的大氣表層，衝出古老海洋的表面，進入真光中。此時，人才能真正領悟到自己永恆不變的天性。

每當我聽包頓太太說話，我就感覺自己在往下沉，往下沉，沉到那帶著人性祕密的魚類在蠕蠕游動的深處。情欲促使人一口咬住獵物，然後再往上升、往上升，從暗房進入，從湫溢到乾爽。我可以告訴妳整個來龍去脈。可是和包頓太太在一起，我只覺得往下沉，可怕地往下沉，陷到最底層與海草和白色妖魔為伍。

我怕我們就要失去這個守林人了。他那個逃妻鬧出來的醜聞，非但不曾平息，反倒愈傳愈廣了。所有罄竹難書的罪行全怪到他頭上，而且有夠奇怪的，那女人就是有那本事讓一堆礦工老婆幫她撐腰。可怕的一條魚，整個村子都在說閒話，說得都發臭了。

我聽說這個柏莎・古茲在小屋、村舍裡到處搜，把梅勒斯堵在他媽媽家裡。一天她逮到自己的女兒，那個跟母親一樣冷酷的小丫頭剛好放學回來。那小丫頭不但沒有親她慈母的手，反而狠狠咬了她一口，所以被她母親的另一隻手賞了一記耳光，把她打得一跟頭跌進水溝裡，她那氣急敗壞的奶奶把她救回來。

這女人放出大量驚人的毒氣。她把她婚姻生活裡的種種事件，仔仔細細地公佈出來，那種事，夫妻間通常是祕而不宣、守口如瓶的。埋藏十年之後，她現在決定要公諸於世，還一條一條說得鉅細靡遺，真是嚇人。這些細節是我從林立和醫生那兒聽來的，醫生還覺得有趣呢。當然啦，這種事沒什麼大不了。人總是有種莫名其妙的渴望，想搞些奇奇怪怪的性姿勢。要是一個男人喜歡拿自己的太太來個偉圖・契里尼說的義大利式，那也只是個人喜好罷了。不過，我倒沒想到我們的守林人懂得玩這麼多花招。無疑一定是柏莎・古茲慫恿他搞那些的。不管怎樣，那只是他們兩人之間的私事，和別人一點關係也沒有。

可是，人人都在豎耳傾聽，連我自己也一樣。早個十幾年，一般正人君子都會避開這種事，但這年頭已經沒有正人君子了。礦工老婆們個個搖旗吶喊，毫不害臊。你會覺得過去十五年，好像咱們泰窩村的每一個娃兒都是無垢受孕生下來的；每一位非國教徒的女性都是亮晶晶的聖女貞德。那麼，我們可敬的守林人就因為作風類似諷刺作家拉伯雷，使得他好像比殺人犯克里本還可惡、還可怕。不過要是所有傳言你全都相信的話，那泰窩村這批人就都是浪蕩貨啦。

但麻煩的是，那要命的柏莎・古茲不是只挑自己的受苦經驗講。她拉開嗓門哇哇叫，說她發現她丈夫在小屋『養』女人，而且信口開河叫出了幾個女人的名字來，玷污了好幾個高尚的姓名，這檔事已經發展得太離譜了，法院已經對這個女人下了一道禁令。

事到如今，我只好把梅勒斯找來談談，因為不可能不讓那女人接近樹林。他神色自如，一付完全不靠別人的樣子——『別人如果不在乎我，我也不稀罕別人，我不稀罕！』就那樣子。不過我有點好笑地想，他會不會覺得自己像條狗？不幸尾巴被綁了鐵罐子，雖然他裝得好像沒那只鐵罐子似的。我聽說，村裡的婦人見到他走過，都會把孩子叫開，好像他是寫淫穢作品的薩德伯爵。他力持鎮定，可我怕那只鐵罐子在他尾上綁得太牢了。他心裡八成像西班牙民謠裡的英雄唐．羅里哥，不斷在唱：『啊，現在它咬著我最是罪孽深重的那個地方了！』

我問他，他認為自己還能不能專心於樹林的工作，他答說他不覺得他有所懈怠。我跟他說那女人入侵樹林很惹人討厭，他回答他無權逮捕她。之後我約略提到他那件醜聞和引起軒然大波的經過。『是啊』他說：『那些人自己應該好好去幹，這樣他們就不會想聽別人的瑣事了。』

他說這話時語氣有點尖酸，但確實是真話。只不過他的談吐太不文雅，太不恭敬了。我給他暗示，結果又聽到鐵罐子嘎嘎直響。『克里夫爵爺，像你這種身體狀況的人，最好不要因為我雙腿間有傢伙而說我不好。』

不管三七二十一地對每個人都這麼個說法，對他自然一點好處也沒有。而牧師、林立和卜洛思都認為這人離開這地方比較妥當一些。

我問他是不是真的在小屋和女人玩過，他回答我說：『克里夫爵爺，那和你又有什麼關係？』我告訴他，我要我土地上的一切事情都端端正正的。他這麼回答我：『那你得把所有女人的嘴巴都堵住才行。』我追問他在小屋的情形時，他說：『當然你也可以拿我和我的母狗蘿西造個醜聞。你忘了牠也在那兒呢。』說真的，要再找個粗魯不文的例子，那誰也贏不了他。

我問他，他再找份工作有沒有困難。他說：『如果你是暗示，你想把我辭掉的話，那太容易了。』所以他很直接了當的說他下週末走，而且顯然很樂意盡量把相關技巧都教給一個小伙子，喬・錢伯思。我告訴他，他走時我會多付他一個月薪水，他說他寧願我把錢留著，因為我沒有必要感到良心不安。我問他這是什麼意思，他說：『你沒有虧欠我什麼，克里夫爵爺，所以不必多付我什麼。如果你認為你看出我是不爽的話，直說無妨。』

這件事到此告一段落。那女人跑掉了，我們不知道她的下落，但只要她在泰窩村露面的話，她可能會被捕。我聽說她怕坐牢怕得要命，她算是罪有應得。梅勒斯下星期就會走人，想必這地方很快便會恢復正常。

親愛的康妮，在這段時間內，要是妳高興，繼續在威尼斯或瑞士待下來直到八月初吧。那我會很寬心地認為，妳可以不必再受這些齷齪的傳言所苦。到了月底，這些傳言應該就會消聲匿跡了。

所以妳看，咱們是深海怪物，龍蝦爬過泥沙時，把所有人都絆倒了，咱們無可奈何，只好冷靜的接受這一切。

（克里夫滿紙的氣憤，卻沒有一點同情之心，使康妮心情很不好。後來，她收到了梅勒斯的來信，對事情有了更進一步的了解。）

祕密給洩露了，其他好些事也跟著被抖出來了。妳已經聽說我老婆柏莎回來了。我對她已無愛意，但她硬是在小屋住了下來。在那兒，說得不客氣一點，她起了疑心，由於一小瓶柯蒂香水。其他的證據她倒沒有找到，至少是好幾天沒有收穫，然後她開始為那幅燒掉的結婚照片呼天搶地，她發現後院子的碎玻璃和相框板子。不幸有人在板子後面塗鴉，還寫了好幾個縮名。但這不算什麼線索，直到她闖入小屋，發現妳的一本書：『女伶菲蒂思的自傳』，那書第一頁有妳的名字，康斯坦絲．史都華．端德。從那天開始，一連好幾天她到處嚷嚷，說我的情婦沒別人，就是查泰萊夫人。這些話終於傳到了牧師、卜洛思先生和克里夫爵士耳朵裡。他們對我那婆娘採取法律行動，她就此不見了。那婆娘一向怕死了警察。

克里夫爵爺要求見我，所以我就去了。他兜圈子說話，似乎對我相當生氣。後來他問我曉不曉得連爵士夫人的名字都給提到了。我說我根本不聽別人的胡說八道，我想不到克里夫爵爺竟會口出此言。他回答說，這對他自己是一個奇恥大辱。我就對他說，這麼說來，連瑪莉皇后無疑也算因我而受連累的人了，因為她的玉照印在日曆上，而日曆就掛在上屋的水槽上頭。可惜，他對我這個玩笑不表欣賞。他好像指著我在罵——我是褲子鈕釦不牢的下流胚；而我也像在頂他——就算這樣，也比他根本沒東西可以扣釦子要強得多。所以他把我解雇掉了，我下星期六就走，此地因此不會再有人記得我。我將到倫敦，我以前的房東般克太太，住庫拍曆場十七號，她會給我一個房間，要不就替我另外找住處。

造孽的人最後會原形畢露，尤其是你已經結婚，而且老婆叫柏莎……

信上沒有隻字片語提到她，或是對她說的。康妮為此感到很懊惱。他好歹可以說幾句安慰或保證的話。可她也明白，他這是在放她自由，自由自在回薇碧山莊克里夫的身邊去。連這一點，康妮也氣忿不過。他大可不必裝出這一派俠義風度。她恨不得他對克里夫直接說了：「沒錯，她是我的愛人，我的情婦，我深感榮幸！」但是他的膽子沒那麼大。

這下好啦，她和他的名字在泰窩村被相提並論了！簡直是一團糟。不過想來此事很快就會平息下來的。

她憤憤不平。這種混亂、複雜的情緒弄得她懨懨無力，她不知道該怎麼做，所以索性什麼也不做，什麼也不說。她依然在威尼斯耗下去，和杜肯‧傳比思划小船出遊，泡在海水裏，一天一天地消磨時光。十年前，杜肯曾如痴如醉地愛過她；現在，他又再度愛上她了。但是她向他聲明：「我對男人只有一個要求，那就是千萬別來煩我！」

杜肯果真沒有煩她，還頗得意自已做到這一點。他如常地對待她，溫溫柔柔、涓涓滴滴地對她付出那種轉化了的情感。他只是想和她相處。

「妳有沒有想過，」一天，他問她：「人與人之間的牽絆是多麼薄弱。瞧瞧丹尼爾，英俊得像太陽之子，可是他那張俊臉卻顯得好孤獨！不過我打賭他一定有妻有子了，而且絕不可能離開得了家人。」

「去問他啊！」康妮道。

杜肯真的去問了。丹尼爾說他已經成家，有兩個孩子，都是男孩，一個七歲，一個九歲。說到這些事實時，他沒有流露太多感情來。

「也許只有能夠真正和別人身心相繫的人，才有那種孑然獨立於天地間的樣子」康妮說：「而其他人皆有一種黏性，他們和大眾緊緊相黏，喬凡尼就是其一。以及，」她心裏想著：「你也是一個，杜肯。」

18

她必須決定該怎麼行動。她要在他離開薇碧山莊的那個週六離開威尼斯，還有六天左右的時間。她會在下週一到達倫敦，如此便可以和他碰面了。她寫了一封信到他給的倫敦那個地址給他，要他捎個訊號到哈倫旅館給她，並且在週一晚上七點過去找她。

她內心交織著各種錯綜複雜的怒意，對什麼都呈痲痺的反應。她甚至對希爾黛都不想吐露心思；而希爾黛也氣她頑固不語，跟一個荷蘭女人親熱地打起交道來了。康妮討厭女人和女人之間那套親近，感覺很乏味，但希爾黛偏偏老是沈迷於這種關係裏。

李德爵士決定和康妮一塊兒走，杜肯可以和希爾黛作伴兒。這位年長的藝術家一向懂得享受：他在東方快車上訂了臥舖。康妮雖然不喜歡豪華列車，可是這年頭環繞著他們無不是奢侈鄙俗的氣氛，而且坐火車也可以快點到巴黎。

要回妻子身邊，李德爵士一向不甚情願。他和元配在一起時就有這個老毛病。可是家裡要開松雞宴會，他希望早些回去。康妮曬黑了，顯得俏麗得很。她一路默聲坐著，根本無心欣賞車窗外的風光。

「回薇碧山莊，對妳來說有點無趣吧。」父親注意到她的陰沉，如此說道。

「我不肯定我是不是要回薇碧山莊。」她很突然地開了口，藍色大眼睛直望著他。而他的藍色大眼透出一個社會意識不大清晰的男人的惶恐。

「妳是說妳想在巴黎待一陣子？」

「不是！我是說我再也不回薇碧山莊去了。」

他被自己生活上的瑣事搞得已經夠煩了，衷心希望她不會有問題落到他肩上來。

「怎麼會突然這樣？」他問。

「我就要有寶寶了。」

這是她第一次對別人說出這句話，它彷彿在她的生活上鑄下了一道劈痕。

「妳怎麼知道？」

她兀自莞爾。

「我怎麼知道！」

「可是，當然不會是克里夫的孩子吧？」

「不是，是另一個男人的。」

她有點以折磨他為樂。

「我曉得這個人嗎？」李德爵士問。

「不！你從來沒見過這個人。」

久久一陣沉默。

「妳有什麼打算？」

「我不知道，問題就在這兒。」

「不跟克里夫重修舊好？」

「我想克里夫會接受吧。」康妮說：「他曾經告訴我，就是上回你和他談過之後，他說他不介意我生個孩子，只要我小心進行。」

「在這種情形之下，這是他唯一能說的明理之言了。那麼我想是不會有問題了。」

「何以見得？」康妮問，直瞪著她父親的眼睛。看那雙眼睛又圓又大，著實和她酷似，不過眼神有點不安定。那神色有時候看起來像個忐忑不安的小男生，有時候又顯得有點陰鬱自私，好在大半的時間來都是愉快靈敏的。

「妳可以給克里夫一個子嗣，繼承查泰萊的家業，讓薇碧山莊多一個小男爵。」

李德爵士露出半帶性感的笑容。

「不過，我不覺得我想這麼做。」她說。

「為什麼不？覺得和另一個男人難分難捨？哈！如果妳想聽聽我說的實話，孩子，我就說吧。世界會持續下去，薇碧山莊屹立著，而且會屹立不搖下去。世界多少有個固定性；從表面上來說，咱們得去適應它，而私底下，我個人認為，可以隨心所欲。感情是會改變的，今年妳或許喜歡這個男人，明年妳又會有新歡。然而薇碧山莊可是屹立不搖的。只要薇碧山莊忠於妳，妳就忠於薇碧山莊吧！之後要玩再去玩。但是一切斷了關係，妳可能得不到什麼。妳想和它斷了也可以，反正妳有自己的一份收入，這是永遠不會使妳失望的一點，只不過，妳得不到太多享受。還是給薇碧山莊一個小男爵吧，這是值得做的事。」

李德爵士往後靠著坐，再次面露微笑。康妮卻沒答腔。

「我希望妳到底是弄了個真正的男人。」過一會，他對她道，帶著幾分感性。

「我是。那就是麻煩所在，這種男人所剩無幾了。」她說。

「是不多了，老天！」他沉思道：「是不多了！親愛的，看看妳，他真是個走運的男人。他應當不會給妳添麻煩吧？」

「哦！不會的！他完完全全讓我自由。」

「很好！很好！一個真正的男人當如此。」

李德爵士十分欣慰。康妮是他最寵愛的女兒，他一向喜歡她身上的女性特質，她不像希爾黛那麼像她母親。而他對克里夫一向也不甚中意，所以這會兒他頗高興，對女兒格外溫柔，好像那未出世的孩子是他的。

他跟她坐車到哈倫旅館，看她安頓妥當之後，才上他的俱樂部去。她拒絕了晚上他要陪她的好意。

她發現梅勒斯來了一封信說：「我不到妳的旅館了。不過晚上七點我會在亞當街的金雞飯店外面等妳。」

他佇立在那兒，身穿一套正式的深色薄西裝，個子高瘦，那麼與眾不同。他有種自然天成的氣質，不是她那類階級之人的樣版。她一眼即看出，他無論到那裡都能得心應手。他有與生俱來的格調，遠遠強過階級的樣版。

「啊，妳來了！妳看起來真好！」

「是啊！可是你卻不然。」

她擔心地端詳他。他的臉孔瘦得剩下一把骨，兩顴清楚顯露，可是他的眼睛在對她微笑，和他在一起感覺舒服而自在。就是這個樣子，剎那間，她一直在維持形象的那股壓力卸下來了。他這人流露出來的某種種特質，使她打自心底感到自在、喜悅。如今她有女人追求幸福的那種靈敏本能，她立刻把這種幸福感深深烙記在心裡。「有他在，我好快樂！」威尼斯所有的陽光也沒有辦法令她覺得這麼舒暢溫暖。

「那件事對你來說很可怕嗎？」她問，兩人在桌前相對而坐。他實在太瘦了，現下她看得清楚。他的手鬆鬆地放著，像睡著了，忘卻世事的動物，一如她所熟悉的那樣。她好想握住它、吻它，可是有點怯於這麼做。

「你很在意嗎？」

「我在意，我一向都在意。但我也曉得自己是傻子才會去在意。」

「你有感覺你像尾巴綁了鐵罐子的一條狗嗎？克里夫說你有那種感覺。」

他凝視她。那一刻她顯得有點殘忍，因為他的自尊心因此受到很大的傷害。

「我想我是有吧。」他答道。

她根本不知道他有多麼受不了別人侮辱他。

好長一段安靜。

「你想念我嗎？」她問。

「我很高興妳沒有被那場混亂波及到。」

兩人又是一陣無語。

「別人有把你我的事當真嗎？」她問。

「沒有吧！我不相信短時間內他們會認為確有其事。」

「克里夫呢？」

「我該說他是不當一回事的，他連想都不想，就把這件事拋開了。不過，他為此要把我攆走，那也是人之常情。」

「我懷孕了。」

他臉上，乃至於整個人沒有一絲表情。他用陰沉沉的眼睛看著她，那神色她完全不能領會，活像是被燒焦了的某種幽靈在看著她。

「說你很開心呀！」她摸索他的手，求著他。她見到他忽然出現一抹得意之色，但隨即又被她無法理解的表情掩蓋下去了。

「這是未來的事了。」他說。

「你難道不開心？」她堅持著。

「我對於未來是非常沒有信心的。」

「可是你一點也不必擔心要負任何責任。克里夫會很高興將這孩子視為己出的。」

她見到他臉色泛白了。這句話使他反彈。他沒吭聲。

「我該回克里夫身邊去，為薇碧山莊添個小男爵嗎？」她問。

他一味看著她，面色蒼白而疏遠。一抹難看的笑意在他臉上隱約浮起。

「妳不必告訴他孩子的父親是誰嗎？」

「哦！」她道：「即使告訴他，他也會接納這孩子，只要我要他這麼做。」

他思考了半晌。一道鴻溝橫亙在他倆之間。

「可是你並不希望我回克里夫身邊的，對不對？」她問他。

「妳自己的打算是什麼？」他道。

「我想和你過日子。」她乾脆地回答。

聽她如此答來，他再也無法自抑，胸腔閃過一道火苗。他低下頭去。一會兒，再度昂頭，用那雙充滿困擾的眼睛望著她。

「如果這麼做對妳值得的話。」他說：「我是個一無所有的男人。」

「你擁有比大部份男人都要豐富的東西，哎，你是知道的。」她說。

「從某一方面來說，我是知道。」他緘默了一下，思量著，然後接著道：「以前人家常說我太女人樣。不是因為我不打鳥，或因為我不撈錢，不追求功成名就。在軍隊中，我要往爬上是輕而易舉的事，可是我不喜歡軍隊。雖然我有辦法把士兵治得服服貼貼的，我發火時他們也會忌憚。不，我不喜歡軍隊，是因為那圈子裡的蠢氣，死抓著權位不放的高官把軍隊弄得死氣沉沉，簡直愚蠢腐敗到家了。我喜歡弟兄們，他們和我也處得好，可是我受不了當道的那票人儘是廢話連篇，而且蠻橫無恥。這就是我成不了事的原因：我厭惡財大氣粗，我厭惡仗勢欺人。所以，在這種世界中，我能給一個女人什麼？」

「為什麼一定要給什麼？這又不是在談買賣。唯一的理由只因為我們彼此相愛。」她說。

「不！不！不止那樣而已。活著就必須動，必須向前進。我這人的一輩子不會有適當的軌道安定下來，就是不會，所以我很像是一張廢票。我沒有資格把一個女人引入自己的生命裡，除非我一生能做出點什麼，有點什麼成就，至少在性靈上要如此，使我們兩人都能生氣勃勃。假如非得過離群索居的生活，一個男人必須給女人一些人生意義，如果她是個真正的女人。我不能只當妳的姘頭。」

「為什麼不能？」她問。

「為什麼，因為我做不到。而且妳很快就會感到不耐的。」

「好像你信不過我似的。」她說。

他露了露笑臉。

「錢是妳的，地位是妳的，決定權也歸妳所有。可是我到底不能只是夫人妳的相好。」

「那麼你還要什麼？」

「妳的確應該問。這無疑是無形的特質。對我自己而言，我具有份量，我可以清楚看出自己生存的意義，儘管我很了解別人都看不出來。」

「如果你和我一起過日子，你就會少掉生存意義嗎？」

他頓了好半天才回答：

「有可能。」

她也安靜思考。

「你生存的意義究竟是什麼？」

「我告訴妳，那是無形的。我不相信這個世界，不相信財富，不相信進步，不相信咱們文明的未來。人類若想要有未來，就得大刀闊斧改變現狀。」

「真正的未來應該像什麼？」

「天曉得！我心裡隱隱有個樣子，可是它又和我滿腔怨氣混成一團。它應該相當於什麼，我真的不知道。」

「要我告訴你嗎？」她說，深深注視他的臉：「要我告訴你，什麼是你有，而別的男人卻沒有的東西？能創造未來就是那東西。要我告訴嗎？」

「告訴我吧。」他回答。

「那是你特有溫柔中的一種勇氣。就像這樣，像你手按在我的屁股上說，我有個美妙屁股的那種時候。」

他臉上出現笑意。

「是那個啊！」他說。

接著，他端坐沉思。

「對！」他說：「妳說的對。千真萬確是這樣，也一直都是這樣。我和弟兄們相處時就已發覺這點：我和他們會有肢體上的接觸，而且不能退避。我必須意識到他們身體的存在，必須善待他們，即使我要嚴格地磨鍊他們。這誠如佛陀所言，是覺醒的問題；然而甚至是祂也對肉體的覺醒或自然的肉體溫柔感到羞卻。出乎自然展現溫柔是最動人的，即使男人對男人也不例外。只是我必須採取一種適當的男人方式，讓士兵成為真正的男子漢，不可猴急毛躁。是的，那是一種真正的溫柔，一種洞察的意識。性愛其實只是接觸的一種，最親密的接觸，我們卻畏懼這種接觸。我們只算是半醒，半活著而已；我們必得要復甦、要覺醒。尤其是英國人一定要相互接觸，帶幾分細膩、溫柔。那才是我們迫切需要的。」

她看著他。

「那麼你為什麼怕我？」她問。

他注視她良久才回答。

「是金錢、地位在從中作梗。那是妳內心的世界。」

「我內心就沒有柔情在嗎？」她期待地問。

他俯視著她，雙眸幽深難解。

「有啊，但它來來去去，我的也一樣。」

「可是，你不相信你我之間有柔情存在？」她問著，憂心忡忡地看他。

她看到他的臉孔整個溫柔下來，不再充滿防禦之色。

「也許有吧！」他說。

兩人都沉默下來。

「我要你擁抱我。」她說：「我要你對我說，你很高興我們有孩子了。」

她看起來那麼可愛，熱情，而且充滿企盼，他不禁心動了。

「我想我們可以到我房間去。」他說，「但這又算是醜行了。」

然而她看出他又慢慢忘卻了這個世界；他臉上有又柔又純的情意。

他們走幽僻的街道到科博廣場。他的房間在頂層，是間閣樓。他用煤氣爐自己做飯。房間雖小，但是乾淨整齊。

她脫掉衣服，要他也照做。懷孕初期肌膚粉紅光潤，她好美。

「我不應該碰妳的。」他說。

「不！」她說：「愛我！愛我！說你會留住我！說你會留住我！說你永遠不會讓我走，要我去投向別的世界，或別的男人。」

她挨過去緊緊依偎他，抱住他削瘦但結實的裸體，這是她唯一知道的歸宿。

「那我會永遠留住妳，」他說：「只要妳要，我會永遠留住妳。」

他用手環抱她。

「還要說你很高興有了孩子。」她重覆道：「親親他！親親我的肚子，說你很高興有了他。」

可是這點他覺得比較為難。

「我很怕妳把孩子帶到這個世界來。」他說：「我為他的將來憂愁。」

「可是，是你把他放入我體內的。對他溫柔些，那就是他的將來了。親親他！」

他打了寒顫，因為她說的是實話。「對他溫柔些，那就是他的將來了。」——在這一刻，他感覺對這女人有無比的愛意。他親她的肚子，她的幽祕之處，又親胎兒所在的子宮部位附近。

「哦，你是愛我的！你是愛我的！」她低叫，一如雲雨之情時的婉轉低吟。他緩緩進入她體內，感覺源源不斷的柔情由他的五臟六腑湧向她的五臟六腑，兩人之間輕憐沉溺地交相激盪。

當他進入她體內之際，他豁然了解男兒當如此與她溫存相惜，這無損於他身為男人的傲性、尊嚴或人格。如果她有財產，而他兩袖清風，他可能因此壓抑了對她的那份柔情。

「我要順著人和人之間需要肉體接觸、溫柔接觸的那種意識走。」他對自己說：「她是我的伴侶。這是一場對抗金錢、機械、人情淡薄和典型猴性的戰爭。她會在那兒支持我。謝謝老天，我有一個女人了！謝謝老天，我有一個與我廝守、溫柔相待、心中有我的女人了。謝謝老天爺，她不是悍婦，不是傻瓜，她是個溫存有心的女人。謝天謝地！」當他的精子在她體內迸射時，他的心靈也飛向她——這是遠超過生殖行為的創造行動。

她現在已有十足的決心，她與他絕不分離。但是，方法和手段仍需考量。

「你恨柏莎．古茲嗎？」她問他。

「不要跟我提到她。」

「我要提！你得讓我說。因為你曾經愛過她，你和她也曾經像我倆這麼親密過。所以你得對我說清楚。你曾經和她親密異常，如今卻這麼恨她，這不是很可怕嗎？為什麼會變成這樣？」

「我不知道。她好像隨時都好要跟我對立，老是這樣。她老是有一副可怕的女性意志，她要為所欲為！可怕的女性意志最後終於演變得盛氣凌人、作威作福，教人倒盡胃口！哦，她一直牢牢把握她的自由意志來跟我對立，簡直就像在我臉上潑硫酸一樣！」

「可是到現在，她也還沒放你自由。她仍然愛你嗎？」

「不，不，她不愛我。她不放我走，是因為她氣瘋了，一定要好好整我才甘心。」

「可是她一定愛過你的。」

「才不！好吧，從前是有那麼一點愛，她受了我的吸引。我想，連這點她都恨。她會愛我一陣子，但總把這愛意又收回去，開始對我發威。她最大的渴望就是整我，到死也不改變。她那種心態，從一開始就錯了。」

「也許是她感覺你沒有真正在愛她，她想讓你愛她。」

「我的天，那真是讓人吐血的手法。」

「你沒有真正在她，對不對？那就是你對不起她。」

「我怎麼愛？我才開始對她好，不知為什麼，她卻老是把我整得慘兮兮。算啦，我們不要談這個了。這是命，真的；而她是個無可救藥的女人。最後這一次，如果法律允許的話，我會像射殺鼬鼠一樣把她槍斃了。她囂張、無可救藥，空有女人的外殼！如果我可以把她殺了，結束整個不幸，那有多好！這應該是合法的：當一個女人滿腦子只有她自己，那個自我反抗一切，那麼事情會變得很可怕，最後她就該被殺掉。」

「如果一個男人滿腦子也只有他自己，那最後他不也該被槍斃？」

「應該——道理是一樣的！話說回來，我必須甩掉她，否則她又會找到我頭上來。我本來就要這麼告訴妳的。只要我辦得到，我一定要離婚，所以我們必須小心行事。我們，妳和我，絕不能被人家看見走在一起。要是她跑來找我們的麻煩，我是死也受不了的。」

康妮想著他這番話。

「那，我們是不能在一起了？」她問。

「六個月左右不能。我想，我離婚的案子九月會開始進行，三月終結。」

「可是孩子可能二月底就要生了。」她說。

他一時無言。

「我真希望克里夫和柏莎那類人通通死掉。」他說。

「這對他們不怎麼溫柔。」她說。

「對他們溫柔？你能為他們做的，最溫柔的一件事，大概就是讓他們死了算了。他們沒法子活！他們徒然破壞人生。他們體內藏著可怕的靈魂，死亡對他們來說應該是好事。應該允許我槍斃了他們才對。」

「可是你不會這麼做的。」她言道。

「我會！比射殺鼬鼠還要心安理得。鼬鼠好歹是小小巧巧、獨來獨往的；他們卻是聲勢浩大。哦，我真該殺了他們。」

「這或許就表示你不敢下手。」

「或許。」

這下康妮要考慮的事很多。顯然他是橫了心要和柏莎．古茲一刀兩斷了。她也認為他做得對；那最後一擊委實太嚇人。這表示她必須一人力撐到明年春天。說不定她可以和克里夫離婚，但怎麼離？如果揭出梅勒斯的名字，那就休想克里夫肯離婚了。好討厭，一個人就不能想走就走，跑到世界盡頭，完全擺脫這一切牽絆？

是不能。在這時代，世界盡頭距離倫敦市中心的廣場還不到五分鐘，無線通訊非常進步，現在已經沒有世界的盡頭了。

沉住氣！世界是一個龐大複雜、無與倫比的機器，一個人必須非常小心，以免被絞得支離破碎。

康妮把事情告訴了她父親。

「你知道，爸爸，他是克里夫的守林人，不過他曾在印度當過軍官，只是他像弗羅倫斯少校，情願做個小卒子。」

可惜李德爵士對鼎鼎大名的弗羅倫斯少校那套說不通的神祕主義，並不表認同。藏在各種謙恭背後那自我吹捧的真面目，被他識破了。這位爵爺最討厭那種自誇方式，故作自謙，其實是自大。

「妳那個守林人是打哪兒冒出來的？」李德爵士心煩意亂地問。

「他爸爸是泰窩村的一個礦工，不過他絕對上得了檯面。」

這位有爵位的藝術家聽了更是光火。

「我看倒像個挖金礦的。」他說：「顯然妳是座漂亮好挖的金礦。」

「不！爸爸，不是那樣子的。如果你見到他，你就知道。他是個男子漢，克里夫一直討厭他，因為他不夠謙恭。」

「這回他的直覺顯然很犀利。」

李德爵士受不了女兒和一個守林人私通的醜聞。他不在乎私通，他在乎的是醜聞。

「我不管那傢伙怎麼樣。他顯然把妳哄得暈頭轉向。可是，看在老天的面子上，想想人家會怎麼說？想想妳繼母，她怎麼受得了！」

「我知道！」康妮說：「別人的閒話難聽，尤其你又在社會中生存。再說，他也急於結束他自己的婚姻。我想，梅勒斯的名字，我們連提都不要提，我們可以說這是另一個男人的孩子。」

「另一個男人！哪來另一個男人？」

「也許是杜肯．傅比思吧。他一直是我們的朋友，也是很有名的藝術家，而且他喜歡我。」

「要命啊！可憐的杜肯，他這麼做有什麼好處？」

「我不知道，不過他喜歡這麼做也說不定。」

「他喜歡，喜歡嗎？哈，他要是喜歡那才怪。為什麼妳從來沒和他來上一段情，你們有嗎？」

「沒有！他也不是真的想要，他只是喜歡我和他相處，但不要沾惹他。」

「我的天，這一代到底變成什麼樣子了？」

「他最希望我當他的模特兒讓他畫畫，只是我一直不要。」

「老天救救他！他好像給欺負到幹什麼都可以了。」

「儘管如此，你比較不在乎人家說閒話的是他吧？」

「我的天，康妮，這套詭計真要命！」

「我知道！是很噁心！可是我還能怎麼做？」

「詭計、詭計、詭計！它簡直活得太久了。」

「別這樣，爸爸，你這輩子要是從沒使過陰謀詭計，你再罵人。」

「可是，我跟你保證，那不一樣。」

「總是『不一樣』。」

希爾黛來了。她一聽到這個新的發展，同樣火冒三丈。想到自己妹子和一個守林人的姦情要公開，她也受不了。太、太丟人了！

「我們何不乾脆走人，分別到英屬哥倫比亞去。這樣就不會有醜聞了。」康妮說。

然而那於事無濟。醜聞終究會外傳，而且康妮如果跟定了那個男人，那他們最好結婚了事。這是希爾黛的意見。李德爵士則還猶豫不決。這段婚外情還是有可能告吹。

「你肯見見他嗎?爸爸！」

可憐的李德爵士！他一點也不想見梅勒斯。可憐的梅勒斯，他更不想見李德爵士。不過兩人還是見面了，在俱樂部一座包廂共進午餐，只有他們兩人。兩人上上下下彼此打量。

李德爵士喝了好些威士忌，梅勒斯也喝，他們一直在談印度。關於印度，這年輕人倒是見多識廣。

一直用完午餐，咖啡送過來，侍者退下，李德爵士點了根菸，親切的問：

「嘿，小伙子，我女兒怎麼樣？」

梅勒斯臉上別開笑容。

「呃，爵士，她怎麼樣？」

「你已經把她搞出孩子來了。」

「我很榮幸！」梅勒斯露齒而笑。

「榮幸，老天！」李德爵士笑得有點口沫橫飛，轉成蘇格蘭作風，一副浪蕩樣兒：「榮幸！那是怎麼樣，呃？是很棒，小子，還是什麼？」

「很棒！」

「我想也是！哈！哈！哈！我女兒，有乃父之風，哈！幹得再多，我也不怕，我這個人。雖然她的娘，哦，老天！」他向空中翻白眼。「不過你把她挑起來了，哦，你把她挑起來了，我看得出來。哈！哈！我遺傳給她的！你把她那堆乾草燒起來了。哈！哈！哈！我可以告訴你，我是很高興的，這個她需要。哦，她是個好女孩。我早知道，只要他媽的有個男人把她那堆乾草燒起來，她就能好好搞！哈！哈！哈！守林人，呃，小子，如果你問我，我會說你是個一流的盜獵者。哈！哈！不過現在，聽著，說正經的，這事我們要怎麼辦？說正經的，你知道！」

說正經的，但他們沒說多少正經話。梅勒斯雖然有點醉，卻是兩個人當中比較清醒的。他儘量讓他們談得有條理，但沒有多大作用。

「這麼說你是個守林人！你幹得好！那種獵物值得男人花時間，呃，什麼？要判斷一個女人，就是去捏她屁股，從她屁股的感覺，你就能知道她能不能配合無間？哈哈！我羨慕你，小子，你多大了？」

「三十九歲。」

爵士揚起眉來。

「那麼大了！不過看你的樣子，你還會有二十年的好光景。哦，不管你是守林人或不是，反正你都很行。我閉上一隻眼睛都瞧得出來。不像那個乾巴巴的克里夫！幹都沒幹過的膽小鬼！我喜歡你，小子，我打賭你有個好傢伙，你很精幹，看得出來，你是個鬥士。守林人，哈哈，我不會放心把我的獵物交給你看管！不過看這兒，認真的，我們該怎麼辦？世界充滿了乾巴巴的老太婆。」

認真的，兩人根本沒談出個什麼所以然，只建立了兩人之間男性情欲的同盟之誼。

「聽著，小子，只要我能幫你的，我一定幫，你可以信賴我。守林人，上帝，不過這真有意思！我愛死了！哦，我愛死了！表示那丫頭振作起來。什麼？不管如何，你知道，她有自己的收入。不多，不多，但是餓不死。我會把我有的留給她，老天，我會的。在老太婆的世界中振作起來，應該如此。七十年來，我一直拚命想掙脫老太婆的裙角，可是尚未成功。而你是那種男人，我看得出來。」

「很高興你這麼認為，別人常常拐彎抹角地告訴我，說我是不知天高地厚的小鬼。」

「哦，他們是會這麼說！小兄弟，在所有老太婆眼中，你除了是不知天高地厚的小鬼，還能是什麼？」

他們歡欣愉快地道別。接下來一整天，梅勒斯都在心裡偷笑。

隔日，他和康妮、希爾黛挑了個隱密的地方吃午餐。

「真是遺憾，整個情況很糟！」希爾黛說。

「我倒是從中得到很多樂趣。」他說。

「我覺得，在你們兩個恢復自由身份，得以結婚生子之前，你們應該避免把孩子帶到這個世界來。」

「上帝有點太早吹火種了。」他說

「上帝和這檔事扯不上關係。當然，康妮有足夠的錢夠你們兩個生活，但是這種情況實在令人難以忍受。」

「妳必需忍受的事情也不多嘛，不是嗎？」他說。

「如果你是在她那個階級裡的話。」

「或者說我是在動物園的一座籠子裡的話。」

一時安靜下來。

「我認為，」希爾黛說：「她指稱情夫是另一人，而你完全置身事外，這樣最好。」

「可是，我以為我已經插上一腳了。」

「我的意思是在辦離婚的過程中。」

他不解的看著她。康妮還不敢跟他提到由杜肯代替他的計畫。

「我不懂。」他說。

「我們有個朋友，他也許同意代頂情夫之名，這樣你的名字就不會洩露了。」希爾黛說。

「妳是指一個男人？」

「當然！」

「可是，她沒有別的男人啊！」

「沒有，沒有！」她急急道：「只是老朋友，純友誼，不是愛情。」

「那麼，那傢伙幹嘛頂罪？要是他沒從妳身上拿到什麼好處的話？」

「有些男人很講義氣的，他們可不是一味巴望從女人身上拿好處。」希爾黛說。

「來頂替我，呃？這傢伙是何許人？」

「我們小時候在蘇格蘭的青梅竹馬，一位藝術家。」

「杜肯・傳比思！」他立刻說，因為康妮曾提過他，「妳要怎麼讓他來頂罪？」

「他們可以一起待在某家旅館，或者她甚至可以住進他的公寓裡。」

「我覺得好像只會白忙一場。」他說。

「那麼你還有什麼妙計？」希爾黛說：「如果講出你的名字，你就沒辦法和你老婆離掉。她顯然是不講理又難纏的女人。」

「那一切！」他悶悶不樂道。

好長一陣沉默。

「我們可以馬上遠走高飛。」他說。

「康妮沒辦法馬上遠走高飛。」希爾黛說：「克里夫名聲太響了。」

又一陣沮喪的沉默。

「這世界就是這樣子。你們若想高枕無憂地在一起過日子，就必須結婚；要結婚，你們兩人就必須先離婚。所以，你們兩個打算怎麼做？」

他久久都默不作聲。

「妳打算怎麼替我們安排？」

「我們先看看杜肯願不願意喬裝情夫。然後，我們必須讓克里夫把康妮休掉，而你則必須去辦你的離婚。在恢復自由之身前，你們必須分開。」

聽起來像瘋人院！

「差不多了！世人會把你們當成瘋子，或者比瘋子更不如。」

「什麼是更不如的？」

「罪人，我想。」

「真巴不得我可以再操短劍衝刺幾回。」他笑道，隨即緘默下來，生著悶氣。

「好吧！」他終於說話了：「我什麼都答應。這世界反正瘋狂沒救了，沒有人毀得了它，雖然我會盡力而為。不過妳是對的，我們必須全力自救。」

他帶著屈辱、憤怒、疲乏和悽慘的目光看康妮。

「我的姑娘！」他說：「這個世界要來捕捉妳了。」

「只要我們不讓他們抓到，他們就抓不到。」她說。

她比較不像他這麼討厭這個李代桃僵之計。

她們找了杜肯，他也堅持要會一會這個失德的守林人，因此約好大家一起吃晚餐，這回在他的公寓，就他們四個人。杜肯矮矮胖胖，有點黝黑，屬於哈姆雷特沉默寡言一型的人，一頭烏黑的直髮，帶著居爾特民族的自負作風。他的藝術作品全是管子、塞子，螺旋狀的東西和奇奇怪怪的顏色，不過有其力量，甚至在結構、色調上有著純粹的美感。只有梅勒斯覺得這些畫看來殘酷，惹人反感。他沒有冒失地發評語，因為杜肯對於自己的作品如痴如狂；這是他個人的崇拜，個人的信仰。

一行人在畫室看畫，杜肯那雙棕色的細瞇眼睛始終沒離開過另一個男人。他倒要聽聽這個守林人怎麼說。康妮和希爾黛對畫的意見，他已經知道。

「這有點像謀殺。」梅勒斯終於開腔了。杜肯萬沒料到這種話會出自一個守林人之口。

「誰被殺了？」希爾黛冷冷地問，有點嘲弄。

「我！這些東西把人的情感全謀殺掉了。」

藝術家心中湧起一波恨意，他由另一個男人的語氣裡聽出他的反感，他的不屑。他自己則厭惡對方提到情感。令人作嘔的多愁善感！

梅勒斯立著，高高瘦瘦的，帶幾分疲乏的神色，要看不看地對著那些畫，那眼光有點像蛾在飛舞。

「也許被殺的是愚人，多愁善感的愚人。」藝術家譏道。

「你這麼認為嗎？我覺得這些管子、這些波紋不管打算表現什麼，都顯得蠢氣，而且扭扭捏捏得要命。在我看來，它們顯得很自憐，很神經質。」

又起了一波恨意，藝術家氣得臉發黃，但他用一種傲慢的態度，一言不發把畫翻過去面壁。

「我想我們可以到餐室去了。」他說。

四人悶悶然，魚貫地走出畫室。

喝過咖啡後，杜肯說。

「我一點也不在乎冒充康妮孩子的父親，不過有個條件：她必須來做我的模特兒。這麼多年我一直希望她來，可是她老拒絕我。」他說得陰沉而斷然，像判官在宣判。

「啊！」梅勒斯說：「你是有條件才肯答應了？」

「沒錯！只有在這條件之下，我才答應。」藝術家想藉此來表達他對另一人的藐視，但似乎做得過頭了點。

「你最好也同時畫畫我。」梅勒斯說：「最好把我們兩個畫在一起，藝術之網下的鐵匠火神和維納斯。我在幹守林人之前是個打鐵的。」

「謝了！」藝術家駁道：「我不覺得我會對火神的身段有興趣。」

「即使把他打扮成管子也沒興趣？」沒答腔。藝術家氣憤得不想再說話了。

吃這頓飯實在悶死了，藝術家自此便裝成沒有另一個男人在場，對兩位女客人說話也是有一句、沒一句地，勉強得好像那些話是從他陰霾的長相深處擠出來的。

「你不喜歡他。其實他人沒那麼壞，真的，他是個好人。」他們告辭後，康妮打圓場道。

「他像一隻得了瘟病的小黑狗，時好時壞。」梅勒斯說。

「是，他今天的態度是不大好。」

「妳要去做他的模特兒嗎？」

「哦，我真的不在乎那麼多了，他不會碰我。如果這麼做可為我們將來一起過日子鋪路，那我什麼都不在乎了。」

「他會在畫布上侮辱妳。」

「我不在乎。他畫的只是他對我的感覺。他要怎麼做，我不在乎。我不會讓他碰我，做什麼都不行。不過要是他想用那雙貓頭鷹似的藝術眼光盯我，就隨他盯好了。他可以隨心所欲把我畫成各種空管子，各種波紋，悉聽尊便。他痛恨你說他的管子藝術很神經質，自以為是。不過當然那是事實。」

19

「親愛的克里夫：你預感的事，我怕是真的發生了；我真的愛上了另一個男人，而且衷心希望和你離婚。我目前和杜肯一起住在他的公寓。我告訴過你，他在威尼斯和我們相處過。我寫信是因為感到心有不忍，不過請務必平靜地接受這件事。你不再真正需要我了，而我也沒辦法重返薇碧山莊。我感到萬分難過，但請原諒我，和我離婚吧，另外再找更好的對象。我真的不太適合你。我想我太急躁，也太自私了，實在無法再回去與你同甘共苦。對於這一切，我感到無比抱歉，為了你的緣故。只要你保持平靜，別讓自己激動起來，你一定會發現其實你也沒那麼在乎。以前你就不曾真正在乎過我這個人。所以請你原諒我，把我甩了吧。」

接到這封信，克里夫的心並不算太意外。在他心裡老早就知道她會離開他，但是表面上他徹徹底底拒絕承認這件事，因此從表面上來說，此事對他是一個要命的打擊和震駭。他一直沉穩地在表面上裝出對她充滿信心。

我們就是這個樣子。我們運用意志力把我們內在的直覺和已知的事情，從面對事實的理智中給切除掉了；這造成了恐懼或焦慮。當打擊一來，這種恐懼和焦慮便使得打擊加重了十倍有餘。

克里夫像個歇斯底里的小孩子。他坐在床上面如死灰，一臉茫然，把包頓太太嚇壞了。

「克里夫爵爺，到底是怎麼了？」

沒有反應！她怕得要死，以為他中風了。她趕過去摸他的臉，試他的脈博。

「哪裡痛？試著告訴我，你哪裡覺得痛。告訴我！」

沒有反應！

「哦，天哪！哦，天哪！那我打電話到雪菲爾德找柯林頓醫師，最好把雷奇醫師也一塊兒找過來。」

她往門外去，他卻用空洞洞的聲調說了：「不要。」

她頓住了，望著他。他的臉色土黃，茫茫然，像白痴的表情。

「你的意思是不要我去請醫師？」

「是的！我不要醫師。」傳來的是墳墓般的聲音。

「哦，可是，克里夫爵爺，你病了，我不敢負這個責任。我得去找醫師來，否則人家會怪我的。」

停了一下。然後，那空洞的聲音道：

「我沒病。我老婆不回來了。」他像是一具雕像在說話。

「不回來了？你是指爵士夫人？」包頓移近床邊一些，「啊，你別相信這個，爵士夫人一定會回來的。」

床上的雕像樣子沒變，不過，它把一封信推過來。

「看這個！」那墳墓般的聲音說。

「哎，克里夫爵爺，這信要是爵士夫人寫來的，我相信她一定不高興我唸給你聽的。你願意的話，你可以告訴我，夫人說了什麼。」

可是那張臉，和一雙眨也不眨一下的藍眼睛，絲毫未變。

「看這個！」那聲音再次說。

「哎，克里夫爵爺，你一定要我看，我就看。」她說。

她看了那封信。

「唉呀，真想不到夫人會這樣！」她說：「她滿口答應要回來的！」

床上那張臉的表情似乎更瘋顛了，只有迷惘之色變也沒變。包頓太太望著那張臉，惴惴不安。她知道她面臨的是什麼：男人的歇斯底里症。她照顧過軍人，對這個相當麻煩的毛病略知一二。

她對克里夫爵爺有點不耐煩。任何有腦筋的男人一定早就明白自己的老婆愛上別人，就要離開他了。她相信克里夫爵爺其實心知肚明，只是不肯對自己承認罷了。他要嘛就承認這件事，有個心理準備；要嘛就正視這件事，極力去阻止他老婆走人，這樣倒還像男子漢作風。可是不然；他曉得這回事，卻一直哄騙自己沒這回事；他感覺到魔鬼在扯他的後腿，卻假裝天使在對他展顏微笑。一味逃避的心態，引發了這種作假、錯亂、歇斯底里的危險現象。「發病了！」她心想著，有點恨他。「因為他老想著自己，他深深沉溺在他不朽的自我裡，不可自拔。在遭到打擊時，他就像木乃伊被自己身上的布條纏死了。瞧瞧他那樣子！」

可是歇斯底里的毛病發作起來相當危險，她是看護，有責任拉他出來。企圖喚醒他的男子氣概或自尊心只會使他的情形更惡化，因為他的男子氣概已蕩然無存；就算不是永遠消失，也是暫時沒有了。他只會像條蟲似地蠕動，越來越軟弱，越來越錯亂。

唯一的法子是消除他的自憐心理，像丁尼生詩中描寫的痴情夫人，他必須哭出來，否則就完了。

所以，包頓太太率先哭，用手把臉蒙住，嗚嗚地哭了起來。「我絕不相信夫人會這樣子，我絕不相信！」她哭泣著，一時之間新愁舊恨齊上心頭，她自己的痛苦把她弄得淚汪汪的。眼淚一掉，她倒真的號啕大哭了，因為她有過的人生際遇也是滿辛酸的。

克里夫想自己是怎樣的被康妮那女人欺騙的，感染到這悲哀，他熱淚盈眶，順腮而下。他為自己哭了。包頓太太一見那張茫然臉孔淌下眼淚，便趕緊用小手絹兒擦乾自己的溼臉，身子傾向他去。

「好了，克里夫爵爺，別傷心了！」她充滿感情地說：「你別傷心了，這樣只會傷害自己！」

他在默泣中倒吸一口氣，身子忽地打了個冷顫，淚水撲簌簌又掉下來。她手按在他臂膀上，自己也再度落淚。他的身子又顫抖，抽筋似的。她伸了手臂兜住他的肩膀，「好了！好了！別傷心了，嗯。好了，真的別傷心了！」她一邊對他低聲勸解，自己一邊落淚。她把他拉過來，兩手環抱他寬闊的肩膀，他把臉偎入她的胸脯飲泣不已，巨大的雙肩又是搖擺，又是聳動；而她輕輕撫弄他深黃色的頭髮說著：「好了！好了！好了！好了！別放心上，別放心上！」

他伸雙臂緊緊抱住她，孩子似的，眼淚流得把她上了漿的圍裙和淺藍棉布衣都弄溼了。他終於把什麼都豁出去了。

所以，到最後她親他，把他摟在胸前輕搖。心裡則自言自語道：「哦，克里夫爵爺！高高在上的查泰萊家族！你落到這般田地來了！」後來，他甚至就像小孩般睡著了。她覺得累死了，回自己房間去，同時又哭又笑，好像她也得了歇斯底里症。太荒唐！太可怕了！這樣落魄，這樣丟臉！而又令人心情沉重。

此後，克里夫只要和包頓太太在一起，就變得跟小孩子一樣。他會拉她的手，把頭靠在她胸口。一回，她親了他一下，他說：「好，親我，親我吧！」她用海綿洗刷他金黃龐大的軀體時，他也這麼說：「親我吧！」她就半開玩笑地親他的身子。

他躺著，古怪、茫然的臉孔像孩子，露著一點孩子似的迷惑神色。他會張大了孩子氣的眼睛瞅著她看，像崇拜聖母般安心。他不再管他的男子氣概。他是完全安了心，陷入孩童狀態，那真的是顛倒錯亂。然後，他會把手探入她的衣服裡，撫弄她的奶子，興高采烈地親著。那是一個成人在扮小孩子，變態地興高采烈。

包頓太太是又愛、又恨、又羞，又有點興奮。她不拒絕也不罵他。兩人在肉體上變得越來越親密，很變態的、顛倒錯亂的一種親密。他是個孩子，一副天真無邪、人事不知的模樣，看起來活像宗教上得救了之後的歡欣鼓舞，一種很變態的「返璞歸真」。而她是偉大的母親，充滿權威，無所不能，她的意志和她的撫摸完全控制了這個大刺刺的金髮大小孩。

克里夫現在這個樣子——一個大小孩——是經過多年轉變而成的。怪的是，這個大小孩一出現世間，他反倒比從前真正做男人時還要犀利、精明。這個顛倒錯置的大小孩，如今成了真正了得的生意人，談起業務來，他是道地的大男人，尖銳得像根針，冷硬如鋼。當他出去和人打交道時，為達目的，為提昇礦場業務，他狡猾、強硬到幾乎令人無法想像的地步，而且出手很準。彷彿就因為他對偉大母親的百依百順，唯命是從，他從中得到了洞察商場事務的能力，以及強大非凡的超人力量。他沉陷在個人的情緒裡。男性自尊受了莫大侮辱，似乎使他發展出第二天性：冷酷、不切實際，卻又異常精明幹練。他在商場上的表現非常地沒人性。

對於這一點，包頓太太得意洋洋的。「瞧他搞得多麼有聲有色！」她驕傲地對自己說：

「那是我的榮耀！他和查泰萊夫人在一起時不可能這麼厲害。她不是那種把男人擺在前面的女人。她太為自己打算了。」

可是同時，在她那奇怪的女性心靈的某個角落，她對他是多麼的鄙夷，多麼憎恨！對她來說，他根本是已經倒地的野獸，惶恐無度的魔鬼。在她全力幫助他的當兒，她那老式的女性心靈的一個小角落裡，她唾棄他，不留餘地地唾棄他。他比最悽慘的流浪漢還不如。

他對康妮的態度也很令人費解。他堅持要再見到她，堅持要她到薇碧山莊來。這一點，他沒有商量的餘地。康妮自己滿口答應過她會回薇碧山莊的。

「可是那有任何用處嗎？」包頓太太道：「你就不能讓她走，不要她了。」

「不成！她說她要回來，就得回來。」

包頓太太不再攔他。她清楚她碰上的是什麼事。

「用不著我告訴妳，妳的信對我造成了什麼影響？」

他寫信到倫敦給康妮。

如果妳試著去想，也許想像得到，不過無疑妳是不會大費週章，為了我去花腦筋的。

我可以答覆的只有一點：我一定要見到妳本人，在薇碧山莊這兒，之後才能有所決定。妳滿口答應要回薇碧山莊，我要妳言而有信。我什麼也不能相信，什麼也不能了解，除非見到妳本人，在這兒，在一個正常的情況下。我並不需要告訴妳這個，不過，此地沒有人有所懷疑，妳大可自自然然地回來。等我們好好談過之後，如果妳依然不改心意，那麼，毫為疑問，我們可以達成協議。

康妮把這信拿給梅勒斯看。

「他打算對妳展開報復動作了。」他說，把信遞回去。

康妮沒吭聲。她多少有點驚訝地發現自己頗忌憚克里夫。她怕接近他，彷彿他窮凶極惡似的。她怕他。

「我該怎麼做？」她問。

「什麼也不做，如果妳不想的話。」

她回信去，試圖對克里夫採拖延戰術。他的回答是：

「如果妳現在不回薇碧山莊，我會認為有朝一日妳也會回來？我將依此想法行事。我會一切如常的在這兒等妳，哪怕等上五十年，我也會等。」

她惶恐不安。這是一記陰險的恫嚇。她絕對相信他說得到做得到。他不跟她離婚，那麼孩子就是他的，除非她想辦法證明孩子是私生的。

傷了一陣子腦筋之後，她決定走一趟薇碧山莊。希爾黛會陪她去。她捎信通知克里夫，他的回覆是：「我不歡迎令姐，不過我也不至於把她擋在門外。妳會罔顧責任和義務，我相信她一定插了一腳，因此別指望我見到她時會表示歡迎。」

她們趕赴薇碧山莊。到達時不見克里夫，只有包頓太太迎接她們。

「哦，夫人，這不是我們期待的高高興興的回家嗎？來吧！」她說。

「不是！」康妮說。

原來這個女人已經知道了！還有多少下人也知道，或是猜來猜去的？她跨進了如今她全身每一根纖維都恨著的這棟宅子。她覺得這個大而空曠的地方有種險惡，像是對她的威脅。她不再是它的女主人，而是它底下的一個犧牲者。

「我沒法子在這兒待太久！」她悄悄對希爾黛說，感到害怕。

她強自鎮靜地進自己的房間，重新跨入屬於自己的地方，好像什麼事都不曾發生過似的。她討厭待在薇碧山莊的每一分鐘。

一直到下樓吃晚餐時，她們才見到克里夫。他穿著正式，打黑領帶，彬彬有禮，一派紳士樣。用餐時，他言行合度，始終客客氣氣地和她們聊天，只不過這一切都顯得瘋狂。

「傭人知道多少？」當那女人退下後，康妮問。

「有關妳的打算嗎？什麼都不知道。」

「包頓太太知道。」

他臉色變了。

「包頓太太不算真正的傭人。」

「哦，我不管那麼多。」

一直到喝完咖啡，希爾黛說她要上樓回房間之前，緊張的氣氛都還在。她走後，克里夫和康妮默默對坐，誰也不先開口。康妮很高興他沒有一副楚楚可憐的樣子。他要擺架子，她就讓他盡量去擺。她只管靜悄悄坐在那兒，低頭看自己的雙手。

「我想，妳是一點也不在乎自己說話不守信用了？」他終於說了。

「我沒辦法。」她喃喃道。

「如果妳都沒辦法，那誰有辦法？」

「我想沒人了。」

他冷冷看著她，帶一股異乎尋常的怒意。他已習慣操縱她，讓她淹沒在他的意志之下。如今她竟膽敢違抗他，毀了他日常生活的規律？她竟膽敢把他搞得神經錯亂！

「到底為什麼，妳要背棄一切？」他追問。

「為了愛！」她回道。現在只好說些陳腔濫調了。

「為了杜肯．傳比思的愛？妳認識我那時，並沒把他當一回事。現在妳的意思是，妳愛他勝過生命中的一切？」

「人會改變。」她說。

「有可能！有可能妳是心性不定。可是要我相信這麼重大的改變，妳還有待努力。我就是不相信妳會愛上杜肯．傳比思。」

「你何必相信？你不需要相信我的感情，只要跟我離婚就行了。」

「我為什麼要跟妳離婚？」

「因為我不想再住這裡了，而且你根本不需要我。」

「抱歉！我不會改變。就我這方面來談，因為妳是我的妻子，我覺得妳應該安份守己的待在我的屋簷下比較對。我跟妳保證，對我而言拋開個人感情的犧牲是很大的。就因為妳心性不定，薇碧山莊的生活就要瓦解，好端端的日子就要完蛋，我可比死一般難受。」

經過一段時間的沉默，她說：

「我沒辦法。我必須走。我想我懷孕了。」

「是因為這個孩子的緣故，妳才要走的？」他終於問她。

她點點頭。

「為什麼？杜肯・傳比思對他的種這麼有興趣？」

「當然會比你有興趣。」她說。

「真的嗎？我要我的妻子，我看不出什麼理由讓她走。如果她願意待在家生孩子，我會歡迎她，也會歡迎這個孩子，只要有生活規範和秩序，好好維持下去就可以。妳是想告訴我，杜肯・傳比思對妳的吸引力更大嗎？這我可不相信。」

一陣停頓。

「你不明白嗎？」康妮說：「我非離開你不可，我必須和我所愛的男人在一起。」

「不，我不明白！我才不在乎妳的愛情，不在乎妳愛的男人。我不相信那些廢話。」

「可是你知道，我是相信的。」

「妳相信？我親愛的夫人，妳太聰明了，才不會相信自己愛上杜肯・傳比思呢。相信我吧！哪怕現在，妳也比較喜歡我。所以，我幹嘛相信妳這些胡言亂語！」

她覺得他說中了。她覺得再也沒辦法保住祕密了。

「因為我真正愛的人不是杜肯！」她抬頭看著他說：「我們說杜肯，只是不想傷了你的感情。」

「傷我的感情？」

「沒錯！這會使你恨我的，因為我真的愛的人是梅勒斯先生，我們這兒的守林人。」

如果他能跳的話，他一定會從椅子上跳起來。他的臉變黃，雙眼暴睜，怒視著她。
然後，他喘咻咻地，頹然坐回椅子，翻眼看天花板。最後，又坐正起來。
「妳說的當真是實話？」他神情恐怖地問她。
「是！你知道我說的是實話。」
「妳什麼時候和他勾搭上的？」
「春天。」
他不出一語，像野獸困在陷阱裡。
「那麼，在小房間裡的人是妳了？」
原來他早已心裡有數。
「是的。」
他坐在椅子裡，依然向前傾著身子，像頭被逼到角落的野獸般瞪著她看。
「我的天，應該把妳這種人從地球面上除掉！」
「為什麼？」她低叫。
然而他好像沒聽見。
「那個痞子！那個自大的老粗！那個下人！妳就是一直在和他搞了？天啊，天啊，女人的下賤勁兒有沒有了結的時候？」
他怒火中燒，她早知道他會如此。
「妳是說，妳想跟那種下流貨色生孩子？」
「不錯！我就要生了。」

「妳就要生了！妳是說妳很肯定！妳這麼肯定有多久了？」

「從六月開始。」

他再也說不出話來了，臉上又出現那種孩子似的茫然表情。

「教人想不透。」他最後說：「這種人怎麼會在世上。」

「哪一種人？」她問。

他不知所措看著她，也沒回答。顯然他無法接受他的人生裡有梅勒斯的存在，而且還和他扯上了關係的事實。那是一種完完全全無法形容、無法自制的恨意。

「妳是說妳要和他結婚？——去冠他那個爛姓？」他終於問她。

「是的，那是我的打算。」

他又是一副啞口無言的樣子。

「好！」他終於說：「那證明我對妳的看法一直是正確的！妳不正常，妳不對勁。妳是那種瘋瘋顛顛、自甘墮落的爛女人。」

突然他推崇起仁義道德起來了，把自己看做是善良的化身，把梅勒斯和康妮那種人看做是齷齪、邪惡的代表。他籠罩在聖潔的光輝裡，似乎越來越模糊不清了。

「所以，你難道不認為最好跟我離婚，把事情做個了結？」她問。

「休想！妳想到哪兒，悉聽尊便，但是我不跟妳離婚。」他白痴似地說。

「為什麼不呢？」

他不言不語，像白痴般冥頑不靈。

「你甚至會願意讓那孩子在法律上屬於你，成為你的繼承人？」她問。

「我才不在乎那孩子。」

「可是，如果是男孩子，他就會是你合法的子嗣，將來他會繼承你的爵位，擁有薇碧山莊。」

「我不在乎那個。」他說。

「可是你不在乎不行！只要我做得到，我不會讓那孩子在法律上屬於你。如果他不能屬於梅勒斯，我寧願他做私生子，是我的孩子。」

「妳愛怎麼做就怎麼做。」

他不為所動。

「你不想跟我了結？」她說：「你可以拿杜肯當藉口！沒必要抖出真人真名。杜肯不會介意的。」

「我永遠不跟妳離婚。」他說，沒有一點轉圜的餘地。

「為什麼呢？是因為我要你離嗎？」

「是因為我要照我自己的意思做；而我無意跟你離婚。」

沒輒了。她上樓把結果告訴希爾黛。

「最好明天一走了之。」希爾黛說：「讓他恢復理性。」

所以，康妮花了大半夜收拾她自己的私人物品。一大早她便叫人把她的箱子送到火車站，並沒告訴克里夫。她決定午餐前見他一面，只道聲再見。

不過她和包頓太太說了。

「我必須跟妳說再見了，包頓太太，妳知道為什麼。不過我相信妳不會說出去的。」

「哦，夫人，妳可以信任我。雖然，對咱們這裡來說，這真是個傷心的打擊。不過我希望妳和另一位男士在一起會幸福快樂。」

「另一位男士！那就是梅勒斯先生，我愛他。克里夫爵爺知道。不過不必對任何人說任何事。如果有一天，妳覺得克里夫爵爺或許願意和我離婚的話，讓我知道，好嗎？我很想名正言順地和心愛的男人結婚。」

「我相信妳會的，夫人。哦，妳可以信任我，我會對克里夫爵爺忠心，也會對妳忠心，因為我看得出來你們都沒有錯，只是各有立場罷了。」

「謝謝妳！看，我要把這個送給妳——可以嗎？」就這樣，康妮再次離開了薇碧山莊，隨希爾黛到蘇格蘭。梅勒斯則下鄉去了，在一座農場找了份差事。他的想法是，不論康妮是不是離得了婚，他也盡力把他自己的婚離掉。這六個月他要從事耕種，這樣，以後他和康妮可以擁有自家的小農場，他可以在農場上好好工作。因為他必須做，即使去幹苦工，即使她拿錢給他創業，他也必須自食其力。

因此，他們必須一直等候到春天，等候到孩子出生，等候到初夏來臨。

老西諾　戈南農場　九月二十九日

我費了好一番功夫才來到這裡，因為從前在軍中我就認識目前是公司工程師的理查。這座農場不是私人的，它屬於巴特與史松煤礦公司。他們在此種植牧草和燕麥，供做小馬的飼料。此外，他們還養豬、養乳牛等等。我幹長工，一週三十先令。管農事的羅利則盡可能讓我多碰不同的活兒，如此，從現在開始到復活節這段時間，我也可以盡可能多學點東西。我沒聽見柏莎的消息，不知道她為什麼沒上離婚法庭，不知道她在哪兒、在幹些什麼。不過，如果我在三月之前都保持沉默，我想我就自由了。妳不要為克里夫爵爺心煩，總有一天他會甩掉妳的。只要他不來煩妳，那就很好了。

我在引擎巷一間老屋子租了個房間，地方還算好。房東先生在高園開火車，高個兒，留點鬍鬚，信教信得很虔誠。房東太太頗有意思，喜歡一切的高格調，鎮日操一口標準英語說「請容許我……」。可是他們的獨子在戰爭中死掉了，這對於他們多少是個人生憾事。他們還有個長手長腳的女兒，正在接受教師訓練，我有時教她一點功課，所以我們很像一家人。他們人很好，對我太照顧了。我想我在這邊所受的關注比妳多。

我滿喜歡耕種的活兒，平平淡淡的，不過反正我也只求平淡。我熟悉牛、馬這些牲口；牠們是母的，對我有安撫作用。每當我坐在母牛身邊擠奶時，我感到異常的慰藉。他們有六頭品種極好的赫里福牛。燕麥剛收割，我幹得很起勁，雖然下大雨，而且手酸得很。我不大去注意別人，不過和他們處得不錯。很多事我都不理會。

礦坑的情形就很糟了。此地就像泰窩村，是個煤礦地區，只是風光漂亮一些。我有時到威靈頓酒吧坐坐，和礦工們聊天。他們一肚子牢騷，可惜於事無補。正如大家說的，諾丁罕、德貝郡礦工的心還算正，但是其他部位就不對勁了，全放在無用武之地的世界裡。我喜歡他們，但他們不太能讓我開心振奮；他們已經不再那麼充滿鬥雞精神了。他們滔滔不絕地講收歸國營：採礦權收歸國營，整個煤業也收歸國營。可是你不能獨獨把煤業收歸國營，而其它工業就隨它去。他們也談煤的新用途，很像克里夫爵爺現在正嘗試做的；或許這裡有點用，那裡有點用，可是我懷疑並非到處都行得通。你不管生產出什麼，都得把它賣出去。這些人心灰意冷，覺得整個煤業沒希望了。有些年輕人嘰嘰呱呱說著蘇維埃，可是沒多少可讓人信服的。即使在蘇維埃政權之下，你依舊得賣煤：這就是難事。

我們有這大批大批的工人，個個嗷嗷待哺，所以不論如何，這要命的局面還是得維持下去。這年頭，女人話說得比男人還多，她們是有那麼一點張狂。男人則提不能起精神，感覺要完了。他們四處蹓躂，好像無所事事。反正沒人拿得出辦法來，除了在那兒空口說白話。年輕人因為沒得揮霍而心浮氣躁。他們依靠花錢過日子，現在卻沒錢可花了。那就是我們的文化和教育：把大眾教養成靠花錢過日子，然後把錢花得精光。礦坑現在每週開工兩天，或兩天半，即使在冬天情況也無好轉的跡象。這代表一個男人只有二十五或三十先令能夠維持家計。女人家最氣不過，可是，這年頭，花錢花最凶的又屬她們。

如果你能對他們說清楚，生活和花錢不是同一回事就好了；但是沒有用。如果他們能學會如何生活，而不是一味賺錢、花錢，那麼，就算區區二十五先令也足夠他們過得開開心心的了。要是男人們，就像我以前說過的，穿上大紅褲子，他們就不會滿腦子儘想著錢了；要是他們跳舞、唱歌，抬頭挺胸，英姿勃勃，那麼只需要一點錢，他們也足夠了。他們讓女人開心，女人也讓他們開心；他們應該學會不穿衣服也能風度翩翩，在人群裡歌唱，跳古老的群體舞蹈，雕刻自己坐的凳子，繡自己的徽章，這樣，他們就再也不需要錢了。這是解決工業難題的唯一之計：訓練人們有能力生活；精神奕奕地生活並不需要花錢。可是你無能為力。他們現在都只有單線思考，一般人甚至連動個腦筋想一想都懶了，因為他們沒這個能力。他們理應鮮蹦活跳，快快活活，感謝偉大的牧神潘恩的。祂是大眾唯一的神，一直都是。只有小部份人，如果他們願意的話，有資格投入高深的宗教信仰裡。但一般芸芸眾生，那就算了。

只是那批礦工們不是沒信仰的，絕對不是。他們是可悲的一群，行屍走肉般的一群男人，對他們的女人來說雖生猶死，對生活亦如是。年輕人一逮到機會，就跨上機車帶女孩去飆車、跳舞。他們同樣雖生猶死。而且這需要錢的，你有了錢，會被錢害死；一旦兩手空空，又會餓死。

我想這堆話一定把妳弄煩了。我只是不想大談自己，而且我這兒也沒什麼事發生。我不喜歡把妳塞在我腦子裡，成天想著妳，因為那只會把咱們兩個都搞糟了。不過當然了，我目前生活的目的是求將來與妳團聚。我真的很害怕，我感覺空氣中有邪魔想要抓住我們。或者那也不是邪魔或貪婪之神，只是一股群眾意志，它痛恨生活，只想要錢。總之，我感覺到空中有無數貪婪的白色大手，只要有人真心要過真正的日子，超脫金錢之外的日子，這些怪手就會一把按住那些人的脖子，硬生生搾掉他們的生命。如果情況照這般發展下去，對工業大眾來說，未來什麼都沒有，只有死亡和毀滅。有時我覺得自己內在化成了淚水；而妳在那兒，將要生下我的孩子。不過不必掛心，過去所有苦日子並不能吹散番紅花，所以也吹散不了我對妳的需要，吹散不了妳我之間那簇小亮光。明年我們就會團聚了。雖然我忐忑不安，但我相信我們會在一起。人必須自保，要有最妥善的準備，同時相信某種超越自己的力量。除非你信任自己有最好的發揮，並信仰超越自己的力量，否則你對未來就無法肯定。因此我相信我倆之間那道小火焰。現在對我而言，那是世間唯一的東西。我沒有朋友，沒有貼心的朋友，只有妳。如今在我的生命裡，我僅在乎那道小火焰，以及那孩子。但那是另外的問題。我倆之間那道小火焰是我的聖靈降臨節。從前的聖靈降臨節不太合理，不知怎地，我和上帝都有點狂。不過，我倆之間那道小火焰就在那兒，現在我守著，努力守著。去他的克里夫，柏莎、煤礦、政府，以及那一大票向錢看的芸芸眾生。

這就是為什麼我不願想念妳。想念妳徒令我痛苦，對妳也無益。我不要妳離開我，但是如果我開始鑽牛角尖，那只會耗費心神。要有耐心，永遠要有耐心。這是我的第四十個冬天；已成過去的那每一個冬天，我已無能為力。但這個冬天我會守住我聖靈降臨節的小火焰，從中得到幾許心靈的平靜；我不會讓別人的鼻息把它吹滅。我相信有一種高層次的神祕力量，祂連番紅花都會守護住。雖然妳人在蘇格蘭，我在英格蘭，我不能伸出雙臂擁抱妳，不能用雙腿纏繞妳，但我仍擁有妳的某些餘韻。在聖靈降臨節的小火光中，我的靈魂與妳一起搖曳，如燕好時那般安詳。我們的燕好把火焰化成了生命，即使是花朵都因太陽和地球燕好才有了生命的。只不過這是相當精細的一件事，需要耐心和長久的歇息。

因此如今我甚愛貞潔，那是做愛之後產生的安詳。如今我愛貞潔，愛它如雪花愛雪一般。我愛這份貞潔，這是在我倆燕好之後所得的安詳停息，我倆之間盈然如一朵白色雪花。當春天來臨，妳我得以相聚時，我們可以把這道小火焰幹得黃騰騰、火辣辣的。但不是現在，時機未到！現在是守住貞潔的時候，。守貞真好，它清新如泉，如雨。男人怎麼會無聊到想到處拈花惹草？像唐璜那種人多可憐，享受不到燕好後的安詳，小火焰閃動著，他們無法著力，即使入清涼之地，像在河流之畔，也無法守住片刻的貞潔。

哦，叨叨絮絮，因為無法觸及妳，若我能擁著妳入眠，那麼墨汁就會留在墨水瓶中了。我們能夠一起守貞，正如我們可以一起做愛。只是我們必須小別，我想這是明智之舉。只要我們有信心。

別擔心，別擔心，我們不會越來越糟的。我們要真心相信那道小火焰，並相信守護著它、不使它被吹滅的無名神祇。妳有大部份是與我同在的，只可惜，不是整個的妳。

不必理會克里夫爵爺，如果沒得到他任何消息，也無所謂。他真的沒法子再對妳如何了。等著吧，到最後他終會放了妳，把妳扔掉、甩掉的。如果他沒有，我們也會設法擺脫掉他。不過他會的，到最後他會一口把妳吐掉，像吐掉討厭的東西一樣。

現在，我甚至不給妳寫信都不行了。

有絕大部份的我們是在一起的。眼前的情況我們只有忍耐，朝目標前進，以期早日相聚。約翰・湯姆士向珍夫人道晚安，雖然有點垂頭喪氣，然而心中卻有無限希望。

勞倫斯著作年表

一九一一年 《白孔雀》（The White Peacock）

《菊花的幽香》（The Odour of Chrysanthemus）

一九一二年 《入侵者》（The Trespasser）

一九一三年 《兒子與情人》（Sons and Lovers）

《情詩選集》（Love Poems and Others）

《普魯士軍官》（The Prussian Officer）

一九一四年 《霍爾洛德太太的寡居》（The Widowing of Mrs. Holroyd）

一九一五年 《虹》（The Rainbow）

一九一六年 《義大利的黃昏》（Twilight in Italy）

一九一七年 《看！我們辦到了！》（Look!·We Have Through!·）

一九一八年　《歐洲史上的運動》（Movements in European History）

一九二〇年　《戀愛中的女人》（Women in Love）

《一觸即發》（Touch and Go）

《迷途的姑娘》（The Lost Girl）

《大海與撒尼亞丁島》（Sea and Sardinia）

一九二一年　《小甲蟲》（The Lady Bird）

《狐》（The Fox）

《上尉的偶像》（The Captain's Doll）

一九二二年　《無意識幻想曲》（Fantasia of the Unconscious）

《亞倫的藜杖》（Aaron's Rod）

《英國，我的英國》（England, My England）

一九二三年　《袋鼠》（Kangaroo）

《古典美國文學研究》（Studies in Classic American Literature）

《鳥獸與花草》（Birds, Beasts and Flowers）

一九二四年　《騎馬出走的女人》（The Women Who Rode Away）
　　　　　　《聖莫爾》（St. Mawr）
　　　　　　《叢林中的男孩》（The Boy in the Bush）

一九二六年　《羽蛇》（The Plumed Serpent）
　　　　　　《大衛》（David）
　　　　　　《少女與吉普賽人》（The Virgins and the Gipsy）

一九二七年　《墨西哥的清晨》（Mornings in Mexico）
　　　　　　《伊特拉士坎地區》（Etruscan Place）

一九二八年　《查泰萊夫人的情人》（Lady Chatterley's Lover）
　　　　　　《死去的男人》（The Man Who Died）
　　　　　　《勞倫斯詩選集》（The Collected Poems of D.H.Lawerce）

一九二九年　《色情文學與淫穢》（Pornography and Obscenity）

GOBOOKS & SITAK GROUP©